JULIE GARWOOD | El secreto

byblos

Título original: *The Secret*

Traducción: María Verónica Álvarez

1.ª edición: abril 2006

Bailén, 84 - 08009 Barcelona (España)
www.edicionesb.com

Diseño de cubierta: Estudio Ediciones B
Fotografía de cubierta: Getty Images
Diseño de colección: Ignacio Ballesteros

Printed in Spain
ISBN: 84-666-2662-X
Depósito legal: B. 9.050-2006

Impreso por NOVOPRINT

JULIE GARWOOD | El secreto

Prólogo

Inglaterra, 1181

Se convirtieron en amigas antes de ser lo suficientemente mayores como para comprender que se suponía que debían odiarse.

Las dos niñas se conocieron en el festival anual que se celebraba en la frontera entre Escocia e Inglaterra. Era la primera vez que lady Judith Hampton asistía a los juegos escoceses, y también era la primera excursión verdadera lejos de su aislado hogar en el oeste de Inglaterra, y estaba tan abrumada ante toda esa verdadera aventura que apenas podía mantener los ojos cerrados durante las obligatorias siestas vespertinas. Había tanto para ver y hacer y, para una curiosa pequeña de cuatro años, también había muchos enredos en los que meterse.

Frances Catherine Kirkcaldy ya se había metido en problemas. Su papá le había dado unos buenos azotes en las nalgas para hacer que lamentara su mala conducta, luego se la echó sobre el hombro como si fuera un saco de pienso y cruzó con ella todo un ancho terreno. La hizo sentar sobre una roca de superficie plana, lejos de las canciones y los bailes y le ordenó que se quedara quieta hasta que él estuviera completamente dispuesto a regresar a buscarla. Dispuso que debía utilizar ese momento de silencio y soledad para meditar acerca de sus pecados.

Ya que Frances Catherine no tenía la más mínima idea de lo que quería decir «meditar», decidió que no tenía que obedecer aquella orden. Daba exactamente lo mismo, porque su mente ya estaba totalmente llena de preocupación por la gorda abeja que le zumbaba en círculos sobre la cabeza.

Judith había visto cómo el padre castigaba a la hija. Sintió lástima por la extraña y pequeña niña de rostro pecoso. Sabía que ella seguramente habría llorado si su tío Herbert la hubiese golpeado en las nalgas, pero la pelirroja ni siquiera había hecho una mueca cuando su padre la zurró.

Resolvió hablar con la niña. Esperó a que el padre dejara de reprender a su hija y regresara pavoneándose por el campo; luego, levantó las faldas y corrió por el camino más largo para aparecer a hurtadillas por detrás de la roca.

—Mi padre nunca me hubiera pegado —alardeó Judith a manera de presentación.

Frances Catherine no giró la cabeza para ver quién le estaba hablando. No se atrevía a quitar la vista de la abeja, que ahora vacilaba cerca de su rodilla izquierda.

Judith no se intimidó ante el silencio.

—Mi papá está muerto —anunció—. Desde antes de que yo naciera.

—Entonces, ¿cómo podrías saber si te hubiese pegado o no?

Judith se encogió de hombros.

—Sencillamente sé que no lo hubiera hecho —contestó—. Hablas raro, como si tuvieras algo atascado en la garganta. ¿Lo tienes?

—No —respondió Frances Catherine—. Tú también hablas raro.

—¿Por qué no quieres mirarme?

—No puedo.

—¿Por qué no? —inquirió Judith. Retorció el borde de su vestido rosa y lo arrugó nerviosamente, mientras esperaba la respuesta.

—Tengo que vigilar a la abeja —contestó Frances Catherine—. Quiere picarme. Tengo que estar preparada para alejarla de un golpe.

Judith se inclinó más cerca. Descubrió a la abeja revoloteando alrededor del pie izquierdo de la niña.

—¿Por qué no la alejas de un golpe ahora? —preguntó en un susurro.

—Tengo miedo —respondió Frances Catherine—. Podría fallar. Entonces seguro que me picaría.

Judith frunció el entrecejo ante aquel dilema durante unos instantes.

—¿Quieres que la aleje de un golpe por ti?

—¿Querrías hacerlo?

—Tal vez —respondió—. ¿Cómo te llamas? —preguntó luego, haciendo tiempo mientras reunía valor para arremeter contra la abeja.

—Frances Catherine. ¿Y tú?

—Judith. ¿Cómo es que tienes dos nombres completos? Nunca he oído que nadie tuviera más que uno.

—Todos me preguntan eso —dijo Frances Catherine. Dejó escapar un suspiro melodramático—. Frances era el nombre de mi mamá. Murió cuando me daba a luz. Catherine era el nombre de mi abuela y murió exactamente de la misma manera. No pudieron ser enterradas en terreno consagrado porque la Iglesia dijo que no eran puras. Papá espera que empiece a comportarme y que luego vaya al cielo, y que cuando Dios oiga mis dos nombres se acuerde de mi mamá y mi abuela.

—¿Por qué dijo la Iglesia que no eran puras?

—Porque estaban dando a luz cuando murieron —explicó Frances Catherine—. ¿No sabes nada, niña?

—Sé algunas cosas.

—Yo sé exactamente todo —se ufanó Frances Catherine—. Al menos, papá dice que indudablemente así lo creo. Hasta sé cómo llegan los bebés al estómago de la mamá. ¿Quieres oírlo?

—Ah, sí.

—Una vez que se casan, el papá escupe dentro de su copa de vino y luego hace que la mamá beba un buen trago. En cuanto traga, tiene un bebé dentro del estómago.

Judith hizo una mueca ante aquella información emocionantemente desagradable. Iba a rogarle a su amiga que le contara más cuando de pronto Frances Catherine dejó escapar un fuerte gemido. Judith se acercó aún más. Luego también dejó escapar un gemido. La abeja se había instalado en la punta del zapato de su amiga. Cuanto más la miraba Judith, más parecía crecer en tamaño.

La conversación acerca del nacimiento fue dejada de lado de inmediato.

—¿Vas a espantarla de un golpe? —preguntó Frances Catherine.

—Me estoy preparando para hacerlo.

—¿Tienes miedo?

—No —mintió Judith—. No le tengo miedo a nada. Tampoco creo que tú lo tengas.

—¿Por qué no?

—Porque no lloraste cuando tu papá te pegó —explicó Judith.

—Eso es porque no me pegó fuerte —explicó Frances Catherine—. Papá nunca me pega fuerte. Le duele más que a mí. Al menos, eso es lo que dicen Gavin y Kevin. Papá tiene las manos muy ocupadas conmigo, dicen, y me está arruinando del todo para el pobre hombre con el que me tenga que casar cuando crezca, porque papá me consiente.

—¿Quiénes son Gavin y Kevin?

—Mis medio hermanos —explicó Frances Catherine—. Papá también es su papá, pero tuvieron una mamá diferente. Murió.

—¿Murió dando a luz?

—No.

—Entonces, ¿por qué murió?

—Sólo se agotó —explicó Frances Catherine—. Papá me lo dijo. Ahora voy a cerrar los ojos muy fuerte por si quieres espantar a la abeja.

Ya que Judith estaba tan decidida a impresionar a su nueva amiga, no pensó más en las consecuencias. Se estiró para golpear a la abeja, pero apenas notó el aleteo de las alas contra la palma de la mano, sintió tantas cosquillas que instintivamente cerró los dedos.

Luego comenzó a aullar. Frances Catherine saltó de la roca para ayudarla de la única manera que conocía. Comenzó a aullar también.

Judith corrió una y otra vez alrededor de la roca, gritando tan fuerte que apenas podía mantener el aliento. Su amiga la perseguía y gritaba con la misma ferocidad, aunque de comprensión y miedo más que de dolor.

El papá de Frances Catherine llegó corriendo a través del prado. Primero atrapó a su hija y, después de que ésta balbuceara su problema, corrió tras Judith.

En cuestión de minutos las dos pequeñas habían sido adecuadamente tranquilizadas. A Judith le sacaron el aguijón de la palma de la mano y se le aplicó barro húmedo. El papá de su amiga le secó suavemente las lágrimas con el borde del tartán de lana. Ahora estaba sentado sobre la roca de castigo, con su hija acurrucada contra un costado de su regazo y Judith acurrucada contra el otro.

Judith nunca había visto que nadie hiciera tanto alboroto por ella. Se volvió bastante tímida por toda la atención que estaba recibiendo. Con todo, no se apartó de aquel consuelo y, de hecho, incluso se arrimó un poco más.

—Sois un par de quejicas —dijo el papá de Catherine cuando dejaron de hipar y pudieron escucharlo—. Gritabais más fuerte que las trompetas que anunciaban el juego del lanzamiento del tronco de pino y corríais en círculos como gallinas con las cabezas cortadas.

Judith no sabía si el papá de su amiga estaba enfadado o no. Su voz había sido ronca, pero no había fruncido el entrecejo. Frances Catherine comenzó a reír tontamente. Judith decidió que, después de todo, debía de estar bromeando.

—Le estaba doliendo mucho, papá —anunció Frances Catherine.

—Estoy seguro —coincidió. Volvió la mirada hacia Judith y la sorprendió con los ojos fijos en él—. Eres una muchachita muy valiente por haber ayudado a mi hija —alabó—. Pero si hay una próxima vez, trata de no atrapar a la abeja. ¿Está bien?

Judith asintió solemnemente.

Él le dio una palmada cariñosa en el brazo.

—Eres una niña muy guapa —subrayó—. ¿Cuál es tu nombre, pequeña?

—Se llama Judith, papá, y es mi amiga. ¿Puede cenar con nosotros?

—Bueno, eso depende de sus padres —replicó el papá.

—Su papá está muerto —anunció Frances Catherine—. ¿No es una lástima, papá?

—Por supuesto que sí —concordó. Las comisuras de sus ojos se arrugaron hacia arriba, pero no sonrió—. Sin embargo, tiene los ojos azules más bonitos que he visto nunca.

—Y yo, papá, ¿no tengo también los ojos más bonitos que has visto nunca?

—Sí, Frances Catherine. Tienes los ojos castaños más bonitos que jamás haya visto. Por supuesto que sí.

Frances Catherine quedó tan complacida por el elogio de su padre que estrujó los hombros hacia arriba y volvió a reír tontamente.

—Su papá murió antes de que ella naciera —le dijo luego Frances Catherine. En ese momento había recordado esa información y estaba segura de que su padre querría saberlo.

Él asintió.

—Bueno, hija, quiero que te quedes bien callada mientras hablo con tu amiga —dijo luego.

—Sí, papá.

Volvió a prestar atención a Judith. Encontraba un poco desconcertante la manera en que Judith clavaba la mirada en él con tanta atención. Era una pequeña tan seria, demasiado seria para alguien de tan corta edad.

—¿Cuántos años tienes, Judith?

Judith levantó cuatro dedos.

—Papá, ¿lo ves? Tiene justo mi edad.

—No, Frances Catherine, no tiene justo tu misma edad. Judith tiene cuatro años y tú ya tienes cinco. ¿No te acuerdas?

—Sí me acuerdo, papá.

Sonrió a su hija y una vez más intentó conversar con Judith.

—No me tienes miedo, ¿verdad?

—No le tiene miedo a nada. Me lo ha dicho.

—Shhh, hija. Quiero oír que tu amiga diga una o dos cosas. Judith, ¿tu mamá está aquí?

Judith sacudió la cabeza. Comenzó a retorcer un rizo de cabello rubio casi blanco alrededor del dedo en un gesto nervioso y, con todo, mantenía la mirada completamente fija en el papá. El rostro del hombre estaba cubierto por unas patillas pelirrojas y, cuando hablaba, las pelusas se agitaban con rapidez. Deseó poder tocar la barba para saber cómo era al tacto.

—¿Judith? ¿Tu mamá está aquí? —repitió el papá.

—No, mamá se queda con el tío Tekel. No saben que estoy aquí. Va a ser un secreto y si lo digo nunca más voy a poder venir al festival. Tía Millicent me lo dijo.

Una vez que empezó a hablar, deseó contar todo lo que sabía.

—El tío Tekel me dice que es como mi papá, pero sólo es el hermano de mi mamá y yo nunca me siento sobre sus rodillas. No querría aunque pudiera, pero no puedo, así que no importa, ¿verdad?

El padre de Frances Catherine tenía problemas en seguir la explicación, pero su hija no tenía ninguno. También estaba llena de curiosidad.

—¿Por qué no puedes aunque quisieras? —preguntó.

—Tiene las piernas rotas.

Frances Catherine dejó escapar un grito sofocado.

—Papá, ¿no es una lástima?

El padre lanzó un largo suspiro. La conversación se le estaba escapando.

—Sí, por supuesto que sí —concordó—. Ahora, Judith, si tu mamá está en casa, ¿cómo has llegado aquí?

—Con la hermana de mamá —contestó Judith—. Yo solía vivir todo el tiempo con la tía Millicent y el tío Herbert, pero mamá ya no me deja.

—¿Por qué? —preguntó Frances Catherine.

—Porque mamá me oyó llamarle papá al tío Herbert. Se puso tan, pero tan furiosa que me dio un golpe en la cabeza. Luego el tío Tekel me dijo que tenía que vivir con él y con mamá durante la mitad del año para que supiera a quién pertenezco y mi tía Millicent y mi tío Herbert sencillamente se las van a tener que arreglar sin mí. Eso es lo que dijo el tío Tekel. Mamá no quería que me fuera ni siquiera medio año, pero Tekel todavía no había empezado a beber después de la cena, así que sabía que Tekel recordaría lo que le había dicho. Siempre recuerda cuando no está borracho. Mamá se puso muy furiosa de nuevo.

—¿Tu mamá se puso muy furiosa porque te iba a echar de menos durante medio año? —preguntó Frances Catherine.

—No —susurró Judith—. Mamá dice que soy una molestia.

—Entonces, ¿por qué no quería que te fueras?

—No le gusta el tío Herbert —contestó Judith—. Por eso estaba en contra de él.

—¿Por qué no le gusta? —quiso saber Frances Catherine.

—Porque está emparentado con los malditos escoceses —contestó Judith, repitiendo lo que escuchaba una y otra vez—. Mamá dice que ni siquiera debo querer hablar con los malditos escoceses.

—Papá, ¿soy una maldita escocesa?

—Por supuesto que no.

—¿Y yo? —preguntó Judith, con obvia preocupación en la voz.

—Eres inglesa, Judith —explicó pacientemente el papá de su amiga.

—¿Soy una maldita inglesa?

El papá de su amiga estaba claramente exasperado.

—Nadie es un maldito nada —declaró. Iba a decir más; entonces, de pronto, comenzó a reír. Su gran estómago se sacudía por la risa—. Será mejor que recuerde no decir nada más frente a vosotras dos, pequeñas pilluelas, si no quiero que se repita por ahí.

—¿Por qué, papá?

—No te importa —contestó.

Se puso de pie, sosteniendo a su hija en un brazo y a Judith en el otro. Ambas pequeñas soltaron chillidos de alegría cuando fingió que iba a dejarlas caer.

—Va a ser mejor que encontremos a tus tíos antes de que se empiecen a preocupar, Judith. Señálame tu tienda, pequeña.

De inmediato, Judith sintió miedo por dentro. No podía recordar dónde estaba situada la tienda. Debido a que todavía no conocía sus colores, ni siquiera podía dar una descripción al papá de Frances Catherine.

Trató de no llorar. Inclinó la cabeza.

—No me acuerdo —susurró.

Se puso tensa mientras esperaba la ira del papá de su amiga.

Pensó que le gritaría por ser una ignorante, tal y como lo hacía siempre su tío Tekel cuando estaba borracho y la aguijoneaba por alguna cosa que había hecho sin querer y que lo molestaba. Sin embargo, el papá de Frances Catherine no se enfadó. Miró a hurtadillas hacia arriba y lo vio sonriendo. Su ansiedad desapareció por completo cuando le dijo que dejara de angustiarse. Le prometió que encontraría a sus parientes con suficiente rapidez.

—¿Te echarán de menos si no regresas? —preguntó Frances Catherine.

Judith asintió.

—El tío Herbert y la tía Millicent llorarían —le dijo a su nueva amiga—. A veces me gustaría que fueran mi mamá y mi papá. De verdad.

—¿Por qué?

Judith levantó los hombros con un gesto. No sabía cómo explicar por qué.

—Bueno, no hay nada malo en desearlo —dijo el papá de Frances Catherine.

Judith estaba tan feliz de tener su aprobación que le puso la cabeza sobre el hombro. Sentía el cálido tartán áspero contra su mejilla. También olía muy bien, como el aire libre.

Pensó que era el papá más maravilloso del mundo. Ya que en ese momento no la estaba mirando, decidió satisfacer su curiosidad. Extendió la mano y le tocó la barba. Las pelusas hacían cosquillas y soltó una risita ante la observación.

—Papá, ¿te gusta mi nueva amiga? —preguntó Frances Catherine cuando estaban a mitad de camino por el prado.

—Claro que sí.

—¿Puedo quedármela?

—Por el amor de... No, no puedes quedártela. No es un cachorrito. Sin embargo, puedes ser su amiga —añadió con rapidez antes de que su hija pudiera discutir con él.

—¿Para siempre, papá?

Le había hecho la pregunta a su padre, pero fue Judith quien le contestó.

—Para siempre —prometió tímidamente.

Y así comenzó.

Desde ese momento ambas niñas se volvieron inseparables. El festival duró tres semanas completas, con distintos clanes que iban y venían, y los juegos por el campeonato que siempre se programaban para el último domingo del mes.

Sin embargo, Judith y Frances Catherine estaban ajenas a la competición. Estaban demasiado ocupadas contándose todos sus secretos la una a la otra.

Era una amistad perfecta. Frances Catherine por fin había encontrado a alguien que deseara escuchar lo que tenía que decir y Judith por fin había encontrado a alguien que deseara conversar con ella.

Sin embargo, las dos ponían a prueba la paciencia de sus parientes. Frances Catherine comenzó a usar la palabra «maldito» en casi todas las frases y Judith usaba «lástima» casi con la misma frecuencia. Una tarde, mientras se suponía que debían estar durmiendo, se cortaron el pelo la una a la otra. Cuando la tía Millicent le hubo echado un buen vistazo al desproporcionado lío que habían armado, comenzó a chillar y no se detuvo hasta haber colocado violentamente sombreros blancos sobre las cabezas de las niñas para ocultar la facha que tenían. Estaba furiosa con el tío Herbert porque se suponía que tenía que haber estado cuidando de ellas y él, en vez de estar mínimamente arrepentido por la catástrofe, reía como un loco. Le ordenó a su esposo que llevara a las diablillas por el prado y las dejara en la roca de castigo para que pensaran en su conducta vergonzosa.

Las niñas pensaron mucho, pero no acerca de su conducta. Frances Catherine había tenido la maravillosa idea de que Judith también debía de tener dos nombres completos para que fueran completamente iguales. Les llevó mucho tiempo decidirse por el nombre, Elizabeth, pero una vez que lo decidieron, Judith se convirtió en Judith Elizabeth y se negaba a responder a la llamada de nadie, a menos que utilizaran ambos nombres cuando la llamaban.

Pasó todo un año y, sin embargo, cuando se reunieron fue como si sólo hubieran estado separadas durante una hora o dos. Frances Catherine no podía esperar a estar a solas con Judith porque había descubierto otro asombroso hecho acerca de los nacimientos. Una mujer no tenía que estar casada con un hombre para tener un bebé, después de todo. Lo sabía a ciencia cierta, porque una de las mujeres Kirkcaldy había concebido un bebé en el estómago y no estaba casada. Algunas de las mujeres más viejas del clan habían arrojado piedras a la muchacha, susurraba Frances Catherine y su papá las había obligado a detenerse.

—¿Le arrojaron piedras al hombre que había escupido en la bebida? —quiso saber Judith.

Frances Catherine negó con la cabeza.

—La mujer no quiso decir quién había sido —replicó.

La lección era fácil de entender, continuó Frances Catherine. Se había probado que, si una mujer adulta bebía de la copa de vino de un hombre, seguramente tendría un bebé en el estómago.

Hizo que Judith le prometiera que nunca haría una cosa así. Judith hizo que Frances Catherine le hiciera la misma promesa.

Los años siguientes permanecieron borrosos en la memoria de Judith y la conciencia del odio que existía entre los escoceses y los ingleses tardó en penetrar en su mente. Supuso que siempre había sabido que su madre y su tío Tekel despreciaban a los escoceses, pero creía que era porque no sabían mucho más.

La ignorancia a menudo engendra desprecio, ¿verdad? Al menos eso era lo que decía el tío Herbert. Judith creía en todo lo que él le decía. Era un hombre muy afectuoso y amable, y cuando Judith sugirió que Tekel y su madre nunca habían pasado ningún momento con una familia escocesa y que ésa era la razón por la que no se daban cuenta de que eran personas excelentes y de buen corazón, su tío Herbert la besó en la frente y le dijo que tal vez eso fuera verdad.

Por la tristeza que descubrió en los ojos de su tío, Judith pudo entender que sólo estaba de acuerdo con ella para complacerla y también para protegerla del irrazonable prejuicio de su madre.

Cuando Judith tenía once años y estaba camino al festival, descubrió la verdadera razón por la cual su madre odiaba a los escoceses.

Estaba casada con uno de ellos.

1

Escocia, 1200

Iain Maitland era un individuo desagradable y ruin cuando estaba furioso.

Estaba furioso ahora. El sombrío humor descendió sobre él en cuanto su hermano Patrick le habló de la promesa que le había hecho a su dulce esposa, Frances Catherine.

Si Patrick había querido sorprender a su hermano, indudablemente había logrado su objetivo. Su explicación había dejado a Iain sin palabras.

Esa actitud no duró mucho tiempo. La ira la remplazó con rapidez. En verdad, la ridícula promesa que su hermano había hecho a su esposa no irritaba tanto a Iain como el hecho de que Patrick hubiera llamado al consejo para que diera una opinión oficial al respecto. Iain hubiera evitado que su hermano involucrara a los ancianos en lo que consideraba un asunto privado y familiar, pero estaba fuera de las tierras en ese momento, persiguiendo a los malditos Maclean que habían acechado a tres inexpertos guerreros Maitland y, cuando llegó a su casa, fatigado pero victorioso, la acción ya se había consumado.

Era típico de Patrick tomar una cuestión sencilla y complicarla endiabladamente. Al parecer, no había considerado ninguna de las consecuencias de su precipitada conducta. Iain, recientemente designado jefe del clan, ahora tendría que dejar a un lado sus deberes para con su familia inmediata, tal como se esperaba de él, y también su lealtad, para actuar exclusivamente como consejero de la asamblea.

Por supuesto, no iba a cumplir con esas expectativas. Apoyaría a su hermano sin que le importara cuánta oposición viniera de los ancianos. Tampoco iba a permitir que se castigara a Patrick. Y si era necesario, estaba completamente dispuesto a pelear.

Iain no compartió su decisión con su hermano, por la sencilla razón de que quería que Patrick sufriera la incertidumbre un poco más. Si la prueba resultaba ser lo suficientemente penosa, tal vez Patrick aprendería por fin a utilizar un poco de moderación.

Cuando Iain terminó con sus obligaciones y se dirigió colina arriba, la asamblea de cinco miembros ya se había reunido en el gran salón para oír la petición de Patrick. Patrick lo estaba esperando en el centro del patio. Parecía estar listo para entrar en batalla. Tenía las piernas bien plantadas y separadas, las manos dobladas en puños junto al cuerpo y el entrecejo de su rostro era tan feroz como la tormenta que amenazaba por encima de sus cabezas.

Iain no estaba en absoluto impresionado por la bravata de su hermano. Apartó a Patrick de su camino cuando éste intentó bloquearle el paso y continuó subiendo los escalones hacia el torreón.

—Iain —llamó Patrick—. Te lo pregunto ahora, porque debo saber tu postura antes de entrar. ¿Estás junto a mí en este tema o estás contra mí?

Iain se detuvo y luego se volvió lentamente para mirar a su hermano. La expresión de su rostro mostraba su enfado. Sin embargo, cuando habló, su voz era engañosamente suave.

—¿Y cómo sé yo, Patrick, si tú intentas provocarme deliberadamente al hacerme esa pregunta?

De inmediato, Patrick se relajó en su actitud.

—No he querido insultarte, pero eres nuevo como jefe y aún debes ser probado por nuestra asamblea de una manera tan personal. Hasta ahora no me había dado cuenta de la difícil posición en la que te he colocado.

—¿Te estás arrepintiendo?

—No —respondió Patrick con una sonrisa. Caminó hacia donde estaba su hermano—. Sé que no querías que involucrara a la asamblea, especialmente ahora que estás luchando para lograr interesarlos en formar una alianza con los Dunbar contra los Maclean, pero Frances Catherine estaba decidida a obtener la bendición del consejo. Desea que su amiga sea bien recibida aquí.

Iain no hizo ningún comentario acerca de esa explicación.

Patrick siguió presionando.

—También me doy cuenta de que no entiendes las razones por las que le hice esa promesa a mi esposa, pero algún día, cuando hayas encontrado a la mujer adecuada, todo esto tendrá sentido para ti.

Iain sacudió la cabeza con exasperación.

—Sinceramente, Patrick, no lo entenderé nunca. No existe eso que llaman «la mujer adecuada». Ninguna es mejor que otra.

Patrick rió.

—También yo pensaba eso, hasta que conocí a Frances Catherine.

—Estás hablando como una mujer —dijo Iain.

Patrick no se sintió insultado por el comentario de su hermano. Sabía que Iain no podía entender el amor que sentía por su esposa, pero, con la ayuda de Dios, algún día encontraría una a la cual entregarle su corazón.

Cuando ese día llegara, iba a disfrutar profundamente recordándole a Iain su actitud insensible.

—Duncan indicó que tal vez quisieran interrogar a mi esposa —dijo Patrick, volviendo a su principal preocupación—. ¿Crees que el viejo estaba bromeando conmigo?

Iain no se volvió al responder.

—Ninguno de los miembros de la asamblea bromean jamás, Patrick. Lo sabes tan bien como yo.

—Maldita sea, soy el responsable de esto.

—Sí, así es.

Patrick ignoró la rápida conformidad de su hermano.

—No voy a permitir que el consejo intimide a Frances Catherine.

Iain dejó escapar un suspiro.

—Yo tampoco —prometió.

Patrick se quedó tan sumamente sorprendido ante la conformidad de su hermano que dejó de fruncir el entrecejo.

—Creen que van a ser capaces de hacerme cambiar de opinión —dijo—. Va a ser mejor que entiendas que nada de lo que ellos hagan me hará cambiar. He dado mi palabra a Frances Catherine y me propongo cumplirla. Por el cielo, Iain, caminaría en los fuegos del infierno por mi esposa.

Iain se volvió y sonrió a su hermano.

—Un simple paseo hacia el gran salón será suficiente por ahora —dijo arrastrando las palabras—. Terminemos con esto.

Patrick asintió, y se adelantó a su hermano para abrir una de las puertas dobles.

—Un consejo, Patrick —dijo Iain—. Deja tu ira afuera. Si ven lo nervioso que estás, se van a lanzar sobre tu garganta. Sencillamente enumera tus razones con voz tranquila. Deja que la lógica guíe tus pensamientos, no la emoción.

—¿Y luego?

—Yo me encargaré del resto.

La puerta se cerró sobre esa promesa.

Diez minutos más tarde, el consejo mandó a un mensajero para que fuera a buscar a Frances Catherine. Se le encargó la misión al joven Sean. Encontró a la esposa de Patrick sentada junto al fuego en su cabaña y de inmediato le explicó que debía llegarse hasta el torreón y esperar detrás de las puertas para que su esposo la escoltase al entrar.

El corazón de Frances Catherine comenzó a latir con violencia. Patrick le había dicho que existía la posibilidad de que fuera llamada ante el consejo, pero no le había creído. Era insólito que una mujer diera su opinión directamente al consejo o al jefe del clan de forma oficial. Y no la consolaba en lo más mínimo el hecho de que el nuevo jefe fuera el hermano mayor de su esposo. No, esa relación no significaba nada en absoluto.

Su mente saltaba de un aterrorizado pensamiento a otro y en poco tiempo se había inducido ella sola a un estado de total agitación. Era obvio que el consejo pensaba que era tonta. Sí, decidió. Para ese momento Patrick ya les habría contado a todos la promesa que le había hecho, y ésa era la razón por la que se la llamaba al gran salón para que diera su propia explicación. Querían asegurarse de que realmente había perdido la razón antes de condenarla al aislamiento para el resto de sus días.

Su única esperanza estaba en las manos del jefe del clan. Frances Catherine no conocía bien a Iain Maitland. Dudaba de haber intercambiado más de cincuenta palabras con el guerrero en los dos años que habían pasado desde su casamiento con su hermano menor, pero Patrick le había asegurado que Iain era un hombre honrado. Vería la equidad en su petición.

Primero iba a tener que pasar por el consejo. Ya que era una reunión oficial, cuatro de los ancianos no hablarían directamente con ella. Le entregarían las preguntas al líder, Graham, y él solo tendría que sufrir el oprobio de conversar con ella. Era una mujer, después de todo, y una extraña, dado que había nacido y crecido en la frontera y no en las gloriosas Highlands.

En realidad, a Frances Catherine le aliviaba el hecho de que Graham sería el único que la interrogaría, ya que le temía menos que a los demás ancianos. El viejo guerrero era un hombre de hablar suave que era muy admirado por su clan. Había sido el jefe durante quince años y se había retirado de esa posición de poder hacía sólo tres meses. Graham no la atemorizaría, al menos no deliberadamente, pero utilizaría todos y cada uno de los trucos que conocía para lograr que liberase a Patrick de su promesa.

Hizo una rápida señal de la cruz y luego rezó durante todo el camino ascendente por la empinada colina hacia el torreón. Se recordó a sí misma que sería capaz de atravesar esa penosa prueba. No se iba a echar atrás, pasara lo que pasase. Patrick Maitland le había hecho esa promesa el día anterior a que aceptara casarse con él y por Dios que iba a asegurarse de que la cumpliera.

Una preciada vida dependía de ello.

Frances Catherine llegó al escalón más alto del torreón y se quedó allí esperando. Varias mujeres pasaron por el patio, curiosas ante la visión de una mujer holgazaneando ante la puerta del jefe del clan. Frances Catherine no invitó a la conversación. Mantuvo el rostro apartado y rezó todo el tiempo por que nadie la llamara por su nombre. No quería que las mujeres del clan supieran lo que estaba ocurriendo hasta que todo hubiera terminado. Seguramente comenzarían a crear problemas entonces, pero ya sería demasiado tarde para que importara.

No creía poder aguantar la espera durante mucho más tiempo. Agnes Kerry, la vieja chismosa que siempre iba con aires de presunción porque era casi seguro que su bella hija se casaría con el jefe del clan, ya había dado dos vueltas alrededor del patio, en un intento de averiguar qué estaba sucediendo, y ahora también se estaban acercando algunas de las de su grupo.

Frances Catherine alisó las tablas del tartán por encima de su vientre hinchado, notó cómo le temblaban las manos y de inmediato trató de detener aquella delatadora muestra de temor. Dejó escapar un ruidoso suspiro. Por lo general no se sentía tan tímida e insegura, pero desde que se había enterado de que estaba en estado, su comportamiento había sufrido un drástico cambio. Ahora era terriblemente emocional y lloraba por las cosas más insignificantes. El sentirse grande, torpe y gorda como una yegua bien alimentada tampoco ayudaba a su carácter. Llevaba casi siete meses de reclusión y el peso del bebé disminuía la velocidad de sus movimientos de manera considerable. Sin embargo, sus pensamientos no resultaron afectados. Corrían por su mente como un torbellino mientras intentaba adivinar qué preguntas le iba a hacer Graham.

Por fin, la puerta se abrió con un chirrido y Patrick dio un paso hacia afuera. Se sintió tan aliviada al verlo que casi se echó a llorar. Patrick llevaba el entrecejo fruncido, pero apenas vio lo pálida y preocupada que ella estaba, se obligó a sonreír. La tomó de la mano, le dio un pequeño apretón y luego le guiñó un ojo. Aquella inusual muestra de afecto a la luz del día fue tan tranquilizadora para Frances Catherine como uno de los masajes en la espalda que le daba por las noches.

—Oh, Patrick —soltó bruscamente—. Lamento tanto hacerte pasar por toda esta vergüenza.

—¿Eso quiere decir que me liberas de mi promesa? —le preguntó con aquella voz sonora y profunda que Frances Catherine quería tanto.

—No.

La brusquedad de la respuesta lo hizo reír.

—Eso pensaba yo.

Frances Catherine no estaba de humor para bromas. Sólo deseaba concentrarse en la penosa prueba que la esperaba.

—¿Ya está dentro? —preguntó en un mínimo susurro.

Patrick sabía de quién estaba hablando, por supuesto. Frances Catherine tenía un temor casi irracional a su hermano. Pensó que sería porque Iain era el señor de todo el clan. Sólo el número de soldados sobrepasaba en mucho los trescientos. Patrick suponía que la poderosa posición de su hermano lo convertiría en algo inalcanzable para una mujer.

—Por favor, contéstame —suplicó.

—Sí, amor, Iain está dentro.

—Entonces, ¿sabe lo de la promesa? —Era una pregunta estúpida. Se dio cuenta de ello casi al mismo tiempo que las palabras le salieron de la boca—. Ay, Dios, por supuesto que lo sabe. ¿Está enfadado con nosotros?

—Cariño, todo va a salir bien —le prometió. Intentó hacerla pasar por el umbral de la puerta. Frances Catherine se resistió al suave empujón.

—Pero el consejo, Patrick —dijo apresuradamente—. ¿Cómo han reaccionado ante tu explicación?

—Todavía están farfullando.

—Oh, Dios mío. —Se quedó completamente rígida en los brazos de Patrick.

Se dio cuenta de que no debió haber sido tan sincero con ella. Puso los brazos alrededor de los hombros de Frances Catherine y la atrajo hacia sí.

—Va a salir todo bien —le susurró con voz tranquilizadora—. Ya lo verás. Si tengo que ir andando hasta Inglaterra y traer a tu amiga, lo haré. Confías en mí, ¿no es verdad?

—Sí, confío en ti. No me hubiese casado contigo si no confiara completamente en ti. Patrick, ¿de verdad entiendes lo importante que es esto para mí?

La besó en la frente antes de contestar.

—Sí, lo sé. ¿Me vas a prometer una cosa?

—Lo que sea.

—Cuando tu amiga llegue aquí, vas a volver a reír.

Frances Catherine sonrió.

—Lo prometo —susurró. Rodeó la cintura de su esposo con los brazos y lo abrazó con fuerza. Permanecieron abrazados durante unos instantes. Él intentaba darle tiempo para que se recuperara. Ella intentaba recordar las palabras correctas que usaría cuando se le pidiera que diera sus razones al consejo.

Una mujer que pasaba apresurada con un cesto de ropa sucia sonrió al ver a la cariñosa pareja.

Era verdad que Frances Catherine y Patrick hacían una hermosa pareja. Él era tan moreno como ella rubia. Ambos eran altos, aunque Patrick alcanzaba más de un metro ochenta y la parte superior de la cabeza de su esposa apenas le llegaba al mentón. Sólo cuando Patrick estaba de pie junto a su hermano mayor parecía pequeño, ya que el jefe era varios centímetros más alto. Era indudable que Patrick era igual de ancho en los hombros, sin embargo, y tenía el mismo color de cabello castaño y negro. Sus ojos eran un tono de gris más oscuro que los de Iain y no tenía el mismo número de cicatrices de guerra que estropearan su bien parecido perfil.

Frances Catherine era tan esbelta como su esposo fornido. Tenía bonitos ojos castaños y Patrick juraba que lanzaban chispas doradas cuando reía. Sin embargo, el cabello era su tesoro. Le llegaba hasta la cintura, era de un profundo color castaño rojizo y no tenía ni un solo rizo que le quitara su glorioso brillo.

Al principio, Patrick se había sentido atraído por su apariencia, ya que era un hombre con un apetito sensual y ella era un justo premio para tomar, pero fue el maravilloso ingenio de Frances Catherine lo que lo hizo caer en el lazo. Lo encantaba constantemente. Tenía una manera dramática de ver la vida y en su interior había una pasión ardiente por experimentar cada aventura nueva. Nunca hacía nada a medias, incluyendo la manera en que lo amaba y consentía.

Patrick la sintió temblar entre sus brazos y decidió que ya era hora de entrar y terminar con aquella prueba para que ella dejara de preocuparse y agitarse.

—Entremos ya, amor. Nos están esperando.

Frances Catherine inspiró profundamente, se apartó de su esposo y caminó hacia el interior. Patrick se apresuró para caminar junto a ella.

Habían alcanzado los escalones que llevaban al gran salón cuando de pronto Frances Catherine se apoyó en su esposo.

—Tu primo Steven dijo una vez que, cuando Iain se enfada, su ceño puede hacer que el corazón de una persona deje de latir —susurró—. Patrick, tenemos que tratar de no enfadarlo. ¿De acuerdo?

Debido a que parecía tan seria y preocupada, Patrick no se rió, pero no pudo contener del todo su exasperación.

—Frances Catherine, realmente vamos a tener que hacer algo con respecto a este irrazonable temor tuyo. Mi hermano...

Frances Catherine lo agarró del brazo.

—Vamos a hacer algo al respecto más tarde —dijo apresuradamente—. Sólo prométemelo ahora.

—Está bien —accedió con un suspiro—. No haremos enfadar a Iain.

De inmediato le soltó el brazo. Patrick tuvo que mover la cabeza negativamente ante su comportamiento. Decidió que tan pronto como Frances Catherine se sintiera mejor encontraría una manera de ayudarla a superar ese temor. Sin embargo, no esperaría para tener una conversación con Steven. No, iba a llevar a su primo aparte a la primera oportunidad y le ordenaría que dejara de contarles historias tan fantásticas a las mujeres.

Iain era objeto fácil de aquellos cuentos exagerados. Rara vez le hablaba a una mujer, excepto en las inusuales ocasiones en las que, como jefe, se veía obligado a darles instrucciones específicas y su comportamiento severo a menudo se confundía con ira. Steven sabía que la mayoría de las mujeres le tenía miedo a Iain y encontraba muy divertido agitar de vez en cuando ese temor.

En ese momento, su hermano estaba atemorizando a Frances Catherine sin darse cuenta de ello. Estaba solo frente a la chimenea, frente a ellos, con los brazos cruzados sobre el pecho fornido. Era una actitud de indiferencia, pero la mirada de sus penetrantes ojos grises era cualquier cosa menos indiferente. El ceño que lucía hacía que el fuego de la chimenea detrás de él pareciera frío en comparación.

Frances Catherine había empezado a bajar los escalones cuando miró a través de la habitación y vió el entrecejo fruncido de Iain. Perdió el equilibrio rápidamente. Patrick se estiró y la agarró muy a tiempo.

Iain notó el miedo de Frances Catherine. Supuso que temía al consejo. Se volvió hacia la izquierda, donde estaban sentados los ancianos, y le hizo un gesto a Graham para que comenzara. Cuanto más rápido terminara la inevitable pelea, más rápido su cuñada calmaría sus temores.

Los ancianos tenían la mirada clavada en Frances Catherine. En tamaño, los cinco hombres se asemejaban a los escalones de una escalera. El mayor, Vincent, era también el más bajo. Estaba sentado en el extremo opuesto a Graham, el portavoz. Duncan, Gelfrid y Owen ocupaban los lugares que quedaban en medio.

Había bastantes vetas grises entre los cabellos de cada uno de los ancianos y entre todos tenían suficientes cicatrices para cubrir las paredes de piedra del torreón. Frances Catherine se concentró en Graham. El líder tenía visibles y profundas arrugas alrededor de los ojos y Frances Catherine deseaba creer que las tenía allí debido a que había reído mucho a través de los años. Esa idea hacía que fuera más fácil imaginar que entendería su problema.

—Tu esposo acaba de compartir con nosotros una historia asombrosa, Frances Catherine —comenzó Graham—. En verdad, nos resulta difícil creerla.

El líder asintió para apoyar el último comentario y luego hizo una pausa. Frances Catherine no estaba segura de si debía hablar ahora o esperar. Levantó la mirada hacia Patrick y recibió un gesto de aliento.

—Mi esposo sólo hablaría con la verdad —dijo.

Los otros cuatro miembros del consejo fruncieron el entrecejo al mismo tiempo. Graham sonrió.

—¿Nos podrías dar tus razones para exigir que se cumpla esta promesa? —le preguntó con voz suave.

Frances Catherine reaccionó como si Graham le hubiera gritado. Sabía que había utilizado la palabra «exigir» como un insulto deliberado.

—Soy una mujer y nunca le exigiría nada a mi esposo. Sólo se lo pediría y ahora pido que se honre la palabra de Patrick.

—Muy bien —concedió Graham, con voz aún suave—. No exiges, pides. Ahora me gustaría que explicaras a este consejo tus razones para hacer una petición tan extravagante.

Frances Catherine se puso tensa. Extravagante, claro está. Inspiró profundamente para calmarse.

—Antes de aceptar casarme con Patrick, le pedí que me prometiera que me traería a mi querida amiga lady Judith Elizabeth cuando me encontrara embarazada. Mi confinamiento ya casi está a punto de terminar. Patrick accedió a esta petición y a ambos nos gustaría que se llevara a cabo lo antes posible.

El aspecto del rostro de Graham indicaba que no estaba del todo satisfecho con la explicación.

—Lady Judith Elizabeth es inglesa, ¿eso no te preocupa? —dijo, después de aclararse la garganta.

—No, mi señor, no importa en absoluto.

—¿Crees que cumplir con esta promesa es más importante que el desorden que ella va a causar? ¿Alterarías nuestras vidas deliberadamente, muchacha?

Frances Catherine negó con la cabeza.

—No haría una cosa así deliberadamente.

Graham parecía aliviado. Frances Catherine adivinó que él creía que ahora tenía una manera de manipularla para que dejara correr el asunto. Los siguientes comentarios confirmaron sus sospechas.

—Me alegra oír eso, Frances Catherine. —Hizo una pausa para asentir en dirección a sus cuatro compañeros—. Nunca creí ni por un minuto que nuestra muchacha quisiera causar tal conmoción. Ahora se va a olvidar de esta tontería...

Frances Catherine no se arriesgó a dejarlo terminar.

—Lady Judith Elizabeth no va a causar ningún desorden.

Los hombros de Graham cayeron súbitamente. El cambiar la opinión de Frances Catherine no estaba resultando ser una tarea tan fácil, después de todo. Tenía el entrecejo fruncido cuando se volvió hacia ella.

—Mira, muchacha, los ingleses nunca han sido bienvenidos aquí —dijo—. Esa mujer tendría que compartir las comidas con nosotros...

Un puño golpeó sobre la mesa. El guerrero llamado Gelfrid era el responsable de aquella muestra de malhumor. Gelfrid levantó la mirada y la fijó en Graham.

—La mujer de Patrick humilla el nombre Maitland al pedir eso —dijo con voz baja e iracunda.

Los ojos de Frances Catherine se llenaron de lágrimas. Sentía que comenzaba a invadirla el pánico en su interior. No podía pensar en un argumento lógico en respuesta a la declaración de Gelfrid.

Patrick se movió y se puso de pie frente a su esposa. La voz le temblaba de ira cuando le habló al miembro del consejo.

—Gelfrid, puedes mostrarme a mí tu disconformidad, pero no vas a levantar la voz ante mi esposa.

Frances Catherine miró a hurtadillas desde detrás de su esposo para ver la reacción de Gelfrid a aquella orden. El anciano asintió. Luego Graham agitó la mano en señal de silencio.

Vincent, el más anciano del grupo, no prestó atención a la señal.

—Nunca había oído que una mujer tuviera dos nombres completos antes de que Frances Catherine llegara a nosotros. Pensé que era una excentricidad que compartían las personas de la frontera. Ahora oigo hablar de otra mujer que también tiene dos nombres completos. ¿Qué piensas de ello, Graham?

El líder soltó un suspiro. La mente de Vincent solía dispersarse de vez en cuando. Era irritante para todos aguantar aquello.

—No sé qué pensar de eso —replicó Graham—. Pero ése no es el tema que interesa ahora.

Volvió a prestarle atención a Frances Catherine.

—Otra vez te pregunto si alterarías voluntariamente nuestras vidas —repitió.

Antes de responderle, Frances Catherine se colocó junto a Patrick para no parecer cobarde.

—No sé por qué pensáis que lady Judith Elizabeth causaría ningún desorden. Es una mujer amable y dulce.

Graham cerró los ojos. Había una insinuación de regocijo en su voz cuando finalmente volvió a hablar.

—Frances Catherine, los ingleses no nos agradan precisamente. Seguramente lo habrás notado en los años que llevas con nosotros.

—Se crió en la frontera —le recordó Gelfrid a su líder. El guerrero se rascó la mandíbula con patillas—. Tal vez no sepa que es así.

Graham convino con él con un gesto de la cabeza. Una súbita chispa apareció en sus ojos. Se volvió hacia sus compañeros, se inclinó y les habló en voz baja. Cuando terminó, los demás asentían para mostrar su aceptación.

Frances Catherine se sentía enferma. Por la mirada victoriosa del rostro de Graham sólo podía deducir que había encontrado una manera de negarle la petición antes de pedir el consejo del jefe.

Era obvio que Patrick había llegado a la misma conclusión. El rostro se le volvió oscuro de ira. Luego dio otro paso hacia adelante. Frances Catherine le agarró la mano. Sabía que su esposo tenía toda la intención de cumplir con su promesa, pero no quería que los ancianos lo sancionaran. El castigo sería severo, incluso para un hombre tan orgulloso y capaz como Patrick, y semejante humillación sería intolerable para él.

Le apretó la mano.

—Vais a decidir, dado que suponéis que yo no lo sé, que es mejor para mí. ¿No es verdad?

Graham quedó gratamente sorprendido por la sagacidad de Frances Catherine al saber qué tenía en mente. Estaba a punto de contestar a ese desafío cuando Patrick habló.

—No, Graham no decidiría que sabe lo que es mejor para ti. Eso sería un insulto hacia mí, esposa.

El líder de la asamblea fijó la mirada en Patrick durante unos instantes.

—Vas a respetar la decisión de esta asamblea, Patrick —ordenó con voz poderosa.

—Un Maitland ha dado su palabra. Debe ser honrada.

La voz resonante de Iain llenó el salón. Todos se volvieron para mirarlo. Iain mantuvo la mirada concentrada en el líder de la asamblea.

—No intentes confundir el tema —ordenó—. Patrick le hizo una promesa a su mujer y debe ser cumplida.

Nadie dijo nada durante varios minutos. Luego Gilfred se puso de pie. Las palmas de sus manos descansaban sobre la mesa, sobre la que se inclinó hacia adelante para mirar a Iain con furia.

—Eres consejero aquí, nada más.

Iain se encogió de hombros.

—Soy vuestro jefe —contrarrestó—. Por vuestro voto —añadió—. Y ahora os aconsejo honrar la palabra de mi hermano. Sólo los ingleses rompen sus promesas, Gelfrid, no los escoceses.

Gelfrid asintió renuentemente.

—Dices la verdad —admitió.

Uno menos y faltan cuatro, pensó Iain para sus adentros. Maldición, odiaba el tener que usar la diplomacia para salirse con la suya. Prefería muchísimo más una batalla con puños que con palabras. Odiaba tener que ganarse el permiso de nadie por sus acciones o también las de su hermano. Haciendo un esfuerzo, controló su frustración y se concentró en el asunto que tenía entre manos. Volvió a prestar atención a Graham.

—¿Te has convertido en un anciano, Graham, para preocuparte por algo tan insignificante como esto? ¿Le tienes miedo a una sola mujer inglesa?

—Por supuesto que no —musitó Graham, quien hizo aparente por su expresión el ultraje que sentía ante la mera posibilidad—. No le temo a ninguna mujer.

Iain sonrió ampliamente.

—Me alivia oírlo —replicó—. Por un momento comencé a dudarlo.

Su astucia no pasó desapercibida para el líder de la oligarquía. Graham sonrió.

—Has lanzado tu astuta carnada y mi arrogancia ha tratado de tomarla.

Iain no hizo ningún comentario respecto de esa verdad. La sonrisa de Graham aún era visible cuando volvió su atención hacia Frances Catherine.

—Todavía estamos algo confundidos por esta petición y apreciaría que nos dijeras por qué quieres a esa mujer aquí.

—Haz que nos cuente por qué ambas tienen dos nombres completos —intercaló Vincent.

Graham no hizo caso de la petición del anciano.

—¿Quieres explicar tus razones, muchacha?

—Me pusieron el nombre de mi madre, Frances, y el nombre de mi abuela, Catherine, porque...

Graham la cortó en seco con un gesto impaciente de la mano. Siguió sonriendo para que no pensara que estaba abiertamente irritado con ella.

—No, no, muchacha, ahora no quiero oír por qué resulta que tienes dos nombres. Quiero oír tus razones para querer aquí a esa mujer inglesa.

Frances Catherine sintió que se sonrojaba ante el malentendido.

—Lady Judith Elizabeth es mi amiga. Me gustaría que estuviera a mi lado cuando me llegue el momento de dar a luz a este bebé. Ya me dio su palabra de que va a venir junto a mí.

—¿Amiga e inglesa? ¿Cómo puede ser eso? —preguntó Gelfrid. Se frotó la mandíbula mientras reflexionaba sobre esa contradicción.

Frances Catherine sabía que el anciano no la estaba provocando deliberadamente. Parecía auténticamente perplejo. No creía que nada de lo que pudiera decir hiciera comprender al anciano. En realidad, no creía que Patrick entendiera de verdad el lazo que había formado con Judith hacía tantos años y su esposo no tenía costumbres tan profundamente arraigadas como Graham y los demás. Con todo, sabía que iba a tener que intentar explicárselo.

—Nos conocimos en el festival anual de la frontera —comenzó—. Judith tenía sólo cuatro años y yo apenas cinco. No entendíamos que éramos... diferentes la una de la otra.

Graham dejó escapar un suspiro.

—Pero, ¿una vez que lo entendisteis?

Frances Catherine sonrió.

—No importó.

Graham movió la cabeza en un gesto negativo.

—En verdad, todavía no entiendo esa amistad —confesó—. Pero nuestro jefe tenía razón cuando nos recordó que nosotros no rompemos nuestras promesas. Tu amiga será bienvenida aquí, Frances Catherine.

Estaba tan abrumada por la alegría que se recostó contra su esposo. Entonces se atrevió a mirar con rapidez a los demás miembros de la asamblea. Vincent, Gelfrid y Duncan estaban sonriendo, pero Owen, el anciano que parecía haber estado dormitando durante todo el interrogatorio, ahora estaba moviendo la cabeza en un gesto negativo ante Frances Catherine.

Iain notó el gesto.

—¿No estás de acuerdo con la decisión, Owen?

El anciano mantuvo la mirada en Frances Catherine mientras contestaba.

—Estoy de acuerdo, pero creo que deberíamos hacerle una justa advertencia a esta muchacha. No debería hacerse ilusiones. Estoy contigo, Iain, porque yo también sé por experiencia propia que los ingleses no cumplen con sus promesas. Siguen la costumbre de su rey, por supuesto. Ese bribón cambia de opinión cada dos minutos. Esa mujer inglesa de dos nombres tal vez le dio su promesa a la esposa de Patrick, pero no la cumplirá.

Iain asintió para demostrar que estaba de acuerdo. Se había preguntado cuánto tardaría el consejo en llegar a esa misma conclusión. Los ancianos parecían mucho más contentos ahora. Sin embargo, Frances Catherine seguía sonriendo. No parecía estar en absoluto preocupada por que su amiga no cumpliera con su promesa. Iain sentía una tremenda responsabilidad de proteger a todos y cada uno de los miembros de su clan. Sin embargo, sabía que no podía proteger a su cuñada de las duras realidades de la vida. Iba a tener que sufrir esa desilusión ella sola, pero una vez que hubiese aprendido la lección, sabría con seguridad que sólo podía contar con su propia familia.

—Iain, ¿a quién vas a mandar a cumplir esta diligencia? —preguntó Graham.

—Debo ir yo —anunció Patrick.

Iain movió negativamente la cabeza.

—Tu lugar está con tu esposa ahora. Se le acerca el momento. Iré yo.

—Pero tú eres el jefe —arguyó Graham—. Está por debajo de tu posición social...

Iain no permitió que continuara.

—Éste es un asunto familiar, Graham. Ya que Patrick no puede dejar a su esposa, debo ocuparme yo de este deber. Mi decisión está tomada —añadió con el entrecejo fruncido, para desalentar futuras discusiones.

Patrick sonrió.

—No conozco a la amiga de mi esposa, Iain, pero me puedo imaginar muy bien que cuando te vea cambiará de opinión acerca de venir aquí.

—Judith Elizabeth estará muy complacida de tener la compañía de Iain —dijo bruscamente Frances Catherine. Se volvió para sonreírle a su jefe—. No va a tenerte miedo. Estoy segura. Yo también te agradezco tu ofrecimiento a hacer este viaje. Judith se sentirá segura contigo.

Iain levantó una ceja ante este último comentario. Luego dejó escapar un largo suspiro.

—Frances Catherine, estoy igual de seguro de que no va a querer venir aquí. ¿Quieres que la obligue a hacerlo?

Debido a que Frances Catherine tenía la mirada fija en Iain, no vio que Patrick le hacía un rápido gesto a su hermano.

—No, no debes obligarla. Querrá venir junto a mí.

Tanto Patrick como Iain dejaron de intentar advertirle a Frances Catherine que no tuviera muchas esperanzas. Graham excusó cortésmente a Frances Catherine de la reunión. Patrick la tomó de la mano y comenzó a dirigirse hacia las puertas.

Frances Catherine tenía prisa por salir para poder abrazar a su esposo y decirle lo contenta que estaba de estar casada con él. Había estado tan... magnífico cuando la había defendido. Nunca había dudado de que lo haría, por supuesto, pero aun así deseaba darle la alabanza que creía que él deseaba escuchar. Los esposos necesitaban las felicitaciones de sus esposas de vez en cuando, ¿verdad?

Casi había alcanzado el escalón superior de la entrada cuando oyó el nombre de Maclean mencionado por Graham. Se detuvo para escuchar. Patrick intentó darle un pequeño empujón para que continuara, así que ella se quitó el zapato y le hizo un gesto de que se lo acercara. No le importó que Patrick pensara que era torpe. Sentía demasiada curiosidad por oír de qué trataba la conversación. Graham parecía estar muy enfadado.

El consejo no le estaba prestando ninguna atención. Duncan tenía la palabra.

—Estoy en contra de cualquier alianza con los Dunbar. No los necesitamos —añadió casi en un grito.

—¿Y si los Dunbar forman una alianza con los Maclean? —preguntó Iain, con la voz temblando por la furia—. Olvídate del pasado, Duncan. Piensa en las consecuencias.

Vincent habló a continuación.

—¿Por qué han de ser los Dunbar? Son tan resbaladizos como el salmón mojado y tan sigilosos como los ingleses. No puedo soportar ese pensamiento. No, no puedo.

Iain intentó aferrarse a su paciencia.

—Debo recordarte que la tierra de los Dunbar está entre los Maclean y nosotros. Si no nos aliamos a ellos, podrían muy bien acudir a los malditos Maclean en busca de protección. No podemos permitir eso. Es sencillamente una decisión entre lo malo y lo peor.

Frances Catherine no pudo oír más de la conversación. Patrick le había puesto el zapato otra vez en el pie, y de nuevo le tocaba ligeramente el codo.

Se olvidó de todo lo referente a elogiar a su esposo. Apenas las puertas se cerraron tras ellos, se volvió hacia Patrick.

—¿Por qué los Maitland odian a los Maclean?

—La enemistad data de hace mucho tiempo —respondió él—. Antes de que yo naciera.

—¿Se podría reparar de alguna manera?

Patrick se encogió de hombros.

—¿Por qué te interesan los Maclean?

No podía decírselo, por supuesto. Si lo hacía, estaría rompiendo la promesa que le había hecho a Judith y nunca traicionaría esa confianza. Estaba también el significativo hecho de que a Patrick le daría un ataque si se llegaba a enterar de que el padre de Judith era el jefe de los Maclean. Sí, también existía esa consideración.

—Sé que los Maitland están enemistados con los Dunbar y también con los Macpherson, pero no había oído nada de los Maclean. Por eso tengo curiosidad. ¿Por qué no nos llevamos bien con ningún otro clan?

Patrick rió.

—Hay unos pocos a los que llamamos amigos —le dijo.

Frances Catherine decidió cambiar de tema y volver hacia los elogios que deseaba prodigarle. Patrick caminó con ella hasta la casa y, después de darle un largo beso de despedida, se volvió para regresar al patio.

—Patrick, te das cuenta de que mi lealtad es hacia ti, ¿no es verdad? —preguntó su esposa.

Patrick se volvió.

—Por supuesto.

—Siempre he tenido en cuenta tus sentimientos, ¿no es así?

—Sí.

—De modo que si supiera algo que te irritara, sería mejor que me lo callara, ¿verdad?

—No.

—Si te lo dijera, significaría romper una promesa que le hice a otra persona. No podría hacer eso.

Patrick retrocedió y quedó de pie directamente frente a su esposa.

—¿Qué estás intentando no decirme?

Frances Catherine movió negativamente la cabeza.

—No quiero que Iain obligue a Judith —dijo impulsivamente, deseando apartar la atención de Patrick de viejas promesas—. Si ella no puede venir aquí, Iain no debe utilizar la fuerza.

Insistió hasta que Patrick le dio su palabra. Aceptó de mala gana, sólo para complacerla, pero no tenía ninguna intención de cumplir su promesa. No estaba dispuesto a permitir que la inglesa le rompiera el corazón a su esposa. Sin embargo, no le gustaba mentir a Frances Catherine y Patrick reflexionó sobre ello con el entrecejo fruncido mientras subía de nuevo la colina.

Apenas salió Iain, su hermano lo llamó.

—Tenemos que hablar, Iain.

—Diablos, Patrick, si me vas a hablar de otra promesa que le has hecho a tu esposa, te lo advierto, no estoy de humor para oírla.

Patrick rió y esperó a que su hermano lo alcanzara.

—Quiero hablarte de la amiga de mi esposa —dijo—.

No me importa lo que haya que hacer, Iain. Arrástrala hasta aquí, si es necesario, ¿está bien? No voy a permitir que mi esposa se desilusione. Ya tiene suficientes preocupaciones con la llegada del bebé.

Iain comenzó a caminar hacia los establos. Llevaba las manos detrás de la espalda y la cabeza inclinada en señal de reflexión. Patrick caminaba a su lado.

—Supongo que eres consciente de que, si obligo a esta mujer, podría muy bien comenzar una guerra con su familia y, tal vez, si el rey decide tomar un interés personal en el asunto, una guerra con Inglaterra.

Patrick lanzó una rápida mirada a su hermano para ver qué pensaba él de esa remota posibilidad. Iain estaba sonriendo. Patrick movió la cabeza en un gesto negativo.

—John no se involucrará personalmente en esto si no puede ganar algo. El problema va a ser la familia de ella. Es indudable que no le van a permitir partir en un viaje así.

—Podría convertirse en un enredo —comentó Iain.

—¿Va a importar?

—No.

Patrick dejó escapar un suspiro.

—¿Cuándo vas a marcharte?

—Mañana, a primera hora. Esta noche voy a hablar con Frances Catherine. Quiero saber todo lo que sea posible acerca de la familia de esta mujer.

—Hay algo que Frances Catherine no me quiere decir —dijo Patrick, con voz vacilante—. Me preguntó acerca de la enemistad con los Maclean...

No continuó. Iain lo estaba mirando como si pensara que había perdido el juicio.

—¿Y no le ordenaste que te explicara qué demonios te está ocultando?

—No es tan sencillo —explicó Patrick—. Tienes que

ser... delicado con una esposa. Con el tiempo me dirá qué es lo que la está preocupando. Tengo que ser paciente. Aparte, probablemente estoy haciendo juicios precipitados. Mi esposa se preocupa por cualquier cosa en estos días.

La mirada del rostro de Iain hizo que Patrick lamentara el haber mencionado la extraña conducta de Frances Catherine.

—Te daría las gracias por hacer este viaje, pero sería insultarte.

—Ésta no es una tarea que acepto con ganas —admitió Iain—. Me va a llevar siete u ocho días alcanzar aquellas tierras y eso significa por lo menos ocho de regreso con una mujer quejosa en mis manos. Diablos, preferiría hacerme cargo yo solo de toda una legión de Macleans antes que cumplir esta tarea.

El desolador tono de voz de Iain hizo que a Patrick le entraran ganas de reír. No se atrevió a hacerlo, por supuesto, ya que su hermano le ensangrentaría el rostro sólo con que esbozara una sonrisa.

Los dos hermanos caminaron juntos en silencio durante varios minutos más, cada uno absorto en sus propios pensamientos.

Patrick se detuvo súbitamente.

—No puedes obligar a esa mujer. Si no desea venir aquí, déjala.

—Entonces, ¿por qué diablos voy a molestarme en ir?

—Mi esposa podría tener razón —dijo Patrick apresuradamente—. Tal vez lady Judith Elizabeth esté dispuesta a venir aquí.

Iain miró a su hermano con dureza.

—¿Dispuesta? Has perdido el juicio si crees eso. Es inglesa. —Hizo una pausa para dejar escapar un cansado suspiro—. No puede estar dispuesta a venir aquí.

2

Estaba esperando en el umbral de la puerta.

Lady Judith había sido advertida con suficiente anticipación, por supuesto. Dos días antes, su primo Lucas había descubierto a cuatro soldados escoceses muy cerca de la frontera, cruzando el río Horton. Lucas no estaba allí por casualidad, estaba cumpliendo diligentemente con las indicaciones de su tía Millicent, y después de casi un mes de matar el tiempo y pasarse las noches del temprano verano soñando despierto, había avistado a los escoceses. Se había quedado tan sorprendido al ver a los robustos Highlanders que casi se olvidó de qué debía hacer a continuación. Sin embargo, recobró la memoria con rapidez y cabalgó con gran velocidad, tanta que casi se ahoga con el polvo, hacia las lejanas tierras de Judith para decirle que debía prepararse para recibir visitas.

Judith no tenía mucho que hacer para estar lista. Desde el día en que le había llegado la noticia, a través de una intrincada red de chismes, de que Frances Catherine estaba embarazada, había tenido casi todo su equipaje preparado y todos los regalos para su amiga envueltos con bonitas cintas de encaje rosa.

Por cierto, Frances Catherine podría haber escogido un momento más oportuno. Judith acababa de regresar a casa de su tío Tekel para la obligatoria visita semestral cuando le llegó el mensaje. No podía hacer el equipaje y volver a casa de la tía Millicent y el tío Herbert, ya que hacerlo podría dar pie a preguntas que no estaba dispuesta a contestar, así que escondió su equipaje y los regalos en el piso superior del establo y esperó a que su madre, que estaba en casa en una de sus infrecuentes escalas, se aburriera y volviera a marcharse. Entonces sacaría por primera vez el tema del viaje a Escocia con su tutor, el tío Tekel.

El hermano mayor de su madre era un hombre de hablar suave y modales tranquilos, completamente opuesto en carácter a su hermana, lady Cornelia, a no ser que bebiera. Entonces se volvía tan vil como una serpiente. Tekel había sido un inválido durante tantos años como Judith podía recordar, y en los primeros años raramente se ponía de malhumor con ella, incluso en las noches en las que el dolor de sus piernas deformadas se volvía demasiado insoportable como para resistirlo. Judith solía darse cuenta de su malestar cuando comenzaba a frotarse las piernas y le pedía a uno de los sirvientes que le llevara una copa de vino caliente. Por experiencias pasadas, los sirvientes habían aprendido a llevarle una jarra llena. Algunas noches, Judith lograba escapar a su recámara antes de que su tío se volviera abusivo, pero otras noches le exigía que se sentara a su lado. Solía volverse bastante melancólico y deseaba sostenerle la mano a Judith mientras hablaba del pasado, de cuando había sido joven y sano, un soldado para tomar en cuenta. Cuando tenía veintidós años, un carro volcó triturándole las rodillas y se las había dejado como granos de arena. Una vez que el vino le había amortiguado el dolor y aflojado la lengua, solía maldecir contra la injusticia de ese inesperado y extraño accidente.

También solía maldecir contra Judith. Ésta no dejaba que él supiera cuánto la trastornaba su ira. Se le formaba un nudo en el estómago que no desaparecía hasta que finalmente la excusaban por la noche.

El problema de Tekel con la bebida empeoró mucho con el correr de los años. Comenzó a pedir el vino cada vez más temprano y con cada copa que consumía su carácter cambiaba cada vez con mayor dramatismo. Cuando caía la noche, lloraba por repugnancia de sí mismo o le gritaba insultos incoherentes a Judith.

A la mañana siguiente, Tekel no solía recordar nada de lo que había dicho la noche anterior. Judith recordaba cada palabra. Intentaba desesperadamente perdonarle su crueldad para con ella. Intentaba creer que el dolor era mucho más intolerable para él que para ella. El tío Tekel necesitaba su comprensión y compasión.

La madre de Judith, lady Cornelia, no tenía ninguna compasión por su hermano. Era una bendición el que nunca estuviera en casa más de un mes. Tenía muy poco que ver con Tekel o con su propia hija incluso en ese entonces. Cuando Judith era más pequeña y la actitud fría y distante de su madre la hería con mayor facilidad, su tío la consolaba diciéndole que era un constante recuerdo de su padre y que su madre había amado tanto al barón que, aun después de tantos años, lloraba su muerte. Le decía que cuando su madre la miraba el dolor de su pérdida manaba dentro de sí y dejaba muy poco espacio para las demás emociones. Como Tekel no bebía tanto en aquel entonces, Judith no tenía ninguna razón para dudar de su explicación. Sin embargo, no entendía ese amor entre esposo y esposa, y en su interior anhelaba la aceptación y el amor de su madre.

Judith había vivido con la tía Millicent y el tío Herbert durante los primeros cuatro años de su vida. Luego, en la primera visita verdadera al tío Tekel y a su madre, se había referido accidentalmente al tío Herbert como su padre. La madre de Judith se puso furiosa. Tekel tampoco se mostró muy complacido. Decidió que Judith necesitaba pasar más tiempo con él y le ordenó a Millicent que llevara a la niña a sus tierras durante seis meses al año.

A Tekel le repelía la idea de que su sobrina pudiera considerar a Herbert como su padre. Por esa razón, todas las mañanas se reservaba una hora, cuando su mente no estaba entorpecida por el vino, para contarle historias acerca de su verdadero padre. Solía contarle que la larga espada curva que colgaba sobre la chimenea era la mismísima espada que su padre había usado para matar a los dragones que se atrevían a intentar arrebatarle Inglaterra al legítimo rey y que su noble padre había muerto protegiendo la vida de su señor.

Las historias eran interminables... y llenas de fantasía. En muy poco tiempo Judith había santificado a su padre en su mente. Le habían dicho que había fallecido el primero de mayo, y cada aniversario de su muerte juntaba en la falda las primeras flores de primavera y cubría la tumba de su padre con los bonitos pimpollos. Decía una plegaria por su alma, aunque en realidad, no creía que aquella petición fuera necesaria. Seguramente su papá ya estaba en el cielo, complaciendo a su Creador ahora, en vez de al rey a quien tan valientemente había servido mientras estuvo sobre la Tierra.

Judith tenía once años e iba camino al festival de la frontera cuando averiguó la verdad acerca de su padre. No había muerto defendiendo a Inglaterra de los infieles. Ni siquiera era inglés. Su madre no lloraba a su esposo; lo odiaba con una pasión que no había disminuido a través de los años. Tekel sólo le había contado una verdad a medias. Judith era un constante recuerdo para su madre, un recuerdo del horrible error que había cometido.

La tía Millicent sentó a Judith y le contó todo lo que sabía. Su madre se había casado con aquel jefe de clan escocés por despecho, cuando su padre y su rey consideraron que el barón inglés que se proponía conquistar como novio no era aceptable. Lady Cornelia no estaba acostumbrada a que se le negaran sus deseos. Se casó con el Highlander apenas dos semanas después de haberlo conocido en la corte en Londres. Cornelia quería vengarse de su padre. Deseaba herirlo y, por cierto, cumplió con su objetivo, pero en el convenio que tuvo que aceptar se hizo mucho más daño a sí misma.

El matrimonio duró cinco años. Luego, Cornelia regresó a Inglaterra. Pidió poder vivir con su hermano, Tekel, y al principio se negó a explicar qué había sucedido. Más tarde, cuando se hizo obvio que estaba esperando un niño, le dijo a su hermano que su esposo la había desterrado cuando se enteró de que estaba embarazada. Ya no la quería más y tampoco quería al niño.

Tekel quería creer a su hermana. Se sentía solo, y la idea de criar a una sobrina o a un sobrino le agradaba. Sin embargo, después de que nació Judith, Cornelia no pudo soportar la idea de tener a la criatura en la casa. Millicent y Herbert consiguieron convencer a Tekel para que les dejara tener a Judith. El trato que hicieron fue que nunca le hablarían a la niña de su padre.

Millicent no estaba dispuesta a cumplir con esa promesa, pero esperó hasta que sintió que Judith era lo bastante grande como para entender. Entonces la sentó y le explicó todo lo que sabía acerca de su padre.

Judith tenía miles de preguntas. Millicent no tenía muchas respuestas. Ni siquiera estaba segura de que el terrateniente escocés estuviera aún con vida. Con todo, sí sabía el nombre. Era Maclean.

No lo había conocido y por lo tanto no podía ofrecerle una descripción de su apariencia. Pero, como Judith no se parecía en nada a su madre, sólo podía presuponer que su cabello rubio y los ojos azules le venían del lado paterno.

Sencillamente era demasiado para que Judith lo asimilara. Su mente sólo podía concentrarse en todas las mentiras que le habían contado a través de los años. La traición fue desoladora.

Frances Catherine la había estado esperando en el festival. En cuanto las dos amigas se quedaron solas, Judith le contó todo lo que había aprendido. También lloró. Frances Catherine le sostuvo la mano y también lloró con ella.

Ninguna de las dos podía entender las razones que existían detrás del engaño. Después de discutirlo durante días, resolvieron que en ese momento las razones no eran importantes.

Entonces formaron su propio plan. Se resolvió que Judith no confrontaría a su madre y a su tío Tekel con la verdad. Si se daban cuenta de que Millicent le había contado la verdad acerca de su padre, era muy probable que la obligaran a mudarse con ellos de manera permanente.

Esa verdadera posibilidad era aterradora. La tía Millicent, el tío Herbert y Frances Catherine se habían convertido en la familia de Judith. Eran las únicas personas en las que podía confiar y no permitiría que su madre la mantuviera alejada de ellos.

Judith iba a tener que aferrarse a su paciencia, sin que importara lo difícil de la tarea. Esperaría hasta que fuera mayor. Entonces, si aún sentía la inclinación de hacerlo, iría a esas Highlands a conocer al hombre que la había procreado. Frances Catherine prometió ayudarla.

Los siguientes años pasaron con rapidez, incluso para una joven mujer que deseaba enfrentarse a la vida.

Frances Catherine había sido prometida en matrimonio a un hombre de la frontera del clan de los Stewart, pero tres meses antes del día de la boda los Kirkcaldy tuvieron una disputa con el terrateniente de los Stewart. Patrick Maitland aprovechó la reciente enemistad y pidió a Frances Catherine en matrimonio apenas una semana después de que se rompiera el contrato con los Stewart.

Cuando Judith se enteró de que su amiga se había casado con un Highlander, creyó que el destino había tomado parte para ayudarla. Ya le había dado su promesa a Frances Catherine de ir a ella cuando estuviese embarazada. Judith pensó que mientras estuviera allí, encontraría una manera de conocer a su padre.

Empezaría el viaje al día siguiente. Los parientes de Frances Catherine ya estaban en camino para recogerla incluso en ese mismo momento. El único problema era cómo explicar todo ello a su tío Tekel.

Por lo menos su madre se encontraba otra vez en Londres. La casa siempre estaba alborotada cuando estaba la madre de Judith, pero se había aburrido del aislamiento del campo y había partido para Londres la semana anterior. A lady Cornelia le encantaban el caos y los chismes de la vida cortesana, el débil código moral y, principalmente, todas las intrigas y los secretos que se daban junto a las distintas relaciones amorosas. En ese momento tenía el ojo puesto en el barón Ritch, el bien parecido esposo de una de sus mejores amigas, y había madurado un plan para llevarlo hasta su cama en un plazo de quince días. Judith había oído que su madre alardeaba de ello ante Tekel y luego se reía por la indignada reacción de éste.

Nada de lo que su madre hiciera podía sorprender a Judith. Daba las gracias por tener que luchar sólo contra Tekel. Había esperado hasta la noche anterior a su partida para contarle sus planes. No le iba a pedir su permiso, pero sentía que no sería honrado por su parte simplemente partir sin decirle adónde iba.

Temía la confrontación. Mientras subía hacia la recámara de su tío, sintió que se le formaba el conocido nudo en el estómago. Rogó que la cerveza lo hubiera vuelto melancólico y no atrozmente ruin.

La recámara estaba cubierta por la oscuridad. Un olor húmedo y mustio impregnaba el aire. Judith siempre se sentía sofocada cada vez que estaba en aquel lugar. En ese momento se sentía de esa manera y aspiró profundamente para calmar sus nervios.

Una sola vela ardía en la cómoda junto a la cama de Tekel. Judith a duras penas podía ver el rostro de su tío en las sombras. La preocupación por un incendio debido a una vela olvidada siempre estaba en su mente, ya que a menudo su tío caía en un sopor producido por la bebida antes de apagar la llama de la vela.

Lo llamó. No respondió. Judith entró justo cuando finalmente Tekel reparó en ella y la llamó.

No tenía la voz muy clara. Le hizo señas de que se acercara con la mano y, cuando Judith se acercó junto a la cama, su tío se incorporó y la tomó de la mano.

Le sonrió de manera vacilante. Judith exhaló un suspiro de alivio. Esa noche estaba de humor melancólico.

—Siéntate junto a mí mientras te cuento una historia que acabo de recordar acerca de la ocasión en que cabalgué junto a tu padre en una batalla. ¿Te he contado que él solía cantar la misma balada cada vez que las trompetas llamaban al ataque? Siempre seguía cantando durante todo el tiempo que peleaba.

Judith se sentó en una silla que había junto a la cama.

—Tío, antes de que continúes con la historia, me gustaría hablar contigo de algo importante.

—¿Oír cosas sobre tu padre no es importante?

Judith no hizo caso de la pregunta.

—Tengo que decirte algo —dijo.

—¿Qué es?

—¿Me prometes que vas a procurar no enfadarte?

—¿Cuándo me he enfadado yo contigo? —preguntó, totalmente ajeno a los cientos de noches en que se había enfurecido con ella—. Ahora dime qué te acongoja, Judith. Voy a sonreír durante toda tu confesión.

Judith asintió y entrelazó las manos sobre la falda.

—Todos los veranos, tu hermana Millicent y su esposo me han llevado al festival de la frontera. El tío Herbert tiene parientes que viven allí.

—Sé que es así —comentó Tekel—. Alcánzame la copa y continúa con tu explicación. Estoy deseando saber por qué no me has contado nada de esos festivales.

Judith observó cómo su tío tragaba un largo sorbo de cerveza y se servía otro trago antes de contestar su pregunta.

El dolor de estómago se le hizo más intenso.

—Millicent pensó que sería mejor que no te dijéramos nada a ti o a mamá... pensó que os alteraría saber que me estaba relacionando con escoceses.

—Lo que dices es verdad —concordó Tekel. Tomó otro largo sorbo de la copa—. Por lo general no apoyo tanto odio, pero te voy a decir que tu madre tiene buenas razones para sentirse de la manera en que se siente. También puedo entender por qué no dijiste nada acerca de esos festivales. Sé que habrás pasado muy buenos momentos. No soy tan viejo como para no recordarlo. Sin embargo, tengo que poner fin a eso. No vas a volver a ir a la frontera.

Judith aspiró profundamente en un esfuerzo por controlar la ira.

—En el primer festival al que fui, conocí a una niña llamada Frances Catherine Kirkcaldy. Nos convertimos en buenas amigas enseguida. Hasta que Frances Catherine se casó y se mudó lejos de la frontera, renovamos nuestra amistad todos los veranos en el festival. Le hice una promesa y ahora ha llegado el momento de cumplirla. Tengo que marcharme por un tiempo —terminó con un suave susurro.

Su tío clavó la mirada en ella con ojos inyectados en sangre. Era obvio que tenía dificultades para seguir la explicación.

—¿Qué es esto? —preguntó inquisitivo—. ¿Adónde crees que vas?

—Primero querría hablarte de la promesa que hice cuando tenía once años. —Esperó su gesto de aprobación antes de continuar—. La madre de Frances Catherine murió dando a luz y su abuela murió de la misma manera.

—Eso no es tan extraordinario —musitó—. Muchas mujeres mueren cumpliendo con su deber.

Intentó que aquella actitud insensible no la molestara.

—Hace muchos años, me enteré por Frances Catherine de que en realidad su abuela había muerto en algún momento en la semana posterior al alumbramiento, y eso era muy esperanzador, por supuesto.

—¿Por qué era esperanzador?

—Porque su muerte no pudo deberse a que tuviera las caderas estrechas.

Judith sabía que estaba enmarañando su explicación, pero el ceño fruncido de Tekel la desconcentraba.

Tekel se encogió de hombros.

—Aun así, fue el parto lo que la mató —dijo—. Y no deberías interesarte personalmente en temas tan íntimos.

—Frances Catherine cree que va a morir —dijo Judith—. Por esa razón, me intereso personalmente.

—Continúa hablándome de esa promesa —ordenó—. Pero mientras me lo explicas, sírveme un poco más de esa dulce cerveza.

Judith vació lo que quedaba de la segunda jarra.

—Frances Catherine me pidió que le prometiera que acudiría junto a ella cuando estuviese esperando un niño. Deseaba que yo estuviera a su lado cuando muriera. Pedía muy poco y yo acepté de inmediato. Hice esa promesa hace mucho tiempo, pero todos los veranos le decía que no había cambiado de opinión. No quiero que mi amiga muera —añadió—. Y por ese motivo, me he encargado de aprender todo lo que he podido acerca de los métodos más nuevos de alumbramiento. Le he dedicado mucho tiempo a este proyecto. La tía Millicent ha sido una maravillosa ayuda. Durante los últimos dos años, ha encontrado un número considerable de respetables parteras para que yo las entrevistase.

Tekel estaba consternado ante las aspiraciones de Judith.

—¿Te ves a ti misma como la salvadora de esa mujer? Si Dios quiere a tu amiga, tu interferencia podría hacer caer el pecado sobre tu alma. Tú no eres nada, lo sabes, y sin embargo, ¿te atreves a creer que eres lo suficientemente importante como para marcar una diferencia? —añadió con un ademán despectivo.

Judith se negó a discutir con él. Se había acostumbrado tanto a sus insultos que ya casi no la herían. Estaba orgullosa de lo que había logrado, pero deseaba poder encontrar una manera de detener el dolor que sentía en el estómago. Cerró los ojos, otra vez aspiró profundamente y luego se lanzó hacia adelante.

—Se acerca la hora de Frances Catherine y sus parientes están en camino para venir a buscarme. Estaré perfectamente a salvo. Estoy segura de que por lo menos habrá dos mujeres para acompañarme y un número adecuado de hombres para cuidar de mi seguridad.

La cabeza de Tekel cayó sobre las almohadas.

—Buen Dios, ¿me estás pidiendo permiso para ir a la frontera? ¿Y qué se supone que le voy a decir a tu madre cuando regrese y encuentre que no estás?

Judith no le había pedido permiso, pero decidió no señalárselo. Su tío cerró los ojos. Parecía que vacilaba al borde del sueño. Judith sabía que iba a tener que apresurarse si deseaba decir el resto antes de que cayera en un sopor.

—No voy a la zona de la frontera —comenzó—. Voy a ir a un lugar llamado Highlands, hacia el norte, en una zona aislada cerca del estuario Moray.

Los párpados de su tío se abrieron de golpe.

—No lo voy a permitir —rugió.

—Tío...

Se incorporó para abofetearla. Judith ya había movido su silla fuera de su alcance.

—Ya he terminado esta conversación —rugió. Estaba tan irritado que le sobresalían las venas del cuello.

Judith se preparó para enfrentarse a la ira de su tío.

—Pero yo no he terminado con esta conversación —insistió.

Tekel estaba pasmado. Judith siempre había sido una muchacha tímida y callada. Nunca había discutido con él. ¿Qué le había sucedido?

—¿Millicent te ha estado llenando la cabeza con algunas ideas extrañas? — preguntó.

—Sé lo de mi padre.

La miró de soslayo durante unos instantes antes de estirarse para alcanzar la cerveza. Judith observó que le temblaba la mano.

—Por supuesto que sabes lo de tu padre. Te he contado todo acerca del maravilloso barón. Era...

—Su nombre es Maclean y vive en algún lugar de las Highlands. No es un barón inglés. Es un terrateniente escocés.

—¿Quién te ha dicho esas tonterías?

—La tía Millicent me lo contó hace mucho tiempo.

—Es mentira —gritó—. ¿Por qué habrías de escuchar a Millicent? Mi hermana...

—Si no es verdad, ¿por qué te opones a que vaya a las Highlands?

Estaba demasiado confundido por la cerveza como para pensar en una respuesta convincente.

—No vas a ir y ése es el final del asunto. ¿Me oyes?

—Ni el mismísimo diablo va a evitar que acuda junto a Frances Catherine —contrarrestó con voz tranquila.

—Si te marchas, aquí no volverás a ser bienvenida.

Judith asintió.

—Entonces no regresaré.

—Maldita desagradecida —gritó—. He intentado ser justo contigo. Las historias que inventé acerca de tu padre...

No continuó. Judith movió la cabeza en un gesto negativo.

—¿Por qué inventaste esas historias?

—Deseaba darte algo a lo que pudieras aferrarte, especialmente ya que tu madre ni siquiera podía soportar mirarte. Tú sabías eso. Te tuve lástima e intenté mejorar en algo tu situación.

El estómago de Judith se retorció y se tensó con tanta intensidad que casi se dobló en dos. La habitación parecía estar cerrándose sobre ella.

—Oí que mamá decía que el tío Herbert era inferior

porque tenía sangre mestiza corriéndole por las venas. Siente lo mismo con respecto a mí, ¿verdad?

—No tengo respuestas fáciles —replicó. Su voz era cansada y derrotada—. Lo único que yo podía hacer era intentar suavizar su influencia sobre ti.

—La espada que cuelga de la chimenea... ¿a quién pertenece en realidad?

—Es mía.

—¿Y el anillo de rubí que llevo en una cadena alrededor del cuello? —preguntó. Levantó el anillo desde el lugar en el que descansaba entre sus senos—. ¿También es tuyo?

Tekel lanzó un bufido.

—El anillo pertenece al maldito Maclean. El intrincado diseño alrededor de la piedra tiene algún tipo de significado para la familia. Tu madre se lo llevó por despecho cuando lo abandonó.

Judith dejó de sostener con fuerza el anillo.

—¿Y qué pasa con la tumba?

—Está vacía.

No tenía más preguntas. Permaneció allí sentada durante uno o dos minutos, con las manos como puños sobre su regazo. Cuando volvió a mirar a su tío, éste estaba profundamente dormido. Pocos segundos después roncaba. Tomó la copa vacía de entre las manos de su tío, le quitó la bandeja del otro lado de la cama, apagó la llama de la vela y salió de la habitación.

De pronto, supo lo que quería hacer. Podía destruir una mentira.

El sol se estaba poniendo cuando corrió por el puente levadizo y subió la colina hacia el cementerio. No aminoró el paso hasta que llegó a la tumba vacía. Apartó con los pies las marchitas flores hacia un costado y luego se inclinó sobre la decorativamente tallada piedra sepulcral en la parte superior del montículo de tierra. Le llevó mucho tiempo arrancar la lápida de la dura tierra y aún más tiempo destruirla por completo.

A la mañana siguiente estaba lista para partir. No regresó a la recámara de su tío para decirle adiós.

Todos los criados corrían alrededor de Judith, luchando por una oportunidad de ayudar. Hasta ese momento Judith no se había dado cuenta de que eran más leales a ella que a su tío. Se sintió humilde ante la muestra unánime de apoyo. Paul, el administrador del establo, ya le había preparado la yegua de lomo hundido con los fardos. Estaba ensillando el corcel preferido de Judith, una yegua de patas moteadas llamada Glory, cuando Jane llegó corriendo con otra mochila llena de comida que prometió que duraría todo el viaje. Por el peso del equipaje y la manera en que Jane se esforzaba para llevarla hasta los establos, Judith llegó a la conclusión de que dentro había suficiente comida como para alimentar a un ejército.

Samuel, el guardián, gritó ante la llegada del grupo escocés. Se bajó de inmediato el puente levadizo. Judith permaneció de pie en el escalón más alto del torreón, con los brazos a lo largo del cuerpo y una sonrisa de bienvenida en el rostro, aunque forzada, ya que de pronto se sintió sumamente nerviosa.

Cuando los soldados llegaron hasta las tablas de madera del puente levadizo y los caballos lo cruzaron con estruendo, la sonrisa vaciló.

Un estremecimiento de preocupación le recorrió la espalda. No había ninguna mujer en el grupo. Sólo había soldados, cuatro en total, y todos le parecieron gigantes salvajes. La sensación de preocupación se trasladó hacia su estómago cuando se acercaron y pudo verles bien la cara. Ninguno de ellos estaba sonriendo. A decir verdad, le parecieron claramente hostiles.

Todos vestían el tartán de caza. Judith sabía que cada clan utilizaba dos tartanes diferentes. Los apagados colores dorado, castaño y verde se preferían para la caza de animales salvajes... y para los hombres, ya que esos colores se fundían con mayor facilidad en el bosque y los escondían de la presa. Los tartanes más coloridos se utilizaban en todas las demás ocasiones.

Las rodillas desnudas no tomaron a Judith por sorpresa. Estaba acostumbrada a aquella vestimenta inusual, ya que todos los hombres que asistían a los juegos de la frontera llevaban el tartán a la altura de la rodilla. En Inglaterra, el estandarte del barón era el que llevaba los colores, pero en Escocia, tal como le había explicado Frances Catherine, el jefe del clan y sus seguidores se reconocían por los colores de la vestimenta.

Lo que sí sorprendió a Judith fueron las expresiones de ira. No podía entender por qué estaban tan obviamente malhumorados. Luego decidió que el viaje habría agotado a los hombres. Era una excusa muy débil, pero era lo mejor que podía pensar.

Ningún soldado desmontó cuando alcanzaron a Judith. Tres de ellos formaron una hilera detrás del hombre que Judith supuso era el líder. Nadie dijo una palabra durante un largo, larguísimo momento. Todos clavaban la mirada en Judith de manera grosera. Judith no pudo evitar devolverles la penetrante mirada, aunque centró toda su atención en el líder. No creía haber visto una visión tan magnífica en toda su vida. Aquel hombre la fascinaba. Era indudable que era el más grande del grupo. Los anchos hombros casi tapaban al sol que brillaba detrás de él; sólo lo rodeaban los rayos de luz y le daban un aspecto mágico e invencible.

Con todo, no era mágico. Era sólo un hombre, un hombre arisco y bien parecido, y seguramente el soldado más musculoso del grupo. El tartán que llevaba se había abierto hacia el costado del muslo izquierdo. El bulto de puro músculo que allí había parecía tan fuerte como una ristra de acero. Debido a que no era propio de una dama fijar la mirada en una zona tan íntima, volvió la mirada de nuevo hacia el rostro. La expresión del soldado no indicaba que hubiera notado que Judith había estado escudriñando sus muslos y Judith soltó un suspiro por esa bendición.

Dios, pensó, estaría contenta de mirarlo por el resto de sus días. Tenía el cabello oscuro, de un profundo color castaño, con sólo una pequeña sugerencia de rizos. Los brazos desnudos estaban tan bronceados como el rostro. Tenía un perfil atractivo. Ah, sí, tenía un buen estado físico, sin dudas, pero en realidad lo que más atrajo su interés fue el color de los ojos. Eran de un hermoso y brillante tono gris.

La penetrante mirada del guerrero era intensa y desconcertante. Había tal aura de poder radiando de él que casi le cortó el aliento a Judith. La intensidad de la manera en que la estaba mirando hizo que deseara sonrojarse, pero no podía imaginarse el porqué. Dios querido, esperaba que no fuera el esposo de Frances Catherine. Parecía ser un hombre terriblemente controlado y rígido. Judith no creía que fuera un hombre muy dado a la risa.

Sin embargo, decididamente había algo en él que le llegaba al corazón, algo que hacía que deseara llegar a él. Era una extraña reacción ante un escocés; sin embargo, indudablemente no era más extraña que el hecho de que, cuanto más lo miraba, más se disipaban sus preocupaciones.

Iba a tener una aventura maravillosa. Esa idea asaltó su mente de improviso. No tenía ningún sentido para ella, pero estaba demasiado confundida por su reacción ante el soldado como para intentar entenderla en ese momento. Sólo sabía que de pronto se sentía completamente libre de todas sus preocupaciones. También segura. El aspecto del rostro del soldado indicaba que no le agradaba mucho la tarea que había emprendido, pero estaba segura de que la protegería en el viaje hasta su casa.

Ni siquiera se preocupó porque no hubiera ninguna dama para escoltarla en el viaje por motivos de decencia. Al demonio con las convenciones. No podía esperar a emprender el viaje. Iba a dejar las mentiras, el dolor, el rechazo, todas las traiciones detrás suyo. Se hizo una promesa a sí misma en ese mismo momento. No regresaría nunca. Nunca. Ni siquiera aceptaría visitarlos, por corta que fuera la visita. Se quedaría con su tía Millicent y su tío Herbert, y por Dios que, si así lo deseaba, también los llamaría papá y mamá y nadie iba a detenerla.

Judith sintió un abrumador y urgente deseo de gritar y reír sólo para darle sonido a la felicidad que sentía. Reprimió ese deseo porque sabía perfectamente bien que los escoceses no lo entenderían. ¿Cómo podrían? Apenas se entendía ella misma.

Parecía que el silencio se había extendido durante horas; sin embargo, sabía que en realidad habían pasado sólo algunos minutos. Luego Paul abrió las puertas del establo de un empujón. El ruido de los viejos goznes que chirriaron y gimieron, pidiendo aceite nuevo, atrajo la inmediata atención de los soldados. Todos menos el líder se volvieron para mirar en esa dirección. Judith notó que dos hicieron un gesto de alcanzar las espadas. En ese momento se le ocurrió que los soldados se consideraban en territorio hostil y que naturalmente estarían en guardia contra un posible ataque.

No era de extrañar que estuvieran tan malhumorados. Los ceños fruncidos tenían sentido ahora. Judith volvió a prestarle atención al líder.

—¿Sois el esposo de Frances Catherine?

No le contestó. Iba a repetir la pregunta en idioma gaélico cuando el soldado que estaba inmediatamente detrás del líder le respondió.

—Patrick está con su esposa. Somos sus parientes.

Su acento era tan fuerte que a Judith le resultó difícil entenderle. El soldado dio un empujón hacia adelante a su corcel. Cuando alcanzó el costado del líder, volvió a hablar.

—¿Sois vos lady Judith Elizabeth?

Sonrió. Nadie excepto Frances Catherine añadía jamás el Elizabeth a su nombre. Era un dulce recuerdo de los días pasados.

—Lo soy —respondió—. Aunque podéis llamarme Judith. Por favor, decidme, señor, ¿cómo está Frances Catherine?

—Gorda.

Se rió ante la seca respuesta.

—Se supone que debe estar gorda —dijo—. ¿Pero también se siente bien?

El guerrero asintió.

—Señora, hemos venido de muy lejos para oíros decir que no vais a regresar con nosotros. Sed amable, dadnos ahora vuestra negativa, y nos marcharemos.

Los ojos de Judith se abrieron como platos por la sorpresa. El que la había insultado tan fortuitamente tenía el cabello de un oscuro color castaño rojizo y agradables ojos verdes.

Judith se volvió para mirar a los demás.

—¿Todos vosotros creéis que no voy a ir? —preguntó con voz incrédula.

Todos y cada uno de ellos asintieron.

Judith estaba muy asombrada.

—¿Habéis hecho todo el viaje sólo para oírme deciros que no?

De nuevo todos asintieron al unísono. Judith no pudo contener su diversión. Se echó a reír.

—¿Os reís de nuestra Frances Catherine porque creyó inocentemente que vos cumpliríais con vuestra palabra? —preguntó uno de los soldados.

—No —dijo Judith apresuradamente—. Me río de vosotros.

Decidió que no debió haber sido tan sincera con el escocés. Parecía querer estrangularla en ese momento.

Se obligó a dejar de sonreír.

—En verdad me disculpo si os he ofendido, señor —dijo—. Me reía de vos, pero sólo un poco. Vuestro comentario me ha tomado de sorpresa.

No parecía estar aplacado ante la disculpa.

Judith dejó escapar un suspiro ante el penoso comienzo de la conversación y decidió empezar todo de nuevo.

—¿Cuál es vuestro nombre, señor?

—Alex.

—Encantada de conoceros, Alex —dijo con una pequeña reverencia.

Alex elevó los ojos al cielo con exasperación.

—Señora —replicó—. Si sólo nos dierais vuestra negativa, nos marcharíamos. No teneis que empezar a enumerar las razones por las que os negáis. Bastará con un simple no.

De inmediato todos asintieron de nuevo. Judith pensó que se ahogaría de risa.

—Me temo que no os voy a poder dar lo que tan obviamente estáis esperando —comenzó—. Tengo toda la intención de cumplir con la promesa que le hice a mi amiga. Estoy muy ansiosa por ver de nuevo a Frances Catherine. Cuanto antes partamos, mejor, para mi manera de pensar. Por supuesto, entenderé que deseéis refrescaros antes de partir.

Los había dejado pasmados con su pequeño discurso, decidió. Alex parecía aturdido. Los demás, excepto el líder, que todavía no había demostrado ninguna reacción externa, parecían estar levemente indispuestos. Judith no se rió, pero sí sonrió. Deliberadamente había hablado en gaélico, también, sólo, para impresionarlos, y por la manera en que la miraban con fijeza supuso que había alcanzado su objetivo.

Judith resolvió que debía estar segura de recordar las expresiones de todas aquellas caras para poder contarle todos los detalles de esa reunión inicial a Frances Catherine. Seguro que su amiga lo iba a encontrar tan divertido como ella.

—¿De verdad tienes la intención de venir con nosotros, muchacha? —preguntó Alex.

¿No acababa de decirles exactamente eso? Judith ocultó su exasperación.

—Sí, de verdad tengo la intención de ir con vosotros —respondió con un tono de voz enérgico y serio. Volvió a mirar al líder—. Es mejor que entendáis que no importa si deseáis mi compañía o no. Nada va a impedir que cumpla con mi promesa. Si tengo que caminar hasta la casa de Frances Catherine, entonces por Dios santo que lo haré. Y bien —añadió con voz mucho más suave—. ¿He hablado con suficiente claridad para vos?

El líder no asintió ni habló, pero sí levantó una ceja. Judith decidió tomar aquella reacción como un sí.

Paul atrajo su atención con un largo silbido. Judith le hizo un gesto para que le llevara los caballos. Levantó el borde de su vestido azul y bajó corriendo los escalones.

Estaba pasando junto a la hilera de soldados cuando oyó murmurar:

—Me parece que va a ser una mujer difícil, Iain.

Ni siquiera fingió no haber oído ese comentario.

—La verdad es que probablemente sea difícil —dijo mientras continuaba hacia los establos. Su propia risa venía detrás de ella.

Como no se volvió, no pudo captar las sonrisas de los soldados ante su jactancia.

Iain parecía no poder apartar la mirada de la mujer. Era indudable que estaba muy sorprendido de que fuera a cumplir con su palabra, por supuesto, pero maldición, no había esperado sentirse atraído hacia ella. Aquella sorprendente reacción lo tomó por sorpresa y no estaba del todo seguro de qué podía hacer al respecto.

La brisa le levantó el largo cabello de color del trigo cuando Judith se apresuró en dirección al encargado de los establos. Iain no pudo evitar el notarlo... y apreciar el suave balanceo de sus caderas. Tenía gracia en cada uno de sus movimientos. Sí, era hermosa, sin dudas. Sus ojos eran del color violeta más bonito que hubiera visto jamás, pero fue el hermoso sonido de su risa lo que verdaderamente lo había impresionado. Estaba llena de alegría.

Iain ya había tomado la decisión de obligar a la mujer a ir a casa con él, una decisión que no había compartido con sus compañeros. Cuando llegara el momento, harían lo que él les ordenara. Sin embargo, lady Judith ciertamente lo había sorprendido. Era una mujer de palabra. Y sin embargo era inglesa. Movió la cabeza negativamente ante aquella contradicción.

—¿Qué opinas de ella?

El primo segundo de Iain, Gowrie, hizo esa pregunta. Tenía la mirada fija en la inglesa mientras se rascaba la oscura barba con un rítmico movimiento, como si esa acción repetida lo pudiera ayudar a llegar a alguna conclusión importante.

—Es una cosita bonita, ¿no es así? Creo que estoy empezando a simpatizar con la muchacha.

—Y yo creo que hablas demasiado —musitó Alex—. Diablos, Gowrie, le tomas simpatía a cualquier cosa que lleve faldas.

Gowrie sonrió. No estaba ni mínimamente ofendido por las palabras insultantes de su amigo.

—Va a cumplir con la promesa que le hizo a nuestra Frances Catherine —dijo—. Y ésa es la única razón por la que yo le tendría simpatía a una mujer inglesa.

Iain ya había oído suficiente charla inútil. Tenía prisa por reiniciar el viaje de regreso.

—Salgamos de aquí, demonios —ordenó—. No puedo respirar cuando estoy en Inglaterra.

Los demás soldados estaban totalmente de acuerdo con él. Iain giró en su montura para mirar a Brodick.

—Va a cabalgar contigo —le dijo—. Ata su bolsa detrás de tu montura.

El soldado de cabellera rubia negó con la cabeza.

—Pides demasiado, Iain.

—No te lo estoy pidiendo —replicó Iain, con la voz tan dura como el acero—. Te lo estoy ordenando. Ahora intenta decirme que no.

Brodick se alejó retrocediendo ante esa amenaza.

—Diablos —musitó—. Como desees.

—Puede cabalgar conmigo —sugirió Gowrie—. No me molesta.

Iain se volvió para lanzar una mirada furiosa al soldado.

—Sí, no te molesta. Tampoco la vas a tocar, Gowrie. Ni ahora ni nunca. ¿Entendido?

No esperó el consentimiento de Gowrie, sino que se volvió para mirar a Brodick.

—Muévete —le ordenó.

Judith acababa de montar en su corcel cuando el guerrero la alcanzó a su lado.

—Vais a cabalgar conmigo —le anunció. Se detuvo cuando vio el número de bultos atados a la montura. Luego movió la cabeza en un gesto negativo—. Vais a tener que dejar...

No pudo terminar la explicación.

—Muchas gracias por ofreceros, señor, pero realmente no hay necesidad de que cabalgue con vos. Mi yegua es bastante fuerte. Está en perfectas condiciones físicas para hacer este viaje.

Brodick no estaba acostumbrado a que una mujer lo contradijera. No sabía cómo actuar. Comenzó a estirarse hacia ella y luego se detuvo a mitad de camino.

Iain notó que el soldado vacilaba. Brodick se volvió para mirarlo y vio la confusión en su expresión.

—Está siendo difícil —murmuró Alex.

—Sí, así es —concordó Gowrie con una risita ahogada—. Estaba equivocado, Alex. No es bonita. Es increíblemente hermosa.

Alex asintió.

—Sí, lo es —admitió.

—¿Quieres mirar a Brodick? —dijo entonces Gowrie—. Si no supiera que no es así, diría que está a punto de desmayarse.

A Alex aquel comentario le pareció muy divertido. Iain sacudió la cabeza y dio un pequeño empujón hacia adelante a su caballo. Judith no se había dado cuenta de la incomodidad de Brodick. Estaba ocupada alisándose las faldas a la altura de los talones. Se ajustó la pesada capa a los hombros, se anudó el lazo negro y por último se inclinó para tomar las riendas que Paul le estaba sosteniendo con paciencia.

Iain le hizo un gesto a Brodick para que se apartara y luego se abrió paso con su montura y la colocó más cerca de Judith.

—Sólo puedes llevar un bulto contigo, muchacha.

La voz no invitaba a la discusión.

—Voy a llevarlos todos —replicó Judith—. La mayoría son regalos para Frances Catherine y el bebé y no voy a dejarlos atrás.

Pensó que estaba actuando de manera muy valiente, si consideraba el hecho de que aquel enorme soldado la estaba mirando con tal furia que parecía intentar quitarle el alma del cuerpo. Estaba claro que le gustaba salirse con la suya. Judith respiró con rapidez.

—Tampoco deseo cabalgar con ese joven —añadió—. Mi caballo me puede llevar con igual facilidad.

Iain no dijo nada durante unos instantes. Judith también se estaba enfrentando a él cara a cara, hasta que Iain sacó la espada de la funda que llevaba a un costado. Entonces Judith soltó un pequeño jadeo. Antes de que pudiera apartarse de su camino, Iain había levantado la espada, cambiado de posición sobre la montura y usado la hoja para cortar las sogas que sujetaban la preciosa carga.

El corazón de Judith le latía con violencia dentro del pecho. Se calmó cuando Iain guardó la espada. Él hizo un gesto a sus amigos para que se acercaran y luego les ordenó que cada uno tomara una de las bolsas de Judith. Judith no dijo ni una palabra mientras los malhumorados soldados aseguraban el equipaje detrás de la montura, pero soltó otro asustado resuello cuando el líder intentó arrancarla de su propia montura. Le dio pequeños golpes en las manos para apartarlo.

Era una débil defensa ante un hombre tan grande y

era obvio para Judith que Iain también estaba muy divertido ante aquella acción. El brillo de sus ojos lo delataba.

—Va a ser un camino duro por las montañas, muchacha y sería mejor que montaras con uno de nosotros.

Judith negó con la cabeza. La idea de estar tan cerca de aquel hombre bien parecido no era en realidad desagradable, pero no quería que la considerara inferior. Ya había tenido suficiente de ello en el pasado como para que le durara toda una vida.

—Estoy en buen estado físico para hacer este viaje —alardeó—. No necesitáis preocuparos porque os vaya a retrasar.

Iain ocultó su exasperación.

—También va a haber ocasiones en que tendremos que cabalgar por territorios hostiles —explicó pacientemente—. Nuestras monturas están entrenadas para estar en silencio...

—Mi caballo estará igualmente silencioso —interrumpió Judith.

Iain le sonrió súbitamente.

—¿Tan callado como tú?

Judith asintió de inmediato.

Iain dejó escapar un suspiro.

—Lo sospechaba.

Ella no se dio cuenta de que la había insultado hasta que él se inclinó sobre ella de nuevo. Tampoco le dio tiempo para que le apartara las manos con un empujón. El hombre estaba decidido, sin dudas. No fue precisamente suave cuando la levantó de la silla y la puso sobre su regazo. No había considerado lo indecente de la posición. Las piernas de Judith estaban a horcajadas sobre la silla exactamente de la misma manera que las de un hombre y, si eso no era suficiente vergüenza, sí lo era el hecho de que la parte posterior de sus muslos estaba aplastada contra la parte superior de los de Iain. Pudo sentir que se le sonrojaba el rostro.

Iain no le iba a permitir corregir aquella vergonzosa postura. Rodeaba estrechamente la cintura de Judith con el brazo izquierdo. Judith no se podía mover en absoluto, pero podía respirar y adivinó que eso tendría que ser suficiente. Judith se despidió con un gesto de los criados que observaban el espectáculo.

Estaba un poco irritada con el soldado por utilizar tácticas tan despóticas para salirse con la suya. Sin embargo, notó cuán cómoda se sentía entre sus brazos. También notó su olor y encontró que aquel débil aroma masculino era sumamente agradable.

Judith se recostó contra el pecho de Iain. La cabeza le llegaba justo debajo del mentón. No intentó levantar la mirada cuando le pidió que le dijera su nombre.

—Iain.

Se golpeó contra el mentón de él cuando asintió para hacerle saber que había oído la respuesta ásperamente susurrada.

—¿Cuál es vuestra relación con Frances Catherine?

—Su esposo es mi hermano.

Ya habían cruzado el puente levadizo y estaban subiendo por la colina que bordeaba el cementario familiar.

—¿Y su nombre es Patrick?

—Sí.

Era obvio que no estaba de humor para hablar. Judith se apartó de él y se volvió para mirarlo. Tenía la mirada fija delante de él y no le prestaba atención.

—Sólo tengo una pregunta más que hacerte, Iain —dijo—. Luego prometo dejarte a solas con tus pensamientos.

Por fin bajó la mirada hacia ella. Judith se quedó sin respiración. Dios mío, sus ojos eran preciosos. Fue un error pedirle toda su atención porque aquella mirada penetrante le quitaba concentración.

Resolvió que no había nada malo en encontrarlo atractivo. Por supuesto, nada resultaría de ello. Estaba yendo hacia su casa, sí, pero ella iba a ser una extraña, una invitada. Una vez allí, probablemente no tendría nada que ver con ella, ni ella con él.

Además, era inglesa. No, nada podría resultar jamás de aquella inofensiva atracción.

—¿Estás casado? —Hizo la pregunta impulsivamente.

Parecía estar más sorprendida que él.

—No, no estoy casado.

Judith sonrió.

Iain no sabía qué pensar de eso. Le había hecho una pregunta y ahora la ignoraría. Por desgracia, el problema era que no podía apartar la mirada de ella.

—Tengo otra pregunta más para ti —susurró—. Luego te voy a dejar sumido en tus pensamientos.

Se miraron fijamente a los ojos durante un largo minuto.

—¿Cuál es esa pregunta que deseas hacerme?

La voz de Iain era un suave susurro. Judith lo sintió como una caricia. Esa reacción la confundió y tuvo que apartar la mirada del bien parecido pillo para poder entender esa extravagante reacción.

Iain notó que Judith vacilaba.

—Esta pregunta tuya no debe de ser muy importante.

—Ah, sí, es importante —contrarrestó. Hizo una pausa durante otro minuto mientras intentaba recordar cuál era la pregunta. Fijó la mirada en el mentón de Iain para poder concentrarse.

—Ahora lo recuerdo —anunció con una sonrisa—. ¿Patrick es amable con Frances Catherine? ¿La trata bien?

—Imagino que es gentil con ella —le contestó encogiéndose de hombros. Añadió casi como una nueva ocurrencia—. Nunca la golpearía.

Judith lo miró a los ojos para que Iain pudiera ver su diversión ante ese comentario.

—Ya sé que nunca la golpearía.

—¿Cómo podrías saberlo?

—Si alguna vez Patrick le levantara la mano, ella huiría de él.

Había dicho una cosa tan fantástica, que Iain no supo cómo responder. Recobró el ingenio con rapidez.

—¿Y adónde huiría?

—A mí.

Ya que parecía tan sincera, Iain supo que creía en lo que acababa de decirle. Nunca había oído nada tan ridículo. Una esposa sencillamente no dejaba a su esposo, sin que importara la razón.

—Ningún Maitland tocaría jamás a una mujer estando furioso.

—Iain, ¿qué piensas de esto?

Alex gritó la pregunta e interrumpió la conversación. Judith se giró a tiempo para ver que el guerrero señalaba en dirección de la tumba que había destruido la noche anterior. De inmediato regresó la mirada hacia la hilera de árboles que había sobre la parte superior del risco.

Iain sintió que se ponía tensa entre sus brazos.

—¿Sabes quién hizo eso?

—Sí —contestó, con la voz en un suave susurro.

—La tumba, ¿a quién...?

No le permitió terminar.

—Era la tumba de mi padre.

Habían alcanzado a Alex cuando hizo ese comentario. El guerrero de ojos verdes miró rápidamente a Iain y luego de nuevo a Judith.

—¿Querrías que colocáramos la piedra sepulcral de nuevo en su lugar antes de seguir, muchacha?

Sacudió la cabeza.

—Sólo tendría que derruirla de nuevo si lo hicieras, pero agradezco tu ofrecimiento.

Alex no pudo ocultar su asombro.

—¿Nos estás diciendo que tú hiciste esto?

No hubo ni un trazo de vergüenza en el rostro de Judith cuando le contestó.

—Sí, yo hice eso. Me llevó una hora entera. El suelo era duro como la roca.

El escocés parecía estar consternado. Luego Iain atrajo su atención. Le levantó el rostro ligeramente con el reverso del pulgar.

—¿Por qué habrías de hacer una cosa así?

Judith se encogió de hombros en un gesto delicado.

—Parecía adecuado en su momento.

Iain movió la cabeza en un gesto negativo. La atrocidad que acababa de admitir parecía estar completamente fuera de lugar con lo que ya había conjeturado acerca de ella. Había adivinado que era una mujer inocente y de carácter dulce. Empecinada también. La manera en que había discutido respecto de montar su propio caballo indicaba ese defecto. Con todo, no parecía ser el tipo de mujer que profanaría terreno sagrado.

—¿Ésta es la tumba de tu padre? —preguntó de nuevo, decidido a llegar al fondo de aquel curioso misterio.

—Sí —contestó, soltando un pequeño suspiro—. No necesitas preocuparte por ello. La tumba está vacía.

—Vacía.

—Sí.

No iba a preguntarle más. Decidió no aguijonearla. Se había quedado completamente rígida entre sus brazos. Era obvio que el tema la angustiaba.

Iain le hizo un gesto a Alex para que otra vez tomara la delantera y luego le dio un ligero golpe a su montura para formar una línea detrás de él. Una vez que el cementerio quedó bien atrás de ellos, Judith se relajó visiblemente.

No volvieron a hablar hasta el atardecer, cuando fue hora de acampar para pasar la noche. Habían cabalgado durante largas horas. Los hombres estaban de un humor mucho más jovial ahora que habían cruzado la frontera y estaban de nuevo en Escocia.

Cuando finalmente se detuvieron, Judith estaba exhausta. Iain se dio cuenta de ello cuando la ayudó a desmontar. Apenas podía mantenerse en pie por sí misma. Las manos de Iain rodearon con rapidez la cintura de Judith para sostenerla firmemente hasta que recuperara la fuerza de las piernas.

Podía sentir que temblaba. Fijó la mirada en la parte superior de la cabeza de Judith mientras ella la fijaba en el suelo. Ya que Judith no mencionó su obvio problema, él tampoco lo hizo. Judith se estaba sosteniendo de sus brazos, pero en cuanto lo soltó, él le liberó la cintura.

Regresó de inmediato a su semental. Judith se movió con lentitud alrededor del caballo y se dirigió hacia el arroyo que había avistado medio escondido detrás de una hilera de árboles junto a un pequeño claro. Iain observó cómo caminaba y otra vez lo impresionó su majestuoso porte. Se movía como una princesa, pensó para sí mismo.

Señor, realmente era una belleza. Malditamente inocente, también. La manera en que se sonrojaba ante cada pequeña cosa era muy significativa. También era encantadora.

Esta mujer podría llegarle al corazón. Iain se quedó

tan consternado ante esa súbita idea que casi palideció. Siguió con la mirada fija en los árboles en los que había desaparecido Judith, pero ahora fruncía el entrecejo.

—¿Qué te tiene tan enfadado? —preguntó Alex desde atrás.

Iain apoyó el brazo contra la silla de su montura.

—Pensamientos estúpidos —replicó.

Su amigo echó una rápida mirada hacia los árboles a los que había ido Judith y luego se volvió hacia Iain.

—¿Pensamientos estúpidos acerca de una hermosa mujer inglesa, por casualidad?

Iain se encogió de hombros.

—Quizás —admitió.

Alex sabía que era mejor no seguir con el tema. Su jefe no parecía muy contento con aquella confesión.

—Va a ser un largo viaje de regreso a casa —predijo con un suspiro antes de volverse para ocuparse de su propio caballo.

Judith había sido capaz de continuar andando con dignidad hasta que se sintió segura, oculta por los árboles. Entonces casi se dobló en dos y se agarró la parte inferior de la espalda. Dios, le dolía. Sentía las nalgas y los muslos tan doloridos como si alguien la hubiera azotado.

Caminó en círculos hasta que desapareció el entumecimiento de las piernas. Luego se lavó la cara y las manos en el agua fría. Se sintió mejor y también hambrienta. Se apresuró a regresar al claro. Podía oír que los hombres estaban hablando, pero en cuanto la vieron, todos cerraron la boca.

Notó enseguida que Iain no estaba allí. Sintió un instante de puro pánico. La sensación cayó sobre ella con tanta rapidez que hizo que el estómago le diera un vuelco. Luego divisó el semental y su temor se alivió de inmediato. El guerrero escocés bien podría dejarla a ella, pero nunca abandonaría a su fiel corcel, ¿verdad?

Estaba sola en el bosque con cuatro hombres que eran prácticamente extraños para ella. Si alguna vez llegaba a Inglaterra algo de esa situación, su reputación quedaría destrozada. Su madre probablemente querría matarla, también. Era extraño, pero ese último pensamiento no molestó mucho a Judith. Parecía no poder sentir nada hacia su madre en esos momentos. El tío Tekel había disculpado la fría actitud de su hermana para con su única hija con la mentira de que Judith era un recuerdo constante del hombre que había amado y perdido.

Mentiras, tantas mentiras.

—Será mejor que descanses un poco, muchacha.

Judith dio un respingo cuando la grave voz de Alex sonó detrás de ella y la mano le voló hasta el pecho. Respiró varias veces antes de contestarle.

—Debemos cenar antes de descansar. ¿Qué habéis hecho con el equipaje?

Alex hizo un gesto hacia el lado opuesto del claro. De inmediato, Judith se dirigió hacia esa zona para sacar la comida. Janet había incluido un bonito mantel blanco en la parte superior del bolso. Primero lo extendió sobre el duro suelo y luego lo cubrió con sus ofrendas. Había pan negro, grueso y crujiente, triángulos de queso rojo y amarillo, gordas tajadas de cerdo salado y frescas y ácidas manzanas verdes.

Cuando estuvo todo listo invitó a los hombres a que se unieran a ella. Luego esperó. Después de un largo momento se dio cuenta de que no tenían ninguna intención de comer con ella. Sintió que se ponía colorada de vergüenza. Estaba sentada en el suelo, las piernas dobladas debajo de las faldas, las manos entrelazadas sobre el regazo. Mantuvo la cabeza baja para que ninguno pudiera ver su humillación.

Había sido un estúpido error el ofrecerse a compartir la comida con ellos. Después de todo, era inglesa y probablemente no podían soportar la idea de comer con ella.

Se dijo a sí misma que no tenía nada de qué sentirse avergonzada. No estaba actuando como una salvaje incivilizada. Ellos sí.

Iain regresó caminando al claro y se detuvo rápidamente. Una sola mirada a Judith le dijo que algo andaba mal. Tenía el rostro rojo y muy encendido. A continuación se volvió para mirar a sus hombres. Alex y Gowrie estaban sentados en el suelo en el lado opuesto del claro con la espalda descansando contra los troncos de unos árboles. Alex estaba bien despierto, pero Gowrie parecía haberse quedado dormido. Brodick, tan callado como siempre, ya estaba profundamente dormido. Estaba tan completamente envuelto en su tartán que sólo era visible la parte superior de su cabello rubio albino.

Iain vio la montaña de comida frente a Judith y adivinó lo que había sucedido. Dejó escapar un suspiro, se tomó las manos por detrás de la espalda y luego caminó hacia ella para quedarse de pie a su lado. Judith no deseaba levantar la mirada hacia él. Apenas lo vio acercarse a ella, dedicó su atención a volver a guardar la comida. Estaba colocando los paquetes en la bolsa cuando Iain se sentó frente a ella.

Iain tomó una de las manzanas. Judith se la arrancó de las manos. Iain se la arrancó a su vez. Judith se quedó tan sorprendida ante aquella osadía que lo miró. Los ojos de Iain echaban chispas de alegría. No podía imaginar qué encontraba tan divertido. Siguió con la mirada fija en él mientras Iain mordía la manzana. Luego se inclinó hacia adelante y le ofreció la manzana a Judith. Judith la mordió antes de darse cuenta de lo que había hecho.

De pronto Alex apareció a su lado. Sin decir una palabra se sentó y se estiró para mirar dentro de la bolsa. Sacó todos los paquetes que Judith acababa de meter. Después de arrojarle un trozo de pan a Iain, Alex se introdujo un triángulo de queso en la boca.

Luego Gowrie se unió a ellos. Judith colocó una de las manzanas en su regazo y les explicó con timidez que la guardaría para el guerrero dormido para que la comiera por la mañana.

—Brodick debe de estar terriblemente cansado, para perderse la cena —comentó Judith.

Alex lanzó un bufido de diversión.

—Brodick no está cansado, sólo es cabezota. Tampoco comerá tu manzana mañana, porque eres inglesa y todo eso. No, él...

El entrecejo fruncido de Judith le cortó la explicación. Se volvió para mirar a Brodick, calculó la distancia mentalmente y luego tomó la manzana que estaba sobre su regazo.

—Si de verdad estás seguro de que no la va a comer mañana, debe de querer comerla ahora.

Tenía toda la intención de lanzar la manzana al hosco escocés, pero justo cuando se inclinó hacia atrás para tomar puntería, Iain le agarró la mano.

—No querrás hacer eso, muchacha —dijo.

No quería soltarle la mano. Judith luchó contra él durante uno o dos segundos antes de darse por vencida.

—Tienes razón —le dijo—. Sería desperdiciar una manzana estupenda, una manzana inglesa superior, diría yo, en un escocés de odioso humor. —Hizo una pausa y sacudió la cabeza—. No puedo creer que sea pariente de Frances Catherine. Ya puedes soltarme la mano, Iain.

Obviamente, Iain no confiaba en ella. Sí le soltó la mano, pero se quedó con la manzana. Judith se quedó demasiado sorprendida ante su súbita sonrisa para discutir con él.

—No quieras tener a Brodick por enemigo, Judith —dijo Alex.

—Pero él ya es mi enemigo —replicó. Le costaba apartar la mirada de Iain cuando contestaba al amigo de éste—. Brodick ya tomó la decisión de que yo no le gustaría antes de conocerme, ¿verdad?

Nadie le contestó. Luego Gowrie cambió de tema.

—Si te vas a desquitar cada vez que pienses que no le agradas a alguien, vas a estar tirando manzanas todo el día cuando lleguemos a las Highlands.

—Superiores manzanas escocesas —bromeó Alex.

Judith se volvió para fruncirle el entrecejo al soldado.

—No me interesa si agrado a las personas o no —dijo—. Frances Catherine me necesita. Eso es todo lo que en realidad importa. Mis sentimientos no importan.

—¿Por qué te necesita?

Brodick había hecho esa pregunta. Judith se quedó tan sorprendida de que el hombre le hubiera hablado que se volvió y le sonrió.

Brodick habló antes de que Judith pudiera darle una respuesta.

—Ya tiene a Patrick —dijo.

—Y a todos nosotros —dijo Alex—. Somos sus parientes.

Judith se volvió otra vez.

—Estoy segura de que la consuela tener tal lealtad, pero, después de todo, vosotros sois hombres.

Iain levantó una ceja ante aquel comentario. Obviamente no entendía de qué estaba hablando. Tampoco estaba solo en su confusión. Gowrie y Alex parecían estar igualmente perplejos.

—Frances Catherine también tiene parientes mujeres —dijo Gowrie.

—Supongo que sí —concordó Judith.

—Entonces, ¿por qué te necesita a ti? —preguntó Gowrie. Se estiró para alcanzar una tercera porción de tiras de cerdo, pero mantuvo la mirada en ella mientras esperaba la respuesta.

—Para el parto —adivinó Iain en voz alta.

—¿Entonces piensa que va a tener problemas? —preguntó Gowrie a su jefe.

Iain asintió.

—Parece que sí.

Alex lanzó un bufido. Judith se opuso a esa contestación.

—Frances Catherine tiene todo el derecho a estar preocupada. No es cobarde, si eso es lo que estáis pensando. Es una de las mujeres más valientes que he conocido. Es fuerte y...

—Bueno, no te excites —interrumpió Alex con una sonrisa—. Todos somos conscientes de las muchas y magníficas cualidades de Frances Catherine. No tienes que defenderla ante nosotros.

—¿Ella cree que va a morir? —preguntó Gowrie. Parecía sorprendido, como si se le acabara de ocurrir esa posibilidad.

Antes de que Judith pudiera contestarle, Brodick gritó algo.

—Si la mujer de Patrick cree que va a morir, ¿por qué te mandó llamar, inglesa?

Judith se volvió para mirar furiosa a aquella crisálida vestida de tartán. Luego se volvió otra vez. Decidió no hacer caso de aquel hombre tan grosero. Podría gritarle cientos de preguntas, pero no iba a contestar ninguna de ellas.

Todos esperaron a que Judith les explicara. Estaba ocupada una vez más recogiendo todos los paquetes de comida para guardarlos.

La curiosidad de Brodick resultó ser mayor que el desagrado hacia ella. No se limitó a unirse al grupo. No, se hizo un hueco junto a ella a base de codazos y empujó a Alex de su sitio. Judith se movió para dejar sitio al gigante, pero el brazo de Brodick aún rozaba el de Judith después de que éste por fin se acomodara. No se hizo atrás. Judith miró a Iain para juzgar su reacción. Sin embargo, la expresión de Iain no le decía nada. Iain levantó la manzana y la arrojó a Brodick. Judith aún se negaba a mirar al soldado, ya que adivinaba que todavía estaba frunciendo el entrecejo, pero sí oyó que mordía ruidosamente la fruta.

Luego Iain le guiñó un ojo. Judith le contestó con una sonrisa.

—¿Vas a hacer que te pregunte otra vez, inglesa? —musitó Brodick mientras tenía la manzana en la boca.

Judith decidió que sí iba a hacerlo.

—¿Preguntarme qué, Brodick? —preguntó, tratando de parecer sincera.

Su gruñido fue tan feroz que casi derribó los paquetes. Judith se mordió el labio inferior para evitar reírse.

—¿Me estás haciendo enfadar a propósito? —le preguntó.

Judith asintió.

Tanto Alex como Gowrie rieron. Brodick la miró con furia.

—Sólo responde mi pregunta —le ordenó—. Si Frances Catherine cree que va a morir, ¿por qué demonios te mandó llamar?

—No lo entenderías.

—¿Porque soy escocés?

Judith permitió que viera que estaba exasperada.

—Sabes, siempre me dijeron que los escoceses podían ser tercos como una mula. Nunca creí en esas tonterías, pero creo que voy a tener que volver a pensar mi postura al respecto.

—No lo hagas enfurecer —le advirtió Alex con una risita.

—Sí, Brodick se pone francamente arisco cuando no está de buen humor —le dijo Gowrie.

Los ojos de Judith se abrieron mucho.

—¿Quieres decir que ahora está contento?

Tanto Gowrie como Alex asintieron al mismo tiempo. Judith empezó a reír. Estaba segura de que estaban bromeando con ella.

—Todos tenemos curiosidad por saber por qué te mandó llamar Frances Catherine —dijo Alex una vez que Judith se hubo controlado.

Judith asintió.

—Ya que vosotros no me conocéis bien, voy a tener que confesaros algunos de mis defectos importantes para que comprendáis. Soy muy obstinada y también arrogante, aunque en realidad no tengo absolutamente nada que me dé motivos para ser arrogante. Soy perversamente posesiva... ¿os he mencionado ese defecto?

Todos menos Iain negaron con la cabeza. Sin embargo, Judith fijó la mirada en el líder. Los ojos de Iain habían cobrado un brillo cálido. Era algo desconcertante que un hombre tan bien parecido le prestara toda su atención. Tuvo que obligarse a apartar la mirada de él para poder concentrarse en lo que estaba diciendo.

Judith fijó la mirada en su regazo.

—Bueno, soy posesiva —susurró—. Frances Catherine también conoce muy bien mis muchas imperfecciones. La verdad es que cuenta con ellas.

—¿Por qué? —preguntó Brodick.

—Porque piensa que va a morir —explicó Judith. Dejó escapar un suspiro antes de añadir—: Y yo soy demasiado obstinada para dejar que lo haga.

3

No se rieron de ella. Iain sonrió, pero ningún otro demostró ninguna reacción ante ese alarde pecaminoso. Judith todavía podía sentir que estaba sonrojada. Ocultó esa delatora muestra de vergüenza al dedicarle atención a reempacar los paquetes.

No había quedado nada de comida para guardar. Una vez que Brodick comenzó a comer, no se detuvo hasta que hubo desaparecido el último bocado.

Judith se excusó y regresó al arroyo para lavarse el pegajoso jugo de manzana de los dedos. Se sentó en la herbosa ladera cerca del agua y se cepilló el cabello hasta que sintió picazón en el cuero cabelludo. Estaba exhausta y sin embargo disfrutaba demasiado de la belleza y la pacífica soledad de los alrededores como para moverse.

Cuando el sol casi había desaparecido en el cielo, y solamente quedaban trazos de sombras dorado-anaranjadas, Iain fue a buscarla.

La sonrisa de bienvenida de Judith lo tomó de sorpresa. Reaccionó con un poco más de aspereza que de costumbre.

—Debes dormir algo, Judith. Mañana va a ser un día difícil para ti.

—¿También va a ser difícil para ti? —preguntó Judith. Se puso de pie, alisó las arrugas del vestido y luego comenzó a descender la ladera. En la prisa se olvidó del cepillo. Se le enredó en los pies, la hizo tambalear y cayó volando al suelo. Iain se movió con asombrosa velocidad para un hombre tan gigantesco. La agarró antes de que Judith pudiera seguir cayendo hacia adelante.

Quedó horrorizada ante su torpeza. Subió la mirada hacia Iain para agradecerle la ayuda, pero las palabras se le atragantaron en la garganta y sólo pudo fijar en él una mirada de confusión. La intensidad de la mirada de Iain la hizo temblar por dentro. No le podía encontrar ningún sentido a su reacción al soldado y, porque no podía entenderlo, no podía controlarlo.

—No.

Iain había susurrado la respuesta. Judith no tenía la más mínima idea de lo que estaba hablando.

—No, ¿qué? —susurró a su vez.

—No, mañana no va a ser difícil para mí —explicó.

—Entonces tampoco va a ser difícil para mí —dijo Judith.

Los ojos de Iain echaban chispas de alegría. También sonreía. A Judith le temblaron las rodillas. Dios, era un bribón guapísimo. Tuvo que sacudir la cabeza porque lo había notado. Se obligó a sí misma a apartarse de él. Iain se inclinó para recuperar el cepillo. Judith tuvo la misma intención. Sus frentes chocaron. La mano de Judith se alargó para tomar el cepillo. La mano de Iain cubrió la de ella. El calor que irradiaban sus dedos sorprendió a Judith. Fijó la mirada en la mano de él y se maravilló ante el tamaño que tenía. Era por lo menos el doble de la suya. La fuerza de Iain era evidente para ella. Podía aplastarla si así lo deseaba, pensó para sí misma. El poder que emanaba de él era abrumador y, sin embargo, también era evidente la suavidad de su tacto. Sabía que podía retirar la mano si lo deseaba.

Judith se puso de pie cuando él lo hizo, pero todavía

no retiraba la mano. Tampoco Iain. Permanecieron de esa manera lo que a Judith le pareció una eternidad, pero sabía que en realidad sólo habían pasado uno o dos minutos.

Iain la estaba observando fijamente con una mirada perpleja en el rostro. Judith no supo qué pensar de ello. Luego, de pronto, él retiró la mano. La brusquedad de la acción avergonzó a Judith.

—Me confundes, Iain.

No se había dado cuenta de que había pronunciado esas palabras en voz alta hasta que las dijo. Se apartó de él y luego corrió colina abajo.

Iain observó cómo partía. Se tomó las manos por detrás de la espalda. Cuando se dio cuenta de cuán rígida era su posición, se obligó a relajarse.

«Maldición», murmuró para sí. La deseaba. Iain aceptó el hecho sin acobardarse. Excusó su conducta diciéndose a sí mismo que cualquier hombre con saludables apetitos se sentiría atraído hacia ella. Después de todo, era una mujer endemoniadamente hermosa y también increíblemente suave y femenina.

Lo que intranquilizó a Iain fue el hecho de que se acababa de dar cuenta de que ella también se sentía atraída hacia él. Tampoco lo complacía mucho eso. Sabía que podía controlar sus propios deseos, pero no tenía ni idea de cómo podría controlar los de ella.

Esa sencilla tarea se había complicado.

Iain resolvió que sería mejor que se separara de ella lo más posible mientras durara el viaje. La ignoraría.

Después de decidir ese plan de acción, se sintió mejor. Regresó al campamento y vio que Judith ya había entrado en la tienda que Alex y Gowrie le habían construido. Iain se dirigió al árbol próximo a Brodick, se sentó y se recostó contra el tronco. Alex y Gowrie estaban profundamente dormidos. Iain pensó que Brodick también lo estaba, hasta que éste se volvió y le habló.

—Es inglesa, Iain. Trata de que eso te importe.

Iain miró con furia a su amigo.

—¿Qué quieres decir?

—La deseas.

—¿Cómo diablos vas a saber tú lo que yo deseo?

Brodick no se intimidó ante el furioso tono de voz de Iain. Los dos hombres eran amigos desde hacía muchos años. Además, Brodick velaba por los intereses de Iain y sabía que su amigo entendía que sus intenciones eran buenas.

—Si no ocultas tus sentimientos, Alex y Gowrie pronto van a darse cuenta de esta atracción.

—Maldita sea, Brodick...

—Yo también la deseo.

Iain estaba pasmado.

—No puedes tenerla —ordenó antes de poder evitarlo.

—Te estás mostrando posesivo, Iain.

Su amigo no contestó a esa declaración de los hechos. Brodick soltó un largo suspiro.

—Pensé que odiabas a los ingleses, Brodick —comentó Iain después de varios minutos de silencio.

—Y así es —respondió Brodick—. Pero cuando la miro, lo olvido. Sus ojos... es una enfermedad...

—Cúrate.

La voz de Iain se había vuelto dura.

Brodick levantó una ceja ante esa orden feroz. Iain ya había terminado con la discusión. Cerró los ojos y respiró profundamente. No podía entender su reacción ante la admisión de Brodick de que también deseaba a Judith. Se había sentido furioso. Demonios, todavía lo estaba. ¿Por qué le importaba si Brodick deseaba a aquella mujer o no? No, no debía importarle y, sin embargo, el solo hecho de pensar que alguien la tocara (alguien excepto él, por supuesto) hacía que le hirviera la sangre.

Iain no se pudo dormir durante largo rato. Intentaba entender sus pensamientos irracionales una y otra vez.

Su humor no mejoró a la mañana siguiente. Esperó hasta el último minuto posible para despertar a Judith. No se había movido en toda la noche. Iain lo sabía a ciencia cierta porque se había pasado la noche observándola. La tienda ocultaba la mayor parte del cuerpo de Judith, y sólo eran visibles sus pies y sus tobillos, pero no se habían movido en absoluto durante las horas de oscuridad.

Sólo cuando los caballos estuvieron listos Iain se dirigió a la tienda para despertar a Judith. Le arrojó a Alex las pieles que colgaban de los postes, luego se arrodilló y tocó con suavidad el hombro de Judith. También pronunció su nombre.

Judith no se movió. Iain le dio otro suave empujón, con mayor fuerza.

—Dios, tiene el sueño profundo, ¿verdad? —comentó Gowrie. Había caminado hasta donde estaba Iain—. ¿Respira?

Finalmente, Judith abrió los ojos. Fijó la mirada en los gigantes que se cernían sobre ella y casi gritó. Se detuvo justo a tiempo y sólo se le escapó un sorprendido jadeo.

Iain notó su temor. También notó que Judith le había agarrado la mano. Se puso de pie y luego la ayudó a ponerse de pie a ella.

—Es hora de partir, Judith —le dijo cuando ella continuó allí de pie—. ¿Por qué no vas al arroyo y te lavas para despertarte?

Judith asintió.

Por fin empezó a moverse. Brodick la atrapó desde atrás. Sus manos descansaron sobre los hombros de Judith mientras que lentamente la hacía girar para que estuviera mirando en la dirección correcta. Luego tuvo que darle un empujón para que Judith se moviera de nuevo.

Los hombres estaban muy divertidos ante el estupor de Judith, pero ninguno de ellos sonrió hasta que Judith estuvo fuera de la vista.

—¿Acaso creéis que va a entrar caminando en el agua? —preguntó Alex.

—Tal vez se despierte antes —dijo Gowrie con una risita.

Judith estaba absolutamente despierta cuando alcanzó el borde del agua. La sintió refrescante. Se ocupó de su aseo personal lo más rápidamente posible y luego se apresuró a regresar al campamento.

Todos excepto Iain habían montado y esperaban. Judith no sabía con quién se suponía que debía cabalgar ese día. Tanto Gowrie como Alex le hicieron un gesto para que se acercara. Iain estaba en el lado opuesto del claro. Judith lo observó mientras montaba sobre su semental y, cuando todavía no miraba en la dirección de ella, decidió que, ya que Alex estaba más cerca, montaría con él.

Iain había tomado la decisión de distanciarse de Judith la noche anterior. Sin embargo, esa intención quedó completamente olvidada cuando la vio caminar hacia Alex.

Estaba tomando la mano del soldado cuando la interrumpieron. El semental de Iain no detuvo la marcha. Iain pasó el brazo alrededor de la cintura de Judith y la levantó y colocó sobre su regazo sin romper el paso.

Judith ni siquiera tuvo tiempo de agarrarse. Iain tomó la delantera. Judith oyó que alguien reía detrás de ella, pero cuando intentó volverse para ver cuál de los soldados estaba armando todo ese bullicio, Iain la atrajo contra su pecho y no le permitió moverse.

La manera en que Iain la sostenía era francamente dolorosa. Sin embargo, no tuvo que decirle nada para que aflojara el apretón. En cuanto le tocó el brazo y se recostó contra él, Iain disminuyó la fuerza.

Las siguientes horas resultaron ser una prueba agotadora y difícil para Judith. Se habían alejado del irregular camino del norte y habían cabalgado como si los persiguiera una legión de pillos. El ritmo fue agotador hasta que alcanzaron el escarpado y abrupto terreno montañoso. Entonces tuvieron que disminuir la velociad.

Por fin Iain les permitió un breve respiro. Se detuvieron en un pequeño claro rodeado de espesos cardos. Las espinosas plantas estaban llenas de flores de un vibrante púrpura y amarillo. Judith pensó que el lugar era maravilloso. Caminó por los alrededores de aquel encantador paraíso, teniendo cuidado de no pisar ningún brote mientras se aliviaba el dolor de las piernas. También deseaba frotarse las doloridas posaderas, pero no se atrevió porque los hombres estaban observando cada uno de sus movimientos.

No eran un grupo muy locuaz, así que pasó el tiempo tocando las flores sorprendentemente durables y oliendo su poco común fragancia.

Judith caminó hacia el estanque del que le había hablado Gowrie y bebió una considerable cantidad de agua fresca. Cuando regresó al claro, Alex le alcanzó un trozo cuadrado de queso y una enorme porción de pan grueso.

Judith se sentó sola sobre una roca de superficie suave con la comida de mediodía sobre las rodillas. Iain regresó al claro y se unió a los demás hombres. Los cuatro guerreros permanecieron cerca de las monturas, conversando entre sí. De vez en cuando Iain se volvía para mirarla, como asegurándose de que todavía estaba donde se suponía que debía estar.

Judith se tomó su tiempo para terminar su comida y durante la mayor parte del tiempo clavó la mirada en Iain. Se le ocurrió que en realidad no sabía mucho acerca de ninguno de aquellos hombres, excepto que de una manera u otra estaban emparentados con Frances Catherine. También le eran leales a ella. Judith deseó que su querida amiga se diera cuenta de lo afortunada que era al tener a tanta gente que se preocupaba por ella a su alrededor. Por supuesto, ellos también tenían muchísima suerte de tener en ese momento a Frances Catherine en la familia.

De pronto recordó la primera vez que se vieron. Entonces era demasiado joven para recordar todos los detalles de ese día, pero con el correr de los años, al padre de Frances Catherine le había gustado recordar la primera vez que había visto a Judith. Le había oído contar tantas veces la historia de la abeja que la había picado que ya no sabía qué detalles recordaba y cuáles le habían contado.

En ese momento pensó en el incidente. Según el papá de Frances Catherine, estaba esa molesta abeja...

—¿Qué te causa risa, muchacha?

Judith había cerrado los ojos y estaba tan concentrada en su reminiscencia que no oyó a Alex cuando éste se acercó.

—Me estaba acordando de la primera vez que vi a Frances Catherine —respondió.

—¿Cuándo fue eso? —preguntó Alex.

Parecía estar genuinamente interesado. Judith supuso que deseaba saber algo de la infancia de Frances Catherine. Le contó cómo había conocido a su amiga y, para cuando terminó la historia, Gowrie e Iain se habían unido a él para escuchar. Alex también hizo muchas preguntas. Judith no adornó mucho las repuestas hasta que salió el tema del padre de Frances Catherine. Entonces Judith alargó la explicación de cómo había conocido a ese hombre maravilloso e incluso describió su aspecto. Su voz había adoptado un tono suave y afectuoso. Iain notó el cambio y notó también que había mencionado tres veces cuán amable había sido el padre de Frances Catherine con ella. Era como si todavía, después de tantos años, ese hecho la sorprendiera.

—¿Frances Caherine apreciaba tanto a tu padre como tú al de ella? —preguntó Gowrie.

—Mi padre no estaba allí.

La sonrisa había abandonado la voz de Judith. Se puso de pie y caminó hacia la privacidad de los árboles.

—Sólo van a ser unos pocos minutos —dijo por encima del hombro.

Judith permaneció silenciosa durante el resto del día. Durante la cena también estuvo alicaída. Gowrie, el más locuaz del grupo, le preguntó si algo andaba mal. Judith sonrió, le agradeció la pregunta y luego disculpó su conducta diciéndole que se sentía algo cansada.

Durmieron afuera esa noche y también las siguientes cuatro noches y, para el sexto día de viaje, Judith había alcanzado un punto de verdadero agotamiento. Cuanto más cabalgaban hacia el norte, más frío se volvía el viento. Dormir era una tarea casi imposible y cuando conseguía dormitar era sólo durante unos pocos minutos. La tienda ofrecía poca protección contra el feroz viento y hubo momentos durante esas horas de oscuridad en que sentía como si el frío le estuviera cortando los huesos.

Iain se había vuelto igualmente reservado. Todavía insistía en que montara con él, pero apenas le dirigía la palabra.

Judith se había enterado por Alex de que Iain era el

nuevo jefe del clan recién nombrado y no se sorprendió en absoluto ante la noticia. Era un líder nato, lo cual creyó una bendición porque era demasiado arrogante para acatar órdenes. Le gustaba salirse con la suya. Ah, sí, había reparado en ese defecto lo suficientemente rápido.

—¿Hay problemas en casa que te tienen preocupado? —le preguntó Judith cuando el silencio de la larga cabalgata empezó a irritarle los nervios. Estaban atravesando un difícil paso montañoso y el ritmo era lento. Judith se volvió para mirarlo mientras esperaba la respuesta.

—No.

No se explayó más.

Pasó otra hora en silencio. Luego Iain se inclinó y le preguntó:

—¿Y tú?

Judith no tenía ni la más mínima idea de lo que estaba hablando. Otra vez se volvió para mirarlo. La boca de Iain estaba a sólo unos centímetros de ella. Bruscamente, Iain se echó hacia atrás. Judith se volvió con rapidez.

—¿Yo qué? —preguntó en un tenso susurro.

—¿Tienes problemas en casa que te tienen preocupada?

—No.

—Nos sorprendió que tu familia te dejara partir con nosotros.

Judith se encogió de hombros.

—¿Hará más calor durante el verano o siempre es así de frío aquí arriba? —preguntó, en un intento por cambiar de tema.

—Nunca va a hacer más calor que ahora —contestó él. La alegría que había en su voz confundió a Judith—. ¿Hay algún barón en casa que haya pedido tu mano, Judith? ¿Estás prometida a alguien?

—No.

Él no quería terminar con las preguntas personales.

—¿Por qué no?

—Es complicado —contestó. Añadió impulsivamente—. Realmente no deseo hablar de ello. ¿Por qué no estás casado?

—No ha habido tiempo y tampoco he tenido la inclinación de hacerlo.

—Yo tampoco tengo esa inclinación.

Iain rió. Judith se quedó tan sorprendida ante aquella reacción que se volvió para mirarlo otra vez.

—¿Por qué te ríes? —preguntó.

Maldición, resultaba muy atractivo cuando reía. Se le formaban unas pequeñas arrugas alrededor de los ojos por la diversión y éstos casi echaban chispas plateadas.

—Entonces, ¿no te estabas burlando de mí? —le preguntó.

Judith negó con la cabeza. Iain rió aún más fuerte. Judith no supo qué pensar de ello. Gowrie tampoco. Se volvió en la silla para ver qué estaba sucediendo. También parecía estar algo aturdido. Judith decidió que el soldado no estaba acostumbrado a oír reír a su jefe.

—En las Highlands, no importa si una mujer siente la inclinación o no —explicó Iain—. Suponía que sería lo mismo en Inglaterra.

—Es lo mismo —dijo—. Una mujer no tiene opinión respecto de su futuro.

—Entonces, ¿por qué...?

—Ya te lo he dicho —dijo—. Es complicado.

Iain cedió. Dejó de preguntar. Judith se sintió inmensamente agradecida. No deseba hablar de su familia. En realidad, nunca había pensado mucho en la cuestión de su futuro. Sin embargo, dudaba de que su madre pudiera arreglarle un matrimonio. El hecho era que tanto ella como su madre todavía eran propiedad del jefe Maclean... si aún estaba vivo. Si había muerto, entonces el tío Tekel se convertiría en su tutor... ¿o no?

Sí, era complicado. Decidió que sencillamente estaba demasiado cansada para pensar en ello. Se recostó contra Iain y cerró los ojos.

Un poco más tarde, Iain se inclinó sobre ella.

—Judith, dentro de una hora o dos vamos a estar cabalgando por territorio hostil —susurró—. Debes quedarte en silencio hasta que te dé permiso para volver a hablar.

La seguridad de Judith estaba en sus manos y por eso ella rápidamente le hizo un gesto de consentimiento con la cabeza. Minutos más tarde se quedó dormida. Iain la acomodó entre sus brazos de tal modo que ambas piernas quedaron sobre uno de sus muslos. El rostro de Judith descansaba contra el hombro de Iain.

Iain les hizo un gesto a Gowrie y Alex para que se colocaran delante de él y dejó que Brodick los protegiera de un ataque por la retaguardia.

La zona solitaria por la que cabalgaban era tupida debido al follaje y los brotes del verano. El sonido de las cascadas que rugían en una inmensa garganta ahogaba el que producían los caballos.

De pronto, Gowrie frenó su montura y levantó un puño en el aire. Inmediatamente, Iain se dirigió al este y dio un golpecito al caballo para que entrara en un espeso grupo de árboles. En ese momento, los demás siguieron su dirección y se escondieron en el bosque circundante.

Una risa fuerte llegó desde el sendero irregular ni siquiera a diez metros de donde aguardaban Iain y Judith. Otra risa se unió a la anterior. Iain se esforzó por oír por encima del ruido atronador de las cascadas. Calculó que había por lo menos quince Macphersons en la zona. La mano le instaba a tomar la espada. Maldición, deseaba poder tomar por sorpresa al enemigo. Las probabilidades estaban a su favor. Con Gowrie, Alex y Brodick luchando a su lado, quince o veinte ineptos Macphersons no resultarían ser una victoria lo suficientemente grande como para hablar de ella.

Sin embargo, primero estaba la seguridad de Judith. Instintivamente, Iain apretó más su cintura. Judith se acurrucó aún más y luego comenzó a dejar escapar un pequeño suspiro. La mano de Iain le apretó la boca. Eso la despertó. Abrió los ojos y lo miró. Iain movió la cabeza en un gesto negativo. Aún no retiraba la mano. Entonces Judith se dio cuenta de que estaban en territorio enemigo. Los ojos se le abrieron mucho durante sólo un par de segundos por la preocupación. Luego se obligó a relajarse.

Estaría a salvo mientras estuviera con él. Judith no entendía por qué tenía tanta confianza en la habilidad de Iain, pero su corazón sabía que él no iba a permitir que nadie le hiciera daño a ella.

Pasaron unos buenos veinte minutos antes de que finalmente Iain separara la mano de la boca de Judith. Lentamente frotó el pulgar contra el labio inferior de Judith y ella no pudo imaginarse por qué había hecho eso, aunque los escalofríos de placer le recorrieron todo el cuerpo. Iain volvió a negar con la cabeza; Judith supuso que era una señal de que debía permanecer en silencio. Asintió para hacerle saber que había entendido.

Sencillamente tenía que dejar de fijar la mirada en él. El estómago le hacía cosquillas, el corazón también, y sabía que en poco tiempo se iba a ruborizar si no controlaba sus pensamientos. Pensó que se moriría si él tenía alguna idea del efecto que causaba en ella. Judith cerró los ojos y se recostó contra él. Los dos brazos de Iain le envolvían la cintura. Sería fácil para ella fingir que él deseaba abrazarla y también sería fácil soñar sueños imposibles con el guapo terrateniente.

Se dijo a sí misma que no debía permitirse tantas tonterías. Estaba hecha de un material más fuerte y ciertamente podía controlar sus emociones y sus pensamientos.

La espera continuaba. Cuando Iain estuvo finalmente seguro de que los Macphersons estaban bien lejos de su refugio dejó de sostenerla con tanta ferocidad. Con el pulgar debajo de la barbilla de Judith, llevó su rostro hacia arriba con un suave golpecito para que lo mirara.

Había tenido la intención de decirle que la amenaza ya había pasado, pero se olvidó de su propósito cuando se encontró con la mirada de Judith. Todo lo que atraía su atención era un deseo como nunca antes había sentido. Su disciplina lo abandonó. Se sentía impotente frente a aquella atracción. No pudo evitar probar el sabor de Judith. Se inclinó con lentitud, dándole tiempo de sobra para que se apartara si así lo deseaba, pero Judith no se movió. Le rozó suavemente la boca con la suya. Una vez. Dos. Y Judith todavía no se apartaba.

Iain deseaba más. Le apresó la mandíbula con la mano y colocó su boca posesivamente sobre la de Judith. Capturó el jadeo de asombro y no le prestó atención. Pensaba en terminar con aquella atracción con un solo beso completo. Se dijo a sí mismo que entonces su curiosidad quedaría satisfecha. Conocería el sabor de Judith y también la sensación de sus suaves labios y entonces todo terminaría. Estaría saciado.

No resultó ser de esa manera. Iain se dio cuenta de eso lo suficientemente rápido. Parecía no tener bastante de ella. Maldición, sabía a gloria. Y era tan suave, tan cálida y estaba tan entregada en sus brazos. Necesitaba más. La obligó a abrir la boca y, antes de que Judith pudiera adivinarle la intención, introdujo rápidamente la lengua para acoplarla a la de ella.

Entonces Judith sí intentó apartarse, aunque sólo durante breves segundos. Luego rodeó con los brazos la cintura de Iain y se aferró a él. La lengua de Iain frotaba la de Judith hasta que él tembló de deseo. En esos momentos Judith no se comportaba con timidez. No, le estaba devolviendo el beso con energía.

Iain emitió un ronco gruñido. Judith gimió. La pasión rugía entre ellos. La boca de Iain se inclinó sobre la de Judith una y otra vez y se obligó a detenerse sólo cuando se dio cuenta de que no iba a quedar satisfecho hasta no estar descansando entre los muslos de Judith.

Iain estaba aturdido y también furioso, aunque sólo consigo mismo. Su falta de disciplina lo consternaba. Judith lo estaba mirando con una expresión confundida en el rostro. Sus labios parecían inflamados... deseaba besarla de nuevo.

Iain empujó la cabeza de Judith por encima de su hombro y luego tiró de las riendas de la montura para regresar al sendero principal.

En ese momento Judith estaba agradecida de que no le prestara atención. Todavía temblaba por los besos que le había dado y también estaba muy sorprendida ante su propia respuesta apasionada. Era la experiencia más maravillosa y atemorizante que había tenido jamás.

Deseaba más. Sin embargo, creía que Iain no. No le había dicho ni una palabra, pero la manera brusca en que se había apartado de ella y la ira que había visto en sus ojos eran señales seguras de que se había disgustado.

De pronto se sintió muy incapaz y terriblemente avergonzada. Luego sintió deseos de gritarle a aquel bruto por herir sus sentimientos y su orgullo. Se le llenaron los ojos de lágrimas. Respiró profundamente en un esfuerzo por recuperar la compostura. Después de algunos minutos dejó de temblar un poco, y estaba empezando a pensar que le había ganado la batalla a sus propias y confusas emociones, cuando Iain hirió sus sentimientos otra vez. Detuvo su montura junto al semental castaño de Alex y, antes de que Judith alcanzara a imaginar qué pensaba hacer, la depositó en el regazo de Alex.

Que así fuera. Si Iain no deseaba tener ya nada que ver con ella, se vengaría de la misma manera. Incluso se negó a mirar en su dirección. Se ajustó con cuidado las faldas manteniendo todo el tiempo la mirada baja y le rogó al Creador que Iain no notara su rubor. Sentía que el rostro se le estaba incendiando.

Iain tomó el liderazgo. Con un pequeño empujón, Gowrie colocó su montura en posición detrás del jefe del clan y luego Alex y Judith se unieron a la procesión. Una vez más se dejó a Brodick para proteger la retaguardia.

—¿Tienes frío, muchacha?

Alex le susurró la pregunta cerca del oído. La preocupación en su voz era muy aparente.

—No —respondió.

—Entonces, ¿por qué estás temblando?

—Porque tengo frío.

Se dio cuenta de la contradicción de las respuestas y dejó escapar un pequeño suspiro. Si Alex pensó que no tenía ningún sentido, fue lo suficientemente amable como para no mencionarlo. No volvió a decirle otra palabra a lo largo de la tarde y Judith tampoco le habló.

Le parecía que tampoco podía estar cómoda entre sus brazos. La espalda de Judith rozó el pecho de Alex muchas veces, pero no se pudo relajar lo suficiente como para recostarse contra él.

Cuando llegó la noche estaba tan cansada que apenas si podía mantener los ojos abiertos. Se detuvieron en una hermosa cabaña de piedra con techo de bálago que estaba al abrigo de la ladera de la montaña. Una espesa hiedra cubría el lado sur de la estructura y un sendero de piedra iba desde el granero adyacente hasta la puerta principal de la cabaña.

Un hombre de cabello gris, espesa barba y anchos hombros estaba de pie en la entrada. Los saludó con una sonrisa y se apresuró a salir.

Judith vio que la mujer vacilaba en el umbral. Había permanecido de pie detrás de su esposo, pero cuando éste se adelantó, dio un paso atrás, hacia las sombras.

—Vamos a pasar la noche aquí —dijo Alex. Desmontó y luego extendió los brazos para ayudarla—. Vas a tener un techo sobre la cabeza y una buena noche de descanso.

Judith asintió. Decidió que Alex era un hombre verdaderamente compasivo. La había ayudado a bajar, pero no la soltaba. Sabía que Judith se caería hacia adelante si lo hacía. No mencionó la lastimosa condición de Judith e incluso le permitió sostenerse de sus brazos hasta que pudiera lograr que las piernas dejaran de temblarle. Las manos de Alex la sostenían de la cintura y Judith sabía que él podía sentir cómo temblaba.

—Aparta tus manos de ella, Alex.

La dura voz de Iain llegó detrás de Judith. Inmediatamente Alex la soltó. Las rodillas de Judith se doblaron. Iain la atrapó por detrás justo cuando se caía hacia adelante. El brazo izquierdo le envolvió con fuerza la cintura y no fue del todo suave cuando la acercó hacia su costado. Alex retrocedió ante la mirada furiosa del jefe y luego se volvió para caminar hacia la cabaña.

Iain siguió allí sosteniendo a Judith durante unos cuantos minutos más. Los hombros de Judith estaban fuertemente apretados contra el pecho de Iain. Judith mantenía la cabeza inclinada. Estaba tan agotada que deseaba cerrar los ojos y dejar que él la llevara adentro. Por supuesto, eso no hubiera sido correcto.

¿Cómo podía ser que un hombre oliera de manera tan maravillosa después de un día tan largo de viajar a caballo? El olor de Iain era una combinación del limpio aire libre... y masculinidad. Irradiaba calor. Judith se sentía atraída hacia ese calor y, cuando se dio cuenta de ello, supo que debería apartarse.

Iain estaba tan distante como la tormenta que se avecinaba por el sur. Judith sabía que la estaba sosteniendo sólo porque necesitaba su ayuda. Iain se sentía responsable de ella y sencillamente cumplía con su deber.

—Gracias por tu ayuda —dijo—. Puedes soltarme ahora. Ya me he recuperado.

Intentó apartar el brazo de Iain con un empujón. Iain tenía otras intenciones. Le hizo dar media vuelta entre sus brazos y luego le empujó la barbilla hacia arriba.

Estaba sonriendo. Judith no sabía qué pensar de ello. Pocos minutos antes se había estado comportando como un oso irritado, aunque admitió para sí misma que Alex había sido el blanco.

—Te soltaré cuando yo quiera —le explicó con un suave susurro—. No cuando me des permiso, Judith.

Su arrogancia era ultrajante.

—¿Y cuándo crees que va a ser eso? —preguntó—. ¿O no se me permite preguntar?

Iain levantó una ceja ante la irritación en la voz de Judith. Luego sacudió la cabeza.

—Estás enfadada conmigo —dijo—. Dime por qué.

Judith intentó apartar la mano de su mentón, pero se rindió cuando Iain le apretó la mandíbula.

—No te voy a soltar hasta que me digas por qué estás enfadada —le dijo.

—Me besaste.

—Tú también me besaste a mí.

—Sí, lo hice —admitió—. Tampoco lo lamento. ¿Qué piensas de ello?

El desafío estaba allí, en la voz y en los ojos. Un hombre podría olvidarse de todos sus pensamientos si se permitía quedar capturado por la espléndida belleza de Judith. Ese pensamiento se instaló en su mente incluso mientras le respondía.

—Yo tampoco lo lamento.

Judith le lanzó una mirada de irritación.

—Tal vez no lo lamentaste en ese momento, pero sí lo lamentas ahora, ¿verdad?

Iain se encogió de hombros. Judith sintió deseos de abofetearlo.

—Será mejor que no vuelvas a tocarme, Iain.

—No me des órdenes, muchacha.

La voz de Iain había tomado un tono duro. Judith no le hizo caso.

—Cuando se trata de besarme, puedo dar todas las órdenes que desee. No te pertenezco —añadió con un tono de voz mucho más suave.

Iain parecía estar deseando estrangularla. Judith decidió que había sido un poco altanera con él. Al parecer, Iain tenía un carácter espinoso.

—No era mi intención ser arisca —comenzó Judith—. Y sé que debes de estar acostumbrado a salirte con la tuya, porque eres el jefe del clan y todo eso. Sin embargo, como forastera que soy, realmente no debería obedecer tus órdenes —continuó con un tono de voz razonable—. En este caso, como huésped...

Dejó de intentar explicarle cuando Iain movió negativamente la cabeza.

—Judith, ¿estás de acuerdo con que mientras estés

en casa de mi hermano, vas a estar bajo su protección?

—Sí.

Iain asintió. También sonrió. Se comportaba como si acabara de ganar una importante discusión y Judith ni siquiera estaba segura de cuál había sido el tema.

Iain la soltó y se alejó caminando. Judith lo persiguió. Cuando lo alcanzó, lo tomó de la mano. Iain se detuvo inmediatamente.

—¿Sí? —preguntó.

—¿Por qué estás sonriendo?

—Porque acabas de estar de acuerdo conmigo.

—¿En qué?

No estaba intentando provocarlo deliberadamente. Iain podía ver la confusión en la mirada de Judith.

—Hasta que regreses a Inglaterra, soy responsable de ti. Vas a obedecer todas mis órdenes —añadió con un gesto de asentimiento—. Eso es lo que acabas de aceptar hacer.

Judith negó con la cabeza. Aquel hombre era tonto. En nombre del cielo, ¿cómo podía ser que su advertencia de que ya no podría volver a besarla hubiera llevado a esa retorcida conclusión?

—Yo no he estado de acuerdo con nada de eso —dijo.

Judith no le había soltado la mano. Iain dudaba de que se hubiese dado cuenta de que todavía lo estaba agarrando. Podría haberse apartado. No lo hizo.

—Me has dicho que voy a estar bajo la protección de Patrick —le recordó—. De ese modo, él sería responsable de mí, Iain, no tú.

—Sí —concordó Iain—. Pero yo soy el jefe del clan y por lo tanto Patrick me responde a mí. ¿Lo entiendes ahora?

Judith apartó la mano.

—Entiendo que crees que tanto Patrick como tú

podéis darme órdenes —replicó—. Eso es lo que entiendo.

Iain sonrió. También asintió. Judith comenzó a reír. Iain no podía imaginar qué había causado tal reacción.

No tuvo que adivinar mucho tiempo.

—¿Quiere eso decir que tanto Patrick como tú sois responsables de todos mis actos?

Iain asintió.

—¿Mis infracciones pasan a ser vuestras?

Iain se tomó las manos por detrás de la espalda y le frunció el entrecejo.

—¿Estás planeando hacer alguna diablura?

—No, por supuesto que no —contestó apresuradamente—. Estoy muy agradecida de que me permitas ir a tu casa y no deseo causaros ningún problema.

—Tu sonrisa me hace dudar de tu sinceridad —comentó Iain.

—Estoy sonriendo por un motivo totalmente distinto —explicó—. Me acabo de dar cuenta de que eres un hombre muy ilógico —añadió con un gesto de la cabeza al ver a Iain tan incrédulo.

—No soy en absoluto ilógico —dijo impulsivamente.

Judith no se dio cuenta de que lo había insultado.

—Sí, lo eres —contrarrestó—. A menos que me puedas explicar cómo mi decisión de no permitirte besarme de nuevo ha llevado a esta extraña conversación.

—El tema de que te bese o no te bese, no es lo suficientemente relevante como para que lo hablemos —replicó—. No tiene importancia.

Era exactamente igual que si la hubiese golpeado. El dolor de aquellas palabras pronunciadas tan a la ligera la hería con la misma intensidad. Sin embargo, no iba a permitir que supiera que había herido sus sentimientos. Hizo un gesto con la cabeza, luego se volvió y se alejó de él.

Iain permaneció allí contemplándola durante unos instantes.

Luego dejó escapar un suspiro de cansancio. Judith no lo entendía, pero ya estaba causando problemas. Sus hombres no podían apartar la mirada de ella. Maldita sea, él tampoco.

Era una mujer hermosa y cualquier hombre lo notaría. Sí, eso tenía sentido. Eso era lógico. Sin embargo, la viva posesividad que sentía por ella era algo completamente diferente. No era lógico en absoluto.

Le dijo que en última instancia él era responsable de ella... hasta que regresara a Inglaterra. Demonios, casi se había ahogado con esas palabras. La idea de llevarla de regreso no le gustaba en absoluto. ¿Qué rayos le pasaba?

¿Cómo iba a permitir que se marchara?

4

No podía esperar a quitárselo de encima. Judith sabía que en esos momentos no estaba pensando como una persona razonable. El largo e interminable viaje la había agotado tanto que su mente se había convertido en papilla. Admitía que había reaccionado de manera excesiva ante las duras palabras de Iain. Parecía que no podía encontrarle sentido a nada porque sus sentimientos siempre se interponían en el medio. Suponía que todavía estaba sintiendo el aguijón del rechazo.

—Judith, ven a conocer a Cameron —llamó Alex.

Todos se volvieron para mirarla. Judith corrió a situarse de pie frente a su anfitrión. Hizo una rápida reverencia y sonrió forzadamente. Era una empresa difícil, porque Cameron la estaba mirando con rudeza como si Judith acabara de convertirse en un demonio... o en algo peor. La expresión del rostro de Cameron no dejaba ninguna duda con respecto a lo que estaba pensando. Aparentemente estaba consternado ante la mera existencia de Judith.

Dios, realmente no tenía la fortaleza como para soportar esa tontería. Dejó escapar un pequeño suspiro.

—Que tengáis buenas noches, señor —dijo a continuación.

—Es inglesa.

Cameron rugió esa declaración de hechos con tanta

fuerza que se le marcaron las venas de la frente. Judith había hablado en un gaélico perfecto, pero no había podido ocultar su acento inglés. Por supuesto, sus ropas eran otra indicación sobre su origen. Aunque Judith comprendía muy bien la vergonzosa desconfianza que existía entre los escoceses y los ingleses, la hostilidad de Cameron era tan irrazonable y tan llena de odio que la atemorizó. Instintivamente dio un paso hacia atrás en un intento de protegerse a sí misma de la ira de Cameron.

Chocó contra Iain. Intentó ponerse a un lado, pero él abortó esa intención cuando le colocó las manos sobre los hombros. La aferró con fuerza y la atrajo hacia atrás hasta que Judith quedó aplastada contra él.

Iain no dijo nada durante un largo minuto. Alex se adelantó hasta situarse junto al jefe. Luego Gowrie se acercó hasta quedar de pie en el lado opuesto. Brodick fue el último en moverse. Miró con fijeza a Iain, esperando su permiso, y cuando finalmente el jefe apartó la mirada de Cameron y se volvió para hacer un gesto de asentimiento con la cabeza, Brodick caminó hasta quedar de pie directamente frente a Judith.

Estaba literalmente aplastada entre los dos soldados. Intentó escudriñar por detrás de la espalda de Brodick, pero Iain la sostuvo con tanta intensidad que no se pudo mover en absoluto.

—Ya nos hemos dado cuenta de que es inglesa, Cameron —dijo Brodick en voz baja y sin embargo impresionante—. Ahora me gustaría que tú te dieras cuenta de que lady Judith está bajo nuestra protección. La llevamos a casa con nosotros.

El hombre mayor pareció sacudirse a sí mismo el estupor.

—Sí, por supuesto —tartamudeó en voz alta—. Ha sido sólo la sorpresa, ya sabéis, oír su... voz y todo eso.

A Cameron no le gustó la mirada en los ojos del jefe Maitland. Resolvió que sería mejor paliar esa violación de modales lo más rápido posible. Dio un paso a la izquierda para poder mirar directamente a la inglesa al presentar sus disculpas.

Brodick se movió con él y eficazmente le bloqueó el intento.

—¿Somos todos bienvenidos aquí?

—Por supuesto que sí —replicó Cameron. Entrelazaba los dedos en su cabello blanco en un gesto nervioso y deseaba fervientemente que el jefe no notara cómo le temblaba la mano. Realmente había arruinado la bienvenida. Lo último que deseaba era ofender a un hombre tan poderoso y despiadado... y si había ofendido a Iain, sabía que probablemente sería lo último que haría en este mundo.

Cameron reprimió el casi abrumador impulso de hacerse la señal de la cruz. No pudo sostener durante mucho tiempo la dura y fija mirada de Iain y concentró toda su atención en Brodick. Se aclaró la garganta.

—Desde el día en que tu hermano se casó con mi única hija, tú y cada uno de los miembros del clan Maitland son bienvenidos aquí —dijo—. La mujer del jefe Maitland también, por supuesto. —Luego giró a medias y le gritó a su esposa—: Margaret, pon la cena sobre la mesa para nuestros invitados.

Judith se había preguntado por qué Iain no había dicho nada, pero cuando Cameron mencionó que el hermano de Brodick estaba casado con la hija, entendió por qué Iain le había encargado a Brodick la tarea de aclarar aquella incómoda situación.

Cameron hizo señas a todos de que entraran. Judith extendió la mano y agarró la parte posterior del tartán de Brodick. Este se volvió de inmediato.

—Gracias por defenderme —susurró.

—No necesitas darme las gracias, Judith. —Su voz era hosca debido a la turbación.

—Sí, debo hacerlo —afirmó—. Brodick, por favor, ¿quieres explicarle a tu pariente que no soy la mujer de Iain? Parece haberlo interpretado mal.

Brodick la miró fijamente durante largos instantes sin decir ni una palabra y luego levantó la mirada para echar un rápido vistazo a Iain.

¿Por qué vacilaba tanto?

—Sólo te estoy pidiendo que corrijas el malentendido —dijo.

—No.

—¿No? —preguntó—. ¿Por qué no, en nombre del cielo?

En realidad, Brodick no sonrió, pero las comisuras de los ojos se le arrugaron al unísono en lo que Judith decidió que era regocijo.

—Porque sí eres la mujer de Iain —dijo Brodick arrastrando las palabras.

Judith negó con la cabeza.

—¿De dónde has sacado esa idea tan ridícula? Sólo soy huésped...

Dejó las explicaciones cuando Brodick se volvió y entró a la cabaña. Observó cómo se alejaba, el muy obstinado. Alex y Gowrie lo siguieron. Ellos sonreían ampliamente.

Judith permaneció donde estaba. Por fin Iain la soltó y le dio un pequeño empujón.

No se movió. Iain se apartó para quedar de pie a su lado. Tenía la cabeza inclinada hacia abajo, hacia la de Judith.

—Ya puedes entrar.

—¿Por qué no dijiste nada cuando Cameron me llamó tu mujer?

Iain se encogió de hombros.

—No sentí deseos de hacerlo.

Por supuesto, no estaba diciendo la verdad. Cameron se había equivocado; Judith no era su mujer, pero oírlo le había agradado demasiado para poner objeciones. Señor, estaba cansado de tener pensamientos tan tontos.

—Entra —le ordenó de nuevo Iain, con voz un poco más hosca de lo que hubiese querido.

Judith movió la cabeza en un gesto negativo y volvió la mirada al suelo.

—¿Qué pasa? —quiso saber Iain. La obligó a levantar la cabeza poniendo el reverso de la mano debajo del mentón.

—No quiero entrar.

El tono de voz había sonado francamente lastimero. Iain trató de no sonreír.

—¿Por qué no? —preguntó.

Judith se encogió de hombros. Iain le apretó suavemente la mandíbula. Judith sabía que no la iba a dejar hasta que no le diera una respuesta adecuada.

—Sencillamente no quiero ir donde no me quieren —susurró. Iain sonrió con cariño. De pronto Judith sintió deseos de llorar. Los ojos ya se le estaban empañando—. Estoy completamente exhausta esta noche —se excusó.

—Pero ésa no es la razón por la que deseas quedarte aquí afuera, ¿no es así?

—Lo acabo de explicar... me han humillado —dijo impulsivamente—. Sé que no debería tomar el disgusto de Cameron como algo personal. Todos los Highlanders odian a los ingleses y la mayoría de los ingleses odia a los escoceses, incluso a los de la frontera... y yo odio todo ese odio. Es... ignorancia, Iain.

Iain asintió para demostrar su conformidad. Parte de la cólera abandonó a Judith. Resultaba difícil seguir sintiéndose ultrajada cuando Iain no estaba discutiendo con ella.

—¿Te ha atemorizado?

—Su ira sí —admitió—. Fue muy irrazonable. ¿O estoy reaccionando en exceso otra vez? Estoy demasiado agotada para saberlo.

Estaba exhausta. Iain no había prestado la suficiente atención o seguramente habría notado antes las oscuras manchas debajo de los ojos de Judith. Le había tomado la mano cuando admitió que se había sentido humillada y todavía no se la había soltado.

Sí, Judith parecía cansada, y también derrotada y absolutamente hermosa para Iain.

De pronto, Judith enderezó los hombros.

—Debes entrar. No tengo inconveniente en esperar aquí.

Iain sonrió mientras apartaba la mano de la de ella.

—Pero yo voy a sentirme mejor si entras conmigo —anunció.

Iain ya había terminado de hablar del tema. Lanzó el brazo por encima de los hombros de Judith, le dio un pequeño apretón y luego la arrastró junto a él hacia el umbral de la puerta.

—Has dicho que tal vez estabas reaccionando en exceso de nuevo —comentó mientras tiraba de ella. Deliberadamente no le prestaba atención al hecho de que Judith se estaba comportando como una rígida tabla. Ella tenía un rasgo obstinado en su forma de ser. Ese defecto lo divertía. Ninguna otra mujer se había mostrado nunca irritada con él, pero Judith era muy distinta a todas las mujeres que había conocido en el pasado. Lo miraba furiosa cada dos minutos o al menos eso parecía. Iain encontraba que esas reacciones eran refrescantemente sinceras. No tenía que intentar impresionarlo e, indudablemente, tampoco formaba parte de su personalidad encogerse de miedo ante él. Era extraño, pero esa conducta desinhibida lo liberaba. Con Judith no tenía que comportarse como el jefe con un súbdito sumiso. El hecho de que fuera una forastera parecía romper con las ataduras de las tradiciones que se le imponían como líder de su clan.

Iain tuvo que obligarse a volver a la pregunta que lo rondaba.

—¿Cuándo fue la primera vez que reaccionaste en exceso? —preguntó.

—Cuando me besaste.

Habían llegado a la puerta cuando Judith susurró esa concesión. Iain se detuvo por completo y la agarró.

—No lo entiendo —dijo—. ¿Cómo reaccionaste en exceso?

Judith sentía que se le acaloraba el rostro. Encogió el hombro para apartar el brazo de Iain.

—Era indudable que estabas furioso conmigo... después, y eso también me enfureció a mí. No tendría que haberme importado —añadió con un vigoroso ademán afirmativo.

No esperó a ver la reacción de Iain ante su arranque de sinceridad. Entró apresuradamente. La mujer mayor que había visto entre las sombras salió a saludarla. Su sonrisa le pareció genuina a Judith y parte de la tensión le desapareció de los hombros cuando sonrió a su vez.

Margaret era una bonita mujer. Las arrugas que le bordeaban las cejas y el contorno de la boca no le restaban atractivo. Tenía unos encantadores ojos verdes con puntos dorados y espeso cabello castaño veteado por hebras grises. Se había moldeado una trenza en la nuca.

Aunque era unos centímetros más alta que Judith, ésta no se sintió intimidada: la mujer irradiaba amabilidad.

—Gracias por permitirme entrar en tu casa —dijo Judith después de completar una reverencia.

Antes de devolverle la reverencia, Margaret se secó las manos en el delantal blanco que llevaba alrededor de la cintura.

—Si quieres, puedes ocupar tu sitio en la mesa, voy a terminar de preparar la cena.

Judith no deseaba sentarse con los hombres. Iain ya se había unido al grupo y Cameron se inclinaba sobre la mesa para servirle una copa llena de vino. El estómago de Judith se tensó de inmediato. Respiró con rapidez para tranquilizarse. Una sola copa de vino no iba a convertir a Iain en una persona desagradable... ¿o sí? Se dijo a sí misma que esa reacción era absolutamente ridícula. E incontrolable. El estómago le dolía como si hubiese tragado fuego. Iain no era en absoluto parecido a Tekel. No se volvería desagradable. No lo haría.

Por casualidad, Iain levantó la mirada. Con un solo vistazo a Judith supo que algo andaba muy mal. El color le había abandonado el rostro. Tenía aspecto de sentir pánico de algo. Estaba a punto de levantarse de la mesa para averiguar qué le estaba preocupando cuando se dio cuenta de que Judith tenía la mirada clavada en la jarra de vino.

En nombre de Dios, ¿qué le había pasado?

—¿Judith? ¿Deseas beber algo de...?

Judith sacudió la cabeza con vehemencia.

—¿El agua no sería más... refrescante después de un día de viaje tan largo?

Iain se reclinó en la silla. Lo que bebieran parecía ser muy importante para ella. No tenía la más mínima idea de por qué y adivinó que en realidad eso no importaba.

Era obvio que estaba perturbada. Si ella deseaba que bebieran agua, entonces beberían agua.

—Sí —concordó—. El agua será más refrescante.

Brodick también notó la reacción de Judith.

—Nos vamos a levantar temprano, Cameron —dijo, aunque tenía la mirada entrelazada con la de Judith—. No vamos a beber vino hasta que lleguemos a casa.

Margaret también había oído la conversación. Se apresuró a ir a la mesa con un cántaro lleno de agua fresca de manantial. Judith llevó más copas.

—Siéntate y descansa —le dijo Margaret.

—Preferiría ayudarte —replicó Judith.

Margaret asintió.

—Toma ese banquillo y siéntate junto a la chimenea. Puedes remover el guiso mientras me ocupo de cortar el pan.

Judith se sintió aliviada. En esos momentos los hombres estaban hablando y, por los entrecejos fruncidos que tenían, supuso que sería un tema importante. No deseaba interrumpirlos. Lo que era aún más importante, no deseaba sentarse junto a Cameron, y el único banquillo libre estaba al final de la mesa, a la izquierda de Cameron.

Judith llevó el banquillo que estaba contra la pared hacia la chimenea, siguiendo las instrucciones de Margaret. Notó que la mujer seguía dirigiéndole miradas disimuladas. Era obvio que deseaba hablarle, pero debía de preocuparle la reacción de su esposo. Miraba continuamente hacia la mesa para ver si Cameron les estaba prestando atención.

—No es frecuente que tengamos compañía —susurró Margaret.

Judith asintió. Observó cómo Margaret lanzaba de nuevo una rápida mirada a su esposo y luego se volvía hacia ella.

—Tengo curiosidad por saber por qué deseas ir al hogar de los Maitland —susurró a continuación.

Judith sonrió.

—Mi amiga se casó con un Maitland y me pidió que fuera para el nacimiento de su primer hijo —contestó y mantuvo la voz en un susurro tan suave como el de Margaret cuando hizo la pregunta.

—¿Cómo os conocisteis? —quiso saber Margaret.

—En el festival de la frontera.

Margaret asintió.

—Tenemos los mismos festivales en las Highlands, aunque en otoño, no en primavera.

—¿Has asistido alguna vez?

—Cuando Isabelle todavía vivía con nosotros, íbamos —contestó Margaret—. Desde entonces, Cameron siempre está demasiado ocupado para ir —añadió y se encogió de hombros—. Siempre me divertí mucho.

—Entiendo que Isabelle está casada con el hermano de Brodick —dijo Judith—. ¿Ha sido una boda reciente?

—No, hace más de cuatro años —respondió Margaret.

La tristeza en la voz de Margaret era muy evidente. Judith dejó de remover el guiso de carne y se recostó contra la chimenea para poder prestarle toda su atención. Era curioso, pero aunque eran casi extrañas, sentía un impulso por consolar a aquella mujer. Parecía estar terriblemente sola y Judith entendía perfectamente bien esa sensación.

—¿No has tenido tiempo de ir a visitar a tu hija?

—Ni siquiera he visto una sola vez a mi Isabelle desde que se casó —contestó Margaret—. Los Maitland no visitan mucho a los demás. No les gustan los forasteros.

Judith no podía creer lo que estaba oyendo.

—Pero tú no eres una forastera —protestó.

—Ahora Isabelle pertenece a Winslow. No sería correcto pedir que viniera a visitarnos y tampoco sería correcto pedir ir a su casa.

Judith sacudió la cabeza. Nunca había oído nada tan ridículo.

—¿Te manda algún mensaje?

—¿Quién lo traería?

Pasó un largo minuto de silencio.

—Yo —susurró Judith.

Margaret miró a su esposo y luego volvió la mirada a Judith.

—¿Harías eso por mí?

—Por supuesto.

—Temo que no sea correcto —dijo Margaret.

—Por supuesto que sería correcto —argumentó Judith—. Tampoco sería difícil, Margaret. Si tienes algún mensaje que te gustaría darle a Isabelle, te prometo que la encontraré y se lo daré. Luego, en el camino de regreso a Inglaterra, te daré los mensajes de ella. Tal vez incluso haya una invitación para ir a visitarla —añadió.

—Vamos afuera a ver una cosa sobre los caballos, esposa —anunció Cameron con voz resonante—. No tardaremos. ¿La cena está casi lista?

—Sí, Cameron —respondió Margaret—. Estará sobre la mesa cuando regreséis.

Los hombres abandonaron la cabaña. Cameron cerró la puerta detrás de ellos.

—Tu esposo parecía enfadado —comentó Judith.

—No, no está enfadado —se apresuró a decir Margaret—. Sin embargo, está un poco nervioso. Es un gran honor tener al jefe Maitland en nuestra casa. Cameron va a alardear de ello durante uno o dos meses.

Margaret dejó los cuencos de madera sobre la mesa y luego agregó otra jarra de agua. El pan estaba cortado en trozos. Judith ayudó a Margaret a volcar el guiso dentro de un gran recipiente de madera y lo puso en el centro de la larga mesa.

—Tal vez, durante la cena, podrías preguntarle a Brodick cómo le va a Isabelle —sugirió Judith.

Margaret parecía estar consternada.

—Sería un insulto por mi parte el preguntárselo —explicó—. Si preguntara si Isabelle es feliz, entonces estaría sugiriendo que Winslow no la hace feliz. ¿Ves lo complicado que es?

No era complicado, era ridículo, en opinión de Judith. Sentía que se enfadaba en nombre de Margaret. Los Maitland eran crueles con esa actitud. ¿Ninguno de ellos tenía compasión por parientes tales como padres y madres?

No sabía que haría si alguien le dijera que nunca podría volver a ver a su tía Millicent y a su tío Herbert. Se le empañaron los ojos con sólo pensarlo.

—Si lo preguntaras tú... —Margaret le sonrió a Judith mientras esperaba que ésta comprendiera.

Judith asintió.

—Brodick tal vez pensaría que porque soy inglesa no conozco vuestras costumbres.

—Sí.

—Lo preguntaré con mucho gusto, Margaret —prometió Judith—. ¿Todos los clanes de las Highlands son como los Maitland? ¿Todos se aíslan de los forasteros?

—Los Dunbar y los Maclean, sí —contestó Margaret—. Cuando no están luchando entre sí, se aíslan mucho —explicó—. El territorio de los Dunbar está situado entre el de los Maitland y el de los Maclean y Cameron me dice que pelean constantemente por los derechos de las tierras. Ninguno de ellos va jamás a los festivales, pero todos los demás clanes sí. ¿Todos los ingleses son como tú?

Judith intentó concentrarse en lo que Margaret le estaba preguntando. Era una tarea difícil, ya que todavía estaba aturdida por el comentario natural de la mujer acerca de que los Maclean eran enemigos de los Maitland.

—¿Pequeña? —preguntó Margaret—. ¿Te encuentras mal?

—Oh, me siento muy bien —replicó Judith—. Me has preguntado si soy como los demás ingleses, ¿no es así?

—Sí —replicó Margaret y frunció el entrecejo cuando notó que la cara de su huésped se había vuelto muy pálida.

—No sé si soy como los demás o no —contestó Judith—. El hecho es que llevo una vida muy recogida. Margaret, ¿cómo en nombre del cielo hacen los hombres para encontrar compañeras si nunca se mezclan con los demás clanes?

—Ah, tienen sus maneras —respondió Margaret—. Winslow vino aquí para hacer un trueque por una yegua moteada. Conoció a Isabelle y se prendó de ella enseguida. Yo me oponía a la unión porque sabía que nunca volvería a ver a mi hija, pero Cameron no quiso escucharme. Además, no se le dice que no a un Maitland; al menos, nunca he sabido de nadie que lo hiciera, e Isabelle ansiaba casarse con Winslow.

—¿Winslow se parece a Brodick?

—Sí. Aunque es mucho más callado.

Judith se echó a reír.

—Entonces debe de estar muerto —comentó—. Brodick apenas si dice una palabra.

Margaret no pudo evitar reírse entre dientes.

—Son una raza extraña, los Maitland, pero en su defensa te voy a decir que si alguna vez Cameron fuera atacado o necesitara ayuda de verdad, sólo tendría que mandarle un mensaje al jefe Iain.

»Antes del casamiento de Isabelle de vez en cuando solían desaparecer un par de ovejas. Los robos cesaron en cuanto se supo que nuestra Isabelle se había casado con un miembro del clan Maitland. Cameron también ganó una nueva respetabilidad. Por supuesto, su reacción inicial al conocerte a ti podría haber cambiado ese estatus.

—¿Te refieres a su sorpresa al descubrir que yo era inglesa?

—Sí, se quedó sorprendido, sin duda.

Las dos mujeres se miraron la una a la otra y de pronto se echaron a reír justo cuando los hombres regresaban a la cabaña. Iain fue el primero que entró. Hizo un gesto con la cabeza a Margaret y luego se detuvo para fruncirle el entrecejo a Judith. Ésta supuso que él no creía que su regocijo fuera una conducta apropiada. Esa posibilidad la hizo reír aún más.

—Ve a ocupar tu sitio en la mesa —le ordenó Margaret.

—¿No te unes a nosotros?

—Primero voy a servir y luego me uniré a vosotros.

Aunque tal vez sin darse cuenta de ello, acababa de darle a Judith una excusa para no sentarse junto a Cameron. Todos los hombres habían ocupado los mismos sitios. Judith tomó el banquillo que había cerca del hogar y lo llevó hacia el otro lado de la mesa. Luego, con unos pequeños empujones, se hizo sitio entre Iain y Brodick.

Si los guerreros quedaron sorprendidos ante su audacia, no lo demostraron. Incluso Brodick se movió para que no quedara tan apretada.

Comieron en silencio. Judith esperó a que los hombres terminaran antes de sacar el tema del bienestar de Isabelle.

Decidió facilitar la conversación.

—Margaret, ha sido un guiso magnífico.

—Gracias —replicó Margaret con un leve rubor.

Judith se volvió hacia Brodick.

—¿Ves a tu hermano muy a menudo?

El soldado le dirigió una rápida mirada y luego se encogió de hombros.

—¿Ves a su esposa, Isabelle? —lo aguijoneó Judith.

Brodick se encogió de hombros otra vez. Judith le dio un empujón por debajo de la mesa con el pie. Brodick levantó una ceja ante aquella temeridad.

—¿Me acabas de dar una patada?

Suficiente en cuanto a intentar ser sutil, pensó Judith.

—Sí, sí te he dado una patada.

—¿Por qué?

Iain hizo esa pregunta. Judith se volvió para sonreírle.

—No quería que Brodick se encogiera de hombros otra vez. Quiero que hable de Isabelle.

—Pero ni siquiera la conoces —le recordó Iain.

—Quiero saber cosas de ella —sostuvo Judith.

Iain tenía aspecto de estar pensando que Judith había perdido el juicio. Judith dejó escapar un suspiro. Luego comenzó a repiquetear los dedos contra la superficie de la mesa.

—Háblame de Isabelle, por favor —le pidió una vez más a Brodick.

Éste la ignoró.

Dejó escapar otro suspiro.

—Brodick, ¿por favor podrías venir fuera conmigo sólo un minuto? Deseo decirte algo terriblemente importante en privado.

—No.

No pudo contenerse. Le dio otra patada. Luego se volvió hacia Iain. No pudo ver la rápida sonrisa de Brodick.

—Iain, por favor, ordénale a Brodick que salga fuera conmigo.

—No.

Otra vez hizo repiquetear los dedos contra la mesa mientras estudiaba la próxima maniobra. Levantó la mirada, pudo ver la lastimosa expresión de Margaret y decidió en ese mismo momento que aunque hiciera el ridículo se saldría con la suya.

—Bueno, muy bien, entonces —anunció—. Sencillamente voy a tener que hablar con Brodick mañana, durante el viaje. Voy a montar contigo —añadió con una sonrisa inocente—. También es probable que hable desde la salida del sol hasta el atardecer, Brodick, así que es mejor que descanses bien esta noche.

La amenaza era sustanciosa. Brodick se levantó de la mesa con un empujón y se puso de pie. El entrecejo fruncido de su rostro era mordaz. Todos pudieron ver claramente que estaba enfadado.

Judith no estaba enfadada. Estaba furiosa. No podía esperar a llevar afuera a aquel insensible simplón. Sonrió forzadamente e incluso logró hacer una leve reverencia a su anfitrión antes de darse la vuelta y dirigirse hacia la puerta. También continuaba sonriendo cuando giró y cerró la puerta detrás de sí.

En su prisa por reprender a Brodick se olvidó de las dos ventanas a cada lado de la puerta.

Margaret y Gowrie estaban sentados con la espalda hacia la puerta, pero Iain y Alex tenían una clara visión de la herbosa zona fuera de las ventanas.

Sin lugar a dudas, habían estimulado la curiosidad de todos. Gowrie se dio media vuelta en el banquillo para ver lo que estaba sucediendo.

Iain mantuvo la atención sobre Brodick. El guerrero permanecía frente a él. Estaba de pie con las piernas separadas y las manos detrás de la espalda. Tampoco intentaba ocultar su irritación a Judith. Brodick tenía un carácter violento. Iain sabía que el guerrero no tocaría a Judith, por muy furioso que ésta lo pusiera, pero podía herirla con unos pocos comentarios crueles.

Iain esperó a ver si necesitaba intervenir. Lo último que necesitaba esa noche era una mujer llorosa entre manos y Brodick era casi tan bueno como él en cuanto a tácticas intimidatorias.

Una súbita sonrisa lo tomó por sorpresa. No podía creer lo que estaba viendo. Tampoco Alex.

—¿Quieres ver eso? —preguntó.

—Estoy mirando —contestó Gowrie—. No lo puedo creer. ¿Es ése nuestro Brodick, retrocediendo y alejándose? —Lanzó un bufido divertido—. Nunca antes le había visto esa expresión en la cara. ¿Qué creéis que le está diciendo?

Iain decidió que lo estaba criticando duramente. Judith tenía las manos sobre las caderas, y cuando empezó a avanzar sobre el adversario, no se detuvo. Brodick estaba literalmente retrocediendo ante ella. También parecía... pasmado.

La voz de Judith estaba ahogada por el viento y la distancia, pero Iain sabía que no estaba susurrando. No, le estaba gritando, sin ninguna duda, y de hecho, de vez en cuando Brodick se echaba hacia atrás.

Iain se volvió para mirar a Margaret. Las manos le cubrían la boca y cuando se dio cuenta de que Iain la estaba observando, de inmediato devolvió la mirada a la mesa. No fue lo suficientemente rápida. Iain pudo captar la mirada de preocupación en sus ojos y supo de alguna manera que estaba involucrada.

Se abrió la puerta. Judith sonrió forzadamente y se apresuró a regresar a la mesa. Se sentó, entrelazó las manos sobre el regazo y dejó escapar un suspiro. Brodick se tomó su tiempo en seguirla. Cuando otra vez estuvo sentado en el banquillo, toda la atención se volvió hacia él. Judith se sintió lo suficientemente segura para hacerle un gesto con la cabeza a Margaret. También le guiñó un ojo.

Iain captó ese acto. Su curiosidad aumentó.

Brodick se aclaró la garganta.

—Isabelle y Winslow tienen una cabaña de casi este tamaño. —Farfulló el comentario.

—Bueno, es magnífico oír eso —replicó Cameron.

Brodick asintió. Parecía estar terriblemente incómodo.

—Tiene fecha para tener a su bebé en cualquier momento.

Margaret dejó escapar un resuello de felicidad. Los ojos se le llenaron de lágrimas. Extendió la mano y tomó la de su esposo.

—Vamos a tener un nieto —susurró.

Cameron asintió. Judith notó que los ojos también se le estaban empañando. Cameron prestó atención a su copa.

Finalmente Iain entendió cuál había sido el juego de Judith. Había tenido un berrinche y también se había puesto a sí misma en una situación violenta y todo porque deseaba ayudar a Margaret a averiguar cómo le iba a su hija. Judith era toda una mujer. A él nunca se le había ocurrido pensar que los padres de Isabelle querrían tener noticias de su hija, pero una forastera había visto lo que era obvio y se había puesto a ayudar.

—¿Tenéis alguna pregunta concreta que queráis hacer acerca de vuestra hija? —preguntó Brodick.

Margaret no tenía sólo una pregunta. Tenía cientos. Alex y Gowrie incluso respondieron algunas de ellas.

Judith no podría haber estado más satisfecha. Sí le irritaba saber que la única razón por la cual Brodick estaba cooperando era porque le había amenazado con montar con él. La idea de tener que tocarla le era más repulsiva que el hablar de privados temas familiares. Pero, ¿qué importaban sus propios sentimientos? La mirada de alegría en el rostro de Margaret era suficiente compensación por la ruda actitud de Brodick.

La cabaña estaba maravillosamente cálida; era casi abrasadora. Judith intentó prestar atención a la conversación, pero su agotamiento era tal que resultaba una tarea difícil de conseguir . Notó que Cameron había intentado llenar la copa de Brodick con más agua, pero la jarra estaba vacía.

Judith colocó el banquillo en el que había estado sentada de nuevo contra la pared cerca de la chimenea y llevó otra jarra de agua a la mesa. Cameron le hizo un gesto de agradecimiento con la cabeza.

Señor, estaba exhausta. Los hombres se tragaron el espacio que había ocupado y, de todos modos, la espalda le dolía demasiado para sentarse allí. Se dirigió al banquillo junto al hogar, se sentó y apoyó los hombros contra la fresca pared de piedra. Cerró los ojos y en menos de un minuto se quedó profundamente dormida.

Iain no podía apartar la mirada de ella. Era tan encantadora. Su rostro parecía angelical. Fijó la mirada en ella durante largo rato, hasta que se dio cuenta de que Judith se estaba cayendo del banquillo.

Hizo un gesto a Brodick para que continuara con la historia que estaba relatando y luego fue junto a Judith. Se apoyó de pie contra la pared, cruzó los brazos sobre el pecho en una actitud de descanso y escuchó el relato que Brodick narraba acerca de Isabelle y Winslow. Margaret y Cameron estaban pendientes de cada una de sus palabras. Ambos sonrieron cuando Brodick mencionó que Isabelle era excesivamente generosa.

Judith perdió el equilibrio. Se habría caído hacia adelante si Iain no se hubiera inclinado para sujetarla. La recostó de nuevo contra la pared y luego, con un pequeño empujón, acercó la cabeza de Judith hacia sí. El rostro de Judith descansaba contra la porción inferior del muslo de Iain.

Pasó una buena hora antes de que Iain pusiera fin a la conversación.

—Partiremos con la primera luz del día, Cameron. Todavía tenemos dos días enteros por delante antes de llegar a casa.

—Tu mujer puede usar nuestra cama —sugirió Cameron. La voz comenzó siendo fuerte, pero luego se volvió y vio que Judith estaba durmiendo, y bajó la voz hasta convertirla en un susurro.

—Va a dormir afuera con nosotros —replicó Iain. Suavizó la negación—. Judith no querría que renunciarais a vuestra cama por ella.

Ni Margaret ni Cameron discutieron la decisión del jefe. Iain se inclinó, tomó a Judith en sus brazos y luego se enderezó.

—La muchacha está completamente dormida —comentó Alex con una sonrisa.

—¿Os gustaría tener algunas mantas extras? El viento es cortante esta noche —advirtió Margaret.

Gowrie le abrió la puerta a Iain.

—Tenemos todo lo que necesitamos.

Iain llevó a Judith a través del umbral y luego se detuvo súbitamente.

—Gracias por la cena, Margaret. Ha sido una comida magnífica.

El cumplido le sonó extraño, pero Margaret parecía

estar complacida. Su rubor era tan brillante como el fuego de la chimenea. Cameron se comportaba como si él también hubiera recibido un halago. El pecho se le inflamó hasta que corrió peligro de explotar.

Iain continuó avanzando hacia los árboles frente al granero. El follaje los protegería del viento y también les daría privacidad. Sostuvo a Judith mientras Alex preparaba un refugio para ella; luego se arrodilló y la colocó sobre el tartán que Gowrie había extendido dentro de la tienda recubierta de pieles.

—Le prometí a la muchacha que esta noche tendría una cama caliente bajo techo —comentó Alex.

Iain movió negativamente la cabeza.

—Se queda con nosotros —anunció.

Nadie discutió esa declaración. Los hombres se volvieron y se apartaron mientras Iain cubría a Judith con un segundo tartán. Judith no abrió los ojos en ningún momento. El dorso de la mano de Iain le rozó deliberadamente la mejilla.

—¿Qué voy a hacer contigo? —susurró.

No había esperado ninguna respuesta y no recibió ninguna. Judith se acurrucó debajo de las mantas y dejó escapar un pequeño gemido.

Iain era renuente a dejarla. Se obligó a ponerse de pie y, mientras se dirigía al árbol más cercano, agarró un tartán que Alex le ofrecía. Se rascó la espalda contra la corteza, se sentó, se recostó hacia atrás y cerró los ojos.

Un sonido que nunca había oído antes lo despertó en medio de la noche. Los demás hombres también lo oyeron.

—¿Qué es ese ruido, en nombre de Dios? —musitó Brodick.

Judith estaba haciendo todo aquel alboroto. Estaba completamente despierta y también era completamente desdichada. Pensaba que estaba en peligro de morir congelada. No podía dejar de temblar. Los dientes le castañeteaban y ése era el ruido que oían los hombres.

—No era mi intención despertarte, Brodick —dijo en voz alta. La voz le temblaba literalmente con cada palabra—. Estaba gimiendo por el frío.

—¿De verdad tienes frío, muchacha? —inquirió Alex. La sorpresa de su voz era evidente.

—Acabo de decir que sí —contestó.

—Ven aquí —le ordenó Iain, que parecía algo hosco.

Judith le respondió de la misma manera.

—No.

Iain sonrió en la oscuridad.

—Entonces voy a tener que ir yo a por ti.

—Apártate de mí, Iain Maitland —le ordenó Judith—. Y si piensas ordenarme que se me vaya el frío, te lo advierto... no va a funcionar.

Iain caminó hasta quedar de pie frente a la tienda. Judith sólo podía verle la punta de las botas hasta que Iain empujó a un lado las pieles. Destrozó el refugio en segundos.

—Eso ha sido de gran ayuda —musitó Judith. Se sentó para poder mirarlo furiosa.

Iain la empujó hacia atrás y se extendió en el suelo junto a ella. Estaba de costado y le daba calor con la espalda.

De pronto, Brodick apareció por el otro lado. Se extendió de costado con la espalda hacia Judith. Instintivamente Judith se arrimó a Iain. Brodick la siguió, hasta que tuvo la espalda contra la de ella.

Ahora era indudable que tenía suficiente calor. El calor que irradiaban los gigantes guerreros era sorprendente.

Se sentía de manera maravillosa.

—Parece un bloque de hielo —comentó Brodick.

Judith comenzó a reír. El sonido hizo que tanto Iain como Brodick sonrieran.

—¿Brodick?

—¿Qué pasa?

Otra vez parecía desagradable. Judith no dejó que eso la molestara. Finalmente estaba captando su manera de ser y sabía que esa bravata era sólo apariencia. Debajo de ese exterior hosco latía un corazón generoso.

—Gracias.

—¿Por qué?

—Por tomarte tiempo para hablar de Isabelle.

El guerrero gruñó. Judith volvió a reír.

—¿Judith?

Se acurrucó aún más contra la espalda de Iain antes de responderle.

—Sí, Iain.

—Deja de retorcerte y duérmete.

Judith sintió deseos de obedecerle. Se durmió casi de inmediato.

Pasó largo rato antes de que Brodick volviera a hablar. Quería asegurarse de que Judith estuviera verdaderamente dormida y de que no pudiera escuchar lo que iba a decir.

—Cada vez que puede elegir, se vuelve hacia ti.

—¿Cómo es eso, Brodick?

—Ahora está pegada contra tu espalda, no la mía. También prefiere cabalgar contigo. ¿No notaste la triste expresión de su rostro cuando la hiciste montar con Alex hoy? Parecía desolada.

Iain sonrió.

—Lo noté —admitió—. Pero si me prefiere a mí, es sólo porque soy el hermano de Patrick.

—Es mucho más que eso.

Iain no respondió a ese comentario.

Pasaron varios minutos antes de que Brodick volviera a hablar.

—Házmelo saber, Iain.

—¿Hacerte saber qué?

—Si te vas a quedar con ella o no.

—¿Y si es que no?

—Entonces yo sí.

5

Les llevó dos días más llegar al territorio Maitland. Pasaron la última noche en un hermoso bosque llamado Glennden Falls. Los abedules, pinos y robles eran tan espesos en aquella zona que los caballos apenas si podían pasar por el angosto sendero. La neblina, más blanca que gris y que casi llegaba hasta la cintura en algunos tramos, flotaba alrededor del verdor y le daba un aire mágico al paraíso.

Judith estaba encantada. Caminó entre la niebla hasta que quedó completamente rodeada por ella. Iain la observaba. Judith se volvió, lo pescó con la mirada fija en ella y le susurró con voz llena de asombro que con toda seguridad aquél era el lugar más hermoso del mundo.

—Así es como me imagino el cielo, Iain —le dijo.

Iain pareció sorprenderse y lanzó una amplia mirada a su alrededor.

—Tal vez —dijo luego, con su arrogante manera.

Era evidente que nunca se había tomado el tiempo de apreciar la belleza que lo rodeaba. Judith así se lo dijo. Iain le lanzó una larga mirada que comenzó en la punta de la cabeza y terminó en la punta de las botas. Se movió hacia adelante y le tocó con suavidad el rostro.

—La estoy notando perfectamente bien —dijo entonces.

Judith podía sentir que se estaba ruborizando. Se estaba refiriendo a ella, por supuesto. ¿De verdad la encontraba hermosa? Estaba demasiado avergonzada para preguntárselo. Sin embargo, Iain hizo que su atención cambiara con el anuncio de que podría tomar un verdadero baño.

Estaba encantada. El agua que caía en cascadas por la suave ladera estaba helada, pero se sentía demasiado feliz de tener la oportunidad de refregarse por completo para preocuparse por el frío. Incluso se lavó el cabello. Tuvo que trenzarlo todavía húmedo, pero eso tampoco le molestó.

Deseaba verse de la mejor manera posible cuando se reencontrara con su amiga. Judith tenía un poco de aprensión con respecto a volver a ver de nuevo a Frances Catherine. Casi habían pasado cuatro años desde la última visita. ¿Pensaría su amiga que había cambiado mucho...? y, si así fuera, ¿pensaría que los cambios habían sido para mejor o para peor?

Judith no se permitió inquietarse por el reencuentro por mucho tiempo. En su corazón sabía que todo iría muy bien. Su entusiasmo aumentó en cuanto apartó de su mente esa tonta preocupación y al terminar la cena estaba literalmente paseando alrededor del fuego.

—¿Sabíais que la esposa de Cameron se quedó despierta toda la noche cocinando para nosotros? —no preguntó a nadie en particular—. Le mandó a Isabelle sus bizcochos dulces preferidos, pero también hizo suficientes para nosotros.

Alex, Gowrie y Brodick estaban sentados alrededor del fuego. Iain estaba recostado contra un grueso abedul y la observaba. Nadie respondió a sus comentarios acerca de Margaret.

No se amilanó. Nada podría ensombrecer su entusiasmo.

—¿Por qué tenemos una fogata esta noche? Antes no hemos tenido ninguna —comentó.

Gowrie le contestó.

—Ahora estamos en territorio Maitland. Antes no.

Judith dejó escapar un jadeo.

—¿Esta maravillosa tierra os pertenece?

Tanto Alex como Gowrie sonrieron. Brodick frunció el entrecejo.

—¿Podrías dejar de pasear, mujer? Me da dolor de cabeza observarte.

Le lanzó una sonrisa a Brodick cuando pasó junto a él.

—Entonces no mires —le sugirió.

Judith deseaba provocarle un poco, pero Brodick la sorprendió con una sonrisa.

—¿Por qué estás caminando así? —preguntó Iain.

—Estoy demasiado entusiasmada con respecto a mañana para quedarme quieta. Ha pasado mucho tiempo desde la última vez que vi a Frances Catherine y tengo muchas cosas que contarle. Mi mente está repleta de ellas. Apuesto a que no voy a poder pegar un ojo esta noche.

Secretamente Iain apostó a que sí. Ganó. Judith se quedó completamente dormida en cuanto cerró los ojos.

Cuando llegó la mañana, no permitió que nadie le metiera prisas. Les advirtió que se iba a tomar su tiempo, y cuando regresó al campamento en el que Iain y los demás la esperaban impacientemente montados a caballo, su aspecto era tan mágico como los alrededores. Llevaba un brillante vestido azul que hacía juego perfectamente con el expresivo color de sus ojos. Llevaba el cabello suelto y los espesos rizos le flotaban por encima de los hombros cuando se movía.

Iain sintió que se le tensaba el pecho. Parecía no poder apartar la mirada de ella. Su falta de disciplina lo consternaba. Sacudió la cabeza ante su propia conducta vergonzosa y le frunció el ceño a la mujer que lo distraía de aquella manera.

Judith alcanzó el claro y luego se detuvo. Iain no entendía por qué vacilaba, hasta que se volvió y observó que todos sus hombres habían extendido la mano hacia ella. Cada uno de ellos le estaba haciendo un gesto para que se acercara.

—Va a cabalgar conmigo.

La voz sugería que nadie discutiera con él. Judith pensó que estaba irritado porque esa mañana había tardado mucho en estar lista.

Se dirigió hacia él con lentitud.

—Ya te advertí que necesitaría más tiempo hoy, así que realmente no tienes por qué estar con el entrecejo fruncido.

Iain dejó escapar un suspiro.

—No es propio de una dama hablarme en ese tono —explicó.

Judith abrió los ojos.

—¿En qué tono?

—Exigente.

—No estaba exigiendo.

—Tampoco deberías discutir conmigo, en realidad.

Judith ni siquiera intentó ocultar su exasperación. Apoyó las manos sobre las caderas.

—Iain, entiendo que porque eres el jefe estás acostumbrado a dar órdenes a la gente, pero...

No pudo terminar con la explicación. Iain se inclinó hacia abajo, la agarró por la cintura y la levantó hasta su regazo. Judith soltó un grito. Sin embargo, no le había hecho daño. No, fue su asombrosa rapidez lo que la había pillado desprevenida.

—Tú y yo vamos a tener que llegar a algún tipo de

entendimiento —dijo Iain con un tono de voz duro y que no admitía réplica.

Se volvió a sus compañeros.

—Adelantaos —ordenó—. Ya os alcanzaremos.

Mientras Iain esperaba a que sus hombres se fueran, Judith intentó dar la vuelta en su regazo para quedar mirándolo de frente. Iain le apretó la cintura, un mensaje silencioso para que se quedara como estaba.

Judith le pellizcó el brazo para lograr que la soltara. Iain observó cómo se marchaban sus hombres y la soltó mientras esperaba tener privacidad para poder hablar con Judith sin que nadie les oyera. De inmediato Judith dejó de retorcerse.

Se volvió para levantar la mirada hacia él. Esa mañana no se había afeitado. Tenía un aspecto algo desaliñado y muy, muy masculino.

De pronto, Iain volvió toda su atención a Judith. Se miraron fijamente a los ojos durante largo rato. Iain se preguntaba qué demonios haría para poder ser capaz de dejarla sola cuando llegaran a su casa. Judith se preguntaba cómo él había llegado a tener aquel perfil tan magnífico e inmaculado. Luego prestó atención a su boca. Parecía no poder recuperar el aliento. Que el cielo la ayudara, en verdad deseaba que la besara.

Él deseaba besarla. Respiró profundamente en un esfuerzo por controlar sus pensamientos descarriados.

—Judith, esta atracción entre nosotros probablemente se deba al hecho de que se nos ha obligado a tolerar la compañía del otro durante casi una semana. La cercanía...

Judith tomó nota de inmediato de la pobre elección de palabras.

—¿Sientes que te han obligado a tolerar mi compañía?

No prestó atención a la interrupción.

—Cuando lleguemos a casa, todo va a cambiar, por supuesto. Hay una cadena de mando muy concreta y todos en el clan Maitland se adhieren a las mismas reglas.

—¿Por qué?

—Para que no se produzca un caos.

Esperó a que Judith asintiera antes de continuar. Estaba tratando de no mirar aquella dulce boca.

—La regla que todos seguimos... o más bien, la cadena de mando, se ha dejado a un lado durante este viaje por necesidad, pero una vez que lleguemos a nuestro destino, no vamos a tener una relación tan inestructurada.

Otra vez hizo una pausa. Judith supuso que estaba esperando su consentimiento. Obedientemente, asintió. Iain pareció aliviado hasta que Judith hizo una pregunta.

—¿Por qué?

Lanzó un suspiro.

—Porque yo soy el jefe del clan.

—Ya sabía que eras el jefe —replicó—. Y también estoy segura de que eres un jefe magnífico. Sin embargo, me pregunto el porqué de esta conversación. Creo que ya te lo mencioné antes, yo no soy un miembro de tu clan.

—Y yo estoy seguro de que te expliqué que, mientras seas huésped en mi tierra, vas a tener que obedecer las mismas reglas que todos los demás.

Judith le acarició el brazo.

—Todavía estás preocupado porque vaya a causar problemas, ¿verdad?

De pronto, sintió deseos de estrangularla.

—Voy a intentar llevarme bien con todos —susurró—. No voy a causar ningún problema.

Iain sonrió.

—No estoy seguro de que eso sea posible. Y en cuanto se den cuenta de que eres inglesa, se volverán contra ti.

—Eso no es justo, ¿verdad?

No estaba de humor para discutir con ella.

—No es de justicia de lo que estamos hablando. Sencillamente estoy intentando prepararte. Cuando todos se repongan de la sorpresa inicial...

—¿Intentas decirme que nadie sabe que voy a ir?

—No me interrumpas cuando te estoy hablando —le ordenó.

Otra vez le acarició el brazo.

—Te ruego que me perdones —susurró.

A Iain no le pareció en absoluto contrita. Suspiró.

—Patrick, Frances Catherine y los miembros del consejo saben que vas a ir. Los demás se van a enterar cuando lleguemos. Judith, no quiero que tengas una difícil... adaptación.

Estaba verdaderamente preocupado por ella. E intentaba ocultar su preocupación con voz hosca y un severo ceño fruncido.

—Eres un hombre muy amable —dijo Judith, con la voz ronca por la emoción.

Iain reaccionó como si lo hubiera insultado.

—No lo soy en absoluto.

En ese mismo instante Judith decidió que nunca lo iba a entender. Se apartó el cabello hacia atrás y dejó escapar un suspiro.

—¿Por qué te preocupas, exactamente? —dijo—. ¿Crees que me van a encontrar inferior?

—Tal vez, al principio —comenzó—. Pero una vez...

Otra vez lo interrumpió.

—Esa actitud no me va a molestar. Ya me han considerado inferior antes. No, no me va a molestar en absoluto. No van a herir mis sentimientos tan fácilmente. Deja de preocuparte por mí, por favor.

Iain sacudió la cabeza.

—Sí, van a herir tus sentimientos —replicó, recordando la expresión de su rostro cuando los hombres no se habían sentado inmediatamente a comer con ella aquella primera noche. Hizo una pausa e intentó recordar lo que deseaba decirle—. ¿Quién demonios te considera inferior? —casi gritó.

—Mi madre —contestó sin pensarlo muy bien—. No estoy de humor para hablar de mi familia —añadió con un firme gesto de la cabeza—. ¿No deberíamos ponernos en marcha?

—Judith, sólo trato de decirte que si fueras a tener algún problema importante, se lo digas a Patrick. Mi hermano me encontrará.

—¿Por qué sencillamente no puedo contártelo a ti? ¿Por qué debo involucrar al esposo de Frances Catherine?

—La cadena de mando... —La súbita sonrisa de Judith hizo que se detuviera en seco—. ¿Qué te divierte tanto?

Ella se encogió de hombros melindrosamente.

—Me complace saber que estás preocupado por mí.

—Lo que yo sienta respecto de ti no tiene nada que ver con esta conversación —le dijo, con voz francamente desagradable. Era deliberadamente rudo porque deseaba que Judith comprendiera la importancia de lo que le estaba diciendo. Maldición, estaba intentando protegerla del dolor. Las mujeres tenían sentimientos tan frágiles, si se tenían que tomar en cuenta los comentarios de Patrick, y no deseaba perturbar a Judith. Deseaba que su adaptación fuera lo más pacífica posible y sabía que, si no se comportaba de manera adecuada, los miembros del clan la harían desdichada. Cada uno de sus movimientos iba a ser escudriñado. Judith tenía razón: ese desagrado inmediato no era justo. Cuán típico de una inocente pensar en esos términos. Sin embargo, Iain era realista y sabía que la justicia no importaba; la supervivencia sí. Casi lo abrumaba su necesidad de protegerla de todas las maneras posibles y, si eso quería decir intimidarla para lograr que comprendiera su frágil posición, entonces por Dios que la intimidaría.

—Realmente no me preocupa la manera en que me estás frunciendo el entrecejo, Iain. No he hecho nada malo.

Cerró los ojos a modo de capitulación. No podía intimidarla. Dios, sentía deseos de reír.

—El hablar contigo es una experiencia verdaderamente agotadora —comentó.

—¿Porque soy una forastera o porque soy una mujer?

—Ambas, supongo —contestó—. No tengo mucha experiencia en conversar con mujeres.

Los ojos de Judith se abrieron con incredulidad.

—¿Por qué no?

Iain se encogió de hombros.

—No ha sido necesario —explicó.

No podía creer lo que le estaba diciendo.

—Haces que parezca una tarea desagradable.

Iain sonrió ampliamente.

—Lo es.

Probablemente acababa de insultarla, pero a Judith no le importó. La sonrisa había suavizado el comentario.

—¿No hay mujeres en tu casa con las que disfrutes hablando en algunas ocasiones?

—Ése no es el tema ahora —replicó.

Estuvo a punto de regresar al tema original, pero Judith se le adelantó.

—Lo sé, lo sé —musitó—. Aunque tus reglas no se apliquen a mí, prometo tratar de ajustarme a ellas mientras sea huésped en tu tierra. Ahí tienes, ¿tranquiliza eso tu mente?

—Judith, no voy a permitir insolencias.

Su voz era suave y sin ninguna indicación de ira. Se había limitado a constatar los hechos. Judith respondió de la misma manera.

—No estaba siendo insolente —dijo—. Por lo menos, no a propósito.

Su sinceridad era muy aparente. Iain asintió, satisfecho. Luego intentó explicarle otra vez a Judith su posición.

—Mientras estés en *mi* tierra, vas a obedecer *mis* órdenes porque en última instancia yo soy responsable de ti. ¿Lo entiendes?

—Entiendo que eres muy posesivo —replicó—. Oh, estoy cansada de esta conversación.

El entrecejo fruncido de Iain le dijo que a él le importaba muy poco esa sinceridad. Decidió cambiar de tema.

—Iain, ¿no tienes mucha compañía, verdad?

¿Estaba siendo impertinente con él? Creía que no.

—Se permiten muy pocos forasteros en nuestra tierra —admitió.

—¿Por qué?

No tenía una respuesta preparada. En realidad, ni siquiera sabía por qué no se permitían los forasteros. Nunca se había tomado el tiempo de pensar en ello.

—Sencillamente, siempre ha sido así —señaló.

—¿Iain?

—¿Sí?

—¿Por qué me besaste?

El cambio de tema ganó toda su atención.

—No tengo ni idea —replicó.

Un leve rubor coloreó las mejillas de Judith.

—¿Tendrías idea una vez más?

No entendía lo que Judith le estaba pidiendo. La expresión de sus ojos así lo decía. Judith dejó a un lado su orgullo. Pensaba que ese momento de privacidad sería probablemente el último que compartirían y tenía toda la intención de aprovecharlo descaradamente. Extendió la mano para acariciar la mejilla de Iain con la punta de los dedos.

—¿Qué estás haciendo? —Le tomó la mano pero no se la apartó.

—Acariciarte —contestó. Intentó parecer imperturbable y sin embargo sabía que no había logrado esa hazaña. La intensidad de la expresión del rostro de la de Iain hizo que su corazón lo notara—. Tenía curiosidad por saber cómo eran tus patillas al tacto. —Sonrió—. Y ahora lo sé. —Apartó la mano y la dejó caer sobre su regazo—. Hacen cosquillas.

Se sentía como una idiota. Iain tampoco aliviaba su malestar. Parecía que le faltaban las palabras. Era indudable que la audacia de Judith lo había sorprendido. Judith dejó escapar un delatador suspiro. Probablemente Iain pensara que era sólo una desvergonzada campesina sin ninguna moral. Ciertamente, se estaba comportando como tal. ¿Qué le estaba sucediendo? Por lo general no era tan agresiva.

Mientras meditaba sobre la probable opinión que Iain tendría de ella, le acariciaba la parte superior del brazo con la punta de los dedos. Ni siquiera era consciente de estar acariciándolo. Iain sí lo era. La dulce caricia, suave como la de una mariposa, lo estaba volviendo loco.

Judith fijó la mirada en el mentón de Iain cuando le dio su indirecta disculpa.

—Por lo general no soy tan curiosa ni tan agresiva.

—¿Cómo lo sabes?

Se sobresaltó tanto ante aquella pregunta que su mirada voló hacia la de Iain. El regocijo en sus ojos era evidente. ¿Se estaba burlando de ella?

La expresión de Judith era como si Iain acabara de aplastarle el corazón.

—Fue una pregunta sincera, Judith. —Ahora sus dedos acariciaron la mejilla de Judith. La reacción de ella también le agradó. Se inclinó sobre su mano e instintivamente deseó obtener más, tal como se inclinaría un gatito hacia la mano que lo acariciaba y lo frotaba.

—Recuerdo constantemente la manera en que me besaste y me gustaría que me volvieras a besar. Es una vergonzosa confesión, ¿verdad? Siempre he llevado una vida muy...

La boca de Iain detuvo su explicación. El beso fue muy tierno, nada exigente, hasta que Judith le puso los brazos alrededor del cuello y se volvió toda suave y deseosa hacia él. Iain no pudo controlarse. El beso se volvió firme, ardiente, abrasador. Maravillosamente excitante. A Judith le encantaba el sabor de Iain, la sensación de aquella lengua frotando la suya, la forma en que aquella boca se inclinaba sobre la suya una y otra vez. Le encantaba el grave gruñido que le llegaba desde el fondo de su garganta y la ruda suavidad con que él la estrechaba entre sus brazos.

Pero odió la manera en que la miró cuando se apartó de ella. Era la misma expresión que había tenido la primera vez que la había besado. Iain estaba enfadado por haberla tocado y probablemente también disgustado.

Judith no deseaba ver esa expresión. Cerró los ojos y se desplomó contra él. El corazón le latía con violencia dentro del pecho. A él también. Podía oír el atronador latido contra su oído. El beso le había afectado, tal vez tanto como a ella. ¿Por eso estaba enfadado? No deseaba que le gustara acariciarla.

Judith se entristeció ante esa posibilidad. También se avergonzó. De pronto, deseó poner distancia entre ellos. Se volvió en el regazo de Iain hasta que su espalda descansó contra el pecho de él. Intentó apartarse de su contacto. Iain no se lo permitió. Apoyó las manos sobre las caderas de Judith y la atrajo con rudeza muy cerca de él.

—No te muevas así —le ordenó. Su voz era áspera y denotaba enfado.

Judith pensó que le había hecho daño.

—Lo siento —replicó. Mantuvo la mirada baja—. No debería haberte pedido que me besaras. No te lo volveré a pedir jamás.

—¿No?

Parecía estar a punto de echarse a reír. La espina dorsal de Judith se enderezó en reacción a ello. Iain sintió como si estuviera abrazando a un bloque de hielo.

—Judith, dime qué es lo que pasa —le ordenó con un susurro ronco.

Tal vez podría habérselo explicado si Iain no se hubiese inclinado y rozado su cara con la mandíbula. Los escalofríos de placer le corrieron por los hombros. Señor, estaba disgustada consigo misma. ¿Por qué no podía controlar su reacción hacia él?

—Contéstame.

—Sé que no es posible un futuro juntos —comenzó. Le temblaba la voz—. No soy una idiota, aunque me doy cuenta de que me he estado comportando como si lo fuera. Mi única excusa es que me sentí segura con esta atracción hacia ti, debido a esa precisa razón. —No tenía ningún sentido. Sin embargo, se estaba irritando. Se retorcía las manos con verdadera agitación.

—Explícame esa «precisa razón» —pidió él.

—La precisa razón es que yo soy inglesa y tú no —dijo—. No me siento segura ahora.

—¿No te sientes segura conmigo?

Parecía estar consternado.

—No lo entiendes —susurró. Mantenía la mirada baja para que Iain no pudiera ver su vergüenza—. Pensé que mi atracción hacia ti no entrañaba ningún peligro porque tú eres el jefe del clan y yo soy inglesa, pero ahora he llegado a la conclusión de que sí es peligrosa. Podrías romperme el corazón, Iain Maitland, si te lo permitiera. Debes prometerme que te vas a mantener lejos de mí. Es... imposible.

La barbilla de Iain descansaba sobre la cabeza de Judith. Inhaló su dulce y ligero perfume e intentó no pensar en lo bien que se sentía al tenerla entre los brazos.

—No es imposible —farfulló—. Sin embargo, es muy complicado.

No se dio cuenta de la importancia de lo que estaba diciendo hasta que en realidad expresó la idea en voz alta. De inmediato consideró todas las consecuencias. Los problemas eran asombrosos. Decidió que necesitaba tiempo y distanciarse de Judtih para poder pensar bien en el asunto.

—Creo que sería más fácil si sencillamente nos ignoráramos el uno al otro —sugirió Judith—. Cuando lleguemos a tu tierra, tú vas a volver a tus importantes obligaciones y yo me voy a mantener ocupada con Frances Catherine. Sí, va a ser más fácil de esa manera, ¿no es así, Iain?

Él no le respondió. Tomó las riendas entre las manos y espoleó a la montura para que partiera a todo galope. Bloqueaba las ramas con el brazo a medida que se abrían paso por el angosto sendero. Iain sintió que Judih temblaba y, una vez que estuvieron en los campos en los que estaba su casa, quitó la capa de Judith del costado de la silla de montar y la cubrió con ella.

Ninguno dijo una palabra durante las siguientes horas. Cabalgaron a través de un magnífico campo de colzas; el cegador amarillo era tan brillante que Judith tuvo que entornar los ojos ante la pura belleza de todo aquello. Las cabañas se acurrucaban íntimamente entre los orgullosos pinos que cubrían las colinas lejanas. Flores de todos los colores del arco iris se desparramaban colina abajo, rodeadas por una gruesa alfombra de hierba tan verde como la esmeralda.

Cabalgaron a través de un puente arqueado sobre un arroyo de agua clara y centelleante y después comenzaron a subir la empinada cuesta. El aire estaba lleno del perfume del verano. El aroma de las flores se mezclaba con el de la tierra limpia.

Los escoceses, tanto hombres como mujeres, salieron de las cabañas para observar cómo pasaba la comitiva. Todos los miembros del clan llevaban los mismos colores, el tartán idéntico al de Iain, y por esa razón Judith supo que por fin habían llegado a su casa.

De pronto, se sintió tan entusiasmada por la idea de ver a Frances Catherine que apenas si se pudo quedar quieta. Se volvió para sonreír a Iain. Él tenía la mirada fija al frente y la ignoró.

—¿Vamos a ir directamente a la casa de Frances Catherine?

—Nos estarán esperando en el patio, en la cima de la cuesta —contestó Iain.

Iain ni siquiera se había dignado mirarla cuando le dio aquella explicación. Judith se volvió otra vez. No iba a permitir que el hosco humor de él le arruinara el entusiasmo. Estaba encantada con la áspera belleza que la rodeaba y no podía esperar a contárselo a Frances Catherine.

Tuvo una buena vista del torreón de Iain. Le pareció desagradable. La enorme estructura de piedra estaba en la cima misma de la cuesta. Tampoco había una pared que rodeara al edificio. A Iain no debía de preocuparle que el enemigo entrara en su casa. Supuso que tendría mucho tiempo para alertarse hasta que el extraño alcanzase la cima después de una gran subida.

Una niebla gris colgaba sobre el tejado de la gigante estructura. El edificio principal tenía forma cuadrada, y era tan gris y deprimente como el cielo que estaba sobre él.

El patio no estaba mejor. Tenía más suciedad que hierba y estaba tan gastado como las puertas dobles cubiertas de cicatrices que llevaban hacia el interior del torreón.

Judith prestó atención a la muchedumbre que se apiñaba delante de ellos. Los hombres hacían un gesto con la cabeza ante Iain, pero las mujeres no mostraron ninguna reacción externa ante su llegada. La mayoría permanecía detrás de los hombres, en silencio, observando y esperando.

Judith buscó a Frances Catherine. Realmente no se sentía en absoluto inquieta, hasta que descubrió a su amiga y pudo echar un buen vistazo a su cara.

Frances Catherine parecía estar a punto de llorar. Su rostro mostraba una palidez mortal. Judith no entendía el porqué de esa reacción, pero la preocupación de su amiga de inmediato se convirtió en propia.

Iain obligó a su montura a detenerse. Gowrie, Alex y Brodick hicieron lo mismo. Frances Catherine dio un paso hacia adelante. El hombre que estaba junto a ella la tomó del brazo y la obligó a quedarse donde estaba.

Judith prestó atención a Patrick Maitland. Casi no tenía dudas de que fuera el esposo de Frances Catherine. Se parecía mucho a Iain y, aunque era de complexión más ligera, su entrecejo fruncido era casi tan feroz como el de Iain.

También parecía estar preocupado. Cuando echó una mirada rápida a su esposa, Judith se dio cuenta de que su preocupación era por Frances Catherine.

Su amiga se estaba retorciendo las manos. Fijó la mirada en Judith durante unos instantes y luego dio otro vacilante paso hacia adelante. Esa vez Patrick no la detuvo.

Era un momento increíblemente incómodo porque la gran multitud observaba con mucha atención.

—¿Por qué está asustada Frances Catherine?

Le había susurrado la pregunta a Iain. Éste se inclinó cerca del oído de Judith y le respondió la pregunta con una propia.

—¿Por qué lo estás tú?

Estuvo a punto de negar esa acusación, pero Iain le llamó la atención al apartarle suavemente las manos de su brazo. Señor, lo había estado agarrando con mucha fuerza.

Iain le dio un pequeño apretón antes de desmontar. Saludó a Patrick con un gesto de la cabeza, giró y ayudó a Judith a bajar.

En ese momento, Judith no se dignó lanzarle ni una mirada. Se volvió y caminó lentamente hacia su amiga. Se detuvo cuando estuvo a unos pocos metros.

No sabía qué decir para ahuyentar el temor de Frances Catherine. O el suyo propio. Recordó que cuando eran pequeñas, cuando una lloraba, la otra de inmediato se le unía. Ese recuerdo llevó a otro y de pronto supo exactamente qué deseaba decir para saludar a su querida amiga.

La mirada de Judith estaba centrada en el vientre hinchado de Frances Catherine. Dio otro paso hacia adelante y la miró a los ojos. Habló con un débil susurro para asegurarse que nadie más que su amiga podría oírla.

—Recuerdo claramente que ambas prometimos que nunca beberíamos de la copa de vino de un hombre —dijo—. Por tu aspecto, Frances Catherine, estoy pensando que no has cumplido tu palabra.

6

Frances Catherine dejó escapar un débil jadeo. Los ojos se le abrieron por la sorpresa. Luego se echó a reír y se lanzó a los brazos de Judith. Recordaba cómo había estado tan segura y tan llena de autoridad cuando le dijo a Judith que una mujer sólo podía quedar embarazada si bebía de la copa de un hombre.

Casi se tragó a Judith cuando la abrazó. Las dos mujeres reían y lloraban al mismo tiempo, y para la multitud que las rodeaba, parecían haber perdido el juicio.

La tensión y la preocupación desaparecieron de los hombros de Patrick. Se volvió para mirar a Iain y asintió con lentitud. Su hermano asintió a su vez.

Patrick decidió que el viaje bien había valido la pena. Se echó las manos a la espalda y esperó a que su esposa recordara sus modales. La alegría de su expresión de sobras compensaba la falta de atención. Y Dios, cómo había echado de menos el sonido de su risa. Parte de él también deseaba tomar entre los brazos a aquella mujer inglesa y abrazarla tan ardientemente como lo estaba haciendo su esposa, para hacerle saber cuánto apreciaba su lealtad.

Tuvo que esperar otros cinco minutos, más o menos, antes de que su esposa recordara que él estaba allí. Las dos mujeres hablaban al mismo tiempo, preguntando y contestando sus propias preguntas. Creaban un remolino de feliz caos.

Iain estaba tan complacido como Patrick con el reencuentro. También estaba algo sorprendido, ya que hasta ese mismo instante no se había dado cuenta de que en verdad las mujeres podían ser amigas de fiar entre sí. La fuerza del lazo entre Judith y Frances Catherine era única. Lo intrigaba. Recordaba que Judith le había contado que se habían convertido en amigas antes de ser lo suficientemente mayores para entender que se suponía que debían ser enemigas y encontró que admiraba mucho más a las dos por continuar siendo leales incluso después de haber aprendido las lecciones de desconfianza... y odio.

Judith recordó al público antes que Frances Catherine.

—Tenemos que ponernos al día de muchas cosas —dijo—. Pero ahora debo dar las gracias a Iain y a los demás por haberme traído hasta ti.

Frances Catherine la tomó de la mano.

—Primero debo presentarte a mi esposo —dijo. Se volvió para sonreír a Patrick—. Ésta es Judith.

La sonrisa de Patrick era una réplica de la de Iain.

—Me lo he imaginado —le dijo a su esposa—. Encantado de conocerte, Judith.

Judith habría hecho una reverencia si Frances Catherine le hubiese soltado la mano. En cambio, sonrió.

—Y yo estoy encantada de estar aquí, Patrick. Gracias por invitarme.

Volvió su atención a Iain, quien había tomado las riendas de la montura y se dirigía hacia los establos. Con un tirón, apartó la mano de Frances Catherine, prometió regresar enseguida y luego corrió tras su escolta.

—Iain, espera, por favor —llamó—. Quería darte las gracias.

Él no se detuvo, pero sí miró por encima del hombro.

Le hizo un brusco gesto con la cabeza y continuó avanzando. Judith dio las gracias a Alex, Gowrie y Brodick cuando pasaron en fila junto a ella. Reaccionaron exactamente de la misma manera: bruscos y distantes.

Judith se dijo a sí misma que no debería haber esperado más que eso. Habían cumplido con su deber y por fin se habían librado de ella. Se aferró a su sonrisa y se volvió. Mientras pasaba junto a un grupo de mujeres, oyó que una de ellas susurraba a las demás:

—Dios mío, estoy pensando que es inglesa, pero eso no puede ser, ¿verdad?

Si las ropas de Judith no la habían delatado, sabía que su acento sí.

Siguió caminando hacia Frances Catherine, pero les sonrió a las mujeres que la miraban boquiabiertas.

—Sí, soy inglesa.

Una de las mujeres realmente se quedó con la boca abierta. Judith reprimió el impulso de reír porque sintió que sería terriblemente descortés mostrar regocijo ante la obvia angustia de una persona.

—Todos parecen encantados de mi compañía —dijo cuando alcanzó a su amiga.

Frances Catherine rió. Patrick reacionó exactamente de la manera opuesta. Era evidente que pensaba que Judith había hablado en serio cuando hizo ese comentario.

—Judith, no creo que encantados sea la palabra adecuada. En realidad, apostaría a que...

Miró a su esposa para pedirle ayuda para suavizar la verdad. Sin embargo, Frances Catherine no le pudo dar ninguna ayuda. No podía dejar de reír.

Judith le sonrió a Patrick.

—¿«Consternados» sería una palabra mejor?

—No —dijo Frances Catherine—. Indignados, disgustados, o tal vez...

—Ya basta —interrumpió Patrick con un ronco gruñido. La chispa de sus ojos indicaba que en realidad no estaba enfadado—. Entonces, ha sido una broma cuando has sugerido...

Judith asintió.

—Sí, estaba bromeando. Sé que no soy bienvenida aquí. Iain me lo advirtió.

Antes de que Patrick pudiera hacer ningún comentario, lo llamó un guerrero más anciano. Se inclinó ante Frances Catherine y Judith y luego se dirigió hacia el grupo de hombres que estaban de pie cerca de los escalones del torreón. Frances Catherine enlazó su brazo con el de su amiga y comenzó a bajar la cuesta.

—Te vas a quedar con Patrick y conmigo —le explicó—. Tal vez estemos algo apretados pero te quiero cerca.

—¿Hay más de una habitación en la cabaña?

—No. Patrick quiere añadir otra después de que nazca el bebé.

Patrick bajó la colina para unirse a ellas. El ceño de su rostro hizo que Judith creyera que ya había tenido que defender su presencia ante los guerreros.

—Patrick, ¿vas a tener dificultades por haberme invitado a venir aquí?

No le dio una respuesta directa.

—Se acostumbrarán a tenerte por aquí.

Alcanzaron la cabaña. Era la primera a lo largo del camino. Las flores bordeaban el frente de la casa, algunas de color rosa, otras rojas, y la piedra había sido completamente blanqueada hasta que estuvo prístina y limpia.

Había una amplia ventana cuadrada a cada lado de la puerta. El interior era casi tan tentador como el exterior. Una chimenea de piedra ocupaba el centro de una pared. Una gran cama cubierta por un hermoso y multicolor edredón estaba situada contra la pared opuesta y una mesa redonda rodeada de seis banquillos ocupaba el resto del espacio. El lavabo estaba cerca de la puerta.

—Vamos a traer un catre antes de que caiga la noche —prometió Frances Catherine.

Patrick mostró su consentimiento con un gesto de la cabeza, pero no parecía muy feliz por el arreglo. Más bien parecía resignado.

Era un tema delicado, pero necesitaba aclararse lo antes posible. Judith se dirigió a la mesa y se sentó.

—Patrick, por favor, no te vayas todavía —llamó cuando vio que había comenzado a ir hacia la puerta—. Me gustaría conversar contigo acerca de la disposición del alojamiento.

Patrick giró, se recostó contra la puerta, cruzó los brazos sobre el pecho y esperó a que se explicara. Pensaba que Judith iba a sugerir que se buscara otro lugar donde estar mientras permaneciera allí, y ya se estaba preparando para la desilusión de su esposa cuando le dijera que no a Judith. Aunque ahora no era posible tener un contacto físico íntimo con Frances Catherine, todavía disfrutaba abrazándola por las noches y por Dios que no iba a renunciar a ello.

A no ser que Frances Catherine se pusiera llorosa otra vez, admitió Patrick. Renunciaría a cualquier cosa con tal de calmar su angustia.

Judith se quedó sorprendida ante el intenso entrecejo fruncido que Patrick le dedicaba. Resultaba que el esposo de Frances Catherine tenía un carácter tan hosco como el de Iain. Con todo, le agradaba, por supuesto, y todo porque por la manera en que miraba a su esposa se podía ver que la amaba.

Judith cruzó las manos.

—No me parece que sea apropiado de mi parte quedarme con vosotros. Debéis tener vuestra intimidad por las noches —añadió apresuradamente cuando parecía que Frances Catherine iba a discutírselo—. Por favor, no os ofendáis —dijo—. Pero creo que un esposo y una esposa deben tener un momento a solas. ¿No hay algún lugar en el cual me pueda quedar y que esté cerca?

Frances Catherine negaba vehementemente con la cabeza mientras Patrick hablaba.

—La segunda cabaña del camino está vacía. Es más pequeña que la nuestra, pero estoy seguro de que te va a gustar.

—Patrick, quiero que se quede con nosotros.

—Acaba de explicar que no quiere tal cosa, cariño. Déjala que haga lo que quiera.

Judith estaba avergonzada.

—No es que no quiera quedarme...

—Ahí tienes, ¿ves? Sí quiere...

—Frances Catherine, yo voy a ganar esta discusión —anunció Judith. Le hizo un gesto con la cabeza a su amiga cuando hizo esa predicción.

—¿Por qué?

—Porque es mi turno —explicó—. Tú puedes ganar la próxima.

—Dios, qué obstinada eres. Está bien. Puedes quedarte en la cabaña de Elmont. Te ayudaré a ponerte cómoda.

—No lo harás —intercaló Patrick—. Vas a descansar, esposa. Yo me encargaré de la comodidad de tu amiga.

Ahora Patrick parecía estar mucho más feliz. Judith supuso que estaba aliviado de que ella se fuera a dormir en otra parte. Incluso le sonrió. Judith le devolvió la sonrisa.

—Supongo que Elmont ya no vive allí y que no le molestará.

—Está muerto —le dijo Patrick—. No le va a importar en absoluto.

Frances Catherine movió la cabeza en un gesto negativo ante su esposo. Él le guiñó un ojo y luego abandonó la cabaña.

—Mi esposo no quería parecer tan insensible, pero Elmont era muy anciano cuando falleció y su muerte fue en paz. Patrick sólo estaba bromeando un poco. Creo que le has caído bien, Judith.

—Lo amas mucho, ¿no es así, Frances Catherine?

—Sí —contestó su amiga. Se sentó a la mesa y se pasó una buena hora hablando de su esposo. Le contó a Judith cómo lo había conocido, cómo él la había perseguido implacablemente, y terminó mencionando sólo cien o doscientas de sus cualidades especiales.

Lo único que aquel hombre no era capaz de hacer era caminar sobre el agua... todavía. Judith hizo ese comentario cuando su amiga hizo una pausa para tomar aire.

Frances Catherine rió.

—Estoy tan feliz de que estés aquí.

—¿No he herido tus sentimientos por querer dormir en otro lado?

—No, por supuesto que no. Además, vas a estar lo suficientemente cerca como para oírme gritar si surge la necesidad. Debo tener cuidado de no excluir a Patrick. Los sentimientos de mi esposo sí resultan heridos con mucha facilidad si cree que no le estoy prestando suficiente atención.

Judith trató de no reírse. Patrick era un hombre tan bruto. La idea de que pudiera tener sentimientos heridos era muy divertida y terriblemente dulce.

—Se parece a su hermano.

—Un poco, tal vez —concordó Frances Catherine—. Sin embargo, Patrick es mucho más guapo.

Judith era de la opinión que en realidad era lo opuesto. Iain era mucho mejor parecido que Patrick. Decidió que en verdad el amor debía de cambiar la percepción.

—Patrick es increíblemente dulce y cariñoso.

—Iain también —comentó Judith antes de que pudiera detenerse.

De inmediato, su amiga quiso estar segura sobre ese comentario.

—¿Y cómo podrías saber si Iain es afectuoso o no?

—Me besó. —Susurró la confesión, sintió que se ruborizaba y de inmediato bajó la mirada—. Dos veces.

Frances Catherine estaba pasmada.

—¿Y tú le devolviste el beso... dos veces?

—Sí.

—Entiendo.

Judith movió negativamente la cabeza.

—No, no entiendes nada —replicó—. Nos sentimos atraídos el uno hacia el otro. No estoy del todo segura de por qué, pero eso no importa, en realidad. La atracción ya se ha terminado. En serio —añadió cuando vio la reacción de su amiga.

Frances Catherine no le creía. Estaba negando con la cabeza.

—Sé por qué se sentía atraído hacia ti —dijo.

—¿Por qué?

Frances Catherine elevó los ojos hacia el cielo.

—Sinceramente, no tienes nada de vanidad dentro de ti. ¿Nunca te miras en el espejo? Eres hermosa, Judith. —Se detuvo para soltar un dramático suspiro—. Nadie se ha tomado el tiempo de decírtelo.

—Eso no es verdad —arguyó—. Millicent y Herbert me dieron muchos cumplidos. Me hicieron saber lo mucho que me amaban.

—Sí —aceptó Frances Catherine—. Pero la persona de la que más necesitabas aceptación te volvió la espalda.

—No empieces, Frances Catherine —le advirtió Judith—. Madre no puede evitar ser de la manera que es.

Frances Catherine lanzó un bufido.

—¿Tekel todavía se emborracha formidablemente todas las noches?

Judith asintió.

—Ahora también bebe durante el día.

—¿Qué supones que te habría sucedido si no hubieses tenido a tu tía Millicent y a tu tío Herbert para protegerte cuando eras tan pequeña y vulnerable? Pienso en esas cosas ahora que estoy esperando a mi propio hijo.

Judith no sabía qué decir ante aquellos comentarios. Su silencio le dijo a su amiga que se tranquilizara.

—¿Tuviste problemas para partir? —preguntó Frances Catherine—. Me preocupé porque sabía que probablemente estarías en las tierras de Tekel. Siempre tienes que estar con él durante seis meses y no podía recordar exactamente cuándo te mudarías de vuelta. He estado bastante inquieta por ello.

—Estaba con Tekel, pero no tuve ningún problema en partir —replicó Judith—. Madre ya se había ido a Londres, a la corte del rey.

—¿Y Tekel?

—Estaba borracho como una cuba cuando le dije que me marcharía. No estoy segura de que siquiera lo recordara a la mañana siguiente. Millicent y Herbert se lo dirán de nuevo si hay necesidad de ello.

No deseaba hablar más de su familia. Había tal tristeza en los ojos de Frances Catherine que Judith se propuso averiguar el motivo.

—¿Te sientes bien? ¿Cúando tiene que llegar el bebé?

—Me siento gorda —contestó Frances Catherine—.

Y supongo que me quedan ocho o nueve semanas más antes de que llegue la hora.

Judith tomó la mano de su amiga.

—Dime qué anda mal.

No tenía que explicar esa amable orden. Su amiga entendió lo que le estaba preguntando.

—Si no fuera por Patrick, odiaría esto.

La vehemencia en la voz de Frances Catherine le dijo a Judith que no estaba exagerando su desdicha.

—¿Echas de menos a tu padre y a tus hermanos?

—Sí —contestó—. Todo el tiempo.

—Entonces pídele a Patrick que vaya a buscarlos para una larga y agradable visita.

Frances Catherine negó con la cabeza.

—No puedo pedir nada más —susurró—. Tuvimos que ir al consejo para pedir permiso con el fin de que pudieras venir.

Con el estímulo de Judith, explicó todo acerca del poder del consejo. Le contó a Judith cómo Iain había intervenido cuando la oligarquía se estaba preparando para negarle la petición y cuán atemorizada había estado durante toda aquella dura prueba.

—No entiendo por qué tuviste que pasar por el consejo para obtener el permiso —comentó Judith—. Aunque yo sea inglesa, todavía no entiendo la necesidad de tener la aprobación del consejo.

—La mayoría de los Maitland tienen buenas razones para tener aversión a los ingleses —explicó Frances Catherine—. Perdieron a familiares y amigos en batallas contra los ingleses. También odian a tu rey John.

Judith se encogió de hombros.

—La verdad es que la mayoría de los barones de Inglaterra le tienen aversión al rey. —Resistió el impulso de hacerse la señal de la cruz, para no arder en el purgatorio por difamar a su rey—. Es egoísta y ha cometido errores terribles; por lo menos, eso es lo que me dice el tío Herbert.

—¿Sabías que el rey estaba prometido para casarse con una escocesa y luego cambió de opinión?

—No lo sabía, pero no me sorprende. Frances Catherine, ¿qué has querido decir cuando has mencionado que no le podías pedir nada más a Patrick? ¿Por qué no puede ir a buscar a tu padre?

—A los Maitland no les agradan los forasteros —contestó—. Tampoco les agrado yo.

Parecía una niña cuando soltó impulsivamente ese comentario. Judith pensó que tal vez su delicado estado era la razón de su turbación emocional.

—Estoy muy segura de que les agradas a todos.

—No me lo estoy inventando —sostuvo—. Las mujeres piensan que soy una malcriada y que estoy acostumbrada a salirme con la mía.

—¿Cómo lo sabes?

—Una de las parteras me lo dijo. —Las lágrimas empezaron a rodarle por las mejillas. Se las engujó con el dorso de la mano—. Tengo tanto miedo en mi interior. También he tenido miedo por ti. Sabía que era egoísta por mi parte pedirte que vinieras.

—Años atrás te di mi palabra de que vendría —le recordó Judith—. Me habrías hecho daño si no me hubieras llamado. No digas tonterías.

—Pero la promesa que te obligué a hacerme... eso fue antes de saber que terminaría aquí —tartamudeó—. Estas personas son tan... frías. Me preocupaba que pudieran ofenderte.

Judith sonrió. Cuán típico de su amiga estar tan preocupada por su bienestar.

—Frances Catherine, ¿siempre te has sentido así, o

empezaste a odiar este lugar después de descubrir que estabas embarazada?

Su amiga tuvo que estudiar la pregunta durante unos instantes.

—Al principio estaba feliz, pero pronto estuvo muy claro para mí que no encajaba aquí. Me siento como una extranjera. Hace más de tres años que me casé y todavía no me consideran una Maitland.

—¿Por qué?

—Tal vez porque me crié en la frontera —contestó—. Al menos eso podría ser parte de su razonamiento. Se suponía que Patrick debía casarse con otra persona. No había pedido su mano, pero se suponía que lo haría. Luego me conoció a mí.

—¿Has hablado acerca de tu desdicha con Patrick?

—Se lo he mencionado varias veces —dijo—. Mi desdicha era muy perturbadora. Mi esposo no puede obligar a las mujeres a que yo les guste. No quiero morir aquí. Ojalá Patrick me llevara de regreso a la casa de papá antes del parto y me pudiera quedar allí hasta que todo termine.

—No te vas a morir. —Judith casi gritó esa negación—. Después de todos las dificultades y la vergüenza que he pasado, va a ser mejor que no te mueras.

Frances Catherine se sintió consolada por la ira en la voz de su amiga.

—Cuéntame las dificultades que has pasado —le pidió, con la voz llena de entusiasmo.

—En los últimos dos años he hablado por lo menos con cincuenta parteras y te juro que memoricé cada palabra que me dijeron. Millicent estaba tan decidida como yo, e hizo que los criados recorrieran los campos en busca de estas mujeres. No sé qué habría hecho sin su ayuda.

—Millicent es una mujer muy amable.

—Sí, lo es —concordó Judith—. Te manda su cariño, por supuesto.

Frances Catherine asintió.

—Dime qué has aprendido de esas parteras.

—Para serte completamente honesta, al principio oí tantas opiniones divergentes que casi me desanimé. Una me decía que durante el parto la habitación tenía que estar tan caliente como el purgatorio y otra apoyaba con vehemencia exactamente lo contrario. Sí, fue frustrante, Frances Catherine. Entonces sucedió un milagro. Una mañana, una partera llamada Maude entró en el torreón, comportándose como si aquel lugar le perteneciera. Era anciana y parecía terriblemente frágil, con los hombros caídos y las manos nudosas. Era un espectáculo, en serio. Te voy a confesar que de inmediato tuve dudas en cuanto a sus conocimientos. Pronto me di cuenta de lo tonta que era esa conclusión, además de ser una mujer amabilísima. También estaba llena de perspicacia y me dijo que la mayoría de sus opiniones estaban basadas sólo en el sentido común. Es partera desde hace muchísimos años, pero sus métodos son en realidad bastante modernos. Se mantiene al tanto de todos los cambios y dice que siempre está interesada en conocer las técnicas más nuevas. Es una partera totalmente entregada a su labor. Si no fuera tan vieja y frágil, le habría rogado que viniera aquí conmigo. El viaje habría sido demasiado para ella.

—Las mujeres nunca le habrían permitido intervenir —dijo Frances Catherine—. No lo entiendes, Judith.

—Entonces ayúdame a comprenderlo. ¿Has hablado con la partera de aquí con respecto a tus temores?

—Dios mío, no —contestó apresuradamente Frances Catherine—. Si le digo que tengo miedo, ello sólo empeoraría las cosas. Su nombre es Agnes y no la quiero cerca cuando me llegue la hora. Ella y otra mujer llamada Helen son las únicas parteras de aquí. Las dos se comportan de manera muy arrogante. Se supone que la hija de Agnes, Cecilia, se va a casar con Iain cuando éste se decida a pedírselo y creo que ésa es la razón por la que Agnes siempre va con aires de presunción. Cree que se va a convertir en la suegra del jefe.

Judith sentía el corazón como si se le hubiese caído hasta el fondo del estómago. Volvió la mirada a la superficie de la mesa para que Frances Catherine no notara cuán perturbada se sentía ante aquella noticia.

Su amiga no lo notó. Siguió con su explicación.

—La boda no es segura más que en la mente de Agnes y Patrick no cree que Iain tenga intención de pedir la mano de Cecilia.

—Entonces, ¿por qué Agnes cree que sí?

—Su hija es una mujer hermosa. Y es posible que sea la mujer más bonita de todo el clan. No es una razón muy profunda, pero Agnes cree que, debido a que su hija es tan atractiva, a la larga Iain la querrá. Cecilia es medio tonta y no puede conservar un pensamiento mucho más tiempo que una pulga.

Judith hizo un gesto negativo con la cabeza.

—Frances Catherine, deberías avergonzarte de decir cosas tan crueles acerca de esa mujer. —Trató de parecer seria con respecto a lo que acababa de decir, pero arruinó el efecto por completo al echarse a reír—. ¿Una pulga, Frances Catherine?

Su amiga asintió. Luego comenzó a reír también.

—Oh, Judith, estoy tan feliz de que estés aquí.

—Yo también estoy feliz de estar contigo.

—¿Qué vamos a hacer?

El cambio de humor de Frances Catherine ocurrió

con tanta rapidez que Judith se quedó bastante asombrada. Había estado riendo hacía un momento y ahora parecía que fuera a echarse a llorar de nuevo.

Maude le había dicho a Judith que las madres embarazadas eran propensas a tener estallidos emocionales. También le había dicho que era necesario un estado mental calmado y tranquilo para tener un parto sin complicaciones. Cada vez que la madre se trastornaba, debía ser tranquilizada lo antes posible.

Judith siguió ese dictado ahora. Acarició la mano de Frances Catherine y le sonrió. Intentó comportarse con confianza.

—¿Hacer acerca de qué? Todo va a salir bien, Frances Catherine.

—Agnes no te permitirá ayudarme cuando empiece mi parto. Y no quiero que esa vil mujer esté cerca de mí. Así que, ¿qué vamos a hacer?

—¿No has mencionado a otra partera llamada Helen? ¿Qué pasa con ella?

—Agnes le enseñó todo lo que sabe —replicó Frances Catherine—. Creo que tampoco la quiero cerca de mí.

—Tiene que haber más parteras aquí —dijo Judith—. Por el número de cabañas y la multitud que pude ver cuando llegamos, supuse que había casi quinientos hombres y mujeres viviendo aquí.

—Creo que el doble —estimó Frances Catherine—. No has visto todas las cabañas a lo largo de la parte trasera de la montaña. Sólo se cuentan los guerreros y el número de ellos llega a seiscientos como mínimo.

—Entonces tiene que haber otras parteras aquí —dijo de nuevo Judith.

Frances Catherine negó con la cabeza.

—Agnes dirige las cosas —explicó—. Y como soy la cuñada del jefe del clan, insistirá en traer al mundo al bebé. Si hay otras parteras, no dirán nada al respecto. No quieren que Agnes se irrite.

—Entiendo.

De pronto, Judith se sintió mal. El pánico estaba empezando a apoderarse de su interior. Por amor de Dios, no estaba preparada para enfrentarse sola a esa tarea. Sí, había recogido toda la información acerca de los últimos métodos de parir, pero nunca se le había permitido observar un parto verdadero y se sentía completamente incapaz para supervisar el cuidado de Frances Catherine.

¿Por qué nunca era nada fácil? Judith se había imaginado enjugando la frente de su amiga durante los dolores y también sosteniéndola de la mano y diciendo «Bueno, bueno» de vez en cuando, mientras una partera con experiencia se ocupaba de las tareas más necesarias.

Las lágrimas corrían otra vez por las mejillas de Frances Catherine. Judith dejó escapar un pequeño suspiro.

—Sólo estoy segura de una cosa —declaró—. Vas a tener este bebé. Estoy aquí para ayudarte y estoy segura de que entre las dos podremos solucionar cualquier problema, no importa lo imposible que parezca.

Aquella forma de hablar tan práctica tranquilizó a Frances Catherine.

—Sí —concordó.

—¿Es posible conquistar a Agnes o nos rendimos ante ella?

—Nos rendimos —contestó Frances Catherine—. No va a cambiar su manera de ser. Es cruel, Judith. Cada vez que tiene la oportunidad, hace comentarios horribles acerca del dolor que voy a tener que soportar. También le gusta contar historias sobre otros partos difíciles.

—No debes escucharla —dijo Judith. Su voz sonaba agitada por la ira. Nunca había oído nada tan terrible.

Agnes realmente parecía ser cruel. Judith movía negativamente la cabeza mientras pensaba en toda esta desoladora situación.

—Sé lo que estás pensando —susurró su amiga—. Estás tratando de entender a Agnes, ¿no es verdad? Una vez que encuentres una razón para su comportamiento, te vas a proponer cambiarlo. No me va a importar —agregó—. No me importa si se convierte en un ángel. No se me va a acercar.

—No, no estoy tratando de entenderla. Ya sé por qué se comporta de esa manera. Busca el poder, Frances Catherine. Utiliza el temor y la vulnerabilidad de una mujer para obtener lo que desea. Se alimenta de sus flaquezas. Maude me dijo que existían mujeres como ella. Nada de lo que yo pueda hacer va a cambiar su actitud. No te preocupes. No voy a permitir que se te acerque. Te lo prometo.

Frances Catherine asintió.

—Ya no me siento tan sola —confesó—. Cada vez que intento hablar con Patrick acerca del parto, se trastorna mucho. Teme por mí y siempre termino consolándolo.

—Te ama —dijo Judith—. Por eso está tan preocupado.

—No me puedo imaginar por qué me ama. Últimamente he estado tan difícil. Lloro todo el tiempo.

—No hay nada malo en ello.

Frances Catherine sonrió. Judith siempre había sido su abogada. Se sentía muy afortunada de tenerla por amiga.

—Ya he hablado demasiado de mis problemas. Ahora quiero que me cuentes de los tuyos. ¿Vas a intentar ver a tu padre mientras estés aquí?

Judith se encogió de hombros.

—Se ha vuelto algo complicado. Primero, no me había dado cuenta de lo grandes que son estas Highlands —dijo—. Y segundo, he oído que los Maclean están enemistados con los Maitland.

—¿Cómo lo descubriste?

Judith le explicó acerca de la conversación que había tenido con la madre de Isabelle. Frances Catherine estaba frunciendo el entrecejo cuando terminó.

—Lo que te dijo es verdad. Los Maclean son nuestros enemigos.

—Mi padre podría estar muerto.

—No lo está.

—¿Cómo lo sabes?

—Le pedí a Patrick que me contara cómo era el jefe de los Maclean, fingiendo sólo una leve curiosidad, por supuesto, y me dijo que era un hombre anciano que había gobernado el clan durante muchos años.

—¿Qué más te dijo?

—Nada más —dijo Frances Catherine—. No quise aguijonearlo. Si hubiese hecho demasiadas preguntas, me habría preguntado por qué estaba tan interesada por los Maclean. Te prometí que nunca le contaría a nadie quién es tu padre y, ya que te hice esa promesa antes de casarme con Patrick, no se lo puedo contar. Además, le daría un ataque. Judith, nadie debe saberlo jamás, no mientras estés aquí. Sería peligroso para ti.

—Iain me protegería.

—No sabe nada de Maclean —sostuvo—. No sé qué haría si lo descubriera.

—Creo que todavía me protegería.

—Pareces estar muy segura.

Judith sonrió.

—Estoy segura —dijo—. Pero no importa, ¿verdad? Iain nunca lo averiguará. Ni siquiera estoy segura de querer conocer a mi padre. Sin embargo, había esperado verlo de lejos.

—¿Y qué lograrías con eso?

—Mi curiosidad estaría satisfecha.

—Debes hablar con él —insistió Frances Catherine—. No sabes si desterró a tu madre o no. Necesitas descubrir la verdad. Es indudable que no puedes creer en la historia de tu madre, después de todas las mentiras que te dijeron.

—Sé con seguridad que nunca fue a Inglaterra a buscarnos —declaró Judith. Instintivamente, su mano fue hacia el pecho. El anillo de su padre estaba protegido entre sus senos colgado de una cadena de oro, debajo del vestido. Debería haber dejado el anillo en casa, pero no había podido hacerlo. No podía entender por qué. Dios, era una confusión.

Dejó caer la mano de nuevo sobre la mesa.

—Prométeme que, si no surge alguna manera, vas a dejar correr todo esto. ¿De acuerdo?

Frances Catherine asintió sólo para aplacar a su amiga. Se daba cuenta de que era una conversación dolorosa para Judith. Decidió cambiar de tema y comenzó a recordar algunas de sus aventuras en los festivales.

Transcurrido un tiempo relativamente corto ambas mujeres estaban riendo.

Patrick pudo oír el sonido de la risa de su esposa desde el exterior. Reaccionó con otra sonrisa. La amiga ya estaba ayudando. Brodick caminaba junto a Patrick. También sonrió.

—Frances Catherine está contenta de tener aquí a Judith —comentó.

—Sí, así es —replicó Patrick.

Todavía sonreía cuando entró en la cabaña. Esta vez, su esposa recordó sus modales. Se puso de pie de inmediato y se dirigió hacia su esposo. Judith también se puso de pie. Cruzó las manos y dio su saludo a los dos guerreros.

Brodick traía tres bolsas de Judith. Patrick llevaba otras dos. Los hombres dejaron caer el equipaje sobre la cama.

—Exactamente, ¿cuánto tiempo piensas quedarte, muchacha? —preguntó Patrick.

Parecía preocupado. Judith no pudo evitar hacerle una broma.

—Sólo un año o dos —contestó. Patrick trató de no ponerse pálido. Judith rió—. Estaba bromeando —le dijo entonces.

—Brodick, debes quedarte a cenar —dijo Frances Catherine—. Judith, no bromees con Patrick. Has hecho que el color le abandone el rostro.

Ambas mujeres consideraban ese hecho como algo muy divertido. Todavía se estaban riendo cuando Alex y Gowrie aparecieron en el umbral de la puerta, que estaba abierta. Los dos guerreros parecían un poco tímidos. De inmediato, Frances Catherine también los invitó a cenar.

Patrick parecía estar sorprendido de tener visitas. Judith ayudó a su amiga a terminar con los preparativos de la comida. Frances Catherine había preparado un espeso guiso de cordero y había horneado hogazas redondas de magnífico pan negro.

Los hombres se apiñaron alrededor de la mesa. Judith y Frances Catherine les sirvieron antes de sentarse apretadamente junto a Patrick para comer.

Ni Judith ni Frances Catherine tenían mucho apetito. Hablaron entre sí durante toda la cena. Patrick notó que Alex miraba con fijeza a Judith en vez de comer, y cuando se dio cuenta de que Gowrie tampoco había tocado la comida, comprendió la razón de aquella espontánea visita.

Ambos estaban prendados de Judith. Patrick tuvo que contenerse para no reír. Las damas estaban ajenas a los hombres. Se excusaron de la mesa y se dirigieron hacia la cama. Judith le entregó a su amiga todos los regalos que había preparado y se ruborizó de alegría ante la felicidad de Frances Catherine. Todos los regalos menos uno eran para el bebé, pero Judith también le había confeccionado a su amiga un hermoso camisón blanco con rosas azules y rosadas bordadas a lo largo del cuello. Le había llevado un mes entero terminarlo. El trabajo había valido la pena, ya que Frances Catherine pensó que el camisón era exquisito.

Ya que las mujeres no les estaban prestando demasiada atención, los hombres no creyeron necesario ocultar su interés. Las miradas se centraron sobre Judith. Aunque Patrick observó que cada vez que ella sonreía, los soldados también lo hacían. El interés de Brodick fue lo que más le sorprendió, ya que, por lo general, se preocupaba muy bien de mantener sus emociones bajo un férreo control.

—¿De qué te estás riendo? —le preguntó de pronto Brodick.

—De ti —contestó Patrick.

Antes de que Brodick pudiera contestar a esa sincera réplica, Judith le habló.

—Brodick, me olvidé de llevarle los bizcochos dulces a Isabelle.

—Me encargaré de que los reciba —dijo Brodick.

Judith hizo un gesto negativo con la cabeza.

—Quiero conocerla —explicó. Se puso de pie y se acercó a la mesa—. Tengo unos mensajes para darle de parte de su madre.

—Gustosamente te enseñaré el camino —se ofreció Alex.

—Lo haré yo —anunció Gowrie con voz mucho más firme.

Brodick negó con la cabeza.

—Isabelle es mi cuñada —dijo con irritación—. Yo le enseñaré el camino a Judith.

Iain había abierto la puerta y se quedó allí de pie escuchando la discusión. Tenía dificultades para creer lo que estaba oyendo... y viendo. Sus guerreros se estaban comportando como galanes heridos de amor mientras discutían acerca de quién debía escoltar a Judith.

Sin embargo, Judith no tenía ni idea de los verdaderos motivos. Parecía confundida ante toda la atención que estaba recibiendo.

Alex llamó la atención de Iain. Colocó las manos sobre la mesa y se inclinó hacia adelante para lanzar una mirada furiosa a Brodick.

—La cabaña de Isabelle está cerca de la de mi tío y de todos modos me iba a detener allí. Por lo tanto, me voy a encargar de la tarea de enseñarle el camino a Judith.

Entonces Patrick se rió. Todos parecieron reparar en Iain al mismo tiempo. La reacción de Judith fue la más delatora, en opinión de Patrick. La alegría de su expresión era más que evidente.

Iain parecía irritado. Apenas se dignó mirar a Judith antes de dedicarle toda su atención a su hermano.

—¿Entiendes ahora mis razones?

Patrick asintió.

Judith y Frances Catherine intercambiaron una mirada.

—¿Qué razones, jefe Iain? —preguntó Frances Catherine.

—¿Jefe Iain? —repitió Judith antes de que Iain pudiera contestar la pregunta—. ¿Por qué no lo llamas sencillamente Iain?

Frances Catherine cruzó las manos sobre el regazo.

—Porque es nuestro jefe —explicó.

—Aun así, es tu hermano —contrarrestó Judith—. No deberías ser tan formal con él.

Su amiga asintió. Llevó la mirada hacia Iain y se obligó a sonreír. El guerrero la intimidaba y le costó un gran esfuerzo mirarlo directamente a los ojos. El hombre ocupaba toda la entrada. Inclinó la cabeza debajo de la saliente de la puerta y, una vez que estuvo completamente dentro, se apoyó contra una esquina de la pared y cruzó los brazos sobre el pecho, en una postura de total indiferencia.

—Iain —comenzó Frances Catherine, e hizo una mueca ante el temblor de su voz—. ¿A qué razones te refieres?

Iain se dio cuenta de que su cuñada en realidad le temía. Se quedó bastante asombrado ante aquella revelación. Se obligó a hablar con voz suave, en un esfuerzo por tranquilizar sus temores cuando le contestara.

—Patrick me pidió que permitiera que Judith se quedara en la cabaña vacía. Me negué. Tu esposo entiende mis razones.

Frances Catherine asintió de inmediato. No estaba dispuesta a discutir con su jefe. Además, el arreglo le convenía mucho. Deseaba que Judith se quedara con Patrick y ella.

—Tus invitados se marchan ya —le dijo Iain a su hermano.

Alex, Gowrie y Brodick salieron inmediatamente en fila de la cabaña. Iain se apartó de su camino y luego volvió a situarse cerca de la puerta. Les había dicho algo a los guerreros cuando pasaron a su lado, pero la voz había sido tan baja que ni Judith ni Frances Catherine pudieron oírlo. Sin embargo, Patrick sí, y su súbita sonrisa indicó que le divertían los comentarios de su hermano.

—Iain, ¿por favor, puedo hablarte un minuto en privado? —preguntó Judith.

—No.

Judith no se amilanó. Había más de una manera de desollar un pez.

—¿Patrick?

—Sí, Judith.

—Necesito hablar en privado con tu jefe. ¿Podrías arreglarlo, por favor?

Patrick tenía el aspecto de estar pensando que Judith había perdido el juicio. Judith se echó el cabello hacia atrás lanzando un suspiro.

—Estoy siguiendo la cadena de mando de este lugar. Se supone que yo te lo debo pedir a ti y se supone que tú se lo debes pedir a tu jefe.

Patrick no se atrevía a mirar a Iain. Sabía que su hermano ya estaba irritado. La expresión de sus ojos cuando había visto que Alex, Gowrie y Brodick miraban con la boca abierta a Judith era desconocida hasta entonces para Patrick. Si no hubiese sabido que estaba equivocado, habría pensado que en realidad su hermano estaba celoso.

—Iain... —comenzó Patrick.

—No. —Iain negó bruscamente.

—Señor, qué difícil es —murmuró Judith.

Frances Catherine dejó escapar un sonido que era mitad bufido y mitad resuello. Todavía estaba sentada en el borde de la cama. Estiró el brazo para tocar el de Judith.

—No deberías criticar al jefe Iain —susurró.

—¿Por qué no? —susurró a su vez Judith.

—Porque Ramsey dice que Iain es un maldito canalla cuando se enfurece —replicó Frances Catherine.

Judith se echó a reír. Se volvió para mirar otra vez a Iain y supo de inmediato que había oído el comentario de Frances Catherine. Sin embargo, no estaba enfadado. No, el brillo de sus ojos indicaba justamente lo contrario. Patrick estaba bastante consternado ante el comentario de su esposa susurrado en voz alta.

—Por amor de Dios, Frances Catherine... —comenzó Patrick.

—Era un cumplido que le estaba haciendo Ramsey —replicó su esposa—. Además, no se suponía que debías escucharlo tú.

—¿Quién es Ramsey? —preguntó Judith.

—Un pillo increíblemente guapo —replicó Frances Catherine—. Patrick, no me frunzas el entrecejo. Ramsey es bien parecido. Lo vas a reconocer con facilidad, Judith —agregó con una rápida mirada en dirección a su amiga—. Siempre está rodeado por una multitud de jovencitas. Odia toda esa atención, pero, ¿qué puede hacer? A ti también te gustará.

—No, no le va a gustar.

Iain hizo esa predicción. Dio un paso hacia adelante.

—Te vas a mantener apartada de él, Judith. ¿Me entiendes?

Judith asintió. No le gustaba ni una pizca el tono arrogante de su voz, pero decidió no ocuparse de eso en aquel momento.

—¿Cómo mantenemos a Ramsey alejado de ella? —quiso saber Patrick.

Iain no le contestó. Judith recordó la tarea que deseaba completar antes de que la noche cayera completamente sobre ellos y tomó la bolsa de Margaret con los bizcochos dulces.

—Patrick, ¿por favor, le pedirías a Iain que me mostrara el camino a la cabaña de Isabelle? Debo entregarle este regalo de su madre y transmitirle unos mensajes.

—Judith, lo tienes de pie delante de ti. ¿Por qué no se lo pides a él? —preguntó Frances Catherine.

—Esta cosa de la cadena de mando —contestó Judith con un movimiento de la mano—. Tengo que seguirla.

—Ven aquí, Judith.

La voz era suave y helada. Judith se obligó a sonreír con serenidad y se acercó a él.

—¿Sí, Iain?

—¿Estás tratando de provocarme deliberadamente?

Esperaba una negación. También una disculpa. No obtuvo ninguna de las dos.

—Sí, en realidad creo que estaba tratando de provocarte deliberadamente.

La expresión de asombro en el rostro de Iain fue cambiando lentamente a un feroz entrecejo fruncido. Dio un paso más hacia ella. Judith no retrocedió. En honor a la verdad, se acercó a él aún más.

Estaban a sólo un paso de tocarse. Judith tuvo que echar toda la cabeza hacia atrás para poder mirarlo fijamente a los ojos.

—Con toda franqueza, creo que debería señalar el hecho de que tú en realidad me has provocado primero.

Era seductora. Iain tenía dificultades para seguir la explicación. Su concentración estaba fija en la boca de Judith. Su propia falta de disciplina era más terrible para él que la conducta descarada de Judith.

No podía permanecer alejado de ella. La mujer ni siquiera se había instalado en la cabaña de su hermano y ya estaba visitándola.

Judith realmente deseaba que le dijera algo. La expresión de Iain no le daba ninguna indicación con respecto a lo que estaba pensando. De pronto se sintió muy nerviosa. Se dijo a sí misma que era sólo porque Iain era un hombre muy grande y parecía tragarse todo el espacio a su alrededor. Estar de pie tan cerca de él tampoco aliviaba su malestar.

—Te he pedido que por favor que me concedieras un momento en privado de tu tiempo y has sido muy brusco en tu rechazo. Sí, tú me has provocado primero.

Iain no podía decidir si quería estrangularla o besarla. Entonces Judith le sonrió, una sonrisa dulce e inocente que hizo que deseara reír. Sabía que nunca podría tocarla furioso, que nunca levantaría una mano contra ella.

Judith también lo sabía.

Deseó poder saber qué estaba pensando Iain. Tampoco debería haber empezado ese juego de provocación. Era peligroso bromear con un lobo de montaña y, para ella, Iain, a pesar de su carácter amable, podía ser incluso más peligroso que un animal salvaje. El poder que radiaba de él era casi abrumador.

Volvió la mirada al suelo.

—Estoy muy agradecida por todo lo que has hecho por mí, Iain, y te pido disculpas si crees que estaba intentando irritarte.

Pensó que había sonado adecuadamente contrita. Cuando levantó la mirada para ver la expresión de Iain, se sorprendió de encontrarlo sonriendo.

—Estabas intentando irritarme, Judith.

—Sí, así es —admitió—. Pero a pesar de todo lo lamento.

En ese momento se dio cuenta de que estaba aferrando la bolsa entre los brazos. Antes de que Iain se diera cuenta de sus intenciones, dio un rodeo y salió por el umbral.

—Va a llamar a todas las puertas del camino hasta que alguien le diga dónde vive Isabelle. —Frances Catherine hizo esa predicción—. Patrick, por favor, querrías...

—Yo lo haré —musitó Iain.

No esperó a una discusión. Su suspiro fue tan fuerte como el portazo de la puerta cuando la cerró detrás de sí.

Alcanzó a Judith justo cuando ésta empezaba a bajar la colina. No le dijo ni una palabra, pero la tomó del brazo para obligarla a detenerse.

—Le hice una promesa a Margaret, Iain, y voy a ocuparme de llevarla a cabo.

Su bravata no fue necesaria. Iain ya estaba asintiendo para demostrar su conformidad.

—Estás yendo en la dirección equivocada. La cabaña de Winslow está al otro lado del patio.

Le quitó la bolsa y comenzó a subir por la segunda colina. Judith caminaba a su lado. Los brazos se rozaban entre sí, pero ninguno de los dos se apartó.

—Iain, ahora que estamos solos...

La risa de Iain detuvo su pregunta.

—¿Por qué estás tan alegre?

—No estamos solos —contestó—. Apostaría a que por lo menos hay veinte personas de mi clan observándonos.

Judith miró a su alrededor pero no vio ni a una sola persona.

—¿Estás seguro?

—Sí —contestó con voz cortante.

—¿Por qué nos están observando?

—Curiosidad.

—Iain, ¿por qué estás enfadado conmigo? Ya me disculpé por haber tratado de provocarte.

Judith le pareció trastornada. Dejó escapar un suspiro. No estaba dispuesto a explicar las razones por las que estaba enfadado. Diablos, su cercanía era malditamente perturbadora para su paz mental. Deseaba tocarla. Tampoco estaba dispuesto a admitir eso.

—No estoy enfadado contigo. Te concedes demasiada importancia si crees que pudiera experimentar otra cosa excepto un sentido del deber hacia mi hermano cuando cuido de ti.

Fue exactamente igual que si la hubiese golpeado. No supo qué decir en respuesta a ese cruel fragmento de sinceridad. Decidió que Iain tenía razón. Se había concedido demasiada importancia para creer que estaría preocupado por ella. Una insignificante atracción era una cosa; la preocupación era otra.

Los ojos se le llenaron de lágrimas. Afortunadamente, la débil luz del sol ocultaba su expresión para Iain. Mantuvo la cabeza agachada y deliberadamente se apartó de su lado hasta que hubo suficiente lugar para dos caballos entre ellos dos.

Iain se sentía más bajo que el estómago de una serpiente. Se maldijo a sí mismo por haber sido tan rudo, incluso cuando deseó que Judith no fuera tan susceptible.

Comenzó a disculparse y luego descartó la idea de inmediato. No sólo estaba seguro de que también arruinaría eso, sino que también, los guerreros no se disculpaban. Las mujeres sí.

—Judith...

No le respondió.

Dejó de intentarlo enseguida. Nunca le había dicho a nadie, hombre o mujer, que lamentaba sus actos, y por Dios que no iba a empezar ahora.

—No era mi intención herirte.

No podía creer que había dicho esas palabras hasta

que las musitó. Tuvo que sacudir la cabeza ante su propia conducta inexplicable.

Judith no contestó reconociendo su disculpa y él le agradeció la consideración. Por el estrangulado sonido de su voz, ella debía de haber adivinado lo difícil que había sido para él.

Pero Judith no creyó seriamente que él sintiera una sola palabra de la disculpa. De todos modos, se dijo a sí misma, no había nada que perdonar. Había herido sus sentimientos, sí, pero le había estado diciendo cómo se sentía exactamente.

Iain se sintió muy aliviado cuando alcanzaron su destino. Sin embargo, vaciló en el umbral. Tanto él como Judith podían oír a Isabelle que lloraba. También oyeron la voz de Winslow y, aunque las palabras no eran claras, su tranquilizador tono de voz indudablemente lo era.

Judith pensó que deberían regresar la mañana siguiente, pero antes de que pudiera sugerirlo, Iain ya había llamado a la puerta.

Winslow abrió. La expresión de irritación de su rostro indicaba que no le gustaba aquella interrupción. Pero cuando vio a Iain su hosca expresión desapareció.

El hermano de Brodick no se le parecía en nada, salvo en el color de los ojos. Eran del mismo tono intenso de azul. Era más bajo que Brodick y no tan apuesto. Su cabello era de un rubio más oscuro y también tenía rebeldes rizos.

Iain explicó las razones de la visita y, cuando hubo terminado, Winslow se encogió de hombros y luego abrió bien la puerta para invitarlos a entrar.

La cabaña era similar en tamaño a la de Patrick, pero estaba llena de prendas desordenadas y desparramadas y de cuencos de madera olvidados uno encima del otro sobre la mesa.

Isabelle no era una buena ama de casa. La bonita muchacha estaba en la cama, sostenida por un montículo de almohadas detrás de sí. Tenía los ojos hinchados por el llanto.

Judith pensó que estaba enferma. El cabello castaño le colgaba lacio por los hombros y tenía la piel tan pálida como la luna.

—No deseo molestarte —comenzó Judith. Tomó la bolsa de manos de Iain y estaba a punto de ponerla sobre la mesa cuando se dio cuenta de que no había espacio. Dado que los dos banquillos también estaban cubiertos de ropas, resolvió dejarlo en el suelo.

—Tu madre te envía un regalo, Isabelle, y también mensajes, pero no tengo inconveniente en volver cuando te encuentres mejor.

—No está enferma —comentó Winslow.

—Entonces, ¿por qué está en la cama? —preguntó Judith.

Winslow pareció sorprendido por la pregunta. Judith pensó que fue porque había sido una pregunta impertinente.

—Va a tener a mi hijo en cualquier momento —explicó Winslow.

Judith se volvió a Isabelle. Vio las lágrimas en sus ojos.

—¿Tienes dolores de parto ahora?

Isabel le movió negativamente la cabeza con vehemencia. Judith frunció el entrecejo.

—Entonces, ¿por qué estás en la cama? —preguntó de nuevo, tratando de entender.

Winslow no podía entender por qué la inglesa hacía preguntas tan tontas. Se obligó a hablar con voz paciente.

—Está en la cama para conservar sus fuerzas.

A la partera en la que Judith tenía tanta fe le habría

dado un ataque ante esa lógica tan retorcida. Le sonrió a Isabelle antes de volverse para mirar de nuevo a su esposo.

—Entonces, ¿por qué un guerrero no conserva sus fuerzas antes de entrar en combate?

Winslow levantó una ceja. Iain sonrió.

—Un guerrero siempre debe entrenarse para la batalla —contestó Winslow—. Si no se entrena constantemente se vuelve débil e ineficaz. ¿Los ingleses no siguen ese dictado?

Judith se encogió de hombros. Su atención ya había cambiado, porque había vislumbrado el banquillo de partos en un rincón cerca de la puerta. Inmediatamente se dirigió allí para inspeccionar mejor el objeto.

Winslow observó su interés y recordó una tarea que tenía que hacer.

—Iain, ¿querrías ayudarme a llevar esto afuera? Es molesto para Isabelle —dijo con un susurro suave—. La voy a llevar de regreso a la casa de Agnes por la mañana.

A Judith le intrigaba tanto el diseño como el acabado. El banquillo de partos era en realidad una silla con forma de herradura. El respaldo circular era alto y de aspecto robusto. El asiento era sólo un estrecho reborde diseñado para apoyar los muslos de una mujer. Tanto las asas de madera como los costados estaban recubiertos de oro, y el artesano había utilizado una astuta técnica para dibujar ángeles a lo largo de los costados.

Judith intentó ocultar su curiosidad.

—¿Te gustaría ver lo que te envía tu madre, Isabelle? —preguntó.

—Sí, por favor.

Judith llevó la bolsa hacia la cama. Se quedó de pie a su lado, sonriendo ante el placer de Isabelle.

—Tanto tu padre como tu madre están bien —dijo—. Margaret quería que te dijera que tu prima Rebecca se va a casar con un Stuart en el otoño.

Isabelle se secó los ojos con un cuadrado de lino. Hizo una mueca, se aferró a las mantas con ambas manos y dejó escapar un suspiro grave. Cuentas de sudor le aparecieron en la frente. Judith tomó el paño de lino que había dejado caer, se inclinó sobre la cama y le secó el sudor.

—No te sientes bien, ¿no es así? —susurró.

Isabelle negó con la cabeza.

—Comí demasiado de la cena de Winslow —susurró a su vez—. Era terrible pero tenía mucho apetito. Ojalá me dejara levantar de la cama. ¿Por qué estás aquí?

La pregunta, hecha de manera tan informal, tomó a Judith por sorpresa.

—Para darte los regalos de tu madre y contarte las novedades de casa.

—No, quiero decir por qué estás aquí en las Highlands —explicó.

—Mi amiga, Frances Catherine, me pidió que viniera —replicó Judith—. ¿Por qué estás susurrando?

La muchacha sonrió. Entonces Winslow, sin darse cuenta, arruinó el floreciente buen humor de Isabelle.

Iain había abierto la puerta y Winslow estaba llevando el banquillo de partos afuera. De inmediato, Isabelle volvió a ponerse llorosa. Esperó a que Iain cerrara la puerta.

—Frances Catherine también tiene miedo, ¿no es así? —preguntó entonces.

—Isabelle, toda mujer tiene algo de miedo antes del parto. ¿La silla te perturba?

Isabelle asintió.

—No quiero usarla.

Se estaba excitando tanto como Frances Catherine

cuando hablaba sobre el parto. Judith apenas si conocía a Isabelle, pero se sentía terriblemente afligida por ella. Su miedo era muy visible.

—La silla no se usa como tortura —dijo Judith—. Maude dice que las mujeres que dan a luz están felices de tener tal comodidad. Eres afortunada de tener una.

—¿Comodidad?

—Sí —replicó Judith—. Dice que la silla se usa de manera tal que la espalda y las piernas de una mujer quedan apoyadas de manera muy agradable.

—¿Quién es esa Maude?

—Una partera que conozco —contestó Judith.

—¿Qué más dijo? —preguntó Isabelle. Dejó de retorcer la parte superior del edredón.

—Maude se quedó conmigo unas seis semanas —explicó Judith—. Me dio muchos consejos para Frances Catherine.

El desorden en la cabaña estaba distrayendo a Judith, y mientras repetía algunas de las sugerencias de la partera doblaba algunas de las ropas y colocaba las prendas en una ordenada pila al pie de la cama.

—Deberías estar levantada y caminando —dijo Judith mientras se volvía para atacar el desorden que había sobre la mesa—. Aire puro y largos paseos son tan importantes como una mente tranquila.

—Winslow teme que me caiga —dijo Isabelle.

—Entonces pídele que camine contigo —sugirió Judith—. Estar encerrada todo el día me volvería loca, Isabelle.

El sonido de la risa de Isabelle llenó la cabaña.

—Me está volviendo loca a mí también —admitió. Echó atrás las mantas y giró las piernas por el costado.

—¿Eres partera en Inglaterra?

—Cielos, no —respondió Judith—. Ni siquiera estoy casada. Sólo me propuse conseguir toda la información posible de parteras con experiencia para poder ayudar a Frances Catherine.

—¿Quieres decir que en Inglaterra una mujer soltera puede hablar abiertamente de un tema íntimo?

Isabelle parecía consternada. Judith rió.

—No, no se habla en absoluto, y mi madre sería muy desdichada si supiera lo que estaba aprendiendo.

—¿Te castigaría?

—Sí.

—Te arriesgaste mucho por tu amiga.

—Ella haría lo mismo por mí —contestó Judith.

Isabelle la miró con fijeza durante unos instantes y luego asintió con lentitud.

—No entiendo tal amistad entre mujeres, pero envidio la confianza que tienes en Frances Catherine. Te arriesgaste y me dices que ella haría lo mismo por ti. Sí, sí que envidio tal lealtad.

—¿No tuviste amigas mientras crecías?

—Sólo parientes —contestó Isabelle—. Y mi madre, por supuesto. En ocasiones era como una amiga para mí cuando fui un poco mayor y más una ayuda para ella.

Isabelle se puso de pie y se estiró para tomar el tartán. La parte superior de su cabeza sólo llegaba a la barbilla de Judith y su vientre parecía tener el doble de tamaño que el de Frances Catherine.

—¿Tienes amigas aquí?

—Winslow es mi amigo más querido —contestó Isabelle—. Las mujeres son amables conmigo, pero están todas ocupadas con sus quehaceres y realmente no hay tiempo de hacer vida social.

Judith observó con asombro cómo la mujer se envolvía con destreza en la angosta franja de paño. Cuando terminó, llevaba puesto el tartán desde los hombros hasta los tobillos, con tablas perfectamente parejas que se ampliaban sobre el vientre hinchado.

—Resulta muy fácil hablar contigo —comentó Isabelle con un tímido susurro—. Frances Catherine debe de estar feliz de tener tu compañía. Necesita a alguien con quien hablar además de Patrick —añadió—. Creo que pasó por un momento difícil al establecerse aquí.

—¿Por qué supones eso? —preguntó Judith.

—Algunas de las mujeres mayores creen que es presumida —dijo Isabelle.

—¿Por qué?

—Vive apartada —explicó Isabelle—. Creo que echa de menos a su familia.

—¿Tú echas de menos a tu familia?

—A veces sí —admitió Isabelle—. Pero las tías de Winslow fueron muy amables conmigo. ¿Querrías decirme las otras sugerencias de esa partera? ¿Cree en utilizar la horquilla de parto? —Isabelle se volvió para estirar las mantas de la cama, pero no antes de que Judith pudiera ver el temor en sus ojos.

—¿Cómo conoces eso?

—Agnes me lo mostró.

—Buen Dios —susurró Judith antes de poder detenerse. Aspiró profundamente para librarse de la ira. No estaba allí para causar problemas y sabía que no sería apropiado criticar los métodos que las parteras utilizaban allí—. Maude no es partidiaria de utilizar la horquilla de parto —dijo. Mantuvo un tono de voz neutro, casi agradable—. Dice que es salvaje.

Isabelle no demostró ninguna reacción ante aquella explicación. Continuó haciendo preguntas a Judith. De vez en cuando se mordía el labio inferior y el sudor comenzaba a brotarle sobre las cejas. Judith pensó que la conversación la estaba perturbando.

Winslow e Iain no habían regresado. Cuando Judith se lo mencionó a Isabelle, ésta rió de nuevo.

—Probablemente mi esposo esté disfrutando de la paz exterior. Últimamente he estado un poco difícil.

Judith rió.

—Debe de ser una aflicción común, Isabelle. Frances Catherine me decía lo mismo hace menos de una hora.

—¿Le tiene miedo a Agnes?

—¿Y tú?

—Sí.

Judith dejó escapar un suspiro cansado. En verdad, también estaba comenzando a tenerle miedo a aquella mujer. Agnes parecía ser un monstruo. ¿No tenía nada de compasión en el corazón?

—¿Cuánto tiempo te queda antes de que comience el parto?

Isabelle no quiso mirar a Judith cuando respondió.

—Una semana o dos.

—Mañana vamos a volver a hablar de esto. ¿Querrías venir a la casa de Frances Catherine? Tal vez las tres podamos encontrar una manera de resolver esta preocupación acerca de Agnes. Isabelle, yo soy totalmente inexperta. Ni siquiera he visto un parto, pero sí sé que cuanta más información tengamos, el miedo tiene menos probabilidades de adueñarse de nosotros. ¿No es verdad?

—¿Me ayudarías?

—Por supuesto —contestó Judith—. ¿Por qué no salimos ahora? El aire fresco te vendrá bien.

Isabelle estuvo completamente de acuerdo. Judith se estaba dirigiendo hacia la puerta cuando Winslow la abrió. Le hizo un gesto con la cabeza a Judith y luego se volvió para fruncirle el entrecejo a su esposa.

—¿Por qué estás fuera de la cama?

—Necesito aire fresco —respondió—. ¿Ya has devuelto la silla de parto a Agnes?

Winslow negó con la cabeza.

—Lo haré por la mañana.

—Por favor, tráela de nuevo —le pidió—. Será una comodidad para mí tenerla cerca.

Mientras le daba esta explicación a su esposo le sonreía a Judith. Winslow parecía estar confundido.

—Pero no querías ni verla —le recordó—. Dijiste...

—He cambiado de opinión —lo interrumpió Isabelle—. También he recordado mis modales. Buenas noches, jefe Iain —dijo en voz alta.

Judith ya había salido y ahora estaba de pie cerca de Iain. Se negó a mirarlo. Les hizo una inclinación a Isabelle y Winslow y luego empezó a caminar de nuevo hacia la cabaña de Frances Catherine.

Iain la alcanzó en la cima.

—Tanto Winslow como Isabelle quieren que sepas que te agradecen el haberles llevado los regalos de Margaret. Limpiaste la cabaña, ¿no es verdad?

—Sí.

—¿Por qué?

—Necesitaba una limpieza. —Sus palabras eran cortas y frías.

Iain se tomó las manos por detrás de la espalda y siguió caminando a su lado.

—Judith, no lo hagas más difícil de lo que ya es —dijo en un susurro áspero.

Judith caminaba tan rápido que casi corría.

—No tengo intenciones de hacer nada difícil —replicó—. Me voy a mantener alejada de ti y tú te vas a mantener alejado de mí. Ya me he recuperado de esta atracción insignificante, trivial e inconsecuente. Ni siquiera recuerdo haberte besado.

Habían llegado al gupo de árboles frente al patio que llevaba a la cabaña de Frances Catherine cuando le dijo esa mentira atroz.

—No lo has olvidado en absoluto —musitó. La tomó de los hombros y la obligó a volverse. Luego la tomó de la barbilla y le empujó el rostro hacia arriba.

—¿Qué crees que estás haciendo? —preguntó ella.

—Te lo estoy recordando.

Entonces la boca de Iain cayó sobre la de Judith y cerró herméticamente cualquier protesta que ella hubiese querido hacer. Y Dios, cómo la besó. Su boca era ardiente, hambrienta, y su lengua empujaba dentro de la boca de Judith con suave insistencia. A Judith se le aflojaron las rodillas. Sin embargo, no se cayó. Se recostó contra él; Iain le envolvió la cintura con los brazos y la acercó más contra él. Su boca se inclinaba sobre la de Judith una y otra vez y, que Dios lo ayudara, parecía no obtener suficiente de ella. Judith le devolvía el beso con igual pasión, tal vez incluso con más pasión, y el último pensamiento coherente que tuvo antes de que el beso de Iain le quitara la capacidad de razonamiento fue que indudablemente Iain sabía cómo deshacerse de su ira.

Patrick abrió la puerta y dejó escapar un bufido de risa ante la visión de Iain. Éste no le prestó atención a su hermano y Judith estaba ajena a todo excepto al hombre que la estaba sosteniendo con tanta ternura entre los brazos.

Finalmente, Iain se apartó de ella y miró con arrogante placer a la hermosa mujer que estaba en sus brazos. La boca de Judith estaba hinchada y también rosada, y tenía los ojos empañados por la pasión. De pronto, deseó volver a besarla.

—Entra ahora, Judith, mientras todavía tengo suficiente disciplina para dejarte ir.

Judith no entendió lo que quiso decir con ese comentario. Tampoco entendió su entrecejo fruncido.

—Si te disgusta tanto besarme, ¿por qué continúas haciéndolo?

Parecía completamente descontenta. Iain rió.

A Judith le molestó esa reacción.

—Ya puedes soltarme —le ordenó.

—Ya lo he hecho.

Judith se dio cuenta de que todavía se estaba aferrando a él y se apartó inmediatamente. Se echó el cabello hacia atrás y giró para entrar en la cabaña. Al ver a Patrick haraganeando en la puerta abierta sintió que el rostro se le acaloraba hasta sonrojarse por completo.

—No debes sacar ninguna conclusión de lo que acabas de ver —anunció—. Iain y yo ni siquiera nos gustamos.

—Podríais haberme engañado —dijo Patrick arrastrando las palabras.

Hubiera sido descortés por su parte pegar a su anfitrión, pensó Judith, así que en cambio le frunció el entrecejo cuando pasó a su lado.

Patrick todavía no había terminado de tomarle el pelo.

—Sí, me ha parecido que los dos os gustabais muchísimo, Judith.

Iain se había girado para volver a subir la colina. Oyó el comentario de Patrick y se volvió de inmediato.

—No digas nada más, Patrick.

—Espera —llamó Patrick—. Tengo que hablar contigo —añadió mientras cerraba apresuradamente la puerta detrás de Judith.

Judith agradeció la privacidad. Frances Catherine ya estaba profundamente dormida. Se sintió aún más agradecida por eso. Su amiga la habría acosado con preguntas si hubiera estado despierta y la hubiera visto besándose con Iain, y sencillamente Judith no era capaz de contestarlas.

Patrick había colocado una alta mampara en un rincón de la habitación, detrás de la mesa y las sillas. Allí había una angosta cama con un bonito edredón verde oscuro. Las bolsas estaban prolijamente apiladas contra la pared junto a una estrecha cómoda. Una jarra de porcelana blanca y el tazón que hacía juego estaban sobre la cómoda junto a un florero de madera lleno de flores silvestres frescas.

Frances Catherine había tenido algo que ver con el arreglo de la improvisada alcoba. Patrick nunca hubiera pensado en poner flores. Tampoco hubiera sacado el cepillo y el espejo, y ambos estaban cerca, en la punta del banquillo que había al otro lado de la cama.

Judith sonrió ante la consideración de su amiga. No se dio cuenta de que todavía le temblaban las manos hasta que intentó desatar las presillas de la parte superior de su vestido. Se dio cuenta de que el beso de Iain le había hecho eso y, Dios santo, ¿qué iba a hacer respecto a él? Por lo que Frances Catherine le había contado acerca del odio entre los Maitland y los Maclean, Judith dudaba de que Iain pudiera haberla tocado si hubiera sabido que era la hija de su enemigo.

Recordó que le había dicho a su amiga que Iain la protegería. Ahora tenía la desesperante necesidad de protegerse a sí misma de él. No deseaba amarlo. Ay, todo era tan imposible de entender. Deseaba llorar, pero sabía que llorar no iba a resolver ninguno de sus problemas.

Estaba demasiado exhausta por aquel largo día y el viaje para pensar en el asunto de manera lógica. De todos modos, era más fácil resolver los problemas a la luz de la mañana, ¿no era verdad?

Sin embargo, el sueño la eludió durante un largo rato. Cuando por fin pudo dejar a un lado la preocupación acerca de su creciente atracción hacia Iain, su mente se volvió de inmediato hacia la preocupación por Frances Catherine.

Judith seguía viendo la mirada de miedo en los ojos de Isabelle cuando mencionó el nombre de la partera y, cuando por fin Judith flotó en el sueño, quedó atrapada en una pesadilla acerca de horquillas de parto y gritos.

La despertaron en medio de la noche. Cuando abrió los ojos, vio que Iain estaba arrodillado a su lado. Se incorporó, le acarició la mejilla con la punta de los dedos y luego cerró los ojos otra vez. Pensó que estaba teniendo un sueño increíblemente real.

Iain no podía dejar de aguijonearla. La próxima vez que abrió los ojos, notó que Patrick también estaba en la pequeña habitación. Estaba de pie detrás de Iain. Frances Catherine estaba de pie junto a su esposo.

Judith volvió la atención hacia Iain.

—¿Me vas a llevar a casa ahora?

La pregunta no tenía ningún sentido, pero para el caso su presencia tampoco.

—Winslow me ha pedido que viniera a buscarte —explicó Iain.

Judith se sentó con lentitud.

—¿Por qué? —preguntó. Se desplomó contra Iain y cerró los ojos de nuevo.

—Judith, trata de despertarte —ordenó Iain con voz mucho más fuerte.

—Está exhausta. —Frances Catherine mencionó lo que era obvio.

Judith sacudió la cabeza. Subió las mantas hasta el mentón y las mantuvo allí.

—Iain, esto no es correcto —susurró—. ¿Qué quiere Winslow?

Iain se puso de pie antes de explicar.

—Isabelle pide que vayas junto a ella. Acaba de ponerse de parto. Winslow dijo que tienes mucho tiempo. Los dolores todavía no son fuertes.

De pronto, Judith estuvo completamente despierta.

—¿Las parteras ya están allí?

Iain negó con la cabeza.

—Isabelle no quiere que lo sepan.

—Te quiere a ti, Judith —explicó Frances Catherine.

—Yo no soy partera.

La sonrisa de Iain era dulce.

—Parece que ahora lo eres.

7

Iain pensó que Judith se iba a desmayar. El color le abandonó el rostro. En cuestión de segundos la piel se le había puesto tan blanca como el camisón que tenía puesto. Judith hizo las cobijas a un lado, se levantó de la cama y luego se le doblaron las rodillas. Iain la atrapó justo cuando se estaba hundiendo de nuevo en la cama.

Judith estaba tan aturdida ante el atroz anuncio que se olvidó completamente de la falta de ropas. El edredón estaba sobre el piso. Sólo tenía puesto el delgado camisón.

La prenda tenía un cuello bajo cavado que no era abiertamente revelador y sin embargo aún resultaba muy provocador para Iain. Demonios, la mujer podía llevar un saco de trigo y la encontraría atractiva. Se sentía como un sinvergüenza por notarlo. Pero, maldita sea, era un hombre y Judith era una mujer hermosa. La suave inflamación de los senos distrajo su concentración y la única razón por la que se estiró para tomar la cadena que llevaba alrededor del cuello fue para intentar apartar la mente del cuerpo de Judith.

Levantó la cadena y miró con fijeza el anillo de oro y rubí durante un largo minuto. Había algo familiar en el diseño, pero Iain no pudo recordar si alguna vez lo había visto antes ni cuándo. Sólo una cosa era segura en su mente. Era el anillo de un hombre y Judith lo llevaba puesto.

—Éste es el anillo de un guerrero —dijo con un grave susurro.

—Qué... —No podía concentrarse en lo que Iain le estaba diciendo. Estaba demasiado ocupada aturdida por la sugerencia de que se convirtiera en comadrona. El hombre era estúpido, pero con todo estaba decidida a intentar que comprendiera sus limitaciones—. Iain, es imposible que yo...

La interrumpió.

—Éste es el anillo de un guerrero, Judith.

Finalmente se dio cuenta de que Iain estaba sosteniendo el anillo de su padre. Le arrancó la joya de las manos con gran rapidez y lo dejó caer otra vez entre los senos.

—Por amor de Dios, ¿a quién le interesa el anillo ahora? ¿Por favor, quieres escuchar lo que estoy tratando de decirte? No puedo ser la comadrona de Isabelle. No tengo ninguna experiencia.

Estaba tan desesperada haciendo que la escuchara que le agarró el tartán y comenzó a tirar de él.

—¿Quién te dio este anillo?

Dios querido, no iba a dejarlo correr. Deseaba sacudirlo para hacerlo entrar en razones. Luego se dio cuenta de que estaba haciendo exactamente eso y que Iain no se movía. Se dio por vencida. Soltó el tartán y dio un paso hacia atrás.

—Me dijiste que no estabas prometida a nadie en Inglaterra. ¿Me estabas diciendo la verdad?

Tomó el anillo otra vez y retorció la cadena entre los dedos. Los nudillos rozaron los costados de los senos de Judith una y otra vez, pero no parecía inclinado a detener esa intimidad, incluso cuando Judith trató de forzarlo a que apartara los dedos.

—Contéstame —le ordenó.

El hombre estaba furioso. Judith quedó casi paralizada cuando se dio cuenta de eso.

—Mi tío Tekel me dio ese anillo —dijo—. Pertenecía a mi padre.

Iain no se veía convencido. El entrecejo fruncido no disminuyó en absoluto.

Judith sacudió la cabeza.

—No pertenece a ningún joven que espera casarse conmigo. No te mentí, así que puedes dejar de mirarme con ira.

Judith no se sintió culpable. No le había dicho toda la verdad, pero Tekel le había dado el anillo y en realidad Iain nunca necesitaría saber que estaba sosteniendo entre las manos la preciada posesión del terrateniente Maclean.

—Entonces puedes quedártelo.

Judith no podía creer su arrogancia.

—No necesito tu permiso.

—Sí, lo necesitas.

Utilizó la cadena para acercarla a él. Se inclinó al mismo tiempo y la besó con dureza y minuciosidad. Cuando levantó la cabeza y la echó hacia atrás, Judith tenía una expresión absorta en el rostro. Iain quedó complacido ante esa reacción.

La súbita chispa de los ojos de Iain fue más confusa para Judith que las ridículas preguntas acerca del anillo.

—Te dije que no puedes besarme cada vez que quieras.

—Sí, sí puedo.

Para probarlo, la volvió a besar. Judith no se había recuperado de la sorpresa cuando de pronto la empujó detrás de la espalda.

—Patrick, Judith no está vestida como para tener compañía. Vete.

—Iain, resulta que estás en su casa, no en la tuya —le recordó Judith.

—Sé dónde estoy —replicó, con obvia exasperación en la voz—. Patrick, sal de aquí.

Su hermano no se movió con suficiente rapidez como para complacer a Iain. También estaba sonriendo y eso no le agradó en absoluto a Iain. Dio un amenazador paso hacia adelante.

—¿Encuentras que mi orden es divertida?

Judith agarró la parte posterior del tartán de Iain para evitar que fuera tras su hermano. Fue un esfuerzo pequeño contra un hombre de su tamaño. También era un comportmiento ridículo por su parte. En cambio empezó a empujarlo.

Iain no se movió. Patrick sí. Colocó el brazo alrededor de su esposa y la guió hacia el otro lado de la habitación. Frances Catherine iba a decirle algo, pero Patrick sacudió la cabeza.

Suavizó la orden con un guiño de ojos y luego hizo un gesto con la cabeza en dirección de la pantalla, un mensaje silencioso para su esposa que deseaba oír la discusión que se llevaba a cabo. Frances Catherine se llevó la mano a la boca para evitar reírse.

—Me gustaría que te marcharas —ordenó Judith—. Ahora. —Iain se dio la vuelta para mirarla. Judith levantó bruscamente el edredón y lo sostuvo frente a ella—. Esto no es apropiado.

—Judith, no es para nada apropiado que adoptes ese tono conmigo.

Judith deseaba gritar. En cambio, suspiró.

—Tampoco estoy feliz con tu tono —anunció.

Iain se veía sorprendido. Casi se rió, pero se contuvo a tiempo. La mujer realmente necesitaba entender su posición.

—Te espero afuera —dijo con voz dura—. Vístete.

—¿Por qué?

—Isabelle —le recordó—. ¿Recuerdas?

—Ay, Dios, Isabelle —gritó—. Iain, no puedo...

—Está bien —la interrumpió—. Hay mucho tiempo.

Se alejó de ella antes de que Judith pudiera hacerlo entender. Judith musitó un epíteto muy poco propio de una dama. Supuso que iba a tener que vestirse para poder salir y hacer que la escuchara. El hombre ignorante obviamente creía que una mujer era tan buena como otra cuando se trataba de ayudar con un parto. Iba a explicarle bien las cosas a Iain para que Isabelle pudiera tener una ayuda experimentada.

Frances Catherine le ayudó a vestirse. Ni bien terminó esa tarea, quiso que Judith se sentara para poder cepillarle el cabello.

—Por amor de Dios, Frances Catherine, no voy a un festival. Deja mi cabello en paz.

—Ya oíste a Iain —replicó su amiga—. Tienes mucho tiempo. El primer bebé de una mujer toma muchas, muchas horas de dolor e Isabelle recién acaba de empezar con el trabajo de parto.

—¿Cómo podrías saberlo?

—Agnes me lo contó.

Judith se echó el cabello por sobre el hombro y lo aseguró con un moño en la base de la nuca.

—Qué encantadora información para compartir con una madre embarazada —murmuró.

—El moño azul sería más bonito —le dijo Frances Catherine. Intentó sustituirlo por el rosado que Judith había utilizado.

Judith se sintió como si estuviera viviendo una pesadilla y que incluso su querida amiga era parte de ella.

—Por amor de Dios, Frances Catherine, si no dejas de golpearme la cabeza, te juro que no vas a tener que preocuparte por dar a luz. Te voy a estrangular antes.

Frances Catherine no se sintió ofendida en absoluto ante la vacía amenaza. Soltó el cabello de Judith y sonrió.

—¿Debo esperarte despierta?

—Sí... no, ay, no lo sé —murmuró Judith mientras se dirigía hacia la puerta.

Patrick e Iain estaban de pie en el patio. Judith se acercó corriendo a la entrada. Tropezó con una piedra, murmuró algo indistinto por lo bajo y luego volvió a correr hacia adentro. Encontró los zapatos bajo la cama, se los puso y luego corrió otra vez afuera.

—Parece algo aturdida —comentó Patrick.

—Sí, es verdad —concordó Iain.

—Dile a Isabelle que voy a rezar por ella —llamó Frances Catherine.

Iain esperó a que Judith lo alcanzara y luego volvió la atención hacia su hermano.

—Winslow no quiere que nadie sepa de esto hasta que haya terminado.

Patrick asintió para demostrar su conformidad.

La burla ya había llegado demasiado lejos. Juidth se quedó sonriendo hasta que Patrick cerró la puerta y Frances Catherine no la pudo ver. Entonces se volvió hacia Iain.

—No puedo hacer esto —soltó apresuradamente—. No tengo ninguna experiencia. Tienes que entenderlo, Iain.

En su pánico por hacer que la escuchara, lo agarró del tartán y empezó a tirar de él.

—Judith, ¿cómo planeabas ayudar a Frances Catherine si tú...?

No iba a permitirle terminar con la pregunta.

—Maldición, iba a secarle la frente y palmearle la mano y susurrarle «Bueno, bueno» y...

No pudo continuar. Iain envolvió los brazos alrededor de ella y la abrazó con fuerza. No sabía qué decirle para ayudarla a superar esa preocupación.

—¿Iain?

—¿Sí?

—Estoy aterrada.

Sonrió.

—Lo sé.

—No quiero hacer esto.

—Va a salir todo bien.

La tomó de la mano y la guió hacia la cabaña de Isabelle. Estaba tan oscuro que Judith apenas podía ver el sendero delante suyo.

—Supuse que las demás comadronas harían todo el trabajo —susurró mientras Iain la arrastraba tras su estela—. Y que iba a dar sugerencias. Ay, Dios, qué arrogante que soy.

Continuaron durante unos minutos más antes de que Judith volviera a hablar.

—No sé qué hacer.

—Isabelle va a saber qué hacer cuando llegue el momento. Te quiere con ella.

—No entiendo por qué.

Iain sonrió.

—Lo comprendo. Eres una mujer muy dulce y también compasiva. Isabelle necesita ambas cosas en este momento. Sí, te va a ir muy bien.

—¿Y qué si se complica?

—Voy a estar justo del otro lado de la puerta.

Curioso, pero la promesa la reconfortó.

—¿Y vas a entrar si hay necesidad y te vas a encargar? ¿Vas a traer al mundo a este bebé?

—Diablos, no.

Parecía consternado ante la mera idea. Judith se habría reído si no hubiera estado tan atemorizada.

Judith todavía no entendía por qué Isabelle la había elegido.

—Si fueras a entrar en combate y sólo pudieras elegir un guerrero para ir contigo, ¿llevarías a tu escudero?

Iain supo el paralelo que iba a demostrar.

—Sí.

—Isabelle es como un guerrero que va a entrar en combate y necesita... ¿dijiste sí? ¿En verdad elegirías un escudero sin experiencia? —preguntó, con voz incrédula.

Iain rió.

—Sí, lo haría.

Judith sonrió.

—Me estás mintiendo para hacerme sentir mejor. Está bien. Funciona. Ahora dime otra mentira. Dime que todo va a estar muy bien una vez más. Esta vez podría creerte.

—Judith, si llega a complicarse, voy a mandar a alguien a buscar a Agnes.

—Que Dios ayude a Isabelle entonces —susurró Judith—. Iain, ¿no te preguntaste por qué Isabelle no mandó a Winslow a buscar a la comadrona?

Iain asintió.

—Sí, me lo pregunté —admitió.

Judith le contó todo lo que había aprendido de la comadrona y su ayudante. Luego le dio su opinión. Para cuando terminó, la voz le temblaba de ira.

Deseaba saber qué opinaba Iain de la conducta de Agnes, pero ya habían llegado al angosto patio que llevaba a la cabaña de Isabelle y no había tiempo para una conversación.

Winslow abrió la puerta antes de que Iain hubiera siquiera levantado la mano para golpear. Una ola de calor, tan intensa que Judith sintió que le quemaba el rostro, salió por la puerta. La frente de Winslow estaba cubierta de sudor y gruesas gotas de transpiración le corrían por las sienes.

El interior de la cabaña estaba tan insoportablemente caluroso que Judith apenas si pudo recobrar el aliento. Cruzó el umbral, entró y se detuvo abruptamente. Vió a Isabelle sentada en el costado de la cama. Estaba doblada por la mitad, acurrucada debajo de varias cobijas gruesas e, incluso del otro lado de la habitación, Judith pudo oír el suave llanto.

En ese momento, mientras estaba de pie con la mirada fija en Isabelle, supo sin dudarlo que no podría alejarse de esto. Haría todo lo que fuera necesario para ayudar a la mujer.

El terror de Isabelle rompió el corazón de Judith.

Iain colocó las manos sobre los hombros de Judith. En ese instante, ésta se dio cuenta de que Iain estaba de pie exactamente detrás de ella.

—Winslow, Judith no cree que...

Judith lo detuvo.

—No creo que el calor que hay aquí esté ayudando —anunció. Se giró y levantó la mirada hacia Iain—. No te preocupes así —susurró—. Va a salir todo bien.

El cambio en Judith asombró a Iain. No había ni una sola indicación de pánico en la expresión o en la voz. Judith se veía serena... y al mando.

Caminó lentamente por la habitación hasta quedar de pie frente a Isabelle.

—Buen Dios, Isabelle, hace tanto calor como en el purgatorio aquí dentro —anunció con forzada alegría.

Isabelle no levantó la mirada hacia ella. Judith se arrodilló en el piso frente a ella. Lentamente quitó la crisálida de cobijas de la cabeza y hombros de Isabelle. Luego, le levantó la cabeza con suavidad para que pudiera mirarla.

Las lágrimas corrían por las mejillas de Isabelle. El cabello también estaba completamente empapado y le colgaba en fláccidos mechones por los hombros. Judith le echó el cabello hacia atrás por sobre los hombros y luego le secó las mejillas con el borde del edredón. Cuando terminó con esas tareas maternales, tomó las manos de Isabelle.

El temor de los ojos de Isabelle le daban ganas de llorar a Judith. No lo hizo, por supuesto, porque su nueva amiga necesitaba su fuerza en esos momentos y Judith estaba decidida a hacer que la obtuviera. Lloraría más tarde, después de que las dos hubieran terminado con esa experiencia aterradora.

Apretó las manos de Isabelle.

—Quiero que escuches con cuidado lo que te voy a decir —le instruyó. Esperó el gesto de Isabelle y luego continuó—. Nos vamos a arreglar muy bien.

—¿Te vas a quedar conmigo? ¿No te vas a ir?

—Me voy a quedar —contestó—. Lo prometo.

Isabelle hizo un gesto con la cabeza:

—¿Cuánto hace que tienes estos dolores? —preguntó Judith.

—Desde la mañana temprano —contestó Isabelle—. Ni siquiera se lo quise decir a Winslow.

—¿Por qué esperaste?

—Esperaba que los dolores se fueran —contestó con un susurro bajo—. Y estaba preocupada porque Winslow no quisiera escucharme y fuera a buscar a Agnes para que me ayudara. Me tomó mucho tiempo convencer a mi esposo de que le pidiera permiso a Iain para ir a buscarte.

Las lágrimas empezaron a correr otra vez por las mejillas de Isabelle. Ahora se aferraba a las manos de Judith.

—Gracias por venir.

—Estoy feliz de estar aquí —contestó Judith, esperando que Dios entendiera y perdonara por no desear en absoluto estar allí. Todavía tenía tanto temor en su interior, le dolía el estómago y el calor de la habitación le estaba quitando fuerzas.

—Isabelle, está bien que tengas un poco de miedo, pero también deberías de estar muy entusiasmada y alegre. Estás a punto de traer una nueva vida a este mundo.

—Preferiría que lo hiciera Winslow.

Judith se quedó tan sorprendida ante ese comentario que empezó a reír. Isabelle sonrió.

—Va a ser mejor que nos organicemos —dijo entonces Judith—. ¿El calor que hay aquí te reconforta en algo?

Isabelle sacudió la cabeza. Judith se puso de pie y se volvió a los dos hombres que estaban de pie en la puerta. Sonrió cuando vio la expresión del rostro de Iain. El pobre hombre estaba muy incómodo. Estaba tratando de irse de la cabaña. Winslow no iba a permitírselo. El esposo de Isabelle estaba bloqueando la puerta mientras le fruncía el entrecejo a Judith.

Judith le sonrió.

—Winslow, por favor, quita las pieles de las ventanas. Ahora necesitamos aire fresco.

A continuación se volvió a Iain. Estaba alcanzando el pestillo de la puerta. Judith lo detuvo con su pregunta.

—¿Esa viga de madera allí arriba es suficientemente fuerte como para sostener tu peso?

—Debería ser suficientemente robusta —contestó Iain.

Otra vez intentó marcharse.

—Espera —lo llamó Judith. Miró apresuradamente entre las pilas de lino amontonadas al pie de la cama, pero no pudo encontrar nada suficientemente largo como para que se adecuara a sus propósitos. Luego recordó el tartán. El material era bastante largo, angosto y pefecto para sus necesidades. Llevó el tartán hacia Iain—. Por favor, ¿podrías colgar eso de la viga por mí? También prueba tu peso contra la viga. No quisiera que la madera cayera y aplastara a Isabelle.

—¿No pensarás atarla? —le preguntó abruptamente Winslow.

Sacudió la cabeza.

—Quiero darle a Isabelle algo de qué agarrarse mientras esté de pie —explicó—. Esto es para su comodidad, Winslow.

El guerrero no pareció convencido hasta que su esposa asintió. Luego ayudó a Iain a realizar el trabajo. Cuando terminaron, las delgadas tiras de tartán colgaban con igual largo a ambos lados de la viga.

Winslow deseaba añadir otro leño al fuego. Judith no quiso permitírselo. Excusó a los dos hombres de la cabaña. Winslow vaciló.

—Voy a estar de pie exactamente al otro lado de la puerta, esposa. Si quieres que vaya a buscar a Agnes, sólo grita. Te voy a oír.

—No voy a pedir por ella —replicó Isabelle, la voz transformada en un furioso tamblor.

Winslow dejó escapar un cansado suspiro. La preocupación por su esposa era evidente. También su frustración. Se pasó los dedos por el cabello, dio un paso hacia Isabelle y luego se detuvo. Judith pensó que deseaba un momento de privacidad. Se dió la vuelta con rapidez y fingió estar ocupada atizando el fuego con el atizador.

Oyó que susurraban detrás suyo. Un minuto más tarde, el sonido de la puerta que se cerraba llegó a sus oídos. Regresó junto a Isabelle para realizar el trabajo de prepararla para el parto. Intentó apartar las cobijas, pero Isabelle las sostenía con fuerza. También intentaba ocultarse bajo las cobijas.

—Isabelle, ¿tienes dolor en este momento?

—No.

—Entonces, ¿qué es?

Le tomó a Isabelle mucho tiempo juntar valor para decirle a Judith qué andaba mal. Susurró la confesión de que había roto la bolsa y que había arruinado la ropa de cama. Parecía avergonzada y humillada. Y después que terminó de explicar, se echó a llorar.

—Por favor, mírame —le pidió Judith con voz suave. Esperó a que Isabelle por fin levantara la mirada hacia ella y luego se obligó a adoptar un tono de voz práctico—. El dar a luz es un milagro, Isabelle, pero también es desordenado. Vas a tener que hacer a un lado tu vergüenza y ser práctica acerca de ello. Mañana puedes sonrojarte todo el día si así lo deseas, ¿está bien?

Isabelle asintió.

—¿Tú no estás avergonzada? —quiso saber.

—No —contestó Judith.

Isabelle parecía estar aliviada. Todavía tenía el rostro rojo y brillante y Judith no sabía si era por el rubor o por el horrible calor de la cabaña.

La hora siguiente se pasó con los preparativos necesarios. Judith parloteó constantemente mientras deshacía la cama, bañaba a Isabelle de pies a cabeza, le lavaba y secaba el cabello y la ayudaba a ponerse un camisón limpio. Todas esas tareas se llevaron a cabo entre las crecientes contracciones.

Maude le había dicho a Judith que a través de los años había aprendido a darle a las madres la mayor cantidad posible de indicaciones. Incluso inventaba algunas para mantenerlas ocupadas. Explicó que, si la mujer tenía muchas cosas que hacer, se sentía más al mando de la situación y del dolor. Judith siguió el consejo en ese momento y realmente pareció ayudar a Isabelle. Las contracciones eran fuertes y venían cada vez más seguidas. Isabelle descubrió que prefería estar de pie durante los dolores. Se enrolló las puntas del tartán que colgaba de la viga alrededor de la cintura y se aferró con fuerza. Había cambiado de lloriqueos a graves gruñidos que retorcían las entrañas. Judith se sintió completamente impotente durante los dolores. Intentó aliviarla con palabras de aliento y, cuando Isabelle se lo pedía, le frotaba la parte inferior de la espalda para aliviar el dolor.

La última hora fue la más agotadora. Isabelle se volvió extremadamente exigente. Deseaba que le trenzaran el cabello y lo deseaba trenzado ahora. Judith ni siquiera pensó en discutir con ella. La mujer de carácter dulce se volvió una fiera rugiente y, cuando no impartía órdenes, culpaba a Winslow por causarle ese dolor inaguantable.

La tormenta irrazonable no duró mucho. Las plegarias de Judith también fueron atendidas. El parto no fue complicado. Isabelle decidió utilizar la silla de parto. Dejó escapar un grito que congelaba la sangre, después otro y otro, mientras daba a luz. Judith se arrodilló frente a ella y cuando Isabelle no se aferraba a las manijas de cuero construidas a ambos lados de la silla, se aferraba al cuello de Judith. Podría haberla estrangulado sin darse cuenta y por Dios que era una mujer fuerte. Judith tuvo que apelar a toda su fuerza para apartarle los dedos y así poder tomar aire.

Un magnífico bebé nació unos minutos más tarde. De pronto Judith necesitó cinco pares de manos extra. Deseaba llamar a Winslow para que entrara a ayudar. Isabelle no quiso ni oírlo. Entre risas y lágrimas, explicó que no iba a permitir que su esposo la viera en una posición tan poco digna.

Judith no discutió con ella. Isabelle estaba débil, pero radiante. Sostenía a su hijo entre los brazos mientras Judith se ocupaba de los demás asuntos necesarios.

El bebé parecía ser sano. Por cierto, los gritos eran suficientemente vigorosos. Judith estaba maravillada ante el pequeño. Era tan diminuto, tan perfecto en todo sentido. Contó para asegurarse de que tenía todos los dedos de las manos y de los pies. Sí, los tenía y a Judith casi la vence la emoción ante ese milagro.

Sin embargo, no se le dio tiempo para reaccionar por completo ante el maravilloso evento porque todavía había trabajo que hacer. Le llevó a Judith otra hora limpiar a Isabelle y ubicarla en la cama. Tanto ella como su hijo habían sido bañados. El niño estaba envuelto en una suave frazada blanca y luego se lo cubrió con el tartán de su padre. Para cuando terminaron de ocuparse de él estaba profundamente dormido. Judith lo colocó en la curva del brazo de Isabelle.

—Antes de que busque a Winslow, tengo una instrucción más para darte —dijo Judith—. Quiero que me prometas que no vas a permitir que nadie... te haga nada mañana. Si Agnes o Helen te quieren poner algo dentro, no debes permitírselo.

Isabelle no entendía. Judith decidió que iba a tener que ser más directa.

—Algunas de las comadronas con las que hablé en Inglaterra eran partidarias de llenar el canal de parto con cenizas y hierbas. Algunas incluso utilizaban tierra para formar una pasta. Maude estaba convencida de que el rellenado hace más daño que bien, pero el ritual es dictado por la Iglesia y lo que te estoy pidiendo tal vez te meta en problemas...

—No voy a permitir que nadie me toque —susurró Isabelle—. Si alguien pregunta, tal vez sería mejor fingir que ya te ocupaste de ese tema.

Judith dejó escapar un suspiro de alivio.

—Sí —dijo—. Vamos a fingir que ya me ocupé de esa tarea —agregó mientras ajustaba las cobijas en la parte inferior de la cama.

Miró con rapidez por la habitación para asegurarse de que todo estaba limpio, asintió con satisfacción y luego fue a buscar al esposo de Isabelle.

Winslow estaba esperando detrás de la puerta. El pobre hombre se veía terriblemente enfermo.

—¿Isabelle está bien?

—Sí —contestó Judith—. Está lista para verte.

Winslow no se movió.

—¿Por qué estás llorando? ¿Pasa algo malo?

Judith no se había dado cuenta de que estaba llorando hasta que Winslow le hizo esa pregunta.

—Todo está bien, Winslow. Entra ahora.

Judith se apartó de su camino justo a tiempo. De pronto, Winslow estuvo vencido por la ansiedad de ir hacia a su familia. La reunión inicial entre padre e hijo debía ser un asunto privado y Judith no se iba a demorar. Cerró la puerta y se recostó contra ella.

De pronto, se sintió vencida por el agotamieno. La dura prueba emocional por la que había pasado le había quitado las fuerzas y la compostura. Estaba temblando como una hoja en una tormenta de viento.

—¿Terminaste aquí?

Iain hizo esa pregunta. Estaba de pie al final del angosto sendero, recostado contra una saliente de piedra. Tenía los brazos cruzados sobre el pecho en una posición de reposo. A Judith le parecía descansado.

Pensó que probablemente se veía como el infierno.

—Terminé aquí por el momento —contestó. Comenzó a caminar hacia Iain. La brisa nocturna se sentía maravillosa contra el rostro, pero hacía que aumentara el temblor. Las piernas le temblaban tanto que apenas si la podían sostener.

Judith se sentía como si se estuviera partiendo en pedazos por dentro y aspiró profundamente en un esfuerzo por recobrar el control. La única gracia salvadora era que Iain nunca sabría cuán cerca estaba de quebrarse. Tal debilidad, incluso en una mujer, seguramente le desagradaría. También sería humillante para ella llorar frente a Iain. Después de todo, sí tenía orgullo. Nunca había necesitado apoyarse en nadie y no estaba dispuesta a apoyarse en nadie ahora.

Aspiró profundamente para liberarse. No resultó. Los escalofríos aumentaron. Se dijo a sí misma que todo iba a ir bien; no se humillaría. Sí, había pasado por una penosa y aterradora prueba, pero ya la había pasado y, por cierto, regresaría a su propia cama antes de perder por completo la dignidad y comenzar a llorar y tener náuseas y sólo Dios sabía qué más.

Para Judith era un plan lógico, pero la mente le decía una cosa y el corazón insistía con otra. Ahora necesitaba privacidad y, con todo, al mismo tiempo deseaba desesperadamente el consuelo de Iain y su fuerza. Ya había utilizado toda la propia esa noche. Que el cielo la ayudara, lo necesitaba a él.

Fue una idea que la consternó. Vaciló durante una milésima de segundo. Y luego Iain le abrió los brazos. Perdió la batalla en ese mismo instante. Comenzó a correr. Hacia él. Se arrojó contra su pecho, envolvió los brazos en la cintura de Iain y comenzó a llorar con incontrolables sollozos.

Iain no le dijo ni una palabra; no era necesario. Sus caricias era todo lo que Judith necesitaba en ese momento. Iain aún estaba recostado contra la saliente. Judith permaneció de pie entre las piernas de Iain con la cabeza inclinada debajo de su mentón y lloró sin parar hasta que le empapó el tartán. Murmuraba frases incoherentes entre sollozos, pero Iain no pudo comprender nada de lo que le estaba diciendo.

Pensó que la tormenta casi había amainado cuando Judith empezó a hipar.

—Respira profundamente, Judith —ordenó.

—Por favor, déjame sola.

Era una orden ridícula, considerando que se aferraba con fuerza a la camisa de Iain. Éste apoyó el mentón sobre la cabeza de Judith y la abrazó con mayor fuerza.

—No —susurró—. Nunca te voy a dejar sola.

Curioso, pero esa negativa la hizo sentir un poco mejor. Se secó el rostro con el tartán de Iain y luego se desplomó otra vez contra él.

—¿Todo salió bien, verdad? —Iain ya sabía la respuesta a esa pregunta. La radiante sonrisa en el rostro de Judith cuando le abrió la puerta a Winslow le dijo que todo había ido bien, pero pensó que si Judith se acordaba del feliz final, tal vez podría calmarse lo suficiente como para sobreponerse a esa ilógica reacción.

Judith no deseaba ser razonable todavía.

—Y como que Dios es mi testigo, Iain, nunca voy a volver a pasar por eso. ¿Me oyes?

—Shh —replicó—. Vas a despertar a Inglaterra.

Judith no apreció la broma. Sin embargo, bajó la voz cuando le hizo la próxima promesa.

—Nunca voy a tener un bebé. Nunca.

—Nunca es mucho tiempo —razonó Iain—. Tu esposo podría querer un hijo.

Judith se apartó de él con un empujón.

—No va a haber ningún esposo —anunció—. Tampoco me voy a casar. Por Dios, ella no puede obligarme.

Iain la empujó de nuevo a sus brazos y puso la cabeza de Judith sobre su hombro. Estaba decidido a consolarla aunque ella no lo quisiera.

—¿A quién te refieres cuando dices que no puede obligarte?

—A mi madre.

—¿Y qué hay con tu padre? ¿No va a tener algo que decir con respecto a tu boda?

—No —contestó—. Está muerto.

—Pero la tumba estaba vacía, ¿recuerdas?

—¿Cómo podrías saber lo de la tumba?

Iain dejó escapar un suspiro.

—Tú me lo dijiste.

Entonces lo recordó. Había arrancado la lápida sepulcral y no había tenido suficiente sentido común como para no alardear de ello ante los escoceses.

—En mi corazón, es como si estuviera muerto.

—¿Entonces no necesito preocuparme por esa complicación?

Judith no le respondió porque no tenía ni la más mínima idea de lo que le estaba hablando. También estaba demasiado agotada como para pensar con claridad.

—¿Judith?

—¿Sí?

—Dime de qué se trata en realidad todo esto.

La voz era suave y estimulante. Comenzó a llorar de nuevo.

—Podría haber matado a Isabelle. Si hubiera habido algún problema, no habría sabido qué hacer. Tenía unos dolores tan terribles. Ninguna mujer debería pasar por ello. Y la sangre, Iain —agregó; ahora las palabras se amontonaban una sobre otra—. Había tanta sangre. Dios querido, estaba aterrada.

Iain no sabía qué decirle. Todos le habían exigido una increíble cantidad de cosas. También era tan inocente.

Demonios, ni siquiera estaba casada y sin embargo le habían exigido que trajera al mundo a un bebé. Ni siquiera sabía con seguridad si Judith conocía cómo Isabelle había concebido ese bebé. Sin embargo, Judith se había elevado a la altura del desafío que le habían impuesto. Había demostrado compasión, vigor y también inteligencia. El hecho de que estuviera tan asustada hacía que su victoria fuera aún más sorprendente en la mente de Iain.

La desdicha de Judith le molestaba y sentía que era su deber ayudarla a vencer esa turbación.

Decidió intentar primero con elogios.

—Debes estar muy orgullosa de lo que lograste esta noche.

Judith le dió un bufido poco elegante.

A continuación intentó la lógica.

—Por supuesto que estabas atemorizada. Imagino que sería una reacción normal para alguien con tu poca experiencia. Ya lo vas a superar.

—No, no lo haré.

Intentó la intimidación como último recurso.

—Maldición, Judith, vas a superar esto y vas a tener hijos.

Otra vez se apartó de él.

—Cuán típico de un hombre no mencionar hijas.

Antes de que pudiera responder a ese comentario, Judith le golpeó el pecho.

—Las hijas no son importantes, ¿verdad?

—También haría lugar para las hijas.

—¿Querrías a una hija tanto como a un hijo? —preguntó Judith.

—Por supuesto.

Ya que le había contestado con tanta rapidez, sin perder tiempo en absoluto para pensarlo, supo que lo decía en serio. La bravata desapareció de su ira.

—Me complace oír eso —dijo Judith—. La mayoría de los padres no piensan de la misma manera.

—¿Y el tuyo?

Judith se dio la vuelta y comenzó a caminar de regreso a la cabaña de Frances Catherine.

—En lo que a mí respecta, mi padre está muerto.

Iain la alcanzó, la tomó de la mano y luego tomó la delantera. Judith levantó la mirada hacia él y vio el entrecejo fruncido.

—¿Por qué estás enfadado? —le preguntó.

—No estoy enfadado.

—Estás frunciendo el entrecejo.

—Maldita sea, Judith, quiero que admitas que te vas a casar.

—¿Por qué? —preguntó—. Mi futuro no es ningún asunto tuyo. Además, mi decisión ya está tomada, Iain Maitland.

Iain se detuvo abruptamente y se volvió hacia ella. La tomó del mentón y se inclinó hacia ella.

—Mi decisión también ya está tomada —susurró.

La boca de Iain cubrió la de Judith. Ésta se aferró a él para no caerse. Abrió la boca para él. Iain gruñó roncamente y profundizó el beso. La lengua se abrió paso dentro de la boca de Judith para acoplarse a la de ella. Deseaba devorar la suavidad de Judith.

Tampoco deseaba detenerse con un solo beso. Cuando se dio cuenta de ello, se apartó de inmediato. Judith era demasiado inocente como para darse cuenta de su propio peligro. Iain no quería aprovecharse de la confianza que Judith tenía en él. Sin embargo, esa verdad no evitó que lo pensara.

Sacudió la cabeza para librarse de las fantasías eróticas que le corrían por la mente, luego tomó de nuevo la mano de Judith y la arrastró detrás de él.

Judith tuvo que correr para alcanzar el ritmo del paso de las largas piernas de Iain. Éste no volvió a pronunciar otra palabra hasta que llegaron a la casa de su hermano. Judith tenía la mano sobre la llave, pero Iain la bloqueó con los brazos. Judith decidió en ese momento que Iain no había terminado de confundirla.

—No importa cuán horrible fue este parto, con el tiempo lo vas a superar. —Judith levantó la mirada hacia él con una expresión muy asombrada en el rostro. Iain asintió para hacerle saber que lo que acababa de decir era en serio—. Es una orden, Judith y la vas a obedecer.

Asintió otra vez mientras le abría la puerta. Judith no se movió. Siguió mirándolo confundida.

—¿Horrible? Nunca dije que fuera horrible.

Fue el turno de Iain de quedar confundido.

—Entonces, ¿qué diablos fue?

—Ay, Iain, fue hermoso.

Tenía el rostro radiante de dicha. Iain sacudió la cabeza, confundido. Creía que nunca iba a entenderla.

Se tomó su tiempo para caminar hacia su casa. Sus pensamientos se centraban en Judith. ¿Qué iba a hacer con respecto a ella?

Había llegado a las puertas del torreón cuando la imagen del anillo del guerrero que Judith llevaba puesto irrumpió de pronto en su mente.

¿Dónde diablos lo había visto antes?

8

Hubo un infierno que pagar por la interferencia de Judith. El sacerdote fue a la casa de Frances Catherine la tarde siguiente y solicitó una audiencia urgente con la mujer inglesa.

Tanto la seriedad en la voz del padre Laggan como la expresión de su rostro indicaban que se avecinaban problemas. Se colocó en un lado del porche mientras esperaba que Frances Catherine aceptara ir a buscar a Judith. Frances Catherine vislumbró a Agnes de pie a poca distancia del sacerdote. Entonces comprendió la razón de la audiencia.

Agnes parecía bastante complacida de sí misma. La preocupación de Frances Catherine aumentó diez veces. Hizo tiempo para poder encontrar a su esposo. Patrick defendería a Judith y, por la expresión del rostro de Agnes, supo que Judith necesitaría a alguien de su lado.

—Mi amiga ha estado levantada durante la mayor parte de la noche, padre, y todavía está durmiendo. No tengo inconveniente en despertarla, pero va a necesitar algunos momentos de privacidad para vestirse.

El padre Laggan asintió.

—Si quisieras pedirle que se reuniera conmigo en la cabaña de Isabelle, yo seguiré mi camino ahora.

—Sí, padre —susurró Frances Catherine. Hizo una torpe reverencia antes de cerrarle la puerta en la cara.

Sacudió a Judith para despertarla.

—Tenemos problemas —anunció—. Dios, Judith, date la vuelta y abre los ojos. El sacerdote ha estado aquí... con Agnes —tartamudeó—. Vas a tener que vestirte ahora. Te están esperando en la casa de Isabelle.

Judith dejó escapar un gruñido y finalmente se volvió. Se apartó el cabello de los ojos y se sentó en la cama.

—¿Isabelle está enferma? ¿Está sangrando de nuevo?

—No, no —dijo apresuradamente Frances Catherine—. Supongo que estará bien. Ella... Judith, se te oye de manera horrible. ¿Qué pasa con tu voz? ¿Te estás contagiando de algo?

Judith sacudió la cabeza.

—Estoy muy bien.

—Hablas como si te hubieras tragado una rana.

—No es así —replicó Judith—. Deja de preocuparte por mí —añadió con un bostezo.

Frances Catherine asintió.

—Tienes que vestirte ahora. Todos te están esperando en la casa de Isabelle.

—Ya me lo has dicho —replicó Judith—. Quiero saber por qué. Si Isabelle no está enferma, ¿por qué quieren que vaya?

—Agnes —anunció Frances Catherine—. Está resuelta a causar problemas. Levántate ya. Tengo que encontrar a Patrick. Necesitamos su ayuda.

Judith agarró a su amiga justo cuando ésta abría la puerta.

—No puedes correr tras Patrick en tu estado. Te vas a caer y romperte el cuello.

—¿Por qué estás tan tranquila acerca de esto?

Judith se encogió de hombros. Abrió la boca para volver a bostezar. Ese movimiento hizo que le doliera la garganta. Perpleja, y todavía medio dormida, cruzó la habitación y tomó el espejo de Frances Catherine. Se le abrieron mucho los ojos por el asombro cuando vio los oscuros moretones que le cubrían la garganta. No era de extrañar que le doliese al mover el cuello. Tenía la piel hinchada y parecía que la hubieran pintado con aceite negro y azul.

—¿Qué estás haciendo?

Judith se echó inmediatamente el cabello hacia adelante para ocultarle las marcas a Frances Catherine. No quería que supiera que Isabelle le había hecho daño. Le habría pedido detalles, y entonces Judith hubiera tenido que mencionar el dolor que la mujer había soportado en esos momentos. No, era mejor cubrir los moretones hasta que desaparecieran.

Bajó el espejo y se volvió para sonreírle a Frances Catherine.

—Después de que me vista, voy a ir a buscar a Iain —explicó.

—¿No estás preocupada?

—Tal vez un poco —admitió Judith—. Pero soy una forastera, ¿recuerdas? ¿Qué pueden hacerme? Ademas, no he hecho nada malo.

—Eso tal vez no importe. A Agnes se le da muy bien retorcer las cosas. Ya que arrastró al sacerdote a esto, creo que también le va a causar problemas a Isabelle.

—¿Por qué?

—Porque Isabelle te pidió que la asistieras —explicó Frances Catherine—. Agnes va a querer cobrarse el insulto. —Comenzó a pasearse frente a la chimenea—. Te voy a decir lo que pueden hacer. Pueden ir ante el consejo y pedir que te manden de regreso a casa. Si lo hacen y el consejo acepta, por Dios que me vuelvo contigo, te juro que sí.

—Iain no permitirá que me manden a casa antes de

que tengas a tu bebé —contestó Judith. Se sentía muy segura de eso. Iain estaría rompiendo la palabra que le había dado a su hermano si la llevara de regreso ahora y tenía demasiada integridad para hacer eso—. No debes alterarte, Frances Catherine. No es bueno para el bebé. Ahora siéntate mientras me visto.

—Voy contigo.

—¿A Inglaterra o a encontrar a Iain? —dijo Judith desde detrás de la mampara.

Frances Catherine sonrió. La calmada actitud de su amiga tranquilizaba la suya propia. Se sentó en el borde de la cama y cruzó las manos encima del vientre.

—Siempre nos metíamos en problemas cuando estábamos juntas —le dijo—. Ya debería estar acostumbrada.

—No —respondió Judith—. No nos metíamos en problemas. Tú me metías en problemas. Mi trasero era el que resultaba golpeado todo el tiempo. ¿Lo recuerdas?

Frances Catherine rió.

—Lo recuerdas todo al revés. Me golpeaban a mí, no a ti.

Judith se puso el vestido de color oro pálido porque el cuello era más alto que el de los demás vestidos que había traído consigo. Sin embargo, los moretones de su cuello todavía eran visibles.

—¿Tienes un chal o una capa ligera que me puedas prestar?

Frances Catherine le dio a Judith un bonito chal negro y ésta lo usó para ocultar las marcas. Cuando por fin estuvo lista para partir, su amiga salió con ella.

—Trata de no preocuparte por esto —instruyó Judith—. No voy a estar ausente mucho tiempo. Luego te contaré todo lo que ha pasado.

—Voy contigo.

—No, no vienes.

—¿Y si no puedes encontrar a Patrick o a Iain?

—Entonces iré sola a la casa de Isabelle. No necesito a un hombre que hable por mí.

—Aquí sí —replicó Frances Catherine.

La discusión se interrumpió cuando Frances Catherine descubrió a Brodick que subía por la colina. Le hizo señas al guerrero y, como éste no la vio, se llevó los dedos a la boca y lanzó un silbido que perforaba los oídos. De inmediato, Brodick hizo girar su montura para dirigirse hacia ellas.

—Patrick odia que silbe así —confesó Frances Catherine—. No cree que sea propio de una dama.

—No lo es —dijo Judith—. Sin embargo, es efectivo —añadió con una sonrisa.

—¿Recuerdas cómo silbar? Mis hermanos estarían muy desilusionados si pensaran que te habías olvidado de sus importantes enseñanzas.

Judith rió.

—Todavía recuerdo cómo hacerlo —dijo—. Brodick es un hombre apuesto, ¿verdad? —comentó luego. La sorpresa en su voz indicaba que acababa de darse cuenta de ese hecho.

—¿Has estado en compañía de ese hombre durante casi diez días y sólo ahora te das cuenta de que es apuesto?

—Iain también estaba conmigo —le recordó Judith—. Y suele arrollar a todos los demás que están a su alrededor.

—Sí, así es.

—Qué caballo tan magnífico —dijo Judith, con la esperanza de alejar el tema de conversación de Iain. No estaba preparada para que Frances Catherine le hiciera preguntas acerca de su relación con el jefe del clan, porque en realidad no entendía sus propios sentimientos lo suficientemente bien para responder a ninguna pregunta.

—El caballo pertenece a Iain, pero permite que Brodick lo monte de vez en cuando. Ese semental tiene un carácter horrible y probablemente por eso les agrada. No te acerques mucho, Judith —le gritó cuando su amiga corrió hacia adelante para saludar a Brodick—. Ese caballo tan arisco te pisoteará a la primera oportunidad.

—Brodick no se lo permitirá —dijo Judith. Llegó junto al guerrero y le sonrió—. ¿Sabes dónde está Iain?

—Está arriba, en el torreón.

—Por favor, ¿querrías llevarme hasta él?

—No.

Judith fingió no haber escuchado la negativa. Llevó su mano hasta la de él y siguió sonriendo por Frances Catherine.

—Estoy en dificultades, Brodick —susurró—. Necesito hablar con él.

Ni siquiera había terminado de pronunciar esas palabras cuando Brodick ya la había acomodado sobre su regazo. Espoleó al semental para que se lanzara a todo galope. Minutos más tarde la ayudaba a bajarse en el centro del desolado patio frente al enorme torreón.

—Iain está con el consejo —le dijo Brodick—. Espera aquí, voy a ir a buscarlo.

Le arrojó a Judith las riendas de la montura y luego entró.

El semental era realmente arisco. Fue una lucha evitar que se desbocara. Sin embargo, a Judith no la intimidaron sus bufidos de bravata, ya que desde edad muy temprana un hombre al que se consideraba el mejor mozo de cuadra de toda Inglaterra le había enseñado a dominar a un caballo.

Judith esperó largo rato antes de que se le agotara la

paciencia. En un rincón de la mente tenía la preocupación de que el sacerdote se pusiera en su contra porque no se había dado prisa en acudir a su llamada.

Tampoco quería que Isabelle se preocupara. Isabelle podría pensar que iba a dejar que hiciera frente sola a la inquisición.

Decidió que no podía perder más tiempo. Tranquilizó al caballo con almibaradas palabras de elogio mientras lo montaba y luego le dio un pequeño empujón para que trotara colina abajo. Se equivocó al girar, tuvo que retroceder y llegó a la cabaña de Isabelle unos pocos minutos más tarde. Había una multitud apiñada afuera. Winslow estaba en el umbral. Parecía furioso... hasta que la descubrió. Entonces se quedó pasmado.

¿Creía que no iba a contestar a la llamada del sacerdote? Judith decidió que no. Eso irritó un poco su orgullo, lo cual era realmente una reacción ridícula, se dijo a sí misma, porque Winslow no la conocía lo suficientemente bien como para formarse ningún tipo de opinión sobre ella.

Al semental le disgustó la muchedumbre tanto como a Judith. Intentó encabritarse y dar un paso hacia un lado al mismo tiempo. La atención de Judith se concentraba en calmar a la obstinada bestia.

Winslow se ocupó de esa tarea. Agarró las riendas y obligó al caballo a dejar de comportarse mal.

—¿En serio Iain te ha dejado montar este caballo? —preguntó con voz incrédula.

—No —contestó Judith. Se ajustó el chal al cuello y luego desmontó—. Brodick lo estaba montando.

—¿Dónde está mi hermano?

—Entró al torreón para buscar a Iain. Esperé, Winslow, pero ninguno de los dos volvió a salir.

—Sólo Iain y Brodick son capaces de montar este caballo tan fogoso —dijo Winslow—. Será mejor que te prepares para que te censuren duramente cuando te capturen.

Judith no podía decir si estaba bromeando con ella o si la estaba preocupando.

—No he robado el caballo, sólo lo he tomado prestado —dijo, defendiéndose—. ¿También voy a recibir una dura crítica del sacerdote? —Añadió la pregunta con un susurro en voz baja.

—Parece que sí —contestó Winslow—. Entra. Isabelle se va a preocupar hasta que esto no esté resuelto.

El guerrero la tomó del codo y la escoltó a través de la silenciosa muchedumbre de mirones. El grupo la miraba a ella abiertamente, pero no parecían hostiles, sólo curiosos. Mantuvo la expresión lo más serena posible. Incluso logró sonreír.

Tuvo dificultad en mantener esa fachada alegre cuando el sacerdote llegó al umbral. Le estaba frunciendo el entrecejo. Judith oró porque su irritación se debiera al hecho de que se había retrasado y no porque ya se hubiera decidido a causar problemas.

El padre Laggan tenía espeso cabello plateado, nariz aguileña y una tez arrugada y curtida a lo largo de años de vivir al aire libre. Era alto como Winslow, pero tan grueso como una tabla. Llevaba una casaca negra y una ancha franja de tartán sobre un hombro. El material estaba asegurado a la cintura por un cinturón de soga. Los colores del tartán era diferentes a los de los Maitland, indicando que el sacerdote era oriundo de otro clan. ¿Los Maitland no tenían su propio clero residente? Judith decidió hacerle esa pregunta a Frances Catherine.

En cuanto el sacerdote apareció en el umbral, Winslow soltó el codo de Judith. Ésta corrió hacia adelante y se detuvo al pie del porche. Inclinó la cabeza en actitud de sumisión e hizo una reverencia.

—Por favor, disculpadme por haber tardado tanto, padre. Sé cuán valioso debe de ser vuestro tiempo, pero he tenido problemas para encontrar el camino hacia aquí. Hay muchas cabañas bonitas a lo largo de la colina e hice un giro equivocado.

—Winslow, tal vez sería mejor que esperaras fuera hasta que esto termine —sugirió el sacerdote con voz áspera por la edad.

—No, padre —replicó Winslow—. Mi sitio está con mi esposa.

El sacerdote estuvo de acuerdo con un lento gesto.

—Vas a tratar de no intervenir —ordenó.

Volvió a prestar atención a Judith.

—Por favor, entrad conmigo. Me gustaría haceros unas preguntas acerca de lo que ocurrió aquí ayer por la noche.

—Por supuesto, padre —contestó ella. Levantó el borde de la falda y lo siguió por el umbral.

Se quedó sorprendida ante la cantidad de personas que estaban reunidas dentro de la cabaña. Había dos hombres y tres mujeres sentadas a la mesa, todos mayores, y dos mujeres más de pie, juntas, frente a la chimenea. Isabelle estaba sentada en un banquillo junto a la cama. Sostenía a su hijo en brazos. Judith no había estado demasiado preocupada por la audiencia con el sacerdote hasta que vio la expresión del rostro de Isabelle. La pobre mujer parecía estar aterrorizada.

Judith se apresuró a ir hacia ella.

—Isabelle, ¿por qué no estás en la cama? Necesitas descansar después de la dura prueba por la que pasaste anoche. —Winslow estaba de pie al lado de Judith, que tomó al bebé de brazos de Isabelle y luego retrocedió un paso—. Por favor, ayúdala a regresar a la cama, Winslow.

—¿Entonces Isabelle sí pasó por una dura prueba anoche? —preguntó el padre Laggan.

Judith se quedó tan sorprendida por la pregunta que no suavizó la respuesta.

—Y muy bien que lo hizo, padre.

El sacerdote elevó las cejas ante la vehemencia en el tono de voz de Judith. Bajó la cabeza, pero no antes de que Judith detectara una expresión de alivio en su rostro.

No sabía qué pensar de ello. ¿El sacerdote estaba de parte de Isabelle? Dios, esperaba que sí. Judith bajó la mirada hacia el hermoso bebé que tenía en sus brazos para asegurarse de que no lo había despertado y luego volvió a mirar al padre Laggan.

—Quiero decir, padre, que Isabelle debería estar descansando ahora —dijo con voz mucho más suave.

El sacerdote asintió. Le presentó rápidamente a los parientes de Winslow sentados a la mesa y luego hizo un gesto en dirección a las dos mujeres de pie juntas frente a la chimenea.

—Agnes es la de la izquierda —dijo—. Helen está de pie junto a ella. Son vuestras acusadoras, lady Judith.

—¿Mis acusadoras?

Lo dijo como si estuviera incrédula. No pudo evitarlo. Estaba incrédula. Una lenta furia comenzó a hervir en el interior de Judith. Sin embargo, consiguió ocultar esa reacción.

Judith se volvió para mirar a las dos mujeres responsables de aquel alboroto. Helen dio un paso hacia adelante y le hizo un rápido gesto a Judith. No era una mujer atractiva. Tenía cabello castaño y ojos del mismo color. Parecía nerviosa, a juzgar por sus puños cerrados, y no pudo sostener por mucho tiempo la fija mirada de Judith.

Agnes fue una sorpresa para Judith. Por las historias de terror que había escuchado acerca de la partera, se la imaginaba como una arpía, o por lo menos como una vieja bruja con una verruga en la nariz. Sin embargo, no era ninguna de las dos cosas. En honor a la verdad, Agnes tenía el rostro de un ángel y los más magníficos ojos verdes que Judith había visto en su vida. Su color era tan brillante como un fuego verde. La edad la había tratado con amabilidad. Había sólo unas pocas y leves arrugas en su rostro. Frances Catherine había dicho a Judith que Agnes tenía una hija dispuesta a casarse con Iain y eso quería decir que la partera tenía que ser de la misma edad que la propia madre de Judith. Sin embargo, Agnes había logrado conservar una piel y una figura juveniles. No se había ensanchado en la cintura como les ocurría a la mayoría de las mujeres mayores.

Judith vio por el rabillo del ojo que Isabelle se incorporaba y tomaba la mano de Winslow. Su propia ira aumentó. Una madre reciente no debería tener tanto alboroto. Judith llevó el bebé hasta Winslow, lo pasó a los brazos del padre y luego volvió al centro de la habitación. Quedó de pie frente al sacerdote y deliberadamente les dio la espalda a las parteras.

—¿Cuáles son esas preguntas que tenéis para mí, padre?

—No oímos ningún grito —dijo Agnes de forma impulsiva.

Judith se negó a admitir aquel comentario ultrajante. Mantuvo la atención sobre el sacerdote y esperó a que él se explicara.

—Anoche —comenzó el padre Laggan— tanto Agnes como Helen hicieron saber que no oyeron ningún grito. Viven cerca, lady Judith, y creen que deberían haber oído algo.

Hizo una pausa para aclararse la garganta antes de continuar.

—Ambas parteras me buscaron para dar a conocer su preocupación. Bueno, de acuerdo con las enseñanzas de nuestra Iglesia, y de la vuestra también, ya que vuestro rey John todavía sigue las reglas establecidas por nuestros sagrados padres...

Se detuvo de pronto. Parecía haber perdido el hilo de pensamiento. Pasaron varios minutos en silencio mientras todos esperaban que continuara y finalmente Agnes dio un paso hacia adelante.

—Los pecados de Eva —le recordó al sacerdote.

—Sí, sí, los pecados de Eva —dijo el padre Laggan con voz cansada—. Ahí tenéis, lady Judith.

Judith no tenía ni idea de lo que estaba hablando. La confusión era evidente en su mirada.

El sacerdote asintió.

—La Iglesia sostiene que el dolor que una mujer soporta durante el parto es necesario, y es una apropiada retribución por los pecados de Eva. Las mujeres se salvan a través de este dolor y este sufrimiento. Si se decide que Isabelle no tuvo suficiente dolor, bueno, entonces...

No continuó. La expresión afligida del rostro del padre Laggan le dijo a Judith que no deseaba explicar ese punto de la ley eclesiástica.

—Bueno, entonces, ¿qué? —preguntó Judith, decidida a hacer que le diera una explicación completa.

—Isabelle va a ser condenada por la Iglesia —susurró el padre Laggan—. El bebé también.

Judith se quedó tan mareada por lo que estaba oyendo que apenas si podía pensar con lógica. Y, Señor, estaba furiosa. Ahora todo tenía sentido para ella. Las parteras no querían molestarla a ella, deseaban que se castigara a Isabelle y estaban utilizando astutamente a la Iglesia para alcanzar ese objetivo. Tampoco era una cuestión de orgullo herido. Era mucho peor. Se había hecho temblar la posición de poder que ellas tenían dentro del clan y la condena de la Iglesia serviría de escalofriante mensaje para las demás madres embarazadas.

Ese carácter vengativo consternó tanto a Judith que deseaba gritarles a todas ellas. Sin embargo, esa conducta no hubiera ayudado a Isabelle, y sólo por esa razón se quedó en silencio.

—¿Estáis familiarizada con la ley eclesiástica que trata de los pecados de Eva, no es verdad, lady Judith? —preguntó el sacerdote.

—Sí, por supuesto —contestó. Era una mentira descarada, pero Judith no se iba a molestar por eso ahora. Se preguntó qué otras reglas Maude se había olvidado de contarle, mientras luchaba por aferrarse a lo que esperaba que fuera una expresión muy serena.

El sacerdote pareció aliviado.

—Os pregunto ahora, lady Judith, si hicisteis algo por mitigar el dolor de Isabelle.

—No, padre, no hice nada.

—Entonces Isabelle debe de haber hecho algo —gritó Agnes—. O el Diablo tuvo algo que ver en este parto.

Uno de los dos hombres sentados a la mesa comenzó a ponerse de pie. La expresión de furia en su curtido rostro era atemorizante.

Winslow dio un paso hacia adelante al mismo tiempo.

—No voy a permitir esas palabras en mi casa —bramó.

El hombre mayor que estaba en la mesa asintió, obviamente satisfecho de que Winslow hubiera hablado, y luego se volvió a sentar.

El bebé dejó escapar un agudo grito de congoja. Winslow estaba tan furioso que parecía no notar que Isabelle estaba intentando quitarle al bebé de los brazos. Dio otro paso hacia las parteras.

—Demonios, salid de mi casa —ordenó con otro bramido.

—Esto no me gusta más que a ti —anunció el padre Laggan. Su voz estaba llena de tristeza—. Pero hay que solucionarlo.

Winslow estaba moviendo negativamente la cabeza. Judith fue hacia él y puso la mano sobre su brazo.

—Winslow, si me permites explicarme, creo que puedo aclarar esta tontería rápidamente.

—¿Tontería? ¿Te atreves a llamar tontería a este serio asunto?

Agnes hizo aquella pregunta. Judith se negó a reconocer que estaba allí. Esperó a recibir el gesto de aprobación de Winslow antes de volverse hacia el sacerdote. Winslow regresó hasta la cama y entregó su hijo a Isabelle. El bebé quería que lo tranquilizaran y lo durmieran y dejó de llorar de inmediato.

Judith volvió a mirar al sacerdote.

—Isabelle tuvo dolores terribles —anunció con voz dura.

—No los oímos —desafió Agnes.

Judith siguió ignorándola.

—Padre, ¿pensáis condenar a Isabelle porque tuvo mucho valor? Sí que gritó, varias veces en realidad, pero no con cada dolor, porque no quería perturbar a su esposo. Él estaba esperando detrás de la puerta y sabía que podía oírla. Incluso en su desdicha, estaba pensando en él.

—¿Vamos a tomar la palabra de la mujer inglesa? —desafió Agnes.

Judith se volvió hacia el grupo de parientes que estaban sentados a la mesa. Dirigió sus siguientes comentarios hacia ellos.

—Sólo conocí a Isabelle ayer y por lo tanto admito

que no la conozco muy bien. Sin embargo, juzgué que era una mujer con un carácter sumamente dulce. ¿Diríais que dicho juicio fue una evaluación justa?

—Sí, lo fue —declaró una mujer de cabello oscuro. Se volvió para mirar furiosa a las parteras—. Es tan amable y gentil como se puede ser —agregó—. También tiene temor de Dios. No haría nada deliberado para suavizar el dolor.

—También yo estoy de acuerdo con que Isabelle es una mujer muy dulce —intercedió el sacerdote.

—Eso no tiene nada que ver con este tema —dijo bruscamente Agnes—. El Diablo...

Judith la interrumpió deliberadamente cuando volvió a dirigirse al grupo que estaba en la mesa.

—¿Sería justo también decir que Isabelle no haría daño a nadie deliberadamente? ¿Que su carácter dulce no permitiría una conducta así?

Todos asintieron. Judith se volvió al padre Laggan. Se quitó el chal del cuello.

—Ahora os voy a preguntar, padre, si vos creéis que Isabelle sufrió lo suficiente.

Se levantó el cabello y echó la cabeza hacia un lado para que el sacerdote pudiera ver la hinchazón y las marcas en su cuello.

Los ojos se le abrieron por la sorpresa.

—Santa Madre de Dios, ¿nuestra dulce Isabelle os hizo esto?

—Sí —contestó Judith. Y gracias a Dios que lo hizo, pensó para sí misma—. Isabelle pasó tanto dolor durante el parto que se aferró a mí y no me quiso soltar. Dudo de que hasta lo recuerde. Tuve que apartarle los dedos, padre, y tratar de que se agarrara a las asas de la silla de parto.

El sacerdote miró fijamente a Judith durante unos

instantes. El alivio de su mirada caldeó el corazón de Judith. La creía.

—Isabelle sufrió suficiente por su Iglesia —anunció el sacerdote—. No se va a hablar más de esto.

Agnes no estaba dispuesta a rendirse con tanta facilidad. Se apresuró con un lienzo que había quitado de la manga del vestido.

—Esto podría ser un truco —dijo casi con un grito. Agarró a Judith por el brazo e intentó borrarle las marcas de la garganta.

Judith se encogió ante el dolor. Sin embargo, no intentó detener la tortura; supuso que si lo hacía, la mujer comenzaría con el rumor de que había utilizado trucos, como aceites coloreados, para mancharse la piel.

—Quita tus manos de ella.

El rugido de Iain llenó la cabaña. Agnes pegó un salto de por lo menos un palmo. Chocó contra el sacerdote; éste también pegó un salto.

Judith se sintió tan feliz de ver a Iain que se le llenaron los ojos de lágrimas. El impulso de correr hacia él casi la abrumó.

Iain mantuvo la mirada sobre Judith mientras agachaba la cabeza por el saliente y entraba a la cabaña. Brodick estaba exactamente detrás de él. Ambos parecían muy furiosos. Iain se detuvo a unos pocos centímetros de Judith. La miró lentamente de pies a cabeza para asegurarse de que no había sufrido daño alguno.

Judith estaba inmensamente agradecida de haber podido mantener la compostura. Iain nunca sabría cuán perturbadora había resultado ser esa audiencia. Judith ya se había humillado casi por completo la noche anterior cuando había llorado sobre Iain y sólo el mirarlo a la luz del día era suficiente vergüenza para ella. Nunca más iba a permitirle presenciar tal vulnerabilidad.

Iain pensó que ella parecía estar a punto de llorar. Tenía los ojos empañados y era obvio que estaba luchando para mantener la dignidad. La habían herido físicamente, pero era indudable que sus sentimientos habían sido pisoteados.

—¿Winslow? —La voz de Iain era dura y furiosa.

El esposo de Isabelle dio un paso hacia adelante. Sabía lo que le estaba pidiendo su jefe y le dio una explicación de lo que había pasado de manera rápida y concisa. Tampoco Winslow había superado su ira. Le temblaba la voz.

Iain colocó la mano sobre el hombro de Judith. Podía sentir cómo temblaba. Eso lo hizo enfurecerse aún más.

—Judith es huésped en la casa de mi hermano.

Esperó a que todos los que estaban en la cabaña hubieran aceptado esa declaración de los hechos.

—Pero también está bajo mi protección —añadió—. Si hay algún problema, me lo traéis a mí. ¿Entendido?

Los maderos temblaban por la furia de la voz de Iain. Judith nunca había visto a Iain tan enfadado. Era un poco sobrecogedor. También atemorizante. Intentó recordar que no estaba irritado con ella, que en realidad la estaba defendiendo, pero la lógica no ayudó mucho. La expresión de los ojos de Iain todavía le hacía temblar.

—Jefe Iain, ¿os dais cuenta de lo que estáis dando a entender?

El sacerdote susurró esa pregunta. Iain miró fijamente a Judith mientras le daba su brusca respuesta.

—Sí.

—Diablos —murmuró Brodick.

Iain soltó a Judith y se volvió para enfrentarse a su amigo.

—¿Quieres desafiarme?

Brodick tuvo que pensarlo durante unos instantes antes de negar con la cabeza.

—No. Tienes mi apoyo. Dios sabe que lo vas a necesitar.

—Tienes mi apoyo también —dijo Winslow.

Iain asintió. El músculo de su mandíbula dejó de contraerse. Judith pensó que la muestra de lealtad de sus amigos estaba calmando la ira de Iain.

Por qué necesitaba ese apoyo era algo que estaba más allá de su comprensión. En Inglaterra, todos los miembros de una familia ofrecían hospitalidad al huésped, pero era obvio que aquí era diferente.

—¿El consejo? —preguntó Winslow.

—En poco tiempo —contestó Iain.

Llegó un jadeo desde detrás de Judith. Se volvió para mirar a las parteras. Se quedó sorprendida al ver la expresión de Helen. La mujer parecía estar aliviada por el resultado de la inquisición. Intentaba no sonreír con todas sus fuerzas. Judith no le encontró sentido.

Sin embargo, la expresión de Agnes no la dejó pensando. Los ojos le ardían de ira. Judith se apartó de la mujer. Notó que el padre Laggan la estaba observando con atención.

—Padre, ¿tenéis alguna otra pregunta que hacerme?

Él negó con la cabeza. También sonrió. Ya que ahora nadie les prestaba atención, se acercó al sacerdote para hacerle una pregunta. Winslow, su hermano Brodick e Iain estaban profundamente sumidos en una conversación y los parientes en la mesa hablaban todos al mismo tiempo.

—Padre, ¿puedo preguntaros una cosa? —susurró.

—Naturalmente.

—Si no hubiera existido ningún moretón, ¿habríais condenado a Isabelle y a su hijo? —Judith se ajustó el chal al cuello mientras esperaba la respuesta.

—No —contestó él.

Se sintió mejor. No quería creer que un hombre del clero podría ser tan rígido.

—Entonces, ¿habríais tomado sólo mi palabra como prueba, a pesar de que soy una forastera aquí?

—Habría encontrado una manera de apoyar vuestra declaración, tal vez pidiendo a los parientes de Isabelle que hablaran a vuestro favor. —Tomó la mano de Judith y la acarició—. Los moretones han hecho que mi tarea fuera mucho más fácil.

—Sí, es verdad —concordó Judith—. Si me disculpáis ahora, me gustaría marcharme.

Se apresuró a salir en cuanto el sacerdote le dio permiso. Probablemente era descortés por su parte marcharse sin decir adiós a los demás, especialmente al jefe, pero Judith no podía soportar la idea de estar en la misma habitación con Agnes ni un minuto más.

La muchedumbre se había más que duplicado desde que Judith había entrado. Ahora no estaba de humor para la curiosidad de todos ellos. Mantuvo la cabeza erguida mientras se dirigía al árbol junto al que había dejado la montura.

Tampoco estaba de humor para el inquieto comportamiento del caballo; le dio un buen golpe en el flanco para hacer que se calmara lo suficiente para alcanzar la silla.

Judith todavía estaba demasiado irritada por la penosa prueba por la que acababa de pasar para ir directamente a casa de Frances Catherine. Primero necesitaba calmarse. No tenía ningún destino en mente, sino que hizo galopar al semental sendero arriba, hacia la cima. Cabalgaría hasta que se librara de toda su ira, sin que importara cuánto tiempo le llevara.

El padre Laggan salió de la cabaña de Isabelle apenas un minuto después de que Judith se hubiera marchado. Levantó ambas manos en el aire para captar la atención de la muchedumbre. Lucía una amplia sonrisa.

—Se resolvió todo para mi satisfacción —dijo—. lady Judith aclaró el asunto con gran rapidez.

Se levantó una fuerte exclamación. El sacerdote se puso a un lado del porche para permitir que Brodick pasara. Iain y Winslow lo seguían.

La multitud se apartó del camino de Brodick mientras éste caminaba a grandes pasos hasta el árbol junto al que Judith había dejado el caballo. Casi había llegado a su destino cuando se dio cuenta de que la montura había desaparecido.

Brodick tenía una expresión incrédula en el rostro cuando se volvió.

—Por Dios, lo ha hecho otra vez —rugió a nadie en particular. Parecía no poder entender el insulto de Judith al llevarse su caballo. El hecho de que el semental en realidad perteneciera a Iain tampoco cambiaba mucho las cosas.

—Lady Judith no ha robado tu caballo —dijo Winslow—. Sólo lo tomó prestado. Esas fueron sus palabras cuando llegó aquí, e imagino que todavía cree que...

Winslow no pudo continuar. Lo interrumpió su propia risa. Iain tenía más disciplina. Ni siquiera sonrió. Subió a su montura y luego inclinó la mano para Brodick. El guerrero estaba a punto de subir detrás del jefe cuando Bryan, un hombre mayor con hombros hundidos y brillante cabello anaranjado, dio un paso hacia adelante.

—Esa mujer no ha robado tu montura y no deberías pensar que sí lo ha hecho, Brodick.

Brodick se volvió para mirarle furioso. Entonces otro soldado se abrió camino a empellones hasta el frente de la multitud. Se situó junto a Bryan.

—Sí, tal vez lady Judith tenía prisa —dijo.

Uno, otro y otro más se adelantaban para dar sus razones de por qué Judith se había llevado la montura. Iain no podría haber estado más complacido. El tema no era realmente el haber tomado prestado el caballo, por supuesto. Los hombres le estaban haciendo saber al jefe que Judith se había ganado el apoyo de todos... y también sus corazones. Había defendido a Isabelle y ahora la defendían a ella.

—No tenía por qué ayudar a nuestra Isabelle anoche y tampoco tenía por qué venir aquí hoy para responder a las preguntas del padre Laggan —declaró Bryan—. No vas a hablar mal de lady Judith, Brodick, o te las vas a ver conmigo.

Un viento fuerte podría haber tirado a Bryan al suelo, tan débil era su fuerza, y sin embargo desafiaba valientemente a Brodick.

—Demonios —murmuró Brodick, con obvia exasperación. Entonces Iain sí sonrió. Hizo un gesto en dirección a los defensores de Judith, esperó a que Brodick montara con él y luego hizo galopar a su montura.

Iain supuso que Judith iría directamente a la casa de su hermano. Sin embargo, el caballo no estaba frente a la casa, e Iain no pudo imaginar dónde se habría ido.

Detuvo la montura para que Brodick pudiera saltar al suelo.

—Podría haberse ido de regreso al torreón —comentó Iain—. Voy a mirar allí primero.

Brodick asintió.

—Yo voy a buscar por abajo —dijo. Comenzó a alejarse y de pronto se volvió otra vez—. Te lo advierto, Iain. Cuando la encuentre, la voy a censurar duramente.

—Tienes mi permiso.

Brodick ocultó la sonrisa. Esperaba un impedimento. Conocía a Iain lo suficiente para entender cómo funcionaba su mente.

—¿Y? —lo aguijoneó cuando el jefe no calificó su aceptación.

—Puedes censurarla con dureza, pero no puedes levantarle la voz.

—¿Por qué no?

—Podrías perturbarla —explicó Iain y se encogió de hombros—. No puedo permitirlo.

Brodick abrió la boca para decir algo más y luego cambió de opinión. Iain acababa de quitar toda la bravata a su indignación. Si no podía gritarle a la mujer, ¿para qué molestarse en sermonearla entonces?

Se volvió y comenzó a descender la colina, murmurando por lo bajo. Le seguía la risa de Iain.

Judith no lo estaba esperando en el torreón. Iain retrocedió y luego tomó el sendero hacia el oeste que llevaba hacia el siguiente risco.

La encontró en el cementerio. Caminaba con pasos rápidos por el sendero que separaba el terreno sagrado de los árboles.

Judith había pensado que un enérgico paseo le ayudaría a deshacerse de la ira por la dura prueba que acababa de atravesar por Isabelle y había llegado al cementerio casi por casualidad. Curiosa, se había detenido para echar un vistazo.

El camposanto era en realidad un lugar muy bonito y tranquilo. Altos listones de madera, casi blanqueados y tan erguidos como lanzas, rodeaban el cementerio por tres costados. Lápidas sepulcrales decorativamente talladas, algunas arqueadas y otras con la parte superior cuadrada, llenaban el interior del cementerio en prolijas hileras. Flores frescas cubrían casi todas las parcelas. Quien tuviera a su cargo la tarea de cuidar del lugar de descanso final había cumplido bien con sus obligaciones. El cuidado y la atención eran muy evidentes.

Judith hizo la señal de la cruz mientras cruzaba el sendero. Dejó el cementerio propiamente dicho, continuó por la angosta subida y pasó la línea de árboles que bloqueaban la vista del valle que estaba debajo. El viento silbaba por entre las ramas, un sonido que Judith encontró bastante melancólico.

El terreno reservado a los condenados estaba directamente frente a ella. Se detuvo al llegar al borde del austero camposanto. Aquí no había una cerca blanqueada, ni lápidas decorativamente talladas. Sólo se habían utilizado curtidas estacas de madera.

Judith sabía quiénes estaban enterrados allí. Eran las pobres almas que la Iglesia había decidido que pertenecían al Infierno. Sí, eran los ladrones y los asesinos, y los violadores, y asaltantes y traidores, por supuesto... y todas las mujeres que habían fallecido mientras daban a luz.

La ira que había esperado quitarse de encima creció hasta que se convirtió en ardiente furia en su interior.

¿Tampoco había justicia después de la muerte?

—¿Judith?

Giró violentamente y vio que Iain estaba de pie a no más de unos pocos centímetros de distancia. No lo había oído acercarse.

—¿Crees que están en el infierno?

Iain levantó una ceja ante la vehemencia de la voz de Judith.

—¿De quién estás hablando?

—De las mujeres enterradas aquí —replicó haciendo un gesto con la mano. No le dio tiempo a responderle—. Yo no creo que estén en el infierno. Murieron cumpliendo su sagrado deber, maldita sea. Sufrieron con los dolores de parto y murieron llevando a cabo la obligación para con esposos y sacerdotes. ¿Y para qué, Iain? ¿Para arder en el infierno por toda la eternidad porque la Iglesia no creía que eran lo suficientemente puras como para ir al Cielo? Son todo disparates —añadió con un áspero susurro—. Todo. Si esta opinión me convierte en una hereje, no me importa. No puedo creer que Dios sea tan cruel.

Iain no sabía qué decirle. La lógica le decía que tenía razón. Eran disparates. En verdad, nunca se había tomado el trabajo de pensar en esos asuntos.

—La obligación de una mujer es dar herederos a su esposo, ¿verdad?

—Sí —concordó Iain.

—Entonces, ¿por qué no se le permite entrar a una iglesia desde el momento en que se sabe que está esperando un hijo? No se la considera pura, ¿no es así?

Le hizo otra pregunta antes de que Iain pudiera responder a la primera.

—¿Crees que Frances Catherine no es pura? No, por supuesto que tú no —contestó—. Pero la Iglesia sí. Y si le da un hijo a Patrick, necesita esperar sólo treinta y tres días antes de pasar por el ritual de purificación y poder regresar a la iglesia. Si le da una hija, debe esperar el doble... y si muere durante el parto o antes de recibir la bendición, terminará aquí. Qué adecuado para Frances Catherine ser enterrada junto a un asesino y un...

Finalmente se detuvo. Inclinó la cabeza y dejó escapar un suspiro de cansancio.

—Lo siento. No debí haberme irritado contigo. Si sólo pudiera obligarme a no pensar en esos temas, no me enfadaría tanto.

—Forma parte de tu manera de ser interesarte por ellos.

—¿Cómo puedes saber que forma parte de mi manera de ser?

—La manera en que ayudaste a Isabelle es un ejemplo —replicó Iain—. Y hay muchos ejemplos que podría darte.

La voz de Iain estaba llena de ternura cuando le contestó. Judith se sintió como si la acabaran de acariciar. De pronto deseó recostarse contra él, rodearlo con los brazos y abrazarlo con fuerza. Iain era maravillosamente fuerte y en ese momento ella se sentía horriblemente vulnerable.

Hasta ese momento no se había dado cuenta de lo mucho que lo admiraba. Siempre estaba tan seguro de todo, tan seguro de sí mismo. Tenía un aire de tranquila autoridad. No exigía respeto de sus seguidores. No, se había ganado su lealtad y confianza. En extrañas ocasiones le levantaba la voz a alguien. Entonces Judith sonrió, porque se acababa de dar cuenta de que le había levantado la voz a ella varias veces. Supuso que Iain no tenía tanta disciplina cuando ella estaba cerca de él. Se preguntó qué querría decir eso.

—Si no te agrada algo, ¿no es tu obligación intentar cambiarlo? —preguntó Iain.

Judith casi se rió ante aquella sugerencia hasta que por la expresión de Iain se dio cuenta de que hablaba muy en serio. Se quedó pasmada.

—¿Crees que podría enfrentarme a la Iglesia?

Iain hizo un gesto con la cabeza.

—Un susurro, Judith, sumado a miles de otros se convertirá en un rugido de descontento que incluso la Iglesia no puede ignorar. Empieza con el padre Laggan. Plantéale tus preguntas. Es un hombre justo. Te escuchará.

Sonrió cuando dijo «justo». Judith se sorpendió devolviéndole la sonrisa. Iain no se estaba burlando de ella. No, realmente estaba tratando de ayudarla.

—No soy lo suficientemente importante como para hacer ningun cambio. Sólo soy una mujer que...

—Mientras sigas creyendo esa tontería, no vas a alcanzar nada. Te vas a derrotar tú misma.

—Pero Iain —razonó Judith—. ¿Cómo podría yo cambiar nada? Me condenarían si criticara abiertamente las enseñanzas de la Iglesia. ¿Cómo podría servir eso de ayuda?

—No empieces atacando —instruyó Iain—. Habla de las contradicciones de las reglas. Si haces que una persona tome conciencia y luego otra y otra...

No continuó. Judith asintió.

—Debo pensar en ello —dijo—. No me imagino cómo puedo hacer que alguien preste atención a mis opiniones, especialmente aquí.

Iain sonrió.

—Ya lo has hecho, Judith. Has hecho que yo me dé cuenta de las contradicciones. ¿Por qué te has detenido aquí hoy?

—No fue a propósito —replicó—. Deseaba caminar un momento, hasta que se me hubiera pasado el enfado. Probablemente no te diste cuenta, pero realmente estaba muy turbada cuando dejé la cabaña de Isabelle. Estaba a punto de gritar. Lo que le hicieron pasar fue todo tan injusto.

—Podrías gritar aquí y nadie te oiría. —Había un cierto brillo en los ojos de Iain cuando hizo esa sugerencia.

—Tú me oirías —dijo Judith.

—No me molestaría.

—Pero a mí sí. No sería correcto.

—¿Ah, no?

Judith movió la cabeza en un gesto negativo.

—Tampoco sería propio de una dama —agregó.

Parecía muy sincera. Iain no se pudo resistir. Se inclinó y la besó. Su boca rozó la de Judith lo suficiente como para sentir su suavidad. Se apartó casi de inmediato.

—¿Por qué has hecho eso?

—Para que dejaras de fruncirme el entrecejo.

No tuvo tiempo para reaccionar ante la concesión de Iain. Éste la tomó de la mano.

—Ven conmigo, Judith. Vamos a pasear hasta que tu enfado desaparezca por completo.

Judith tuvo que correr para mantener el ritmo de Iain.

—No es una carrera, Iain. Podríamos caminar a paso más tranquilo.

Iain disminuyó la velocidad. Caminaron en silencio durante varios minutos, cada uno sumido en sus propios pensamientos.

—Judith, ¿siempre eres correcta?

Judith pensó que era una pregunta rara.

—Sí y no —le contestó—. Soy siempre muy correcta los seis meses del año que estoy obligada a vivir con mi madre y mi tío Tekel.

Iain pescó la palabra «obligada», pero decidió no hacerle preguntas en ese momento. Judith no estaba en guardia y él deseaba saber todo lo posible acerca de su familia antes de que se cerrara de nuevo.

—¿Y los otros seis meses del año? —preguntó con tono indiferente.

—No soy nada correcta —contestó—. El tío Herbert y latía Millicent me dejan bastante libertad. No me limitan en absoluto.

—Dame un ejemplo de no estar limitada —pidió Iain—. No lo entiendo.

Judith asintió.

—Deseaba averiguar todo lo que pudiera acerca de

dar a luz. La tía Millicent me permitió perseguir mi objetivo y me ayudó de todas las maneras que pudo.

Continuó hablando de su tía y tío durante varios minutos más. El amor que sentía por la pareja se traslucía en cada comentario. Iain redujo al mínimo las preguntas, y lentamente fue abriéndose camino hasta el tema de la madre.

—Este tío Tekel que has mencionado —empezó—. ¿Es el hermano de tu padre o de tu madre?

—Es el hermano mayor de mi madre.

Esperó que le dijera más. Judith no dijo otra palabra. Regresaron donde estaban atados los caballos y ya habían pasado por el cementerio antes de que Judith volviera a hablar.

—¿Crees que soy diferente a otras mujeres?

—Sí.

Se le hundieron los hombros. Parecía terriblemente desolada. Iain sintió deseos de reír.

—No es malo, sólo diferente. Eres más consciente que las demás mujeres. No aceptas tanto como ellas.

—Eso me creará problemas algún día, ¿no es así?

—Yo te defenderé.

Era una promesa dulce y también arrogante. Judith no pensó que Iain lo decía realmente en serio. Se rió y movió la cabeza negativamente.

Llegaron hasta los caballos. Iain la levantó hasta la silla de montar. Le echó el cabello hacia atrás y tocó con suavidad la piel amoratada del cuello.

—¿Esto te duele?

—Sólo un poco —admitió.

La cadena le llamó la atención. Sacó el anillo de debajo del vestido de Judith y otra vez lo miró.

Inmediatamente, Judith le arrancó el anillo y lo escondió en el puño.

Y fue el puño el que por fin le aguijoneó la memoria.

Iain dio un paso hacia atrás, apartándose de Judith.

—¿Iain? ¿Pasa algo? Te has puesto gris.

Iain no le respondió.

Judith tardó largo rato en darle a Frances Catherine todos los detalles de la inquisición. El relato se hizo más difícil porque su amiga continuamente la interrumpía con preguntas.

—Creo que mañana deberías venir conmigo a ver a Isabelle y a su bebé.

—Me gustaría ayudarla —replicó Frances Catherine.

—Y a mí me gustaría que te hicieras amiga de Isabelle. Tienes que aprender a abrir tu corazón a estas personas. Algunas de ellas son indudablemente tan dulces como Isabelle. Sé que te va a agradar. Es muy amable. Me recuerda a ti, Frances Catherine.

—Voy a tratar de abrirle mi corazón —prometió Frances Catherine—. Ay, Dios, voy a estar tan sola después de que te marches. Sólo veo a Patrick por las noches y para entonces estoy tan soñolienta que apenas si puedo prestar atención a lo que me está diciendo.

—Yo también te voy a echar de menos —replicó Judith—. Ojalá vivieras más cerca. Tal vez podrías venir a visitarme de vez en cuando. A la tía Millicent y al tío Herbert les encantaría volver a verte.

—Patrick nunca me permitiría ir a Inglaterra —dijo—. Piensa que es demasiado peligroso. ¿Quieres trenzarme el cabello mientras esperamos?

—Claro —dijo Judith—. ¿Qué estamos esperando?

—Patrick me hizo prometer que me quedaría en casa hasta que terminara una importante tarea. Le encantará acompañarnos a casa de Isabelle.

Le entregó el cepillo a Judith, se sentó sobre un banquillo y otra vez preguntó por el parto de Isabelle.

El tiempo voló y pasó una buena hora antes de que se dieran cuenta de que Patrick aún no había regresado. Ya que casi era la hora de cenar, decidieron posponer la visita para la mañana siguiente.

Estaban en medio de los preparativos para la cena cuando Iain llamó a la puerta. Frances Catherine acababa de hacer un comentario divertido y Judith todavía se estaba riendo cuando abrió la puerta.

—Cielos, Iain, no irás a decirme que el padre Laggan tiene más preguntas que hacerme, ¿verdad?

Estaba bromeando y por lo menos esperaba una sonrisa. En cambio, recibió una seca respuesta.

—No.

Iain entró, hizo un rápido gesto en dirección a Frances Catherine, luego se tomó las manos por detrás de la espalda y se volvió hacia Judith.

Judith no podía creer que fuera el mismo hombre que había sido tan dulce y amable con ella hacía menos de dos horas. Se mostraba tan frío y distante como un extraño.

—No va a haber más preguntas del sacerdote —anunció Iain.

—Ya lo sabía —replicó—. Sólo estaba bromeando contigo.

Iain movió la cabeza en un gesto negativo ante Judith.

—Ahora no es momento de bromas. Tengo asuntos más importantes en la cabeza.

—¿Qué asuntos?

No le contestó. Se volvió a Frances Catherine.

—¿Dónde está mi hermano?

La brusquedad de Iain preocupó a Frances Catherine. Se sentó a la mesa, cruzó las manos sobre el regazo e intentó parecer tranquila.

—No estoy segura. Debería regresar en cualquier momento.

—¿Por qué quieres ver a Patrick? —Judith hizo la pregunta que sabía que su amiga deseaba hacer pero no se atrevía.

Iain se volvió y comenzó a avanzar hacia la puerta.

—Necesito hablar con él antes de marcharme.

Intentó irse después de ese comentario. Judith corrió a ponerse frente a él y bloquearle el paso. Iain se quedó tan sorprendido ante tal descaro que se detuvo. También sonrió. Judith había echado la cabeza hacia atrás para poder mirarlo. Deseaba que Iain viera su entrecejo fruncido de disgusto.

Antes de que Judith se diera cuenta de sus intenciones, Iain la levantó y la apartó de su camino. Judith miró a Frances Catherine. Su amiga agitó la mano en dirección a Iain. Judith asintió y salió corriendo.

—¿Adónde vas? ¿Vas a estar ausente mucho tiempo?

No se volvió cuando le respondió.

—No estoy seguro de cuánto tiempo voy a estar fuera.

—¿Por qué quieres hablar con Patrick? ¿Vas a llevarlo contigo?

Se detuvo en seco y se volvió para dedicarle toda la atención.

—No, no voy a llevar a Patrick conmigo. Judith, ¿por qué me estás haciendo todas estas preguntas?

—¿Por qué estás actuando de manera tan fría? —Se sonrojó después de expresar apresuradamente ese pensamiento en voz alta—. Quiero decir —empezó de nuevo—. Antes parecías estar de un humor mucho más alegre. ¿He hecho algo que te desagradara?

Iain sacudió la cabeza.

—Antes estábamos solos —le dijo—. Ahora no.

Otra vez intentó marcharse. Judith corrió a bloquearle el camino por segunda vez.

—Te ibas a marchar sin despedirte, ¿no es así?

Hizo que la pregunta pareciera una acusación. Tampoco le dio tiempo para contestarle. Se volvió y regresó a casa de Frances Catherine. Iain se quedó allí de pie observando cómo Judith se marchaba. Podía oírla murmurar algo acerca de ser muy descortés y supuso que se estaba refiriendo a él. Dejó escapar un suspiro ante aquella desfachatez.

Patrick llegaba por la colina y atrajo su atención. Iain le explicó su intención de llevarse a Ramsey y Erin hacia las tierras de los MacDonald para una reunión con el jefe de los Dunbar. La conferencia se llevaría a cabo en terreno neutral, pero aun así Iain tomaba todas las precauciones necesarias. Si los Maclean se enteraban de esa reunión, atacarían en gran número.

Iain no entró en detalles, pero Patrick era lo suficientemente astuto para entender la importancia de esa consulta.

—El consejo no ha dado su bendición, ¿verdad? —adivinó Patrick.

—No saben nada de la reunión.

Patrick asintió.

—Va a haber problemas.

—Sí.

—¿Quieres que vaya contigo?

—Quiero que cuides de Judith mientras estoy fuera —dijo Iain—. No permitas que se meta en problemas.

Patrick asintió.

—¿Dónde creen los ancianos que vas?

—A las tierras de los MacDonald —contestó Iain—. Sencillamente no les he dicho que los Dunbar también estarían allí. —Lanzó un suspiro—. Dios, cómo odio todos estos secretos.

Iain no esperaba una respuesta a ese comentario. Se volvió para volver a montar el semental y de pronto se detuvo. Le arrojó las riendas a Patrick y regresó con grandes pasos hacia la cabaña.

Esta vez no llamó a la puerta. Judith estaba de pie junto a la chimenea. Se volvió cuando la puerta golpeó contra la pared de piedra. También se le abrieron mucho los ojos. Frances Catherine estaba sentada a la mesa cortando pan. Se levantó a medias y luego se volvió a sentar cuando Iain pasó junto a ella.

No dijo ni una palabra de saludo a Judith. La agarró por los hombros y la levantó contra él. Su boca cayó contra la de Judith. Al principio, ésta estaba demasiado aturdida para reaccionar. La obligó a abrir la boca. Su lengua se movió dentro con descarada determinación. El beso era posesivo, casi de manera salvaje, y justo cuando Judith estaba empezando a responder, Iain se apartó de ella.

Judith se desplomó contra una esquina de la chimenea. Iain se volvió, hizo un gesto en dirección a Frances Catherine y salió de la cabaña.

Judith estaba demasiado aturdida para decir algo. Frances Catherine vio la expresión de su amiga y tuvo que morderse el labio inferior para evitar reírse.

—¿No me habías dicho que la atracción había terminado?

Judith no sabía que decir. Durante el resto de la tarde suspiró mucho. Patrick la acompañó junto con Frances Catherine a la cabaña de Isabelle después de la cena. Judith conoció a muchos más parientes, casi todas mujeres, y casi todas de la familia de Winslow. Una mujer pequeña y bonita llamada Willa se presentó a Judith. Estaba embarazada, y después de explicarle que era la prima tercera de Winslow en segundo grado, le pidió a Judith si por favor podría salir fuera con ella sólo por unos pocos minutos para hablar de un tema muy importante. Inmediatamente, Judith sintió que se llenaba de temor. Supuso que el tema era en realidad una petición para que la ayudara con el parto.

Por supuesto, no podía negarse a la llorosa súplica de la mujer, pero se aseguró de que Willa comprendiera lo inexperta que era. La tía mayor de Willa, Louise, las había seguido fuera y dio un paso adelante con la promesa de que, aunque nunca había tenido hijos propios y no estaba capacitada, estaría encantada de ayudar.

Iain estuvo ausente tres semanas enteras. Judith lo echó de menos terriblemente. Sin embargo, no tuvo tiempo de ser completamente desdichada. Trajo al mundo a la hija de Willa mientras Iain estuvo fuera y también a los hijos de Caroline y Winifred.

Estuvo aterrorizada cada una de las veces. Nunca parecía convertirse en algo más fácil. Patrick estuvo muy ocupado tratando de calmar sus temores. Estaba completamente confundido por el extraño ritual que Judith parecía decidida a atravesar. Las tres mujeres se pusieron de parto en medio de la noche. Judith se asustaba inmediatamente. Tartamudeaba todas las razones por las que le era imposible aquella tarea y continuaba vociferando y delirando durante todo el trayecto hasta la cabaña de la futura madre. Patrick siempre la acompañaba y Judith por lo general intentaba arrancarle el tartán del pecho cuando llegaban a destino.

Aquella tortura que se infligía a sí misma terminaba apenas cruzaba la entrada. A partir de ese momento, Judith se tranquilizaba, era eficiente y estaba decidida a poner lo más cómoda posible a la madre que daba a luz. Permanecía serena hasta después de que nacía el bebé.

Después de terminado el trabajo, Judith lloraba durante todo el camino a casa. Tampoco importaba quién fuera a su lado. Lloró sobre el tartán de Patrick, el de Brodick y, con el tercer alumbramiento, dio la casualidad de que el padre Laggan pasaba por allí cuando terminó y también lloró sobre él.

Patrick no sabía qué hacer para ayudar a Judith a sobreponerse del tormento que atravesaba y quedó inmensamente aliviado cuando Iain por fin regresó a casa.

El sol ya se había puesto cuando su hermano, flanqueado por Ramsey y Erin, subió a caballo por la cuesta. Patrick le silbó. Iain le hizo un gesto de que lo siguiera y luego continuó. Patrick entró para decir a su esposa que iba al torreón, pero ésta ya estaba profundamente dormida. Echó un rápido vistazo detrás de la mampara y vio que Judith también estaba ajena al mundo exterior.

Brodick y Alex encontraron a Patrick en el patio. Los tres guerreros entraron juntos al torreón.

Iain estaba de pie frente a la chimenea. Parecía exhausto.

—¿Patrick? —dijo cuando entró su hermano.

—Está bien —dijo Patrick, contestando a la pregunta que sabía que Iain estaba a punto de hacerle. Se acercó hasta quedar de pie frente a su hermano—. Ha ayudado con tres partos más durante tu ausencia —agregó. Sonrió al decir—: Odia ser partera.

Iain asintió. Le pidió a Alex que fuera a buscar a Winslow y Gowrie y luego se volvió para hablar en privado con su hermano.

Patrick era el único pariente de Iain. Habían cuidado el uno del otro desde que tenían memoria. Iain necesitaba oír en aquel momento que contaba con el apoyo de su hermano para los cambios que estaba a punto de hacer. Patrick no dijo ni una palabra hasta que Iain no terminó con toda la lista de posibles consecuencias. Y luego sencillamente asintió. Era todo lo que Iain necesitaba.

—Ahora tienes una familia, Patrick. Considera...

Su hermano no permitió que terminara con la advertencia.

—Estamos juntos, Iain.

—Aquí está, Iain —llamó Brodick, interrumpiendo la conversación.

Iain palmeó a su hermano en el hombro como muestra de afecto y luego se volvió hacia sus hombres leales. No había llamado al consejo para que se reuniera. A nadie se le escapó eso. Iain explicó lo que había sucedido en la asamblea. El jefe de los Dunbar era viejo, estaba cansado y ansioso de formar una alianza, y si los Maitland no estaban interesados, los Maclean serían exactamente lo mismo para él.

—El consejo no querrá cooperar —predijo Brodick después de que el jefe hubo terminado el informe—. Los viejos resentimientos hacen que una unión de ese tipo sea imposible.

—Los Dunbar están en una posición débil, situados entre nosotros —intercaló Alex—. Si se unen con los Maclean, los guerreros nos van a superar en por lo menos diez a uno. No me gustan esas probabilidades.

Iain asintió.

—Mañana llamaré al consejo —anunció—. Por dos propósitos distintos. Les voy a hablar de la alianza con los Dunbar.

No continuó.

—¿Cuál es la segunda intención? —preguntó Brodick. Iain sonrió por primera vez.

—Judith.

Patrick y Brodick fueron las dos únicas personas que entendieron inmediatamente lo que Iain les estaba diciendo.

—El padre Laggan está pensando en irse mañana temprano —dijo Brodick.

—Detenedlo.

—¿Con que propósito? —preguntó Alex.

—La boda —contestó Iain.

Patrick rió. Brodick se unió a él. Alex seguía confundido.

—¿Y Judith? —preguntó—. ¿Estará de acuerdo?

Iain no le respondió.

9

Patrick no les contó a Judith y Frances Catherine que Iain había regresado a casa. Salió temprano por la mañana para subir al torreón. Judith ayudó a Frances Catherine a darle una buena limpieza a la cabaña.

Era un poco después del mediodía cuando Iain llamó a la puerta. Judith la abrió. Tenía el rostro cubierto de tizne y el cabello estaba salvajemente despeinado. Se veía como si acabara de limpiar el interior de la chimenea.

Iain estaba tan feliz de verla que frunció el entrecejo. Judith le sonrió. Estaba turbada por su apariencia. Intentó alisarse el cabello y cepillarse los rizos el rostro.

—Volviste —susurró.

El hombre no era muy dado a los recibimientos.

—Sí. Judith, sube al torreón en una hora.

Se giró y comenzo a caminar. Judith se quedó aplastada ante esa actitud fría. Lo persiguió.

—¿Por qué debo subir al torreón?

—Porque yo lo deseo —contestó.

—Pero podría tener algún plan arreglado para esta tarde.

—Desarréglalo.

—Eres tan obstinado como una cabra —murmuró Judith.

El jadeo que llegó desde el umbral indicó que Frances Catherine había oído ese comentario. Judith aún no lamentaba haber dicho esa cosa tan grosera porque creía que era verdad. Iain era obstinado.

Se alejó de él.

—Creo que no te extrañé en absoluto.

Iain le tomó la mano y la atrajo hacia atrás.

—¿Cuánto tiempo estuve fuera, exactamente?

—Tres semanas y dos días —contestó—. ¿Por qué?

Sonrió.

—Pero no me extrañaste, ¿verdad?

Judith se dio cuenta de que se había atrapado a sí misma.

—Eres demasiado astuto para mí, Iain —dijo arrastrando las palabras.

—La verdad es que sí lo soy —concordó con una sonrisa.

Señor, Judith se dio cuenta de que iba a extrañar esa batalla de ingenio con Iain. En honor a la verdad, lo iba a extrañar a él.

—Si quieres que suba a tu torreón —dijo—, primero debes presentarle tu petición a Patrick para que la cadena de mando se siga correctamente. Hazme saber lo que él tenga que decir.

Estaba intentando provocarlo deliberadamente. En cambio, Iain rió.

—¿Iain? —llamó Frances Catherine—. ¿El consejo está en el torreón?

Iain asintió. Judith vio la reación de su amiga ante las noticias y apartó la mano de la de Iain.

—Ahora ya lo hiciste —anunció con un susurro bajo.

—¿Hice qué?

—Perturbaste a Frances Catherine. Sólo mírala. Está preocupada, gracias a ti.

—¿Qué hice? —preguntó, totalmente confundido.

Frances Catherine se veía trastornada y no podía imaginarse la razón.

—Acabas de decirle que el consejo está reunido en el torreón —explicó Judith—. Ahora está preocupada porque yo haya hecho algo malo y me vayan a mandar de regreso a casa antes de que tenga a su bebé.

—¿Dedujiste todo eso por un entrecejo fruncido?

—Por supuesto —contestó, exasperada. Se cruzó de brazos y le frunció el entrecejo—. ¿Bueno? —preguntó, cuando Iain se quedó en silencio.

—Bueno, ¿qué?

—Arréglalo.

—¿Arreglar qué?

—No necesitas levantarme la voz —le ordenó—. Tú la trastornaste. Ahora tranquilízala. Dile que no vas a permitir que el consejo me mande a casa aún. Es lo menos que puedes hacer. Es tu querida cuñada y realmente no deberías desear verla trastornada.

Iain soltó un suspiro lo suficientemente violento como para apartar las ramas de un árbol. Giró hacia Frances Catherine.

—Judith no se va a ningún lado —le gritó. Volvió a mirar a Judith—. ¿Lo arreglé a tu gusto?

Frances Catherine estaba sonriendo. Judith asintió.

—Sí, gracias.

Iain se dio la vuelta y caminó hacia el caballo. Judith corrió tras él. Lo agarró de la mano para hacer que se detuviera.

—¿Iain?

—¿Qué pasa ahora?

El rudo tono de voz no le molestó a Judith.

—¿Me extrañaste?

—Tal vez.

Esa respuesta aguijoneó el humor de Judith. Le soltó la mano e intentó alejarse. Iain la agarró por atrás. Envolvió los brazos alrededor de la cintura de Judith y se inclinó cerca del oído.

—Realmente deberías tratar de hacer algo con tu carácter, muchacha —le susurró.

La besó en el costado del cuello y le mandó escalofríos de placer por las piernas.

Nunca le contestó la pregunta. Judith no se dio cuenta de ello hasta que Iain se hubo alejado a caballo.

El hombre podía convertirle la mente en papilla sólo con tocarla. Sin embargo, Judith no tuvo mucho tiempo para reflexionar sobre ese defecto porque Frances Catherine insistía en ganar su atención.

Empujó a Judith por la puerta y luego la cerró tras ella.

—Iain está enamorado de ti.

Frances Catherine parecía encantada. Judith sacudió la cabeza.

—No me voy a permitir pensar en el amor —anunció.

Su amiga rió.

—Tal vez no te permitas pensar en ello, Judith, pero estás enamorada de él, ¿no es así? Me mantuve en silencio mucho tiempo. Nunca va a tener que saberlo.

El último comentario llamó la atención de Judith.

—¿Saber qué?

—Acerca de tu padre. Nadie va a tener que saberlo. Déjate...

—No.

—Sólo piensa en lo que estoy sugiriendo —dijo Frances Catherine.

Judith se desplomó en la silla.

—Ojalá tuvieras tu bebé para poder irme a casa. Cada día que me quedo lo hace todo mucho más difícil. Dios querido, ¿y qué si me estoy enamorando de Iain? ¿Cómo lo puedo evitar?

Frances Caherine caminó hasta quedar de pie detrás de Judith. Le colocó la mano sobre el hombro.

—¿Te ayudaría el pensar en todos sus defectos?

Estaba bromeando con su amiga. Judith se tomó la sugerencia en serio. Intentó encontrar la mayor cantidad posible de defectos. No pudo pensar en muchos. El hombre era casi perfecto. Frances Catherine sugirió que eso también era probablemente un defecto. Judith estuvo de acuerdo.

Las dos mujeres estaban tan concentradas en la conversación que no notaron que Patrick estaba en la entrada. No había hecho mucho ruido al abrir la puerta por consideración a su esposa. A menudo dormía por las tardes y no quería molestarla si en ese momento estaba durmiendo.

Los comentarios de Judith le llamaron la atención. Ni bien se dio cuenta de que le estaba dando a su esposa una opinión acerca de Iain, no pudo evitar sonreír. Judith conocía a su hermano casi tan bien como él y cuando mencionó lo obstinado que era Iain, Patrick se encontró moviendo la cabeza en acuerdo con eso.

—¿Pero sin embargo todavía sientes atracción hacia él, verdad?

Judith suspiró.

—Sí, Frances Catherine, ¿qué voy a hacer? Siento tanto terror en mi interior cuando pienso en lo que me está sucediendo. No puedo amarlo.

—Y tampoco es posible que él te ame —dijo Frances Catherine—. Te estás engañando a ti misma si crees eso. El hombre se preocupa por ti. ¿Por qué sencillamente no lo puedes aceptar?

Judith sacudió la cabeza.

—¿Qué supones que haría si alguna vez averiguara que el terrateniente Maclean es mi padre? ¿Crees honestamente que aún se preocuparía por mí?

Los años de entrenamiento para controlar las reacciones mantuvieron a Patrick de pie. En verdad, se sentía como si le acabaran de dar un duro golpe en el abdomen. Salió tambaleándose y cerró apresuradamente la puerta detrás suyo. Patrick encontró a Iain en el gran salón.

—Tenemos que hablar —anunció—. Acabo de descubrir algo que necesitas saber.

La expresión de su hermano le dijo a Iain que algo andaba terriblemente mal.

—Ven afuera conmigo, Patrick —le ordenó—. Preferiría oír las noticias en privado.

Ninguno de los dos hermanos dijo una palabra hasta que estuvieron bien lejos del torreón. Luego, Patrick repitió lo que había oído. Iain no estaba sorprendido.

—Es una endemoniada complicación —murmuró Patrick.

Le tomó a Judith casi una hora limpiar todo. El tema de Iain continuó apareciendo. Frances Catherine estaba decidida a hacer que Judith admitiera que ya estaba enamorada de Iain y Judith estaba igualmente decidida a no admitir tal cosa.

—Deberías ayudarme a sobreponerme a esta atracción —insistía Judith—. ¿Te das cuenta de lo doloroso que va a ser marcharme? Tengo que regresar, Frances Catherine. No importa si lo deseo o no. Este tema casi es angustiante para mí. No deseo hablar más de ello.

Frances Catherine estuvo inmediataamente arrepentida. Podía ver que su amiga estaba a punto de llorar. Palmeó el hombro de Judith.

—Está bien —dijo, con voz que era un tranquilizador susurro—. No vamos a hablar de ello ahora. Bueno, permíteme cambiarme de vestido. Voy al torreón contigo. Sólo el cielo sabe lo que el consejo está planeando. Se avecinan problemas.

Judith se puso de pie.

—Tú te quedas en casa. Voy a ir sola. Prometo contarte todo lo que pase.

Frances Catherine no iba a aceptar nada de eso. Estaba resuelta a estar junto a Judith en caso de que hubiera problemas.

Judith estaba igualmente resuelta a hacer que su amiga se quedara quieta. Patrick entró en medio de la discusión. Intentó llamar la atención con un saludo y cuando eso no resultó, levantó arrogantemente la mano para pedir silencio.

No le prestaron atención.

—Siempre fuiste tan obstinada como una mula —le dijo Frances Catherine a su amiga.

Patrick estaba consternado.

—No debes hablarle así a nuestra huésped —le ordenó.

—¿Por qué no? Me acaba de decir algo peor.

Judith sonrió.

—La verdad es que sí —admitió con timidez.

—Permanece afuera de esto, Patrick —le sugirió su esposa—. Recién estoy tomando bríos en esta discusión. La voy a ganar. Es mi turno.

Judith sacudió la cabeza.

—No, no la vas a ganar —contrarrestó—. Patrick, por favor, haz que se quede. Tengo que subir al torreón. No voy a estar ausente mucho tiempo.

Salió corriendo de la cabaña antes de que su amiga pudiera continuar con la discusión. De Patrick dependería hacerla quedar en casa.

Judith sabía que probablemente se estaba retrasando y que seguramente Iain estaría irritado, pero realmente no estaba preocupada por el malhumor de Iain. Mientras subía la escarpada cuesta pensó en ese hecho asombroso.

Iain era un guerrero muy grande y de aspecto violento y para ese entonces sólo el gigantesco tamaño debería haberle puesto el cabello gris. Recordó que se sintió un poco nerviosa la primera vez que lo vio cruzando el puente levadizo de la casa de su tío Tekel. Sin embargo, esa sensación había desaparecido con rapidez y nunca jamás se había sentido atrapada o desamparada cuando estaba con Iain. Los modales de Iain eran tan hoscos como los de un oso y con todo, cada vez que la tocaba, era muy suave.

El tío Tekel la atemorizaba. Esa idea le entró súbitamente en la cabeza. No entendía por qué le tenía miedo. Su tío era un inválido que tenía que ser llevado en una camilla de un lado para otro. Siempre y cuando se mantuviera lo suficientemente lejos como para que no pudiera golpearla, él no podría lastimarla. Con todo, cada vez que la habían obligado a sentarse junto a él, siempre había tenido miedo.

Admitía que las crueles palabras de Tekel todavía tenían el poder de lastimarla. Deseó ser más fuerte y no tan vulnerable. Entonces no podría lastimarla. Si pudiera aprender a proteger sus sentimientos, si pudiera aprender a separar la mente del corazón, no le importaría lo que le dijera el tío Tekel. Tampoco le importaría no volver a ver más a Iain... si fuera más fuerte.

Ay, ¿qué importaba? Iba a tener que volver a casa y seguramente Iain se iba a casar con alguien. Probablemente también sería muy feliz, siempre y cuando pudiera darle órdenes a su esposa por el resto de su vida.

Dejó escapar un gemido de disgusto. El pensar en Iain besando a otra mujer le hacía doler el estómago.

Que Dios la ayudara, se estaba comportando como una mujer enamorada. Sacudió la cabeza. Era demasiado inteligente como para permitir que le destrozaran el corazón. No era ignorante, ¿verdad?

Rompió a llorar. En cuestión de segundos, la agobiaron unos sollozos que retorcían el corazón. No podía detenerse. Culpó a Frances Catherine por su vergonzoso estado porque la había aguijoneado y aguijoneado hasta que Judith finalmente se había visto obligada a enfrentar la verdad.

Judith se salió del sendero como medida de precaución por si alguien llegaba y veía su angustia e incluso se escondió detrás de un grueso pino.

—Buen Dios, Judith, ¿qué pasó?

La voz de Patrick la hizo gemir. Dio un paso hacia atrás. Patrick la siguió.

—¿Te lastimaste? —preguntó, con obvia peocupación en la voz.

Judith sacudió la cabeza.

—Se suponía que no me verías —susurró. Se secó el rostro con el dorso de las manos y aspiró profundamente varias veces para calmarse.

—No te vi —explicó Patrick—. Te oí.

—Lo siento —susurró.

—¿Qué lamentas?

—Por haber llorado tan fuerte —contestó—. Sólo quería unos pocos momentos de privacidad, pero eso es imposible aquí, ¿verdad?

Parecía francamente lastimera. Patrick no deseaba lastimarla. Era la querida amiga de su esposa y sentía que era su obligación intentar que se sintiera mejor. Colocó el brazo alrededor de los hombros de Judith y suavemente la llevó de nuevo al sendero.

—Dime qué anda mal, Judith. No importa cuán terrible sea el problema, estoy seguro de que te lo voy a poder solucionar.

Era una cosa extremadamente arrogante, pero bueno, después de todo era el hermano de Iain y suponía que algo de la arrogancia de éste seguramente se escurriría a su hermano. Patrick estaba tratando de ser bueno y sólo por esa razón Judith no se irritó.

—No puedes solucionar esto —le dijo—. Pero te agradezco que te hayas ofrecido.

—No puedes saber lo que puedo hacer hasta que me lo expliques.

—Está bien —concordó—. En este mismo momento me acabo de dar cuenta de lo ignorante que soy. ¿Puedes corregir eso?

La sonrisa de Patrick era tierna.

—No eres ignorante, Judith.

—Ay, sí, lo soy. —gritó—. Debería haberme protegido. —No continuó.

—¿Judith?

—No te preocupes. No deseo hablar de ello.

—No deberías estar llorando justamente en este día —le dijo Patrick.

Otra vez se secó las comisuras de los ojos.

—Sí, es un día hermoso y no debería estar llorando. —Otra vez aspiró profundamente—. Ya puedes soltarme. Me recuperé.

Patrick quitó el brazo del hombro de Judith y caminó a su lado colina arriba a través del patio. Patrick tenía que cumplir con otra diligencia antes de entrar. Se inclinó ante Judith y comenzó a alejarse.

—¿Se me ve como si hubiera estado llorando? —le preguntó con tono preocupado.

—No —mintió Patrick.

Judith sonrió.

—Gracias por ayudarme a solucionar el problema —dijo.

—Pero no...

Dejó de protestar cuando Judith se dio la vuelta y subió corriendo los escalones que llevaban al torreón. Sacudió la cabeza, confundido, y se dirigió colina abajo.

Judith no llamó a la puerta. Aspiró profundamente antes de abrir bien la pesada puerta y apresurarse a entrar.

El interior del torreón era tan frío y desagradable como el exterior. La entrada era amplia, con pisos de piedra gris y una escalera construida contra la pared hacia la derecha de la puerta doble. El gran salón estaba a la derecha. Era de enorme tamaño y era tan ventoso como el campo abierto. Una chimenea de piedra ocupaba una porción considerable de la pared opuesta a la entrada. Había un fuego ardiendo, pero no calentaba la habitación. Había más humo que calor circulando por la habitación.

No había ninguno de los aromas usuales en una casa, como el olor del pan horneándose o de la carne friéndose sobre las llamas y tampoco había desorden de cosas personales que indicaran que en realidad alguien vivía allí. El salón era tan austero como un monasterio.

Había cinco escalones que llevaban a la habitación. Judith esperó en el último a que Iain notara su presencia. Estaba sentado de espaldas a ella a la cabeza de una angosta mesa. Cinco hombres mayores, que Judith supuso que eran los miembros del consejo, estaban acurrucados en el extremo opuesto.

La atmósfera crujía de tensión. Debía de haber sucedido algo terrible. Era aparente por las expresiones de los rostros de los ancianos que habían recibido alguna noticia angustiante. Judith no creía que debía entrometerse en su tristeza en esos momentos. Regresaría más tarde, cuando todos se hubieran recobrado de la turbación. Dio un paso atrás y se giró para irse.

Alex y Gowrie le bloquearon el paso. Se quedó tan sorprendida de verlos que abrió mucho los ojos. Los dos guerreros no habían hecho ningún ruido al entrar. Judith estaba a punto de dar la vuelta alrededor de los grandes hombres cuando se abrieron las puertas y Brodick entró tambaleándose. Patrick estaba detrás de él. Agarró una de las puertas antes de que se cerrara con un golpe y le hizo un gesto al sacerdote para que entrara. El padre Laggan no se veía muy feliz. Se obligó a sonreírle a Judith y luego bajó apresuradamente los escalones hacia el salón.

Judith observó al sacerdote hasta que llegó junto a Iain. Sí, era indudable que algo terrible había sucedido. De otra manera no hubiera habido necesidad de un sacerdote. Dijo una silenciosa plegaria por quien la necesitara y luego giró para marcharse otra vez.

Los guerreros habían formado una línea detrás suyo. Alex, Gowrie, Brodick y Patrick le estaban bloqueando el paso deliberadamente.

Patrick estaba en el extremo más cercano a la puerta. Se abrió paso hacia él.

—¿Alguien falleció? —preguntó.

Brodick encontró que la pregunta era muy divertida. Los otros siguieron con el entrecejo fruncido. Ninguno quería permitir que se marchara. Tampoco querían responder a su pregunta. Estaba a punto de decirles a esos hombres groseros que se quitaran de su camino cuando otra vez se abrieron las puertas y entró Winslow.

El esposo de Isabelle parecía preparado para entrar en combate. Apenas si fue cortés. Le dirigió un seco gesto de la cabeza y luego tomó su lugar en la fila de guerreros.

—Judith, ven aquí.

Iain lanzó esa orden con tal bramido que la atemorizó terriblemente. Se giro para fruncirle el entrecejo, pero fue un esfuerzo inútil por su parte porque en ese momento ni siquiera la estaba mirando.

Judith no podía decidir si deseaba obedecer la descortés orden o no. Brodick tomó la decisión por ella. Le dio un empujón en los hombros. No fue abiertamente suave. Judith miró por encima del hombro para dirigirle una mirada de ira por ser tan decortés.

Brodick le guiñó un ojo.

Alex agitó la mano para indicarle a Judith que obedeciera el mandato del terrateniente. También lo miró con ira. Realmente, decidió, alguien necesitaba tomarse el tiempo de enseñarles unos sencillos modales a estos guerreros. Sin embargo, ése no era el momento. Judith levantó el ruedo de la falda, enderezó los hombros y bajó los escalones.

Notó que el sacerdote estaba muy agitado. Se paseaba delante de la chimenea. Se obligó a adoptar una expresión serena por él cuando cruzó apresuradamente el salón. Cuando llegó hasta Iain, colocó una mano sobre su hombro para llamarle la atención y luego se inclinó.

—Si alguna vez me vuelves a gritar así, creo que te voy a estrangular.

Después de dirigirle esa amenaza vacía, se volvió a enderezar. Iain tenía una expresión asombrada en el rostro. Judith asintió para hacerle saber que no estaba bromeando.

Iain sonrió para hacerle saber que pensaba que era necia.

Graham observaba a la pareja y llegó rápidamente a la conclusión de que lady Judith lo intrigaba. Podía ver con facilidad por qué un hombre se prendaría de ella, por qué incluso se olvidaría de que era inglesa. Sí, era agradable observarla, con el bonito cabello del color del oro y los grandes ojos azules. Con todo, no era su apariencia lo que le llamaba la atención a Graham. No, era lo que había aprendido acerca de su carácter lo que le había despertado curiosidad por conocerla mejor.

Winslow le había contado que lady Judith había ayudado en el parto de su hijo y ese informe fue seguido muy de cerca por las alabanzas del padre Laggan acerca de lo que había ocurrido al día siguiente. Judith no había deseado ocuparse de esa tarea. Winslow informó que había estado aterrorizada. Sin embargo, el temor no había evitado que hiciera lo necesario. Había oído que había ayudado a traer a tres bebés más al mundo mientras Iain estuvo fuera de casa y cada una de esas veces había estado muy atemorizada y preocupada por las nuevas madres.

Graham no sabía qué pensar de esos informes. Sabía que eran verdad, por supuesto, pero tal amabilidad y valentía provenientes de una mujer inglesa lo confundían. Era una contradicción.

Más tarde habría mucho tiempo para pensar en ese tema contradictorio. Por la expresión de Judith podía ver que Iain no le había contado acerca de la decisión que recién le había dado al consejo. Graham miró a sus compañeros para juzgar sus reacciones. Duncan se veía como si acabara de tragarse una jarra de vinagre. Vincent, Gelfrid y Owen estaban en las mismas condiciones.

Parecía que era el único que no aún estaba irritado por el anuncio asombroso. Por supuesto, Iain lo había llevado a un costado antes de la reunión para decirle lo que planeaba hacer. Patrick estaba del lado de su hermano. Graham supo entonces, antes de que Iain pronunciara una sola palabra, que el tema era de naturaleza extremadamente importante. Los dos hermanos siempre estaban juntos, unidos como uno, en todos los temas cruciales. Sí, había sabido que era importante, pero se había quedado sin habla.

Finalmente Graham se puso de pie. Estaba lleno de emociones en conflicto. Como líder del consejo, sabía que su primera obligación era intentar que Iain obrara con sensataz y si eso no cambiaba su decisión, entonces dar un voto en contra de Iain.

Sin embargo, Graham también sentía otra obligación y era encontrar una manera de apoyar la decisión de Iain. La razón era fácil de entender. Deseaba que Iain fuera feliz. Sólo Dios sabía que el terrateniente se merecía encontrar amor y comprensión.

Sentía una tremenda responsabilidad hacia el terrateniente. En todos los años que habían servido juntos, Graham había adoptado el rol de padre de Iain. Se dispuso a entrenarlo para ser el mejor. Iain no lo había desilusionado. Hizo frente a todas las expectativas, sobrepasó todos los objetivos que Graham le impuso e, incluso cuando era un joven muchacho, su fuerza y determinación excedían en mucho los esfuerzos de todos los otros de su misma edad y de los que eran mayores que él.

A la tierna edad de doce años, Iain se convirtió en el único padre de su hermano pequeño, quien entonces tenía sólo cinco. La vida de Iain siempre había estado llena de responsabilidades y parecía no importar cuánto se apilaba sobre sus hombros, él cargaba el peso con facilidad. Cuando era necesario, trabajaba desde el amanecer hasta que caía el sol. Había existido una recompensa para su diligencia, por supuesto. Iain se había convertido en el guerrero más joven al que jamás se le dio el privilegio de liderar al clan.

Pero también hubo un precio que pagar. En todos los años de implacable trabajo y lucha, Iain nunca había tenido tiempo para risas, diversión o felicidad.

Graham se tomó las manos por detrás de la espalda y se aclaró la garganta para captar la atención de todos. Primero decidió pasar por la moción de discutir con Iain. Una vez que los ancianos estuvieran satisfechos de que había cumplido su deber como líder, anunciaría públicamente su apoyo al terrateniente.

—Iain, todavía hay tiempo para cambiar esta inclinación tuya —anunció Graham con voz dura.

Los demás miembros del consejo asintieron de inmediato. Iain se puso de pie con tal rapidez que la silla voló hacia atrás. Judith se sobresaltó tanto que dio un paso hacia atrás. Chocó contra Brodick. Eso la hizo sobresaltarse aún más. Miró hacia atrás y vio que todos los guerreros estaban alineados otra vez detrás suyo.

—¿Por qué me están siguiendo? —preguntó con exasperación.

Iain se dio la vuelta. La ridícula pregunta de Judith le quitó irritación a su ira. Le sacudió la cabeza.

—No te están siguiendo, Judith. Me están demostrando su apoyo.

Judith no se tranquilizó con esa explicación.

—Entonces, haz que te demuestren su apoyo un poco más allá —sugirió con un movimiento de la mano—. Me están bloqueando la salida y me gustaría marcharme.

—Pero yo quiero que te quedes —le dijo.

—Iain, no pertenezco aquí.

—Sí, es verdad.

Gelfrid lo había gritado. Iain se volvió hacia él para enfrentarlo.

Entonces se desató el infierno. Judith se sentía como si estuviera de pie en el centro de la granizada. El griterío pronto le dio dolor de cabeza. Iain no levantó la voz, pero los ancianos estaban gritando casi todas las palabras.

La discusión parecía estar basada en algún tipo de alianza. Por lo menos ésa era la única palabra que aparecía una y otra vez y que irritaba por completo a los miembros del consejo. Iain estaba a favor de esta alianza y el consejo se oponía con vehemencia.

Uno de los ancianos se excitó tanto que se enloqueció en poco tiempo. Después de terminar de gritar su opinión, tuvo un ataque de tos. El pobre hombre se estaba ahogando y jadeaba por aspirar aire. Judith parecía ser la única de la habitación que notó su angustia. Judith enderezó la silla que Iain había dado la vuelta, corrió hacia el estrado para servirle agua en una de las copas ribeteadas en plata. Nadie intentó detenerla. La batalla de palabras había aumentado. Judith le alcanzó la bebida al anciano y después de que éste tomara un largo trago, comenzó a golpearle la espalda.

Agitó la mano para hacerle saber a Judith que no necesitaba seguir con sus atenciones y luego se volvió hacia ella para agradecerle. Estaba en el medio de la frase de agradecimiento cuando se detuvo súbitamente. Los ojos curiosos se le abrieron por la incredulidad. Judith pensó que sólo en ese momento se dio cuenta de quién lo estaba ayudando. Soltó un jadeo y comenzó a toser de nuevo.

—Realmente, no debería permitirse agitarse tanto —le dijo Judith mientras comenzaba a palmearlo una vez más entre los omóplatos—. En realidad, tampoco debería tenerme antipatía —comentó—. Odiar es pecado. Sólo pregúntele al padre Laggan si no me cree. Además, no hice nada para lastimarlo.

Debido a que estaba tan concentrada en darle el consejo al anciano, no se dio cuenta de que el partido de gritos había culminado.

—Judith, deja de golpear a Gelfrid.

Iain le dio esa orden. Judith levantó la mirada y se quedó sorprendida de verlo sonreír.

—Deja de darme órdenes —replicó—. Estoy ayudando a este hombre. Tome otro sorbo. —Le indicó a Gelfrid—. Estoy segura de que lo va a ayudar.

—¿Me vas a dejar en paz si así lo hago?

—No necesita adoptar ese tono conmigo —dijo—. Voy a estar muy feliz de dejarlo tranquilo.

Se giró y caminó otra vez hacia Iain.

—¿Por qué tengo que estar aquí? —preguntó con un susurro.

—La muchacha merece saber qué está pasando —dijo el padre Laggan—. Tiene que estar de acuerdo, Iain.

—Lo va a estar —respondió Iain.

—Entonces, va a ser mejor que te apresures con ello —sugirió el sacerdote—. Tengo que estar en la tierra de los Dunbar al anochecer. Merlin no va a aguantar. Por supuesto, podría regresar más tarde, si piensas que vas a necesitar más tiempo para convencerla...

—No.

—¿Se supone que debo estar de acuerdo con algo? —preguntó Judith.

Iain no le contestó de inmediato. Se dio la vuelta para mirar con ira a sus guerreros, ya que deseaba que éstos retrocedieran al verle el entrecejo fruncido. Deliberadamente no hicieron caso de la orden silenciosa. Iain se dio cuenta de que estaban disfrutando de su incomodidad, ya que todos y cada uno de los desgraciados estaba sonriendo.

—¿Graham? —preguntó.

—Apoyo tu decisión.

—¿Gelfrid?

—No.

—¿Duncan?

—No.

—¿Owen?

—No.

—¿Vincent?

El anciano no contestó.

—Que alguien lo despierte —ordenó Graham.

—Estoy despierto. Sencillamente no terminé de considerar este asunto.

Todos esperaron pacientemente. Pasaron unos buenos cinco minutos en silencio. La tensión del salón se incrementó diez veces más. Judith se acercó a Iain hasta que su brazo tocó el de él. Iain estaba rígido de ira y Judith deseaba que supiera que tenía su apoyo. Casi sonrió ante su propia conducta. Ni siquiera sabía cuál era el tema y sin embargo estaba dispuesta a apoyar a Iain.

No le agradaba verlo peturbado. Lo tomó de la mano. Iain no la miró, pero sí le apretó los dedos.

Ya que todos tenían la mirada fija en Vincent, Judith hizo lo mismo. Pensó que tal vez el anciano se habría vuelto a dormir. Era difícil saberlo. Las espesas cejas ocultaban los ojos al público y estaba inclinado sobre la mesa con la cabeza inclinada.

Finalmente levantó la mirada.

—Tienes mi apoyo, Iain.

—Cuento tres en contra y, con nuestro terrateniente, tres a favor —anunció Graham.

—¿Qué demonios hacemos ahora? —dijo Owen con voz áspera.

—Nunca nos habíamos enfrentado a este dilema —intercedió Gelfrid—. Pero un empate es un empate.

—Vamos a esperar para decidir esta alianza —anunció Graham. Esperó a que cada miembro del consejo asintiera y luego se volvió hacia Iain—. Es mejor que continúes con ello, hijo.

Iain se volvió de inmediato hacia Judith. De pronto, se sentía muy incómodo.

Esta reunión no había salido de la manera en que había pensado. Esperaba que todos menos Graham votaran contra la alianza. La conversación no debería haber tomado tanto tiempo y había planeado tener unos buenos cinco minutos a solas con Judith antes de que llegara el sacerdote. Seguramente no le iba a tomar más tiempo decirle lo que quería que hiciera.

Odiaba el hecho de que tenía público.

—Judith, no vas a volver a Inglaterra —soltó apresuradamente Brodick, fiel a su naturaleza impaciente—. Ni ahora. Ni nunca. Iain no te va a llevar de regreso a casa.

El guerrero parecía bastante alegre cuando le dio la noticia.

—Ah, ¿no? ¿Entonces quién me va a llevar?

—Nadie —contestó Brodick.

Iain le tomó las dos manos y las apretó para tener su atención. Luego respiró profundamente. Incluso con los hombres observando, deseaba que las palabras fueran las correctas, que su declaración fuera una que Judith recordara por siempre. El pensar en palabras de amor era una tarea terriblemente incómoda, pero, con todo, estaba decidido a no arruinarlo.

El momento tenía que ser perfecto para Judith.

—Judith —empezó.

—¿Sí, Iain?

—Me voy a quedar contigo.

10

—No puedes... quedarte conmigo así como así.

—Sí puede, muchacha —explicó alegremente Alex.

—Es el jefe —le recordó Graham—. Puede hacer lo que quiera.

—No importa que sea el jefe —intercedió Brodick—. Franklen se quedó con Marrian y no es el jefe. Robert se quedó con Megan —añadió y se encogió de hombros.

—Yo me quedé con Isabelle —agregó Winslow.

—Es nuestra manera de ser, muchacha —le explicó Gowrie.

—Tú no te quedaste con Isabelle de esa manera —le dijo Brodick a su hermano, resuelto a aclarar aquel error de concepto—. Tú pediste su mano. Hay una diferencia.

—La habría tomado si su padre se hubiera puesto difícil —arguyó Winslow.

Judith no podía creer lo que estaba oyendo. Todos se habían vuelto locos.

Apartó las manos de las de Iain y dio un paso hacia atrás, apartándose de toda aquella locura. Pisó el pie de Graham. Se volvió para disculparse.

—Lo siento, Graham. No tenía intención de pisaros... Él no puede quedarse conmigo así como así, ¿verdad?

Graham asintió.

—Gowrie tiene razón al decir que así es nuestra manera de ser —explicó—. Por supuesto, vas a tener que estar de acuerdo.

Su voz estaba llena de comprensión. Iain había sobresaltado mucho a aquella bonita mujer. Parecía estar algo abrumada, pero indudablemente encantada ante el anuncio. Ser elegida esposa del jefe del clan era uno de los más altos honores. Sí, supuso que estaba tan complacida que parecía no poder pronunciar una sola y coherente palabra de agradecimiento.

Graham estaba equivocado al suponer eso. Judith se recobró en espacio de un minuto o dos. Luego movió la cabeza en un gesto negativo. Tal vez habría podido controlar su ira si los defensores de Iain no hubieran asentido de nuevo todos al mismo tiempo.

En verdad, deseaba pegar a todos y cada uno de ellos. Primero iba a tener que dejar de farfullar. Respiró profundamente en un esfuerzo por recobrar el control.

—Iain, ¿podría hablar un momento contigo en privado? —dijo con voz ronca.

—Muchacha, ahora no hay tiempo para charlas —dijo el padre Laggan—. Merlin no va a aguantar.

—¿Merlin? —preguntó confundida.

—Es un Dunbar —explicó Graham—. Necesita un sacerdote —agregó con una sonrisa.

Judith se volvió para mirar al padre Laggan.

—Entonces debéis ir con él —le dijo—. ¿Está agonizando?

El sacerdote negó con la cabeza.

—Está muerto, Judith. La familia me está esperando para que lo entierre. Es el calor, sabes. Merlin no va a aguantar mucho más tiempo.

—Sí, debe meterlo bajo tierra —explicó Brodick—. Primero te va a casar. Los Maitland estamos antes que los Dunbar.

—¿Merlin no va a aguantar? —Judith repitió la explicación del sacerdote y se llevó la mano a la frente.

—El calor —le recordó Brodick.

Judith comenzó a temblar. Iain se apiadó de ella. Le había llevado varios días de intensa reflexión llegar a la conclusión de que no podía permitir que Judith se marchara. En ese momento se dio cuenta de que probablemente debería haberle dado más tiempo para pensar en la propuesta.

Desafortunadamente, no había tiempo para considerar todas las razones. Después de hablar con Patrick y confirmar sus propias sospechas, supo que tenía que casarse con Judith lo antes posible. No iba a correr el riesgo de que alguien más descubriera lo de su padre. No, tenía que casarse con ella ahora. Era la única manera en que podría protegerla de los malditos Maclean.

La tomó de la mano y la llevó hasta una esquina del salón. Judith se tropezó e Iain terminó arrastrándola a medias. Judith quedó de pie con la espalda contra la pared. Iain permanecía frente a ella y le bloqueaba eficazmente la visión del resto de la habitación.

Le dio un pequeño empujón en el mentón para que levantara la cabeza y lo mirara.

—Quiero que te cases conmigo.

—No.

—Sí.

—No puedo.

—Sí puedes.

—Iain, ¿quieres ser razonable al respecto? No puedo casarme contigo. Aunque lo quisiera, no es posible.

—Sí que quieres casarte conmigo —replicó—. ¿No es así?

Iain estaba perplejo ante la posibilidad de que Judith no lo quisiera. Tuvo que sacudir la cabeza.

—Sí que quieres —le dijo otra vez.

—Ah. ¿Y por qué?

—Confías en mí.

La fanfarronería desapareció de la ira de Judith. De todas las razones que podría haberle dado, se había centrado en la única que no podía discutirle. Sí confiaba en él, con todo su corazón.

—Te sientes segura conmigo.

Tampoco podía discutirle eso.

—Sabes que te voy a proteger del peligro —añadió con un suave gesto de la cabeza.

Se le llenaron los ojos de lágrimas. Dios querido, deseaba que fuera posible.

—¿Me amas, Iain? —preguntó.

Se inclinó y la besó.

—Nunca deseé a otra mujer como te deseo a ti —dijo—. Tú también me deseas. No lo niegues.

A Judith se le hundieron los hombros.

—No lo niego —susurró—. Pero desear y amar son dos cosas distintas. Tal vez no te ame —agregó.

Supo que era mentira en cuanto las palabras le salieron de la boca.

Iain también lo supo.

—Sí, sí me amas.

Una lágrima corrió por la mejilla de Judith.

—Me estás metiendo ideas imposibles en la cabeza —susurró.

Iain le secó la lágrima con ternura. Colocó ambas manos a los lados del rostro de Judith.

—Nada es imposible. Cásate conmigo, Judith. Déjame protegerte.

Tenía que decirle la verdad ahora. Sólo entonces cambiaría de opinión con respecto a su precipitada decisión.

—Hay algo que no sabes acerca de mí —comenzó—. Mi padre...

La boca de Iain cubrió la de ella y evitó eficazmente cualquier confesión. El beso fue largo y apasionado, y cuando Iain se apartó, Judith apenas si sabía lo que pensaba.

Intentó decírselo una vez más. Iain la detuvo con otro beso.

—Judith, no me vas a contar nada acerca de tu familia —le ordenó—. No me importa si tu padre es el rey de Inglaterra. No vas a volver a pronunciar una palabra al respecto. ¿Entendido?

—Pero Iain...

—Tu pasado no es importante —le dijo. La tomó por los hombros y se los estrujó. Su voz era baja y fervorosa—. Libérate, Judith. Vas a pertenecerme. Yo seré tu familia. Me voy a hacer cargo de ti.

Lo hizo parecer tan atractivo que Judith no sabía qué hacer.

—Debo pensarlo —decidió—. En unos pocos días...

—Buen Dios —dijo el padre Laggan—. No podemos esperar que Merlin aguante tanto, muchacha. Piensa en el calor.

—¿Por qué esperar? —dijo Patrick.

—Sí, Iain te ha dicho que se va a quedar contigo. Terminad con la boda —dijo Brodick.

No fue sino hasta ese momento cuando Judith se dio cuenta de que habían estado escuchando su conversación privada con Iain. Sintió deseos de gritar. Luego lo hizo.

—No me vais a meter prisas para que haga esto —les dijo—. Hay muchas razones por las que no me puedo casar con vuestro jefe —añadió con voz mucho más suave—. Y necesito tiempo para pensar...

—¿Cuáles son esas razones? —preguntó Graham.

Iain se volvió hacia el líder del consejo.

—¿Estás a favor o en contra nuestra?

—No estoy terriblemente complacido, por supuesto, pero sabes que voy a estar junto a ti. Tienes mi apoyo. Gelfrid, ¿qué opinas tú?

Éste le frunció el entrecejo a Judith mientras daba la respuesta.

—Estoy de acuerdo.

Los demás miembros del consejo siguieron como un dominó el veredicto de aprobación de Gelfrid.

Judith ya había oído suficiente.

—¿Cómo podéis darme vuestro apoyo y mirarme furiosos al mismo tiempo? —preguntó. Se volvió a Iain y le dio un golpe en el pecho—. No quiero vivir aquí. Ya he decidido vivir con la tía Millicent y el tío Herbert. ¿Y sabes por qué? —No le dio tiempo a responder—. Porque no me consideran inferior, por eso. ¿Y bien? —preguntó como un desafío.

—¿Y bien qué? —preguntó Iain, tratando de no sonreír ante el atropello de Judith. Aquella mujer era brava cuando se irritaba.

—A ellos les gusto —tartamudeó.

—A nosotros nos gustas mucho, Judith —afirmó Alex.

—A todos nosotros —agregó Patrick con un gesto de la cabeza.

Judith no se iba a creer aquellas tonterías ni por un minuto. Tampoco Brodick. La mirada que le dirigió a Patrick sugería que había perdido la cabeza.

—Pero a mí no me agrada particularmente ninguno de estos brutos —anunció—. La idea de vivir aquí es sencillamente inaceptable. No voy a criar a mis hijos... Oh, Dios, Iain, no voy a tener ninguno, ¿recuerdas?

—Judith, cálmate —le ordenó Iain. La atrajo contra él y la abrazó con fuerza.

—¿No quiere niños? —preguntó Graham. Parecía pasmado—. Iain, no puedes permitir ese tipo de conversación. Necesitas un heredero.

—¿Es estéril? —dijo Gelfrid.

—No está diciendo eso —murmuró Vincent.

—Es culpa mía —intervino Winslow.

—¿Es culpa tuya que esta mujer sea estéril? —preguntó Gelfrid, tratando de entender—. ¿Cómo puede ser, Winslow?

Patrick empezó a reír. Brodick le dio un codazo para que se detuviera.

—Tuvo que ayudar con el parto de Isabelle —le dijo Brodick a Gelfrid—. Aquello la atemorizó. Eso es todo. No es estéril.

Los miembros del consejo gruñeron aliviados. En aquellos momentos Iain no le prestaba atención a nadie excepto a Judith.

—Tienes razón, necesitas tiempo para pensar en esta propuesta —le susurró inclinándose hacia ella—. Tómate el tiempo que desees.

Algo en la voz de Iain hizo que Judith recelara. Inmediatamente se dio cuenta de qué era. Iain estaba muy divertido.

—¿De cuánto tiempo dispongo para pensar en tu propuesta?

—Esta noche vas a dormir en mi cama. Pensé que tal vez querrías casarte primero.

Judith se apartó de los brazos de Iain y levantó la mirada hacia él. Estaba sonriendo. Judith no tenía ninguna posibilidad. Se dio cuenta en aquel momento. Señor, lo amaba. Y en ese preciso instante no podía pensar ni en una sola razón de por qué era así.

Todos habían hecho que se sintiera tonta.

—¿Por qué te amo, en nombre del Señor?

No se había dado cuenta de que había gritado la pregunta hasta que Patrick empezó a reír.

—Bueno, eso lo arregla todo. Ya ha aceptado —dijo el padre Laggan. Corrió al otro extremo del salón—. Terminemos con esto. Patrick, tú te pones de pie a la derecha de Iain y Graham, tú junto a Judith. Puedes entregarla. En el nombre del Padre y del Hijo...

—Nosotros también la entregamos —anunció Gelfrid, decidido a no quedar fuera de la importante ceremonia.

—Sí, así es —musitó Duncan.

El forcejeo de sillas interrumpió la concentración del sacerdote. Esperó hasta que todos los ancianos se apretujaran alrededor de Judith y luego empezó de nuevo.

—En el nombre del Padre...

—Sólo quieres casarte conmigo para poder darme órdenes todo el tiempo —le dijo Judith a Iain.

—Existe ese beneficio —dijo Iain arrastrando las palabras.

—Creía que los Dunbar eran vuestros enemigos —dijo Judith a continuación—. Sin embargo, el sacerdote...

—¿Cómo crees que murió Merlin? —preguntó Brodick.

—Bueno, hijo, no puedes tomar la responsbilidad de esa muerte —aconsejó Graham—. Fue la caída por el risco lo que lo mató.

—Winslow, ¿tú no lo empujaste cuando te atacó con el cuchillo? —preguntó Brodick.

Su hermano negó con la cabeza.

—Se resbaló antes de que pudiera llegar a él.

Judith estaba consternada ante aquella conversación. Patrick decidió responder a su pregunta inicial acerca del sacerdote, ya que nadie más parecía inclinado a hacerlo.

—No hay suficientes hombres del clero para servirnos por aquí —dijo—. Al padre Laggan se le permite ir y venir como le plazca.

—Atiende a una zona amplia —intervino Alex—. Y a todos los clanes que consideramos enemigos. Los Dunbar, los Macpherson, los Maclean y otros, por supuesto.

Judith estaba asombrada ante aquella lista de enemigos. Se lo mencionó a Graham. Deseaba saber todo lo que pudiera acerca de los Maitland, por supuesto, pero también había otro motivo. Necesitaba tiempo para recuperarse. Se sentía aturdida. Estaba temblando como un niño al que bañan en agua fría.

—Alex sólo te ha dado una lista parcial —le dijo Graham.

—¿Es que a vosotros no os agrada nadie? —preguntó Judith con incredulidad.

Graham se encogió de hombros.

—¿Podemos seguir con esto? —exclamó el padre Laggan—. En el nombre del Padre...

—Voy a invitar a la tía Millicent y al tío Herbert a que vengan a visitarme, Iain, y no voy a pasar por el consejo primero para obtener su permiso.

—...y del Hijo —continuó el sacerdote en voz mucho más fuerte.

—A continuación va a querer que venga el rey John —predijo Duncan.

—No podemos permitirlo, muchacha —le musitó Owen.

—Por favor, ahora tomaos de las manos y concentraos en la ceremonia —gritó el padre Laggan, intentando llamar la atención de todos.

—Yo no quiero que el rey John venga aquí —arguyó Judith. Se volvió para fruncirle el entrecejo a Owen por hacer una sugerencia tan vergonzosa—. Quiero a mi tía y a mi tío, y los tendré. —Se volvió y tuvo que escudriñar por detrás de Graham para mirar a Iain—. Sí o no, Iain.

—Ya veremos. Graham, me estoy casando con Judith, no contigo. Suéltale la mano. Judith, ven aquí.

El padre Laggan renunció a la idea de intentar mantener el orden. Continuó con la ceremonia. Iain estaba prestando algo de atención. Aceptó inmediatamente tomarla por esposa.

Judith no fue tan cooperativa. El padre Laggan sintió algo de lástima por aquella dulce mujer. Parecía estar completamente confundida.

—Judith, ¿aceptas a Iain por esposo?

Judith levantó la mirada hacia Iain antes de dar su respuesta.

—Veremos.

—Eso no va a servir, muchacha. Tienes que decir que sí —aconsejó.

—¿Que sí?

Iain sonrió.

—Tu tía y tío serán bienvenidos aquí.

Judith le devolvió la sonrisa.

—Gracias.

—Todavía tienes que responderme, Judith —le recordó el padre Laggan.

—¿Va a aceptar amarme y respetarme? —preguntó Judith.

—Por amor de Dios, acaba de hacerlo —dijo impacientemente Brodick.

—Iain, si me quedo aquí es muy probable que haga algunos cambios.

—Bueno, Judith, por aquí nos gustan las cosas tal como están —le dijo Graham.

—A mí no me gusta cómo están las cosas por aquí —dijo Judith—. Iain, antes de empezar, quiero una promesa más —dijo apresuradamente.

—¿Antes de empezar? Estamos en la mitad... —intentó explicar el sacerdote.

—¿Cuál es esa promesa? —preguntó Graham—. Tal vez el consejo tenga que estudiarla.

—No lo hará —se opuso Judith—. Es un asunto privado. ¿Iain?

—¿Sí, Judith?

Dios, cómo le gustaba la sonrisa de Iain. Dejó escapar un pequeño suspiro mientras le hacía señas de que se acercara para poder susurrarle al oído. Graham tuvo que retroceder para dejarle sitio. En cuanto Iain se inclinó, todos los demás también lo hicieron para escuchar.

Sin embargo, se quedaron intentando adivinar. Lo que Judith le había pedido había sorprendido claramente a Iain, a juzgar por la expresión de su rostro.

Naturalmente, eso llamó la atención de todos.

—¿Esto es importante para ti?

—Sí.

—Está bien —contestó—. Te lo prometo.

Judith no se había dado cuenta de que había estado conteniendo el aliento hasta que Iain le diera su promesa. Soltó un fuerte suspiro.

Se le llenaron los ojos de lágrimas. Estaba tan contenta con aquel hombre. No se había reído ni sentido insultado. Ni siquiera le había pedido que se explicara. Sencillamente le había preguntado si era importante, y cuando le había dicho que sí, estuvo inmediatamente de acuerdo.

—¿Has podido pescar algo, Graham? —preguntó Alex con un fuerte susurro que todos oyeron.

—Algo acerca de un trago —susurró a su vez Graham.

—¿Desea un trago? —bramó Gelfrid.

—No, pesqué la palabra ebrio —anunció Owen.

—¿Por qué desea emborracharse? —quiso saber Vincent.

Judith trató de no reírse. Volvió la atención al padre Laggan.

—Voy a decir que sí —le dijo—. ¿No deberíamos empezar ya?

—La muchacha tiene problemas para seguir el hilo —comentó Vincent.

El padre Laggan dio la bendición final mientras Judith discutía con el anciano por el descortés comentario. Le dijo con gran vehemencia que su concentración estaba perfectamente bien.

Debido a aquella regañina, consiguió una disculpa de Vincent antes de volver a prestarle atención al sacerdote.

—Patrick, ¿querrías ir a buscar a Frances Catherine? Me gustaría que estuviera a mi lado durante la ceremonia.

—Puedes besar a la novia —anunció el padre Laggan.

Frances Catherine se estaba paseando por el interior de la cabaña cuando por fin Judith abrió la puerta y entró.

—Gracias a Dios que estás aquí. He estado tan preocupada. Judith, ¿por qué has tardado tanto? Dime qué ha pasado. ¿Estas bien? Estas pálida. Te han molestado, ¿no es así? —Hizo una pausa para soltar un jadeo de indignación—. No se han atrevido a mandarte de regreso a Inglaterra, ¿verdad?

Judith se sentó a la mesa.

—Se han ido —susurró.

—¿Quién se ha ido?

—Todos. Sencillamente... se han ido. Incluso Iain. Primero me besó. Luego también se marchó. No sé adónde se han ido todos.

Frances Catherine nunca había visto a su amiga así. Judith parecía estar aturdida.

—Me estás asustando, Judith. Por favor, dime qué ha sucedido.

—Me he casado.

Farnces Catherine tuvo que sentarse.

—¿Te has casado?

Judith asintió. Siguió con la mirada fija en el espacio, con la mente concentrada en la extraña ceremonia.

Frances Catherine se quedó demasiado sorprendida durante varios minutos para hablar. Se sentó frente a Judith a la mesa y sencillamente la miró con los ojos muy abiertos.

—¿Te has casado con Iain?

—Creo que sí.

—¿Qué quieres decir con que crees que sí?

—Graham estaba de pie entre nosotros dos. Tal vez me he casado con él. No, estoy segura de que fue con Iain. Me besó luego... Graham no.

Frances Catherine no supo qué pensar de aquello. Estaba encantada, por supuesto, porque su amiga nunca tendría que regresar a Inglaterra, pero también estaba furiosa. Primero se concentró en esa emoción.

—¿Por qué tanta prisa? No ha habido flores, ¿verdad? No podrías haberte casado en una capilla. No tenemos. Maldita sea, Judith, deberías haber insistido para que Iain hiciera las cosas bien.

—No sé por qué había tanta prisa —admitió Judith—. Pero seguro que Iain tenía sus razones. Por favor, no te enfades por esto.

—Debería haber estado allí —se quejó Frances Catherine.

—Sí, es verdad —concordó Judith.

Pasó otro minuto en silencio antes de que Frances Catherine volviera a hablar.

—¿Estamos felices con esta boda?

Judith se encogió de hombros.

—Supongo que sí.

Los ojos de Frances Catherine se llenaron de lágrimas.

—Merecías que tu sueño se hiciera realidad.

Judith sabía de qué estaba hablando su amiga, naturalmente. Intentó consolar a Frances Catherine.

—Los sueños son para que las niñas pequeñas se los susurren unas a otras. Nunca se convierten en realidad. Ahora soy una mujer adulta, Frances Catherine. No me imagino cosas imposibles.

Su amiga no estaba dispuesta a dejarlo correr.

—Te estás olvidando de con quién estás hablando, Judith. Te conozco más que a cualquier otra persona de este mundo. Conozco toda tu horrible vida con esa bruja de tu madre y el borracho de tu tío. Conozco tu dolor y tu soledad. Tus sueños se convirtieron en escudos contra el dolor. Puedes decirme que es sólo tu activa imaginación, estos sueños que ahora finges que no son importantes, pero yo sé que no es así.

La voz se le partió con un sollozo. Respiró profundamente y luego continuó.

—Tus sueños te rescataron de la desesperación. No te atrevas a fingir que no son importantes. No te lo voy a creer.

—Frances Catherine, por favor, sé razonable con respecto a esto —dijo Judith con exasperación—. No siempre fue horrible. Millicent y Herbert equilibraron mi vida. Además, era muy joven cuanto inventé esos ridículos sueños. Sólo me estaba imaginando cómo iba a ser mi boda. Mi padre estaba allí, ¿recuerdas? Creía que estaba muerto, pero sin embargo lo imaginaba de pie junto a mí al fondo de la capilla. Mi esposo iba a estar tan feliz que iba a llorar. Ahora te pregunto, ¿puedes imaginarte a Iain llorando al verme?

Frances Catherine no pudo evitar sonreír.

—Mi esposo también iba a llorar de gratitud. Patrick no. Él me miró con maligna satisfacción.

—Nunca más voy a tener que ver a mi madre.

Había susurrado esa idea en voz alta. Frances Catherine asintió.

—Nunca más vas a tener que dejarme, tampoco.

—Quiero que estés feliz con respecto a esto.

—Muy bien. Me siento feliz. Ahora dime exactamente qué ha sucedido. Quiero todos los detalles.

Judith hizo lo que le pedía. Para cuando terminó con el relato, Frances Catherine estaba sonriendo. Judith tenía problemas para recordar y disculpaba continuamente su pobre memoria con el hecho de que todo había sido terriblemente confuso.

—Le pregunté a Iain si me amaba —le contó a su amiga—. No me respondió. No me di cuenta de ello hasta que todo hubo terminado y me estaba besando. Dijo que me deseaba. También intenté hablarle de mi padre, pero no me dejó. Dijo que no importaba. Que tenía que apartarlo a un lado. Esas fueron sus mismísimas palabras. Lo intenté, pero estoy pensando que tendría que haberlo intentado más.

Frances Catherine dejó escapar un bufido poco propio de una dama.

—No empieces a preocuparte por tu padre. No lo mencionaremos nunca más. Nadie lo va a saber.

Judith asintió.

—Hice que Iain me prometiera dos cosas. Millicent y Herbert pueden venir a visitarme.

¿Y la otra promesa?

—Iain no se emborrachará en mi presencia.

Los ojos de Frances Catherine se llenaron de lágrimas. A ella nunca se le hubiera ocurrido pedirle semejante cosa a su esposo, pero entendía perfectamente por qué Judith estaba tan preocupada.

—Durante todo el tiempo que llevo viviendo aquí, nunca he visto a Iain borracho.

—Cumplirá su promesa —susurró Judith. Dejó escapar un suspiro—. Me pregunto dónde voy a dormir esta noche.

—Iain va a venir a buscarte.

—¿Dónde me he metido?

—Lo amas.

—Sí.

—Él debe amarte.

—Espero que sí —dijo Judith—. No tenía nada que ganar. Debe amarme.

—¿Estás preocupada por esta noche?

—Un poco. ¿Estabas tú preocupada la primera vez?

—Lloré.

Por alguna razón, ambas mujeres encontraron que aquella idea era histéricamente graciosa. Entonces Patrick e Iain entraron en la cabaña y ambos sonrieron ante la manera en que reían Frances Catherine y Judith. Patrick deseaba saber qué encontraban tan gracioso. Su pregunta sólo hizo que las dos mujeres rieran más. Finalmente se rindió. Decidió que no era fácil entender a las mujeres.

La mirada de Iain estaba sobre Judith.

—¿Por que estás aquí? —preguntó.

—Deseaba contarle a Frances Catherine lo que ha pasado. Nos hemos casado, ¿verdad?

—Piensa que tal vez se casó con Graham —le dijo Frances Catherine a Patrick.

Iain sacudió la cabeza. Se dirigió hacia su esposa y la puso de pie. Judith no lo había mirado ni una vez desde que entró a la cabaña y eso le molestaba.

—Es hora de irnos a casa.

Judith estaba llena de nerviosa ansiedad.

—Sólo voy a recoger unas pocas cosas —dijo. Mantuvo la cabeza baja y fue detrás de la mampara—. ¿Cuál es nuestra casa?

—Donde te casaste —le dijo Patrick.

Era seguro hacer una mueca. Nadie podía verla. Luego soltó un suspiro. Iba a tener que vivir en aquel desagradable torreón, supuso, pero no iba a mostrarse molesta. Iain vivía allí y eso era todo lo que importaba.

Judith podía oír que los dos hermanos hablaban entre sí mientras recogía el camisón y la bata y otras cosas necesarias para esa noche. Se llevaría el resto de sus cosas al día siguiente.

Tuvo dificultades para doblar el camisón y se sorprendió al ver que las manos le temblaban.

Terminó de preparar la pequeña maleta, pero no dejó aquel pequeño santuario. La importancia de lo que había sucedido ese día finalmente estaba penetrando en su mente.

Se sentó en la cama y cerró los ojos. Era una mujer casada. De pronto el corazón le galopó violentamente con furiosos latidos y apenas si pudo recuperar el aliento. Sabía que estaba empezando a invadirle el pánico e intentó calmarse.

Dios querido, ¿y si había cometido un error? Todo había sucedido con tanta rapidez. Iain la amaba, ¿verdad? No importaba que no lo hubiera dicho con palabras. Deseaba casarse con ella y no tenía absolutamente nada que ganar más que una esposa. ¿Qué otro motivo podría haber?

¿Y si nunca podía encajar con estas personas? ¿Y si nunca la aceptaban? Finalmente Judith se concentró en el tema principal. ¿Y si no podía ser una buena esposa? Tenía la certeza de que no sabía cómo complacer a un hombre en la cama. Iain se daría cuenta de que no tenía experiencia. Sería su deber enseñarle, pero ¿y si era del tipo de mujeres a las que no se les podía enseñar?

No quería que él la considerara inferior. Preferiría morirse.

—¿Judith?

La voz de Iain era poco más que un susurro. Sin embargo, Judith se echó hacia atrás por el miedo. Iain lo notó. También notó que su esposa parecía estar a punto de desmayarse. Judith tenía miedo. Creyó entender por qué.

—Ya estoy lista para irme —le dijo con voz temblorosa.

No se movió después de dar su anuncio. Tenía la maleta sobre su regazo y parecía sostener el asa con gran fuerza. Iain ocultó una sonrisa. Fue hacia la cama y se sentó junto a ella.

—¿Por qué estás aquí sentada? —preguntó.

—Sólo estaba pensando.

—¿En qué?

No le respondió. No quería mirarlo, sino que mantuvo la mirada fija en el regazo.

Iain no quiso presionarla. Decidió comportarse como si tuviera todo el tiempo del mundo. Permanecieron sentados juntos durante varios minutos. Judith oyó que Frances Catherine le susurraba algo a su esposo. Oyó la palabra «flores» y pensó que su amiga tal vez estaría quejándose por la falta de decoración en la boda.

—¿Sería posible que esta noche tomara un baño?

—Sí.

Judith asintió.

—¿No deberíamos irnos?

—¿Has terminado de pensar?

—Sí, gracias.

Iain se puso de pie. Judith también. Le entregó la maleta. Iain la tomó de la mano y se dirigió hacia la puerta.

Frances Catherine les bloqueó la salida. Estaba resuelta a hacer que se quedaran a cenar. Ya que todo estaba listo, Iain aceptó. Judith estaba demasiado nerviosa para comer. Iain no tuvo ningún problema. Tanto Patrick como él comieron como hombres que acabaran de terminar con el ayuno cuaresmal.

Sin embargo, no deseó retrasarse después de la comida. Judith tampoco. Caminaron tomados de la mano hacia el torreón. Dentro estaba oscuro. Iain la guió hasta el segundo piso. La alcoba estaba situada a la izquierda del descansillo, la primera de las tres puertas que había a lo largo del estrecho pasillo.

La habitación brillaba con luz acogedora. La chimenea estaba frente a la puerta. El fuego ardía vivamente y calentaba eficientemente toda la zona. La cama de Iain estaba a la izquierda de la puerta. Ocupaba una considerable porción de la pared. Un edredón con los colores del clan cubría la cama y contra la pared había una pequeño arcón con dos velas encima.

Había sólo una silla en la habitación, cerca de la chimenea. Otro arcón, mucho más grande y alto que el que estaba junto a la cama, se apoyaba sobre la pared opuesta. Sobre él había una caja cuadrada, de estilo florido y con bordes dorados.

Judith decidió que a Iain no le gustaba el desorden. La habitación era funcional, eficiente y muy parecida al hombre que allí vivía.

Había una gran tina de madera frente al fuego. El agua despedía vapor. Iain se había anticipado consideradamente a la petición de Judith de tomar un baño, incluso antes de que ésta se lo preguntara.

Dejó la maleta sobre la cama.

—¿Necesitas algo más?

Necesitaba no tener miedo, pero no se lo dijo.

—No, gracias.

Continuó de pie en el centro de la habitación, con las manos juntas, esperando y rezando que se marchara para poder tomar el baño con privacidad.

Iain se preguntó por qué estaría vacilando.

—¿Necesitas ayuda para desvestirte? —preguntó.

—No —dijo apresuradamente, consternada ante la mera idea—. Recuerdo cómo hacerlo —añadió con voz mucho más tranquila.

Iain asintió y luego le hizo un gesto con el dedo para que se acercara a él. Judith no titubeó. Se detuvo sólo a unos centímetros de distancia.

A Iain le complació que Judith no se echara hacia atrás cuando extendió la mano hacia ella. Le echó el cabello por encima del hombro y luego deslizó sus dedos por el escote del vestido para tomar la cadena.

No dijo ni una palabra hasta que le hubo quitado la cadena y el anillo.

—¿Recuerdas las promesas que te he hecho hoy?

Asintió. Dios querido, ¿no iba a decirle que había cambiado de opinión, verdad?

Iain le vio la expresión de pánico en el rostro y sacudió la cabeza.

—Nunca he roto mis promesas, Judith, y no las voy a romper ahora. —La idea había sido correcta. El temor abandonó de inmediato la mirada de Judith—. Si me conocieras mejor, no tendrías esa preocupación.

—Pero no te conozco mejor —susurró Judith, disculpando su conducta.

—Tengo una promesa que quiero que me hagas —explicó. Dejó caer la cadena y el anillo en la mano—. No quiero que lleves esto en la cama.

A Judith no le pareció una petición, sino una orden.

Tampoco le explicó sus razones. Estuvo a punto de preguntarle por qué querría una promesa así y luego cambió de opinión. Iain no la había obligado a explicar por qué le hizo prometer que jamás se embriagara cuando estuviera con ella y merecía recibir exactamente la misma consideración.

—Estoy de acuerdo.

Iain asintió. Parecía satisfecho.

—¿Quieres que lo tire?

—No —le respondió—. Ponlo ahí —le dijo haciendo un gesto hacia la pequeña caja que había sobre el arcón—. Nadie lo tocará.

Judith se apresuró a hacer lo que él sugería.

—¿Puedo guardar aquí también el broche que me dio la tía Millicent? —preguntó—. No querría perderlo.

No le contestó. Se volvió y sólo entonces se dio cuenta de que Iain había salido de la habitación. No había hecho ningún ruido.

Movió la cabeza en un gesto negativo. Decidió que debería hablar con él acerca de esa descortés costumbre suya de desaparecer así.

Ya que no tenía idea de cuánto tiempo pensaba estar ausente, se apresuró con el baño. No había pensado lavarse el cabello, pero luego cambió de opinión.

Iain abrió la puerta mientras se estaba aclarando el jabón con perfume a rosas del cabello. Tuvo una rápida visión de piel dorada antes de volver a cerrar la puerta. Se recostó contra la pared y esperó a que su esposa terminara.

No deseaba avergonzarla. Sin embargo, estaba tardando mucho. Había caminado una distancia considerable hasta la jofaina de agua, se había lavado y luego había regresado, esperando que su esposa lo estaría ya aguardando en la cama.

Esperó otros quince minutos y luego entró. Judith estaba sentada sobre una manta en el suelo frente a la chimenea, secándose diligentemente el cabello. Tenía puesto un decoroso camisón blanco y una bata a juego.

Le pareció absolutamente preciosa. Se había restregado el rostro por todas partes y lo había dejado sonrosado, y su cabello era del color del oro pálido.

Iain se recostó contra el marco de la puerta durante varios minutos, contemplándola. Sintió que una tirantez se instalaba en su pecho. Era su esposa. Sí, ahora le pertenecía. Una sensación de contento le recorrió y le tomó por sorpresa. Todo le parecía tan inevitable. ¿Por qué había atravesado por el tormento de intentar permanecer alejado de ella? Desde el momento en que la había besado por primera vez, debería haber aceptado la verdad. Su corazón siempre había sabido que nunca iba a aceptar que otro hombre la tuviera. ¿Por qué le había llevado tanto tiempo a su mente aceptarlo?

Decidió que las cuestiones del corazón eran muy confusas. Recordaba cómo había alardeado ante Patrick de que una mujer era exactamente igual que otra. Ahora entendía la blasfemia de aquel comentario arrogante. Había sólo una Judith.

Iain se sacudió para apartar esos pensamientos estúpidos. Él era un guerrero. No debería estar pensando en cosas tan inconsecuentes.

Se volvió para ir de nuevo hacia el salón y luego soltó un agudo silbido. El sonido rebotó por las escaleras. Iain regresó a la habitación y se acercó a la chimenea. Se apoyó contra la repisa de la chimenea, apenas a unos centímetros de su esposa, y se quitó las botas.

Judith estaba a punto de preguntarle por qué había dejado la puerta abierta cuando tres hombres entraron apresuradamente. Hicieron un gesto con la cabeza al jefe, cruzaron el recinto y levantaron la tina. Deliberadamente mantuvieron la mirada apartada de Judith mientras transportaban la pesada tina fuera de la habitación.

Iain los siguió hasta la puerta y estaba a punto de cerrarla cuando alguien gritó su nombre. Soltó un suspiro y salió otra vez de la habitación.

Estuvo ausente durante casi una hora. El calor del fuego adormeció a Judith. Ahora tenía el cabello apenas un poco húmedo, y ya habían vuelto a formarse la mayoría de los rizos. Se puso de pie, apoyó el cepillo en la repisa y regresó a la cama. Se estaba quitando la bata cuando entró Iain.

Cerró la puerta, echó el pestillo y luego se quitó el tartán. No llevaba nada debajo.

Judith pensó que se iba a morir de la vergüenza en aquel preciso instante. Volvió la mirada hacia una viga central del techo, pero no antes de haberle echado un buen vistazo a Iain. No era de extrañar que Frances Catherine hubiera llorado en la noche de bodas. Si Patrick estaba moldeado como Iain, y adivinaba que probablemente así sería, podía entender muy bien aquel llanto. En honor a la verdad, los ojos ya se le estaban empañando. Ay, Señor, realmente no estaba preparada para esto. Después de todo, *había* cometido un error. No, no, no estaba lista para este tipo de intimidad. No lo conocía lo suficiente... nunca debería haber...

—Todo va a ir bien, Judith.

Estaba de pie frente a ella. Judith no quería mirarlo. Iain le puso las manos sobre los hombros y le dio un afectuoso apretón.

—Realmente va a ir muy bien. ¿Confías en mí, no es verdad?

Su voz estaba llena de ternura, pero no ayudó. Judith

respiró profundamente varias veces en un intento por calmarse. Eso tampoco la ayudó.

Y luego Iain la atrajo hacia sus brazos y la abrazó con fuerza. Judith dejó escapar un pequeño suspiro y se acomodó en ellos. Iba a salir todo muy bien. Iain no le haría daño. La amaba.

Se apartó un poco para poder mirarlo a los ojos. Había en ellos calidez y también un poco de alegría.

—No tengas miedo —le dijo, con la voz convertida en un susurro tranquilizador.

—¿Cómo sabes que tengo miedo?

Iain sonrió. «Miedo» no era en realidad la palabra correcta, decidió. «Terror» era una descripción mucho más exacta.

—Tienes la misma expresión en el rostro que la noche en que te dije que Isabelle quería que la ayudaras a traer al mundo a su hijo.

Judith dirigió la mirada hacia el pecho de Iain.

—No deseaba ayudar porque temía que no sería capaz de hacerlo... Iain, creo que tampoco quiero hacer esto. Sé que va a ir todo bien, pero aun así, preferiría que no...

Judith no terminó la confesión. Otra vez regresó a los brazos de Iain y descansó contra él.

Iain estaba complacido al ver que Judith era capaz de ser sincera con él, pero también estaba frustrado. Nunca había tenido una virgen en la cama y hasta ese momento no se había dado cuenta de lo importante que iba a ser facilitarle las cosas todo lo posible a Judith. Iba a requerir tiempo, paciencia y una buena cantidad de vigor.

—¿De qué tienes miedo, exactamente? —preguntó Iain.

No le respondió. Ahora estaba temblando, e Iain supo que no era de frío.

—Por supuesto, va a haber dolor, pero si yo...

—No le temo al dolor.

Hizo ese anunció de manera precipitada. Ahora Iain estaba más perplejo.

—Entonces, ¿a qué le temes? —Comenzó a frotarle la espalda mientras esperaba que Judith le contestara.

—Un hombre siempre puede... ya sabes —tartamudeó Judith—. Pero algunas mujeres no pueden, y si soy una de esas mujeres, entonces te voy a desilusionar.

—No me vas a desilusionar.

—Realmente creo que sí —susurró—. Creo que soy una de las que no pueden, Iain.

—Tú puedes —le dijo con gran autoridad. No estaba del todo seguro de qué estaba hablando exactamente, pero parecía ser muy importante para ella y era indudable que en aquel momento necesitaba su confianza. Él era el experto, después de todo, y sabía que Judith creería cualquier cosa que le dijera.

Continuó acariciándole la espalda. Judith cerró los ojos y dejó que la tranquilizará. Sin duda, era el hombre más considerado del mundo y, cuando era tan tierno con ella, no podía evitar amarlo.

No le llevó mucho tiempo sobreponerse al miedo. Por supuesto, todavía estaba un poco nerviosa, pero no creía que eso fuera inusual. Respiró profundamente y luego se apartó de Iain. No podía mirarlo a los ojos y sabía que se estaba ruborizando, pero eso no la detuvo. Lentamente levantó el camisón y lo pasó por la cabeza. Luego lo arrojó sobre la cama. Tampoco le dio tiempo a Iain a que la mirara. En cuanto se deshizo del camisón, regresó apresuradamente a sus brazos.

Iain tembló visiblemente.

—Te siento tan bien contra mí —susurró, con la voz ronca por la emoción.

Judith le sentía mucho mejor que bien. Le sentía maravilloso. Se lo dijo con voz tímida y vacilante.

El mentón de Iain fue a descansar sobre la cabeza de Judith.

—Me complaces, Judith.

—Todavía no he hecho nada —replicó.

—No necesitas hacer nada —explicó Iain.

Judith pudo oír la risa en la voz de Iain. Sonrió en respuesta a ella. Al no apresurarla, en realidad Iain la estaba ayudando a superar la vergüenza. Sabía que ése era su plan y ni siquiera le importaba que fuera deliberado. La consideración de Iain por sus sentimientos casi la abrumó. No creía que todavía se estuviera sonrojando.

El calor de la firme excitación de Iain presionada de manera tan íntima contra la zona baja de su vientre aún la preocupaba, pero Iain no era exigente, sólo suave, terriblemente suave mientras le quitaba los escalofríos con caricias y no pasó mucho tiempo para que esa preocupación pareciera poco importante.

Judith deseaba tocarlo. Se liberó del férreo abrazo de Iain alrededor de su cintura y acarició vacilantemente los amplios hombros, luego la espalda y finalmente los muslos. Sentía su piel ardiente en la punta de los dedos. Iain era completamente diferente a ella en tono y textura y encontró que se maravillaba ante todas aquellas sorprendentes diferencias. Sus músculos eran como sogas anudadas a lo largo de la porción superior de los brazos, y comparativamente ella estaba construida como una enclenque.

—Iain, eres tan fuerte y yo soy tan débil. Me parece extraño que yo te plazca.

Iain rió.

—No eres débil. Eres suave y lisa y muy, muy atractiva.

Judith se sonrojó de placer ante el cumplido. Frotó su rostro contra el pecho de Iain y sonrió ante la manera en que el cabello le hacía cosquillas en la nariz. Se enderezó y lo besó donde el pulso le latía en la base del cuello.

—Me gusta mucho tocarte —admitió.

Parecía sorprendida ante su propia concesión. Iain no lo estaba. Ya sabía que le gustaba tocarlo. A él también le gustaba. Una de las características más atractivas de Judith era el deseo de tocarlo, acariciarlo y abrazarlo cada vez que era posible. Pensó en todas las veces en que lo había tomado de la mano de manera instintiva, la manera en que le había acariciado el brazo mientras lo criticaba duramente por una opinión a la que ella se oponía.

Tenía muy pocas inhibiciones cuando estaba con él... pero sólo con él. Sí, había notado cuán reservada fue con los soldados durante el viaje hacia allí. Por supuesto, fue agradable, pero tomó precauciones para no tocar a ninguno de ellos. Nunca se relajó en los brazos de Alex cuando se había visto obligada a cabalgar con él y sin embargo, se quedó dormida en los suyos. Confiaba en él por completo y ese hecho era tan importante para él como el amor de Judith.

Y realmente lo amaba.

—¿Judith?

—¿Sí?

—¿Estás lista para dejar de ocultarte de mí?

Judith casi se rió. Se había estado ocultando de él e Iain había sabido todo el tiempo que ése era su juego. Lo soltó y dio un paso hacia atrás, alejándose de él. Luego lo miró a los ojos y asintió con lentitud.

Iain tenía la más maravillosa de las sonrisas. Judith pensó en ello mientras fijaba la mirada en él. Judith tenía el cuerpo más magnífico que Iain había visto en toda su vida. Pensó en ello mientras fijaba la mirada en ella. Estaba exquisitamente formada, desde la punta de la cabeza hasta la punta de los pies, y Señor, si no lograba tocarla con rapidez para hacerla completamente suya, sabía que perdería la cabeza.

Extendieron los brazos el uno hacia el otro al mismo tiempo. Judith le colocó los brazos alrededor del cuello mientras Iain ahuecó las manos sobre las nalgas de Judith y la atrajo hacia sí.

Iain se inclinó y la besó, un beso profundo y devorador que los dejó a ambos sin aliento. La lengua de Iain se movía para probar la dulzura que Judith le ofrecía. Un ronco gruñido de satisfacción salió de la garganta de Iain cuando Judith imitó el juego erótico y frotó su lengua contra la de él.

Judith se desplomó contra él. Iain mantuvo un brazo alrededor de ella para evitar que se cayera mientras se daba la vuelta y se inclinaba para apartar las mantas. Judith no deseaba que dejara de besarla. Le tiró del cabello en la parte posterior del cuello para atraer su atención y se enderezó para besarlo cuando Iain no reaccionó con suficiente rapidez.

A él le agradó esa audacia. También le gustaban los pequeños gemidos que hacía Judith. Iain la levantó en brazos y la colocó en el centro de la cama. No le dio tiempo para empezar a preocuparse. Cayó sobre ella y le separó los muslos con uno de los suyos. Apuntaló el peso en los codos y dejó que su cuerpo cubriera por completo el de Judith. Y Dios, nunca había sentido nada tan maravilloso en toda su vida.

La respuesta de Judith estaba superando el deseo de Iain de ir despacio y de tomarse tiempo en prepararla para la invasión. Necesitaba concentrarse en lo que estaba haciendo, de tener deliberación en dónde y cómo la tocaba, hasta que Judith no fuera capaz de pensar, sino sólo de sentir placer. Judith estaba convirtiendo su cuidadoso y elaborado plan en algo imposible. Se movía desasosegadamente contra él y lo llevaba a la distracción. Iain la besó otra vez, con un beso largo, ardiente y húmedo que lo enloqueció y le hizo desear más. Finalmente, arrastró la boca lejos de la de ella y se movió más abajo para saborear el fragante valle entre los suaves senos. Sus manos acariciaron, frotaron suavemente, juguetearon y finalmente, cuando no pudo esperar un segundo más, tomó un pezón en la boca y empezó a succionar.

Judith casi se cayó de la cama. Escalofríos de puro placer le recorrieron el cuerpo. No creía que pudiera aguantar mucho más de esa dulce tortura. Se aferró a los hombros de Iain y cerró los ojos en abandono al éxtasis que le estaba brindando.

Iain estaba temblando por la necesidad de tomarla. Podía sentir que su control se desvanecía. El deseo de saborearla toda superaba todas las demás consideraciones. Sus manos acariciaron un sendero por la llanura del estómago y luego más abajo hasta que estuvo acariciando la parte interna de los muslos y los fue separando con lentitud. Se inclinó y besó la parte superior del suave triángulo de rizos que protegía su virginidad.

—Iain, no...

—Sí.

Intentó apartarlo, pero en ese momento la boca de Iain cubrió la mismísima excitación de Judith y su lengua, Dios querido, su lengua estaba frotándose contra ella y se consumió de un frenético placer tan intenso que se olvidó de protestar.

Levantó las caderas de manera instintiva pidiendo más caricias. Hundió las uñas en los omóplatos de Iain. No había sabido que un hombre podía hacerle el amor a una mujer de aquella manera íntima, pero en ese momento no estaba consternada ni avergonzada. Deseaba tocarlo de la manera en que él la estaba tocando a ella y también aprender el sabor de Iain, pero cada vez que intentaba moverse, Iain intensificaba la presión con que la sostenía y le hacía quedarse quieta.

Iain se movió a un lado y lentamente deslizó un dedo dentro de la apretada funda. El pulgar frotó la delicada protuberancia entre los pliegues y la reacción de Judith casi destruyó su autocontrol. Nunca había tenido una mujer que le respondiera con tanta sinceridad ni con tanto abandono. Judith le entregaba su cuerpo de buena gana y con afecto, e Iain moriría antes de permitirse encontrar primero su satisfacción. Judith estaba antes que su propia necesidad... aunque ello le matara.

Amarlo iba a matarla a ella, sin dudas. Ese fue el último pensamiento coherente de Judith. También lo expresó impulsivamente en voz alta, pero estaba demasiado compenetrada en intentar aferrarse a las hebras de su control para saber qué estaba diciendo o haciendo.

Le pareció que se partía por dentro. Gritó el nombre de Iain y entonces la autodisciplina de Iain desapareció. Sintió los escalofríos de Judith y le abrió aún más los muslos. Se arrodilló entre sus piernas.

—Pon los brazos a mi alrededor, cariño —susurró con una orden ronca. Se extendió, le cubrió la boca con la suya y la obligó a quedarse quieta al aferrarle los costados de las caderas.

Vaciló en el umbral sólo por uno o dos segundos y luego se deslizó lentamente dentro de Judith hasta que sintió la barrera de la virginidad.

La estaba lastimando, pero Judith no creía que fuera un dolor tan tremendo. La manera en que la estaba besando hacía que todo lo demás no pareciera importante. La presión que crecía en su interior le hacía daño y se volvió aún más desasosegada en un esfuerzo por aliviar aquel dulce tormento.

Iain rechinó los dientes por el increíble placer que ya estaba sintiendo y el indudable dolor que le iba a imponer y luego se lanzó hacia adelante con un único y poderoso empujón.

Judith gritó por la sorpresa y el dolor. Pensó que Iain la había desgarrado. Se sentía como si lo hubiera hecho. El ofuscamiento de pasión desapareció. Comenzó a llorar y le pidió que la dejara tranquila.

—No me gusta esto —susurró.

—Shh, cariño —susurró él, tratando de tranquilizarla—. Va a ir todo bien. No te muevas todavía. El dolor cederá. Por Dios, Judith, no intentes moverte.

Parecía enfadado y afectuoso, y Judith no pudo entender nada de lo que le estaba diciendo. El dolor latía, pero otra sensación, tan extraña a cualquier otra cosa que hubiera experimentado antes, comenzó a mezclarse con el dolor, confundiéndola aún más.

El peso de Iain la mantenía anclada a la cama y a él. Iain respiró profundamente para calmarse en un esfuerzo por aferrarse a su disciplina. La sentía ardiente y estrecha y todo lo que deseaba pensar era caer sobre ella una y otra vez hasta encontrar su propio alivio.

Iain se enderezó sobre los codos y la volvió a besar. Deseaba desesperadamente darle suficiente tiempo para ajustarse a él, y se sintió como el más bajo de los animales cuando vio las lágrimas que corrían por el rostro de Judith.

—Dios, Judith, lo siento. He tenido que hacerte daño, pero yo...

La preocupación de la mirada de Iain la tranquilizó mucho más que aquella disculpa a medias. Le acarició la mejilla. Le temblaba la mano.

—Va a ir todo muy bien —susurró, haciéndole la misma promesa que Iain le había hecho unos minutos antes—. El dolor ya ha desaparecido.

Iain sabía que no estaba diciendo la verdad. Le besó la frente, luego el puente de la nariz y finalmente le apresó la boca para un beso largo y apasionado. La mano de Iain se movió entre los cuerpos unidos y comenzó a acariciar la mismísima excitación de Judith.

No le llevó mucho tiempo volver a encender el deseo de Judith. Comenzó a moverse, primero con lentitud, hasta que la oyó gemir de placer y aún fue capaz de aferrarse a esa hebra de control que siempre había retenido cuando había estado con otras mujeres, pero Judith se lo arrancó con una sola y sencilla declaración.

—Te amo, Iain.

La pasión pasó a controlarle la mente y el cuerpo. Se lanzó profundamente dentro de Judith, una y otra vez. Judith levantó las caderas para tomar más de él. Judith no quería permitirle ser suave; no, le hundió las uñas en los hombros, reclamando más y más de aquella increíble dicha.

Iain enterró el rostro en el cuello de Judith e hizo rechinar los dientes ante el ardoroso placer que lo estaba consumiendo.

La presión que estaba creciendo dentro de Judith se estaba volviendo insoportable. Justo cuando estaba segura de que se iba a morir por la intensidad de las sensaciones que le inundaban los sentidos, Iain se volvió aún más enérgico y exigente.

Judith seguía tratando de entender lo que estaba sucediéndole. Iain no se lo permitía. De pronto, se sintió aterrorizada. Se sentía como si su mente estuviera separada de su cuerpo y alma.

—Iain, no...

—Calla, amor —susurró—. Sólo abrázame. Me voy a ocupar de ti.

La mente aceptaba lo que el corazón siempre había sabido. Judith se rindió. Fue la experiencia más mágica de su vida. La invadía una dicha que nunca antes había sentido. Arqueó la espalda, se aferró a su esposo y dejó que el éxtasis la consumiera.

Apenas Iain sintió el alivio de Judith, encontró el suyo propio. Con un ronco gruñido vació su semilla dentro de Judith. El cuerpo entero le tembló ante su propio alivio.

Iain cayó sobre ella con un ronquido de satisfacción masculina. El perfume del acto de amor llenaba el aire entre ellos, un recuerdo persistente de la maravilla que acababan de compartir. El corazón de Iain latía como un tambor y estaba tan sorprendido por su completo abandono ante Judith que no se podía mover. Deseaba permanecer dentro de ella para siempre. Judith le estaba acariciando los hombros y suspiraba de vez en cuando, e Iain deseó que aquello continuara por siempre.

Dios querido, estaba satisfecho.

Le llevó mucho tiempo a Judith recobrarse del acto de amor. Parecía no poder dejar de tocarlo. Tenía por lo menos cientos de preguntas que hacerle. La primera y seguramente la más importante era averiguar si lo había complacido.

Judith lo golpeó suavemente en el hombro para llamar su atención. Iain pensó que le estaba haciendo saber que era demasiado pesado para ella. De inmediato rodó hacia un costado. Judith rodó con él.

Iain tenía los ojos cerrados.

—Iain, ¿te he complacido?

Él respondió con una ancha sonrisa.

No era suficiente. Necesitaba oírselo decir.

Abrió los ojos y la encontró con la mirada fija en él. Parecía preocupada.

—¿Cómo puedes dudar de que me hayas complacido? —preguntó. No le dio tiempo para pensar en motivos. La envolvió con los brazos, la levantó para que descansara sobre él y la besó ruidosamente.

—Si me hubieras complacido más, me habrías matado. ¿Satisfecha ahora?

Judith cerró los ojos y hundió la cabeza bajo el mentón de Iain. Sí, estaba muy satisfecha.

11

Judith no pudo dormir mucho aquella noche. Iain la despertaba continuamente. En realidad, no era algo deliberado de su parte, pero cada vez que se daba la vuelta, sacudía a Judith y la despertaba de su profundo sueño. Judith se movía continuamente para apartarse de él. Iain tragaba de inmediato el espacio hasta que ocupó casi toda la cama y Judith quedó literalmente colgando de un lado.

Por fin, consiguió ser arrastrada por el sueño. Unos pocos minutos después, Iain le tocó el brazo. Judith se incorporó bruscamente y soltó un grito de sorpresa. También le dio un tremendo susto a Iain. Tenía la espada en la mano y ya estaba saliendo de la cama para defenderla antes de que se diera cuenta de que no había ningún intruso.

Judith estaba aterrorizada por algo. Todavía estaba más dormida que despierta, y finalmente Iain pensó que le tenía miedo a él. Tenía una expresión salvaje en los ojos y, cuando dejó la espada y se acercó a ella, Judith retrocedió.

No le permitiría rechazarlo. La tomó por la cintura, se tendió de espaldas y la colocó encima de él. Le atrapó las piernas y las inmovilizó entre las propias y luego comenzó a tranquilizarla frotándole la espalda.

Judith se relajó de inmediato contra él. Iain dejó escapar un ruidoso bostezo.

—¿Estabas teniendo una pesadilla? —le preguntó luego.

Su voz estaba ronca por el sueño. Judith lamentaba terriblemente haberlo molestado.

—No —contestó, con un mínimo susurro—. Vuélvete a dormir. Necesitas descansar.

—Dime qué ha sucedido. ¿Por qué has gritado?

—Lo he olvidado —explicó. Se frotó la cara contra el cálido pecho de Iain y cerró los ojos.

—¿Has olvidado por qué has gritado?

—No —replicó—. Me olvidé de que estaba casada. Al tocarme accidentalmente... reaccioné. No estoy nada acostumbrada a dormir con un hombre.

Iain sonrió en la oscuridad.

—No pensé que lo estuvieras —le dijo—. Ahora no tienes miedo, ¿verdad?

—No, por supuesto que no —susurró—. Gracias por preocuparte tanto.

Señor, qué cortés había sido. Era su esposo y lo estaba tratando como a un extraño. Judith se sintió torpe... y vulnerable. Decidió que estaba excesivamente cansada. No había podido dormir mucho desde que había llegado a las Highlands y toda aquella conmoción no la había ayudado.

No tenía ninguna intención de llorar. Las lágrimas la tomaron por sorpresa. Sabía que se estaba comportando como una niña, que era terriblemente estúpida y emocional, pero no sabía cómo detenerse.

—¿Judith? —El pulgar de Iain le apartó las lágrimas de la mejilla—. Dime por qué estás llorando.

—No había flores. Iain, tendría que haber habido flores.

La voz de Judith había sido tan suave que Iain no estaba seguro de haberla entendido.

—¿Flores? —preguntó—. ¿Dónde no había flores?

Esperó a que se explicara, pero Judith, obstinadamente, permaneció en silencio. Le dio un apretón.

—En la capilla.

—¿Qué capilla?

—La que no tenéis —contestó. Sabía que parecía lastimosa. Aquello tampoco tenía ningún sentido para Iain—. Estoy exhausta —añadió como excusa de su confusa conducta—. Por favor, no te molestes conmigo.

—No estoy molesto —replicó. Siguió masajeándole la espalda mientras pensaba en los extraños comentarios que Judith acababa de hacer. ¿Qué quería decir con eso de las flores en la capilla que no tenían? No tenía ningún sentido, pero decidió que tendría que esperar hasta el día siguiente para averiguar qué la estaba molestando en realidad.

El dulce y cálido cuerpo de Judith pronto hizo derivar sus pensamientos a otros asuntos. No podía volver a tocarla, no esa noche. Sería demasiado pronto para ella y necesitaba tiempo para mitigar la sensibilidad.

Sin embargo, no pudo evitar pensar en ello. En pocos minutos estaba firme y ardiendo. No le importó. Moriría antes de hacerle daño deliberadamente otra vez.

Iain abrazó a su pequeña y dulce esposa y cerró los ojos. Patrick le había dicho que caminaría por los fuegos del purgatorio por su Frances Catherine, e Iain recordaba que se había reído de aquella ridícula idea.

Su hermano había dejado caer todas las defensas. Se había permitido volverse vulnerable. Estaba muy bien preocuparse por la esposa, pero dejar que una mujer gobernara cada acción de un guerrero, desear complacerla en cada cosa tal como Patrick buscaba complacer a su esposa, eso sencillamente no era aceptable en la mente de Iain. Ninguna mujer le iba a hacer correr en círculos. Sabía que nunca podría permitirse involucrarse emocionalmente. Se interesaba por Judith, más de lo que alguna vez hubiera creído, y ahora que era su esposa, se permitiría sentirse contento.

Sin embargo, que lo colgaran si se permitía volverse vulnerable. Por supuesto, estaba extremadamente complacido de que Judith lo amara. Facilitaría mucho más la adaptación.

Iain no volvió a dormirse durante largo rato. Siguió pensando en todas las razones lógicas por las que nunca se permitiría convertirse en un enamorado enclenque como Patrick y, cuando finalmente se durmió, se había convencido a sí mismo de que iba a poner distancia entre el corazón y la mente.

Soñó con Judith.

Judith durmió durante casi toda la mañana. Cuando finalmente se despertó y desperezó, Iain ya había abandonado la alcoba. Se sentía rígida y también sensible, y dejó escapar un sonoro gemido inapropiado para una dama antes de levantarse de la cama.

No tenía idea de lo que se suponía que tenía que hacer ahora que era la esposa del jefe. Decidió que se vestiría y luego buscaría a su esposo para preguntárselo.

Había metido en la bolsa el vestido rosa y ropa interior limpia. Se tomó su tiempo para prepararse, y cuando por fin terminó, hizo la cama y dobló el tartán de más que Iain había dejado sobre el edredón.

El gran salón estaba vacío. En el centro de la mesa había un cuenco de madera lleno de manzanas. Una hogaza de grueso pan negro estaba apoyada contra un costado del cuenco. Judith se sirvió una copa de agua y comió una de las manzanas. Esperaba que en cualquier momento apareciera un criado, pero después de esperar largo rato, decidió que debían estar todos afuera, cumpliendo con otros deberes.

Graham le atrajo la atención cuando comenzó a bajar los escalones. Estuvo a punto de llamarlo y luego se detuvo. El líder del consejo no sabía que lo estaban observando. La expresión de su rostro no era cautelosa. Parecía terriblemente triste y también cansado. Miró una vez detrás de sí, movió la cabeza en un gesto negativo y luego se volvió otra vez hacia los escalones. El corazón de Judith estuvo con el anciano. No conocía el motivo de tal tristeza y ni siquiera estaba segura de si debía entrometerse o no.

Llevaba un pequeño cofre en los brazos. Se detuvo otra vez a mitad de camino por las escaleras para asegurarse de que tenía bien sujeta la carga y luego la vio.

Judith sonrió de inmediato.

—Buenos días, Graham —dijo.

Graham saludó con un gesto de la cabeza. Judith pensó que la sonrisa era forzada. Corrió hacia la entrada.

—¿Quieres que te ayude a cargar eso?

—No, muchacha —contestó—. Ya lo tengo agarrado. Brodick y Alex están sacando el resto de mis cosas. Las de Gelfrid también. Vamos a quitarnos del medio enseguida.

—No entiendo —dijo—. No estáis en el medio. ¿Qué quieres decir?

—Nos mudamos del torreón —explicó Graham—. Ahora que Iain tiene esposa, Gelfrid y yo nos vamos a mudar a una de las cabañas del camino.

—¿Por qué?

Graham se detuvo cuando alcanzó el último escalón.

—Porque ahora Iain está casado —explicó con paciencia.

Judith se adelantó hasta quedar directamente frente a él.

—¿Os estáis mudando porque Iain se ha casado conmigo?

—Acabo de decírtelo, ¿no es así? Querrás tu intimidad, Judith.

—Graham, antes de que Iain se casara conmigo, recuerdo específicamente que tú dijiste que le dabas tu apoyo, que aceptabas la boda.

Graham asintió.

—Es verdad.

—Entonces no puedes marcharte.

Levantó una ceja ante esa declarción.

—¿Qué tiene que ver una cosa con la otra?

—Si te marchas, me vas a demostrar que en realidad no aceptas este casamiento. Pero si te quedas...

—Vamos, Judith, no se trata de eso. Eres una recién casada y mereces privacidad. Dos hombres viejos sólo estarían metiéndose en el medio.

—Entonces, ¿no te estás marchando porque no deseas vivir bajo el mismo techo con una mujer inglesa?

La preocupación de la mirada de Judith era evidente. Graham sacudió la cabeza con vehemencia.

—Si así lo sintiera, te lo diría.

Le creyó. Dejó escapar un suspiro de alivio.

—¿Dónde viven Owen y Duncan? —preguntó luego.

—Con sus esposas.

Graham intentó moverse y pasar por el costado de Judith. Ella le cerró el paso. Graham no quería marcharse y Judith no quería ser la responsable de esa salida forzada. El problema, por supuesto, era el orgullo de Graham. Tenía que encontrar una manera de salvarlo y a la vez salirse con la suya.

—¿Cuánto hace que vives aquí? —preguntó apresuradamente, pensando en mantenerlo ocupado respondiendo a sus preguntas hasta que se le pudiera ocurrir un plan sensato.

—Casi diez años. Cuando me convertí en jefe, me mudé aquí con mi esposa Annie. Falleció hace cinco años. Le pasé mis deberes de jefe a Iain hace seis meses y debería haberme mudado entonces, pero me retrasé. Estoy seguro de que abusé de la hospitalidad de Iain.

—¿Y Gelfrid? —preguntó Judith cuando Graham otra vez intentó pasar por un lado—. ¿Cuánto hace que vive aquí?

Graham le dirigió una mirada perpleja.

—Hace tres años —contestó—. Se mudó después de morir su esposa. Judith, este cofre pesa mucho. Déjame pasar.

Una vez más intentó ir hacia las puertas. Judith corrió delante de él. Apoyó la espalda contra las puertas y abrió mucho los brazos.

—No voy a permitir que te vayas, Graham.

Se quedó asombrado ante la audacia de Judith.

—¿Por qué no? —preguntó.

Parecía irritado, pero Judith pensó que en realidad no lo estaba.

—¿Por qué? —repitió.

—Sí, ¿por qué? —preguntó otra vez.

Que Dios la ayudara, no se le ocurría ni una sola razón lógica. Entonces casi sonrió. Supuso que eso sólo dejaba las razones ilógicas.

—Porque vas a herir mis sentimientos. —Judith notó que se ruborizaba. Se sentía como una idiota—. Sí, así es —agregó con un gesto de la cabeza.

—Judith, ¿qué estás haciendo, en nombre de Dios? —gritó Brodick desde el descansillo. Judith no se atrevió a moverse de las puertas cuando levantó la mirada hacia arriba. Vio que Gelfrid estaba de pie junto a Brodick.

—No voy a permitir que ni Graham ni Gelfrid se marchen —gritó.

—¿Por qué no? —preguntó Brodick.

—Me voy a quedar con ellos —gritó a su vez—. Iain se quedó conmigo y yo me voy a quedar con ellos.

Era una jactancia atroz y totalmente vacía, e Iain la arruinó por completo cuando abrió las puertas. Judith salió volando hacia atrás. Su esposo la atrapó entre los brazos. Graham dejó caer el cofre y también se estiró para agarrarla, y de pronto Judith se encontró en medio del forcejeo de los dos hombres. Judith estaba ruborizada ante su torpeza.

—¿Judith? ¿Qué estás haciendo? —preguntó Iain.

Estaba haciendo una completa idiota de sí misma. No iba a decirle eso a Iain. Además, estaba bastante segura de que él ya lo sabía.

—Estoy intentando hacer que Graham entre en razón —explicó—. Tanto él como Gelfrid quieren mudarse.

—No los quiere dejar —gritó Brodick.

Iain apretó la mano de Judith.

—Si desean marcharse, no deberías interferir —le dijo.

—¿Tú quieres que se muden? —le preguntó.

Se volvió y lo miró, esperando la respuesta. Iain negó con la cabeza.

Judith sonrió. Luego se volvió para enfrentarse a otra vez a Graham.

—Eres descortés, Graham.

Graham sonrió. Iain estaba consternado.

—No debes hablarle a un anciano en ese tono —ordenó.

—Y yo no debo herir sus sentimientos —intercedió Graham con un gesto de la cabeza—. Si eso es tan importante para ti, muchacha, supongo que Gelfrid y yo nos podríamos quedar.

—Gracias.

Gelfrid había bajado corriendo los escalones. Judith podía ver que estaba aliviado. Estaba tratando de mirarla furioso y fracasaba infelizmente.

—Es probable que discutamos —anunció.

Judih asintió.

—Sí —contestó.

—No me vas a golpear la espalda cada vez que tenga un cosquilleo en la garganta.

—No.

Gruñó.

—Que así sea. Brodick, trae otra vez mis cosas. Me quedo.

Gelfrid se apresuró a subir los escalones.

—Ten cuidado con lo que haces, muchacho. No voy a permitir que abolles así mi cofre.

Iain intentó levantar el cofre de Graham. El anciano le apartó las manos.

—No soy tan viejo como para no poder arreglármelas —declaró—. Hijo, tu esposa es muy nerviosa —añadió con un tono de voz más suave—. Se arrojó contra la puerta y montó tal escándalo que Gelfrid y yo tuvimos que ceder.

Finalmente, Iain entendió exactamente qué había sucedido.

—Aprecio tu concesión al ceder —replicó con tono serio—. La adaptación de Judith va a llevar algo de tiempo, e indudablemente voy a necesitar algo de ayuda con ella.

Graham asintió.

—Es mandona.

—Sí, lo es.

—Gelfrid y yo podemos trabajar con ese defecto.

—Y yo también —dijo Iain.

Graham comenzó a subir otra vez los escalones.

—Sin embargo, no sé qué vamos a hacer con sus tiernos sentimientos. Supongo que ninguno de nosotros va a poder cambiar ese defecto.

Judith permaneció junto a Iain y observó hasta que Graham desapareció por una esquina. Sabía que su esposo tenía la mirada fija en ella. Supuso que en realidad debía ofrecerle alguna explicación por su conducta.

Lo tomó de la mano y se volvió para mirarlo.

—Ésta es su casa tanto como la tuya —dijo—. No creí que realmente se quisieran marchar y por eso yo...

—¿Tú qué? —preguntó Iain cuando Judith no continuó.

Judith dejó escapar un suspiro y volvió la mirada al suelo.

—He hecho el completo ridículo para lograr que se quedaran. Fue todo lo que pude pensar para salvar el orgullo de los dos. —Soltó la mano de Iain e intentó alejarse—. Probablemente hablarán de ello durante semanas.

Iain la atrapó cuando Judith alcanzó el centro del gran salón. Le puso las manos sobre los hombros y la hizo girar para que lo mirara.

—Eres mucho más perceptiva que yo —le dijo.

—¿Ah, sí?

Asintió.

—Nunca se me hubiese ocurrido que Graham y Gelfrid pudieran desear quedarse.

—Hay suficiente espacio.

—¿Por qué te estás sonrojando?

—¿Lo estoy?

—¿Hoy te sientes mejor?

Judith lo miró fijamente a los ojos mientras pensaba en la pregunta.

—Anoche no me sentía mal.

—Te hice daño.

—Sí. —Sintió que el rostro le ardía de vergüenza. Volvió la mirada al mentón de Iain—. Hoy me siento mucho mejor. Gracias por preguntar.

Iain necesitó de toda su disciplina para no reírse de ella. Cada vez que Judith estaba avergonzada, recurría a la extrema cortesía. Había notado ese rasgo durante el viaje y lo había encontrado muy atractivo. Después de la noche de pasión que habían compartido, también era muy divertido.

—De nada —dijo arrastrando las palabras.

Le levantó el mentón con un pequeño empujón y luego se inclinó. Le rozó la boca una vez y luego otra. No era suficiente. Profundizó el beso y la levantó contra él.

Judith se olvidó de su vergüenza y se concentró en devolverle el beso. Finalmente Iain se apartó. Judith se desplomó contra él.

—Judith, dejé un tartán sobre la cama. Se supone que debes usarlo.

—Sí, Iain.

La besó de nuevo por aceptar con tanta rapidez. Brodick los interrumpió al gritar el nombre de Iain. También disfrutó de la reacción de ambos. Judith pegó un salto. Iain lo miró furioso.

—Erin te está esperando para darte el informe —dijo Brodick directamente detrás de ellos—. Si ya has terminado de magullar a tu esposa, le diré que entre.

—Yo también me marcho —dijo Judith.

Iain sacudió la cabeza.

—No me digas lo que piensas hacer, Judith. Has de pedirme permiso.

Parecía que estaba instruyendo a un niño. Judith estaba profundamente irritada, pero ocultó su reacción porque Brodick estaba observando.

—Entiendo —susurró.

—¿Dónde creías que ibas a ir?

—A traer el resto de mis cosas de la casa de Frances Catherine.

Decidió no darle tiempo para darle permiso. Se estiró, lo besó y luego corrió a la puerta.

—No voy a tardar mucho.

—No —dijo Iain—. Vas a regresar en diez minutos, Judith. Necesito hablar contigo de algunos asuntos importantes.

—Sí, Iain.

Iain observó cómo se marchaba. Apenas la puerta se cerró tras ella, Brodick empezó a reírse.

—¿Qué demonios es tan divertido?

—Estaba apreciando el fuego en los ojos de tu esposa cuando le dijiste que necesitaba tu permiso, Iain.

Iain sonrió. También había apreciado esa reacción. Aquella mujer indudablemente tenía un indomable y salvaje espíritu dentro de ella.

Entonces Erin entró en el salón e hizo que los pensamientos de Iain se dirigieran hacia asuntos más importantes. Mandó a Brodick escaleras arriba para ir buscar a Graham para que oyera lo que Erin tenía que decir.

Judith comenzó a bajar la colina con prisa y luego aminoró el paso. Era un día glorioso. El sol brillaba intensamente y la brisa era en verdad cálida. Intentó concentrarse en la belleza que la rodeaba en vez de en la manera altiva en que Iain le había dicho que iba a tener que obtener su permiso cada vez que deseara hacer algo. ¿En serio creía que debería obtener su aprobación antes de ir a visitar a su querida amiga? Supuso que sí.

Judith sabía que era su deber congeniar con su esposo. Se suponía que debía obedecerlo tal como había prometido en la ceremonia de boda. También estaba el significativo hecho de que su esposo resultaba ser el jefe. Decidió que el casamiento iba a hacer algunos ajustes en su pensamiento.

Se había detenido a mitad de camino por la colina y recostado contra un grueso árbol mientras consideraba su nueva posición. Amaba a Iain; confiaba en él por completo. Sería una equivocación desafiarlo abiertamente. Supuso que iba a tener que ser paciente, hasta que Iain alcanzara el punto en que no encontrara necesario estar atento de ella cada minuto.

Tal vez Frances Catherine podía ofrecerle alguna sugerencia. Judith deseaba hacer feliz a Iain, pero no deseaba que le convirtiera en una sierva. Su amiga llevaba mucho tiempo casada, y seguramente se había encontrado con un problema similar con Patrick. Se preguntó cómo había hecho para lograr que Patrick escuchara sus opiniones.

Judith se apartó del árbol y continuó por el sendero.

La primera piedra le dio en el centro de la espalda. Judith fue impulsada hacia adelante y cayó con fuerza sobre las rodillas. Estaba tan sorprendida que instintivamente volvió la cabeza para ver de dónde había venido la piedra.

Vio el rostro del niño segundos antes de que la segunda piedra la golpeara. La roca dentada rasgó la delicada piel directamente debajo de su ojo derecho. La sangre le corrió por la mejilla.

No hubo tiempo de gritar. La tercera piedra dio en el blanco en el lado izquierdo de la cabeza. Judith se desplomó al suelo. Si le tiraron más piedras, no las sintió. La fuerza del golpe en la sien le había hecho perder el sentido completamente.

Iain se impacientaba cada vez más al ver que Judith no regresaba de inmediato al torreón. Escuchó el informe de Erin respecto a la posibilidad de una alianza entre los Dunbar y los Maclean, pero su mente no estaba en eso. Erin le estaba diciendo lo que ya sabía y sólo se repetía el informe por Graham. El líder del consejo no había creído que tal unión fuera posible, ya que tanto el terrateniente Dunbar como el jefe Maclean eran demasiado ancianos y demasiado apegados a sus hábitos como para ceder poder ante otro clan. Ahora, al escuchar el relato de Erin de la reunión que él en realidad había presenciado, Graham quedó totalmente convencido.

Y Judith todavía no había regresado. El instinto de Iain le decía que algo malo estaba pasando. Se dijo a sí mismo que sencillamente Judith habría perdido la noción del tiempo. Probablemente estaba sentada a la mesa de Frances Catherine, absorta en la discusión de algún tema, y no se había dado cuenta del paso del tiempo. Sin embargo, la razón no mitigó la preocupación.

Ya no pudo quedarse quieto. No anunció su intención de dejar la mesa. Sencillamente se puso de pie y se dirigió a la entrada.

—¿Adónde vas, Iain? —preguntó Graham—. Tenemos que formar un plan ahora.

—No voy a tardar mucho —contestó Iain—. Voy a buscar a Judith. Ya debería haber regresado.

—Probablemente ha perdido la noción del tiempo —sugirió Brodick.

—No.

—Entonces, ¿te está probando? —preguntó el guerrero, sonriendo ante aquella posibilidad—. Esa mujer es obstinada, Iain. Tal vez no le ha gustado tu orden.

Iain hizo un gesto con la cabeza. La negativa fue vehemente.

—No me desafiaría.

Brodick se puso de pie bruscamente. Se inclinó ante Graham y luego corrió tras el jefe. Iain tomó el sendero hacia la cabaña de su hermano. Brodick montó su caballo y tomó el camino más largo, rodeando los árboles.

Iain la encontró primero. Estaba desplomada sobre el suelo, acostada de lado y la única parte visible de su rostro estaba cubierta de sangre.

No sabía si estaba muerta o viva. Y en esos segundos que tardó en llegar junto a ella, estuvo consumido por el terror. Fue incapaz de razonar nada. Sólo un pensamiento le corría por la mente. No podía perderla. No ahora, no cuando acababa de entrar en su sombría vida.

Su rugido de angustia se oyó por las colinas. Los hombres llegaron corriendo, con las espadas en la mano, listos para utilizarla. Patrick acababa de salir por la puerta de la cabaña con su esposa del brazo cuando oyó el escalofriante sonido. Empujó dentro a Frances Catherine, le ordenó que echara el cerrojo a la puerta, giró y subió corriendo la colina.

Iain no se había dado cuenta de que había gritado. Se arrodilló junto a Judith y la giró con suavidad hasta que quedó de espaldas. Judith dejó escapar un suave gemido. Fue el sonido más dulce que Iain había escuchado en su vida. No se la habían arrebatado. Comenzó a respirar otra vez.

Los hombres se reunieron en un semicírculo a su alrededor. Observaron cómo el jefe lentamente revisaba a Judith para saber si tenía algún hueso roto.

Brodick rompió el silencio.

—¿Qué diablos le ha pasado?

—¿Por qué no abre los ojos? —preguntó Gowrie al mismo tiempo.

Patrick se abrió paso a empujones a través de la muchedumbre y se arrodilló junto a su hermano.

—¿Se va a recuperar?

Iain asintió. Todavía no se animaba a hablar. Le llamó la atención la inflamación de la sien de Judith. La apartó el cabello con delicadeza para tener una mejor visión.

—Buen Dios —susurró Patrick cuando vio la herida—. Se podría haber matado con la caída.

—No se ha caído. —Iain hizo esa declaración con la voz temblando de furia.

Patrick estaba aturdido. Si no se había caído, ¿qué le había sucedido?

Brodick respondió a la pregunta antes de que Patrick tuviera tiempo de hacerla.

—Alguien le ha hecho esto —dijo. Se arrodilló al otro lado de Judith y suavemente comenzó a limpiarle la sangre de la mejilla con el borde del tartán—. Mira las piedras, Patrick. Hay sangre en ellas. Esto no ha sido un accidente.

Iain necesitó cada gramo de disciplina que tenía para no dejar que la ira lo dominara. Judith estaba primero. La venganza podía esperar. Terminó de revisar a Judith para asegurarse de que los huesos de las piernas y tobillos estaban aún intactos y luego giró para tomarla entre los brazos. Patrick lo ayudó.

Los dos hermanos se pusieron de pie al mismo tiempo. La mirada de Iain se posó en Brodick. La angustia que el guerrero vio en los ojos de su jefe era delatadora.

Iain no quería a Judith sólo en su cama. Estaba enamorado de ella.

Judith estaba acurrucada contra el pecho de Iain. Éste comenzó a subir la colina y de pronto se detuvo. Se volvió hacia Brodick.

—Encuentra a ese canalla. —No esperó a que Brodick aceptara la orden—. Patrick, ve a buscar a Frances Catherine. Judith la querrá a su lado cuando se despierte.

La vibración de la voz de Iain despertó a Judith. Abrió los ojos e intentó entender dónde estaba. Todo daba vueltas a su alrededor, haciendo que su estómago sintiera náuseas y la cabeza le latiera con violencia. Cerró los ojos de nuevo y dejó que Iain se ocupara de ella.

No se volvió a despertar hasta que Iain la dejó en el centro de la cama. Apenas Iain la soltó, Judith trató de sentarse. De inmediato la habitación comenzó a girar. Se aferró al brazo de su esposo y se sostuvo con fuerza hasta que volvió a verlo todo con claridad.

Le dolía todo el cuerpo. Sentía que le ardía la espalda. Iain dejó de tratar de obligarla a acostarse cuando Judith se quejó de ese dolor. Graham entró corriendo a la habitación con un cuenco tan lleno de agua que rebosaba por los lados con cada paso que daba. Gelfrid lo seguía con una pila de cuadrados de lino.

—Hazte a un lado, Iain. Déjame llegar hasta ella —ordenó Graham.

—La pobre muchacha ha tenido una caída importante, ¿verdad? —comentó Gelfrid—. ¿Siempre es así de torpe?

—No, no lo es —respondió Judith.

Gelfrid sonrió. Iain no quería soltar a su esposa.

—Yo me ocuparé de ella —le dijo a Graham—. Es mía, maldita sea.

—Por supuesto que sí —concordó Graham, intentando aplacar a Iain.

Judith levantó la mirada y miró fijamente a su esposo. Estaba furioso. Iain le hacía daño al sostenerla con tanta fuerza.

—Mis heridas no son importantes —anunció Judith, deseando sinceramente tener razón en la evaluación—. Iain, por favor, suéltame el brazo. Ya tengo suficientes moretones.

Iain hizo lo que le pedía. Graham colocó el cuenco sobre el arcón. Gelfrid empapó uno de los cuadrados de lino y se lo entregó a Iain.

Iain no habló mientras le limpiaba la sangre del costado del rostro. Era extremadamente suave. La herida era profunda, pero Iain no creyó que hubiera que coserla hasta que se curara.

Judith se quedó aliviada al oír aquello. No le agradaba la idea de que nadie, ni siquiera su esposo, le pusiera una aguja en la piel.

Iain parecía estar calmándose. Luego, Gelfrid lo volvió a poner de malhumor sin darse cuenta.

—Es un milagro que no se haya quedado ciega. Podría haberse arrancado el ojo de cuajo. Sí, es muy posible.

—Pero no sucedió —dijo Judith cuando vio que la expresión fría regresaba a los ojos de Iain. Acarició el brazo de su esposo—. Está bien —le dijo con un tono de voz tranquilizador—. Ya me siento mucho mejor.

Estaba tratando de consolarlo. Iain estaba exasperado con ella.

—Te vas a sentir mejor después de que te ponga un poco de bálsamo en las heridas. Quítate la ropa. Quiero mirarte la espalda.

Iain le dio esa orden justo cuando Graham se inclinaba hacia adelante para colocar un paño mojado con agua fría en la inflamación de la sien.

—Sostén esto con fuerza contra la hinchazón, Judith. Te ayudará a quitar el dolor.

—Gracias, Graham. Iain, no me voy a quitar la ropa.

—El golpe en el costado de la cabeza la podría haber matado —comentó Gelfrid—. Sí, tiene suerte de que no la haya matado.

—Sí, te vas a quitar la ropa —le dijo Iain.

—Gelfrid, ¿por favor, podrías dejar de irritar a Iain? Sé que no es tu intención, pero lo que podría haber sucedido no sucedió. Estoy bien, en serio.

—Por supuesto que estás bien —concordó Gelfrid—. Será mejor que la observemos de cerca, Graham. Podría estar confusa durante uno o dos días.

—Gelfrid, por favor —dijo Judith con un gemido—. Y realmente no me voy a quitar la ropa —explicó por segunda vez.

—Sí, lo vas a hacer.

Judith le hizo un gesto a Iain para que se acercara. Gelfrid se acercó con Iain:

—Iain, tenemos... compañía.

Iain sonrió por primera vez. La modestia de Judith era refrescante y el entrecejo fruncido que ella le dedicaba le provocaba ganas de reír. Realmente se pondría bien. No habría estado tan enfadada si la herida en la cabeza hubiera sido seria.

—Nosotros no somos compañía —le dijo Graham—. Vivimos aquí, ¿recuerdas?

—Sí, por supuesto, pero...

—¿Ves las cosas dobles, Judith? —preguntó Gelfrid—. ¿Recuerdas a Lewis, Graham? Antes de caerse veía dobles todas las cosas.

—Por el amor de... —empezó Judith.

—Vamos, Gelfrid. La muchacha está a punto de estallar de rubor. No se quitará la ropa hasta que nos marchemos.

Judith esperó hasta que la puerta se hubo cerrado

tras los dos ancianos antes de volverse de nuevo hacia Iain.

—No puedo creer que esperaras que me quitara la ropa frente a Graham y Gelfrid. ¿Qué estás haciendo ahora?

—Te estoy quitando la ropa por ti —explicó con paciencia.

La bravata de ira de Judith se desvaneció. Fue la sonrisa de Iain, por supuesto. Tuvo que tomarse su tiempo para notar que la sonrisa le hacía aún más guapo y luego fue demasiado tarde para discutir. Le había quitado la camisa y se estaba inclinando sobre ella, aguijoneando el magullón en el centro de la espalda, antes de que Judith tuviera tiempo de ordenarle que se detuviera.

—La espalda está bien —le dijo—. La piel no ha sufrido daño.

Los dedos de Iain marcaron una línea a lo largo de la columna. Sonrió al notar los escalofríos que le causaban a Judith las caricias.

—Eres tan suave y lisa —susurró.

Se inclinó y le besó el hombro.

—Probablemente Frances Catherine esté esperando abajo para verte. Voy a decir a Patrick que la haga subir.

—Iain, ya estoy completamente recuperada. No necesito...

—No discutas conmigo.

La determinación de su mandíbula y el tono de su voz le dijeron a Judith que sería inútil pelear con él. Se puso el camisón porque Iain insistió. Se sentía ridícula usando la ropa de noche durante el día, pero en esos momentos Iain necesitaba aplacarse. Todavía parecía preocupado.

Frances Catherine llegó unos minutos más tarde. Le dirigió una mirada de furia a Patrick para que saliera de la habitación, ya que la había llevado en brazos escaleras arriba y se había quejado ruidosamente por el peso que había ganado.

Gelfrid y Graham le sirvieron la cena. Judith no estaba acostumbrada a que la mimaran. Sin embargo, no tuvo ningún problema en disfrutar de toda aquella atención. Luego llegó Isabelle para ver cómo le iba y, para cuando Iain regresó, Judith estaba exhausta de tanta compañía.

Iain hizo que todos se marcharan. Judith protestó a medias. Se quedó dormida minutos más tarde.

Se despertó unos pocos minutos antes del amanecer. Iain estaba durmiendo boca abajo. Intentó ser lo más silenciosa posible al salir de la cama. Sacó una pierna.

—¿Todavía te duele la cabeza?

Se volvió para mirarlo. Iain estaba apoyado sobre un codo y la miraba fijamente. Tenía los ojos medio cerrados, el cabello alborotado y tenía un aspecto rudamente atractivo.

Volvió a meterse en la cama y le dio un pequeño empujón para que se acostara y así poder inclinarse sobre él. Le besó el entrecejo fruncido en la frente y luego le mordisqueó la oreja.

Iain no estaba de humor para bromear. Gruñó roncamente, la envolvió con los brazos y le capturó la boca para darle un verdadero beso.

La respuesta de Judith lo enloqueció. El beso se volvió ardiente, húmedo y embriagador. La lengua entró con violencia en la dulce boca de Judith para acoplarse a la de ella, y cuando finalmente Iain terminó con el erótico juego de amor, Judith se desplomó contra su pecho.

—Cariño, contéstame. ¿Todavía te duele la cabeza?

La preocupación estaba allí, en su voz, y realmente

todavía le dolía un poco, pero no deseaba que él dejara de besarla.

—Besarte en realidad me hace sentir mejor —le susurró.

Iain sonrió. El comentario era ridículo, por supuesto. Sin embargo, le agradaba. Se extendió y le frotó la nariz contra el costado del cuello.

—Me excita —le dijo.

Judith dejó escapar un pequeño suspiro de placer.

—¿Me deseas, Judith?

No sabía si debía actuar con timidez o audacia. ¿A los esposos les agradaba que las esposas fueran tímidas o audaces? Decidió no preocuparse por ello. Ya había empezado siendo audaz y a Iain no había parecido molestarle.

—Te deseo... un poco.

Era todo lo que Iain necesitaba oír. Se apartó de ella, se puso de pie y tiró de Judith hasta que quedó junto a él. Le empujó el rostro hacia arriba para que lo mirara a los ojos.

—Voy a hacer que me desees tanto como yo te deseo a ti —dijo.

—¿Lo harás? Iain, ¿ya me deseas... ahora?

Judith no entendía. Señor, era tan inocente. Todo lo que tenía que hacer era echarle una buena mirada y no hubiera tenido ninguna duda con respecto a su deseo hacia ella. Sin embargo, Judith no quería mirar. La vergüenza no se lo permitía. Iain decidió mostrárselo. Le tomó la mano y la puso sobre la firme erección. Judith reaccionó como si se acabara de quemar con fuego. La apartó con la velocidad de un rayo. El rostro se le puso del color del carmín. Iain soltó un suspiro. Su pequeña y dulce esposa todavía no estaba lista para liberarse de la timidez. No iba a insistir.

Era un hombre paciente. Podía esperar. La besó en la parte superior de la cabeza y luego la ayudó a quitarse el camisón. Judith mantuvo la cabeza baja hasta que Iain volvió a empujarla a sus brazos.

Luego Iain comenzó la atractiva tarea de ayudarla a librarse de la timidez. Judith no respondió de la manera que Iain hubiera querido cuando le frotó suavemente los hombros, los brazos y la espalda, pero cuando empezó a acariciarle con ternura las suaves nalgas, Judith dejó escapar un pequeño gemido de placer, haciéndole saber sin palabras que allí era sensible a las caricias.

Finalmente Judith comenzó a explorarle el cuerpo con la punta de los dedos. Le llevó largo rato llegar hasta la parte frontal. Iain ya estaba rechinando los dientes con anticipación.

La agonía valió la pena. La mano de Judith llegó a la parte más baja del estómago. Vaciló y luego se movió más abajo, hasta que estuvo tocando la mismísima excitación de Iain.

La reacción de Iain volvió más audaz a Judith. Iain gruñó roncamente desde el fondo de la garganta y se aferró con mayor intensidad a los hombros de Judith. Ésta le besó en el pecho e intentó moverse más abajo para poder besarle el llano estómago. No había ni un gramo de grasa en aquel cuerpo. Era todo firmes músculos. Se encorvó cuando Judith le besó el ombligo. Tuvo que volver a besarlo allí, sólo para volverlo loco.

Iain la dejó hacer hasta que llegó a la ingle. Entonces la apartó y le besó la dulce boca. Fue un beso largo, firme y apasionado. Sin embargo, Judith todavía no lo había abordado.

—Iain, quiero.

—No.

Su voz era áspera. No pudo evitarlo. El solo pensar

en lo que Judith deseaba hacerle le daba ansias de estar dentro de ella. Sin embargo, no estaba dispuesto a encontrar primero la propia satisfacción y sabía con certeza que así sería si Judith lo tomaba en su boca.

—Sí —susurró.

—Judith, no lo entiendes —comenzó, con la voz disonante.

Los ojos de Judith estaban nublados de pasión. Aquello aturdió a Iain. ¿Judith se estaba excitando sólo con tocarlo? No tuvo tiempo para pensar en ello.

—Entiendo que es mi turno —susurró ella. Se enderezó y lo besó sólo para obtener su silencio. La lengua de Judith empujó dentro de la boca de Iain antes de que éste pudiera tomar el mando—. Permítemelo —rogó.

Se salió con la suya. Las manos de Iain estaban hechas un puño a los costados. Respiró profunda y temblorosamente y se olvidó de soltar el aire. Judith era inocentemente torpe, maravillosamente inexperta y tan encantadoramente cariñosa que sintió que se había muerto e ido al cielo.

No pudo aguantar mucho el dulce tormento. No tenía ni idea de cómo habían llegado a la cama. Tal vez él la empujó. Estaba tan completamente fuera de control que no podía pensar en nada más que complacerla hasta que estuviera lista para él.

Los dedos de Iain empujaron dentro de la estrechez de Judith, y cuando sintió la líquida excitación, desapareció su compostura. Se movió entre los muslos de ella lanzando un ronco gruñido de pura exigencia masculina.

Y, con todo, antes de moverse para hacerla completamente suya, vaciló:

—¿Cariño?

Le estaba pidiendo permiso. Esa idea penetró en la

confusión de pasión de Judith y se le llenaron los ojos de lágrimas. Dios querido, cómo amaba a aquel hombre.

—Oh, sí —gritó, sabiendo que seguramente se moriría si Iain no iba a ella en ese momento.

Iain aún intentó ser suave, pero Judith no estaba de humor para permitirlo. Al principio Iain se movió con lentitud, hasta que Judith levantó las caderas para encontrarlo. Judith se aferró a los muslos de Iain para acercarlo a ella, delineándole la piel con las uñas.

Las bocas no se separaron mientras el ritual de copulación tomaba el control. La cama chirriaba con los firmes empujones de Iain. Los gruñidos se mezclaron con los gemidos de placer. En esos momentos ninguno pudo formar un pensamiento coherente, y cuando Iain supo que estaba a punto de derramar su semilla en Judith, movió la mano entre los dos cuerpos unidos para ayudarla a conseguir primero su satisfacción.

El fuego de la pasión lo consumía. Su propio placer lo debilitó y lo hizo invencible al mismo tiempo. Se desplomó contra Judith con un ronco gruñido de pura satisfacción.

Amaba el perfume de Judith. Inhaló la delicada fragancia femenina y pensó que seguramente acababa de visitar el cielo. Todavía sentía el corazón como si estuviera a punto de estallarle, y pensó que no le importaría que eso sucediera. Estaba demasiado satisfecho para molestarse con cualquier cosa en aquellos momentos.

Tampoco Judith se había recobrado todavía. El darse cuenta de ello le agradó de manera arrogante. Le agradaba poder ser capaz de hacerle perder por completo las inhibiciones y el control. La besó en la base del cuello donde le latía alocadamente el pulso y sonrió ante la manera en que las caricias le hacían quedar sin aliento en la garganta.

Intentó encontrar la fuerza para apartarse de ella. Sabía que probablemente la estaba aplastando, pero, maldición, no quería que terminara esa dicha. Nunca había experimentado esa clase de satisfacción con ninguna otra mujer. Sí, siempre había sido capaz de retener una parte de sí mismo. Pero no había podido protegerse de Judith. La idea lo dejó pasmado y de pronto se sintió muy vulnerable.

—Te amo, Iain.

Una declaración tan sencilla y sin embargo tan liberadora. Judith le había quitado la preocupación antes de que tuviera tiempo de dejar que lo controlara.

Iain bostezó contra la oreja de Judith y luego se incorporó sobre los codos para besarla. Se olvidó de sus intenciones cuando vio el rudo corte y la inflamación bajo el ojo.

Judith estaba sonriendo hasta que Iain empezó a fruncir el entrecejo.

—¿Qué pasa, Iain? ¿No te he complacido?

—Por supuesto que sí —replicó.

—Entonces, ¿por qué...?

—Podrías haber perdido el ojo.

—Ay, Señor, te estás pareciendo a Gelfrid —comentó. Estaba tratando de bromear con él y hacer que desapareciera su entrecejo fruncido, pero no funcionó.

—Tuviste mucha suerte, Judith. Podrías haber...

Le puso la mano sobre la boca.

—Tú también me has complacido —susurró.

Iain no comprendió. Atrajo su atención con la siguiente pregunta.

—Cuando te caíste, ¿viste por casualidad a algún hombre... o mujer de pie allí cerca?

Judith pensó en la pregunta durante unos instantes antes de tomar la decisión de no hablarle del niño pequeño que había visto. El niño era demasiado joven para que lo arrastraran a la presencia del jefe. Sería aterrador para él, por no hablar de la vergüenza y humillación que causaría a su familia. No, no podía dejar que eso sucediera. Además, estaba segura de que ella misma podía encargarse del asunto. Primero tendría que encontrar al pequeño bribón y, cuando lo hiciera, tendría una buena, larga y dura conversación con él. Si no estaba adecuadamente arrepentido, tal vez pediría ayuda a Iain. O por lo menos amenazaría con pedírsela. Pero eso sería como último recurso. Y si el niño era lo suficientemente mayor (aunque realmente no creía que tuviera ni siete años) tiraría de él y lo llevaría hasta el padre Laggan para que confesara su pecado.

—¿Judith? —preguntó Iain, aguijoneándola para que le respondiera.

—No, Iain. No vi a ningún hombre o mujer de pie por allí cerca.

Iain asintió. Realmente no creía que Judith hubiera visto a alguien, ya que dudaba de que ni siquiera se hubiera dado cuenta de que había sido atacada. Probablemente la primera piedra la hizo perder el sentido y sencillamente tenía una mente demasiado inocente para pensar en la posibilidad de una traición.

Se inclinó y la besó antes de salir de la cama.

—Ya ha amanecido. Tengo obligaciones que cumplir —comentó.

—¿Yo tengo obligaciones? —preguntó Judith mientras se cubría con las mantas.

—Por supuesto que sí —contestó—. Judith, ¿por qué me ocultas tu cuerpo?

Ella comenzó a ruborizarse. Iain rió. Judith empujó las mantas con los pies y se puso de pie para mirar de frente a Iain. Él se tomó su tiempo para observarla.

Judith tenía la mirada fija en la repisa de la chimenea.

—Está bien que me mires tú —dijo Iain arrastrando las palabras.

El regocijo en la voz de Iain hizo sonreír a Judith.

—Estás disfrutando de mi vergüenza, ¿no es así, esposo?

No le respondió. Por fin Judith lo miró. Iain estaba... pasmado. ¿Es que su cuerpo no le agradaba? Alcanzó las mantas para ocultarse de él.

El próximo comentario de Iain la detuvo.

—Acabas de llamarme esposo. Me gusta.

Dejó que la manta cayera de nuevo sobre la cama.

—¿Te gusto yo?

Iain sonrió.

—A veces.

Judith rió mientras corría a arrojarse a los brazos de Iain. Éste la levantó del suelo y la besó.

—Me haces olvidarme de mis obligaciones.

A Judith no le importó. Le gustaba que sus besos pudieran quitarle la concentración a Iain. Regresó a la cama y se sentó para observarlo mientras se vestía.

Le pareció a Judith que con cada prenda que se ponía cambiaba un poco y se volvía cada vez más el líder del clan, y cada vez menos el tierno amante que había conocido momentos atrás. Una vez colocado el andamiaje del cinturón, era el jefe en todos los aspectos, y la trataba como su vasalla.

Explicó que su obligación era dirigir a los criados en las tareas. No tenían una cocinera que trabajase toda la jornada en el torreón. Las mujeres del clan se ocupaban de esa tarea por turnos. Si deseaba hacerse cargo de ello, podría hacerlo.

Judith era responsable del mantenimiento del interior del torreón. Ya que Graham y Gelfrid iban a seguir viviendo con ellos, también se suponía que debía hacerse cargo de las necesidades de los dos.

Judith no estaba preocupada. Desde temprana edad había dirigido a los criados en las tierras del tío Tekel. No pensaba que hubiera ningún problema que no pudiera manejar.

Iain parecía preocupado. Judith era muy joven para tener tantas obligaciones sobre los hombros. Hizo ese comentario y le ordenó que acudiera a él si necesitaba más ayuda.

Judith no se sintió insultada por la falta de confianza en su habilidad. Era imposible que él pudiera saber lo que ella era capaz de hacer. Tendría que enseñarle que podía hacerse cargo de las responsabilidades que acarreaba ser la esposa del jefe. Sólo entonces dejaría de preocuparse.

Estaba ansiosa por comenzar.

—Voy a bajar y empezar enseguida —anunció.

Iain sacudió la cabeza.

—Aún no te has recuperado de la herida. Debes descansar.

Antes de que pudiera discutir con él, la puso de pie, le besó la frente y luego fue hacia la puerta.

—Ponte mi tartán, esposa.

Judith se olvidó de su desnudez y corrió hacia él.

—Tengo una cosa que pedirte.

—¿Qué es?

—Por favor, ¿querrías reunir a todas las mujeres y niños? Me gustaría que me los presentaras.

—¿Por qué?

Judith no se explicó.

—Por favor.

Iain soltó un suspiro.

—¿Cuándo quieres que lo haga?

—Esta tarde estará bien.

—Pensaba reunir a mis guerreros para darles la noticia de nuestro casamiento y ellos informarían a sus esposas, pero si estás decidida...

—Oh, sí.

—Está bien, entonces —concedió.

Finalmente, Judith le permitió abandonar la habitación. No se apresuró a vestirse. El acto amatorio de Iain la había agotado. Volvió a meterse en la cama, se envolvió con las mantas del lado de la cama de Iain para así sentirse más cerca de él y cerró los ojos.

La pequeña siesta duró tres horas. No estuvo preparada para abandonar la habitación hasta comienzos de la tarde. Se sentía culpable por perder el tiempo, pero eso no la hizo apresurarse. Se vistió con la misma ropa interior blanca porque todavía no había traído sus cosas de la casa de Frances Catherine. Intentó acomodarse el tartán de Iain pero quedó hecha un desastre y finalmente fue a buscar a uno de los ancianos para que la ayudara.

Gelfrid acudió en su ayuda. La escoltó por las escaleras.

Iain estaba esperando en el gran salón con Graham. Ambos sonrieron cuando la vieron.

Entonces Brodick entró en el salón con grandes zancadas y atrajo su atención. Judith se volvió para sonreírle.

Brodick se inclinó ante ella.

—Te están esperando, Iain —dijo—. Judith, podrías haber perdido ese ojo. Eres muy afortunada.

—Sí, lo es —intervino Gelfrid—. No entiendo por qué el jefe desea hablar directamente con las mujeres —añadió entonces.

Deseaba una explicación, por supuesto. Judith no iba a dársela. Sonrió al anciano y se dirigió a su esposo. Lo tomó de la mano y caminó hacia la puerta.

—Iain, confías en mí, ¿verdad? —preguntó.

Iain se quedó sorprendido ante la pregunta.

—Sí —contestó—. ¿Por qué me preguntas eso ahora, Judith?

—Porque hay una... situación especial, y antes de actuar quiero asegurarme de que confías lo suficiente en mí para no interferir.

—Lo vamos a hablar esta noche —le dijo Iain.

—Ah, para entonces ya estará resuelto.

Mantuvo la puerta abierta para Judith y la siguió afuera. Judith comenzó a bajar los escalones. Iain la detuvo al ponerle el brazo alrededor de los hombros y estrecharla contra sí.

A continuación, Iain se dirigió a la congregación. Las mujeres, tantas que Judith ni siquiera pudo empezar a contarlas, permanecían al frente con los niños a los lados. El patio estaba lleno, así como las colinas debajo.

Judith apenas si prestó atención a lo que su esposo le estaba diciendo al grupo. Judith abandonó las esperanzas de encontrar alguna vez al niño en tal aglomeración de personas, pero estaba decidida a intentarlo. Encontró a Frances Catherine y le agradó ver que Isabelle estaba de pie junto a su amiga.

Iain se detuvo.

—Sigue hablando —le susurró Judith.

Se inclinó hacia ella.

—Ya he terminado.

—Iain, por favor. Todavía no lo he encontrado. Y no me mires así. Van a pensar que crees que soy tonta.

—Sí que creo que eres tonta —musitó.

Le dio un pequeño empujón en el costado para hacer que cooperara.

Comenzó a hablar otra vez. Judith estuvo a punto de rendirse cuando le llamó la atención una de las parteras; recordó que era la que se llamaba Helen. La partera parecía sentirse indispuesta y también atemorizada. La atención de Judith permaneció sobre aquella mujer un poco más de lo necesario mientras se preguntaba por qué estaría tan visiblemente irritada ante la noticia de la boda. Mientras la observaba, Helen se dio media vuelta y miró hacia abajo, detrás de sí. Entonces Judith vio al pequeño. Estaba intentando obedientemente ocultarse detrás de las faldas de su madre.

Otra vez le dio un pequeño empujón a Iain.

—Ya puedes dejar de hablar.

Iain hizo exactamente eso. El clan tardó unos instantes en darse cuenta de que había terminado. Luego, lanzaron vivas ante el anuncio. Los soldados que estaban de pie junto al torreón se adelantaron para felicitar al jefe.

—Es el discurso más largo que te he oído decir —comentó uno.

—Es el único discurso que le has oído decir —interfirió Patrick.

Judith no estaba prestando atención a los hombres. Quería agarrar al muchacho antes de que su madre se lo llevara.

—Por favor, disculpadme —pidió.

Se fue antes de que Iain pudiera acceder. Le hizo una seña con la mano a Frances Catherine cuando pasó junto a ella y se apresuró a atravesar la muchedumbre. Varias mujeres jóvenes la detuvieron para ofrecerle sus felicitaciones. Parecían sinceras. Judith respondió con una invitación para subir al torreón a visitarla.

Helen había tomado a su hijo de la mano. Cuanto más se acercaba Judith, más aterrorizada se mostraba.

Era obvio que el niño había confesado el pecado a su madre. Judith continuó avanzando hasta que llegó a la partera.

—Buenas tardes, Helen —empezó.

—Ibamos a hablar con el jefe —soltó apresuradamente Helen—. Luego nos llegó el anuncio de que teníamos que reunirnos en el patio y yo...

La voz se le quebró con un sollozo. Varias mujeres estaban observando y Judith no quería que supieran qué estaba sucediendo.

—Helen —comenzó con un susurro—. Tengo un asunto importante que hablar con tu hijo. ¿Me puedes dejar con él unos pocos minutos?

Los ojos de Helen se nublaron de lágrimas.

—Andrew y yo estábamos a punto de decirle al jefe...

Judith la interrumpió con un gesto negativo de la cabeza.

—Este asunto es entre tu hijo y yo —insistió—. El jefe no tiene por qué intervenir. Mi esposo es un hombre muy ocupado, Helen. Si el asunto que querías hablar con él tiene que ver con unas piedras que se arrojaron, entonces creo que deberíamos mantenerlo entre nosotros tres.

Por fin Helen entendió. Su alivio fue tan grande, que parecía estar a punto de desmayarse. Asintió enérgicamente.

—¿Queréis que espere aquí?

—¿Por qué no regresas a tu casa? Voy a mandar a Andrew de regreso en cuanto terminemos con nuestra charla.

Helen parpadeó para apartar las lágrimas.

—Gracias —susurró.

Iain no había apartado la atención de su esposa. Se preguntó de qué estaría hablando con Helen. Ésta parecía desdichada, pero no podía ver el rostro de Judith porque se hallaba de espaldas a él y no sabía si estaba turbada o no.

Brodick y Patrick estaban intentando ganar su atención. Estuvo a punto de volverse hacia los guerreros cuando Judith llamó su atención otra vez. Iain observó cómo trataba de tomar al niño de Helen. El pequeño no cooperaba. Judith no se amilanó. Lo arrastró hacia adelante, luego giró y caminó hacia la cuesta, arrastrando al niño que gemía detrás de ella.

—¿Dónde va Judith? —preguntó Patrick.

Iain no respondió con suficiente rapidez para complacer a Brodick.

—¿Debo seguirla? Judith no debería quedarse sola hasta que se encuentre al culpable. No es seguro.

Cuando su amigo hizo esa pregunta, Iain entendió por fin lo que estaba sucediendo.

—Mi hermano puede ocuparse de su esposa, Brodick. No necesitas ponerte tan furioso por ella —le dijo Patrick.

Por fin Iain se volvió hacia su hermano y su amigo.

—No hay ninguna necesidad de ir tras Judith. Sé quién arrojó las piedras. Judith está a salvo.

—¿Quién demonios lo hizo? —preguntó Brodick.

—El hijo de Helen.

Ambos guerreros estaban pasmados.

—Pero está con él ahora —dijo Patrick.

Iain asintió.

—Lo debe haber visto. ¿Habéis visto la manera en que lo arrastraba? Ah, lo sabe, sin duda. Probablemente ahora lo esté reprendiendo con severidad.

Iain tenía razón. Judith lo estaba reprendiendo con severidad. El sermón no duró mucho. Andrew estaba tan arrepentido y tan terriblemente atemorizado de ella, que Judith terminó consolándolo. Acababa de cumplir los siete años. Era grande y también fuerte para tan corta edad, pero todavía era sólo un niño.

En esos momentos estaba llorando sobre el tartán de Judith, rogando que lo perdonara. No había tenido intención de hacerle daño. No, su objetivo era atemorizarla para que quisiera regresar a Inglaterra.

Judith estaba dispuesta a pedirle perdón por no abandonar las Highlands cuando el pequeño sollozó sus razones.

—Hiciste llorar a mi mamá.

Judith no sabía por qué había hecho llorar a Helen, y Andrew no se expresaba lo suficientemente bien como para darle una explicación. Decidió que tendría que hablar con Helen para hacer que se solucionara el problema.

Se sentó en una piedra baja con el niño lloroso en el regazo. Estaba complacida de que estuviera realmente arrepentido. Como ya le había confesado la travesura a su madre, Judith le dijo que no creía que necesitara molestar al jefe con ese asunto.

—¿Qué piensa tu padre de tu conducta? —preguntó Judith.

—Papá murió el verano pasado —le dijo Andrew—. Ahora yo cuido de mamá.

El corazón de Judith voló hacia el niño.

—Andrew, me has dado tu palabra de que no te vas a meter en más problemas y creo que lo dices en serio. Ahora el asunto ya está arreglado.

—Pero tengo que decirle al jefe que lo siento.

Pensó que aquello era muy noble por parte del niño. También valiente.

—¿Estás preocupado por tener que hablar con el jefe?

Andrew asintió.

—¿Te gustaría que se lo dijera yo por ti? —preguntó.

Andrew escondió el rostro en el hombro de Judith.

—¿Se lo dirías ahora? —susurró.

—Muy bien —aceptó—. Vamos a regresar y...

—Está aquí —susurró Andrew con la voz temblorosa por el miedo.

Judith se volvió y descubrió a su esposo de pie directamente detrás de ella. Estaba recostado contra un árbol con los brazos cruzados sobre el pecho.

No era de extrañar que Andrew intentara ocultarse bajo el tartán de Judith. Sintió que el niño temblaba. Decidió no prolongar aquella temida y dura prueba. Tuvo que apartarlo de sí y obligarle a ponerse de pie. Luego lo tomó de la mano y lo llevó hasta Iain.

Andrew llevaba la cabeza baja. Iain debía parecer un gigante ante los ojos del niño. Judith sonrió a su esposo y luego apretó la mano de Andrew.

—El jefe está esperando oír lo que tienes que decirle —le instruyó.

Andrew miró hacia arriba a hurtadillas. Estaba aterrorizado. Las pecas que le cubrían el rostro eran más blancas que marrones y sus ojos castaños estaban llenos de lágrimas sin derramar.

—Yo tiré las piedras —soltó Andrew apresuradamente—. No quería hacer daño a vuestra dama, sólo atemorizarla para que se volviera a su casa. Entonces mamá no lloraría más. —Después de decir ese discurso, bajó otra vez la cabeza hasta que el mentón le quedó apretujado contra el pecho—. Lo siento —agregó con un barboteo.

Iain no dijo nada durante un largo rato. Judith no podía soportar ver sufrir así al niño. Estaba a punto de dar su propia defensa de la conducta del niño cuando Iain levantó una mano e hizo un gesto con la cabeza.

Estaba de pie directamente frente a Andrew.

—No debes disculparte ante sus pies —anunció—. Debes disculparte ante mí.

Judith no estuvo de acuerdo con aquellas palabras. Ella era la que había sido herida y Andrew ya había ofrecido sus disculpas. ¿Por qué tenía que decirle que lo sentía al jefe?

Sin embargo, no pensó que aquél fuera un buen momento para discutir con Iain. Tal vez Iain creyera que estaba intentando socavar su autoridad.

Andrew volvió a mirar al jefe. Apretó aún más la mano de Judith. ¿Es que Iain no podía ver que estaba atemorizando al pequeño?

—Siento haber hecho daño a vuestra dama.

Iain asintió. Se cogió las manos por detrás de la espalda y clavó la mirada en Andrew durante unos instantes. Judith pensó que estaba dilatando la tortura deliberadamente.

—Ven a pasear conmigo —ordenó—. Judith, espera aquí.

No le dio tiempo a discutir con él, sino que empezó a caminar por el sendero. Andrew soltó la mano de Judith y corrió tras el jefe.

Estuvieron ausentes largo rato. Cuando regresaron, Iain aún tenía las manos cogidas por detrás de la espalda. Andrew caminaba a su lado. Judith sonrió cuando vio cómo el niño imitaba al jefe. También tenía las manos cogidas por detrás de la espalda y su contoneo era exactamente tan arrogante como el de Iain. Estaba hablando y de vez en cuando Iain asentía.

Andrew se comportaba como si le acabaran de quitar un gran peso de los hombros. Iain le dio permiso para retirarse y esperó a que estuviera lo suficientemente lejos para no oír nada.

—Te pregunté si habías visto a alguien, Judith —dijo luego—. ¿Te molestaría explicarme por qué no me diste una respuesta adecuada?

—En realidad me preguntaste si vi a un hombre o a una mujer de pie por allí cerca —le recordó Judith—. No te mentí. Vi a un niño, no a un hombre ni a una mujer.

—No uses esa lógica retorcida conmigo —se opuso

Iain—. Sabías lo que te estaba preguntando. Ahora me gustaría saber por qué no me lo dijiste.

Judith dejó escapar un suspiro.

—Porque el asunto era entre el niño y yo —explicó—. No vi la necesidad de molestarte con eso.

—Soy tu esposo —le recordó—. ¿A qué diablos te refieres con que no viste la necesidad de molestarme con eso?

—Iain, estaba segura de que podía ocuparme de ello.

—No te correspondía tomar esa decisión.

No estaba enfadado. Sencillamente le indicaba a Judith la manera adecuada de manejar los problemas.

Judith estaba intentando no irritarse por aquel asunto y fracasaba infelizmente. Cruzó los brazos por la cintura y frunció el entrecejo.

—¿Es que alguna vez tengo algún poder de decisión?

—Mi obligación es ocuparme de ti.

—¿Y también encargarte de mis problemas?

—Por supuesto.

—Eso me convierte en algo parecido a un niño. Realmente, no creo que me agrade mucho estar casada. Tenía más libertad cuando vivía en Inglaterra.

Iain soltó un suspiro. Judith estaba diciendo las cosas más atroces y se estaba comportando como si acabara de darse cuenta de cuál era su suerte en la vida como mujer.

—Judith, nadie es completamente libre.

—Tú sí.

Iain negó con la cabeza.

—Como jefe, tengo muchas más restricciones que los guerreros que están por debajo de mí. Cada una de mis acciones se explican ante el consejo. Aquí, todo el mundo tiene un sitio y también responsabilidades. Esposa, no me agrada oírte decir que no te gusta estar casada conmigo.

—No he dicho que no me gustara estar casada contigo, esposo; he dicho que no me gustaba mucho el estar casada. Es muy restrictivo. Hay una diferencia.

La expresión del rostro de Iain indicaba que no estaba de acuerdo. La atrajo hacia sus brazos y la besó.

—Te va a agradar estar casada conmigo, Judith. Te lo ordeno.

Era una orden ridícula. Judith se apartó y levantó la mirada hacia él. Estaba segura de que estaba bromeando, y que encontraría signos de ello allí, en su expresión.

Sin embargo, Iain no estaba bromeando. Más bien parecía... preocupado y también vulnerable. Se sorprendió al notarlo y se sintió muy complacida. Regresó a los brazos de Iain.

—Te amo —susurró—. Naturalmente que me agrada estar casada contigo.

Iain la estrechó con fuerza.

—Y, por lo tanto, te va a agradar pasarme tus problemas para que los resuelva —anunció.

—A veces sí —dijo Judith, negándose a concordar por completo con él—. Y, a veces, los resolveré yo misma.

—Judith...

Lo interrumpió.

—Frances Catherine me dijo que fuiste más un padre para Patrick que un hermano mayor. Creciste resolviéndole todos los problemas, ¿no es así?

—Tal vez, cuando éramos más jovenes —admitió—. Ahora que ambos somos adultos, decidimos juntos qué se debe hacer cada vez que surge un problema. Cuento con él tanto como él cuenta conmigo. Dime, ¿qué tiene que ver mi hermano con esta conversación? ¿Quieres que me ocupe de ti, verdad?

—Sí, por supuesto que sí —contestó—. Sencillamente, no quiero ser una carga. Quiero ser capaz de compartir mis problemas contigo y no pasártelos. ¿Lo comprendes? Quiero ser lo suficientemente importante para ti como para que desees compartir tus preocupaciones conmigo. ¿Podrías aprender a tratarme con la misma consideración que le das a Patrick?

Iain no sabía qué decirle.

—Debo pensar en ello —anunció.

Se recostó contra él para que no pudiera verla sonreír.

—Eso es todo lo que te pido.

—Intento ser abierto a ideas nuevas, Judith.

—Sí, por supuesto que sí.

Judith lo besó en la barbilla. Iain se inclinó y le atrapó la boca para darle un largo beso. Era renuente a dejar de acariciarla, pero finalmente se obligó a apartarse.

Judith vislumbró a Andrew de pie a una distancia considerable de ellos.

Iain no se volvió cuando lo llamó.

—¿Estás listo, Andrew?

—Sí, jefe —contestó.

—¿Cómo sabías que estaba de pie allí?

—Lo he oído.

—Yo no.

—Tú no necesitas oír —explicó.

Aquel comentario no tenía sentido. Parecía terriblemente arrogante.

—¿Adónde lo llevas? —preguntó con un susurro, para que el niño no pudiera oírla.

—A los establos —contestó Iain—. Va a ayudar al mozo de cuadra.

—¿Es un castigo? Iain, ¿no crees que...?

—Hablaremos de ello esta noche —dijo.

Judith asintió. Estaba tan complacida de que no le hubiera ordenado que se mantuviera totalmente fuera del asunto que sintió deseos de sonreír.

—Como quieras —le dijo.

—Quiero que regreses al torreón.

Asintió. Inclinó la cabeza ante su esposo y comenzó a subir la colina.

—Esta tarde vas a descansar —dijo Iain.

—Sí, Iain.

—Lo digo en serio, Judith.

Judith se dio cuenta de que Iain esperaba que ella le discutiera la orden. Ya que no lo había hecho, Iain supuso que no lo iba a obedecer. Judith trató de no reírse. Su esposo estaba empezando a entenderla.

Mantuvo su promesa. Primero, recibió una agradable visita de Frances Catherine, y después de que Patrick acompañara a su esposa colina abajo a regresar a su cabaña para la siesta vespertina, Judith subió a su alcoba. Tenía la mente concentrada en la siempre presente preocupación por el parto de Frances Catherine y creyó que por fin había dado con la solución. Judith no creía estar lo suficientemente bien informada para saber qué hacer si el parto se complicaba, pero Helen seguramente tendría suficiente experiencia para saber qué hacer, ¿verdad? Judith pensó que ahora la madre de Andrew tendría que suavizar su actitud hacia ella, y tal vez si utilizaba el enfoque adecuado, podría ganarse la cooperación de la partera sin tener que involucrar a Agnes.

Era probable que a Frances Catherine le diera un ataque. Judith tendría que convencerla de que Helen sería una ayuda y no un obstáculo.

Se quedó dormida rogando por que ello fuera verdad.

12

Judith durmió toda la noche. Cuando se despertó, Iain ya había abandonado la recámara. Judith recordó que debía apresurarse para comenzar el día. Vio los bolsos prolijamente apilados en una esquina y supuso que Iain los había llevado desde la cabaña de Frances Catherine.

Después de guardar sus cosas en la cómoda más pequeña y de ordenar la recámara, se dirigió abajo.

Gelfrid estaba sentado a la mesa con Duncan, comiendo la comida matinal. Ambos ancianos comenzaron a ponerse de pie cuando Judith entró en la habitación, pero ésta les hizo un gesto con la mano para que regresaran a las sillas.

—¿No te vas a unir a nosotros, muchacha? —preguntó Gelfrid.

—No, gracias, sólo me voy a llevar esta manzana. Tengo que terminar una importante diligencia.

—Te ves muy bien llevando nuestro tartán —musitó Duncan. Frunció el entrecejo mientras la elogiaba y se comportó como si halagarla fuera una tarea dolorosa.

Judith no se rió. Sin embargo, sonrió. Decidió que Duncan era muy parecido a Gelfrid. Eran todo bravata en el exterior, pero estaban llenos de tiernos sentimientos por dentro.

—El rostro todavía se ve mal —comentó Gelfrid—.

Se podría haber quedado sin el ojo, Duncan —agregó con un gesto de la cabeza.

—Sí, es verdad —concordó Duncan.

Judith ocultó su exasperación.

—Gelfrid, ¿hay algo que quieras que haga antes de que me vaya?

Sacudió la cabeza.

—¿Viste a Graham esta mañana? —quiso saber Judith—. Tal vez quiera que haga algo y me gustaría organizarme las tareas antes de empezar el día.

—Graham se fue a cazar con Patrick y algunos otros —explicó Gelfrid—. Debería regresar para la comida del mediodía. Se fueron al amanecer.

—¿Iain se fue con ellos?

Duncan respondió esa pregunta.

—Él y sus hombres se fueron en dirección opuesta para hablar una o dos palabras con los Macpherson. Limitan con nosotros hacia el oeste.

Judith pescó la vacilación en la voz de Duncan.

—No me creo esto de «hablar una o dos palabras», Duncan. ¿También somos enemigos de los Macpherson?

El anciano asintió.

—No hay necesidad de que te preocupes. Es sólo una enemistad a medias. El terrateniente Macpherson es tan inepto que no vale la pena pelear con ellos. No va a haber derramamiento de sangre.

—¿Estás seguro de ello, Duncan?

—Lo estoy —contestó—. No va a haber una batalla.

—Sí, es más molestia que diversión para Iain —explicó Gelfrid.

—Tu esposo no va a regresar hasta que caiga la noche —añadió Duncan.

—Gracias por decírmelo —replicó Judith. Hizo una reverencia, luego se giró y se apresuró a salir del salón.

Judith estaba a mitad de camino colina abajo cuando se dio cuenta de que no sabía dónde vivía Helen. No estaba dispuesta a pedirle a Frances Catherine que le indicara el camino. Su amiga le exigiría de inmediato una explicación de por qué quería hablar con la comadrona. Judith estaba decidida a hablar primero con Helen antes de sacar el tema con su amiga.

Se dirigió a la cabaña de Isabelle. Al recordar el alarde de Agnes durante la horrible inquisición de que tanto ella como Helen vivían lo suficientemente cerca como para haber oído los gritos durante el parto, Judith estaba segura de que Isabelle sería capaz de señalarle el camino.

Al avistar al padre Laggan que subía la cuesta, agitó la mano y se apresuró a reunirse con él.

—¿Ya puso a Merlin en la tierra? —le preguntó.

El Padre sonrió.

—Sí —respondió—. Ahora estoy de regreso para darle una adecuada bendición al hijo de Isabelle.

—¿Siempre tiene tanta prisa, Padre?

—La verdad es que sí —contestó. Tomó la mano de Judith entre las suyas—. Tienes un feliz aspecto de casada. Iain te está tratando bien, ¿no es verdad?

—Sí, Padre —replicó—. ¿Querría compartir la comida con nosotros esta noche?

—Me complacería mucho —dijo el padre Laggan—. ¿Y tienes tiempo ahora de detenerte conmigo para saludar a Isabelle?

—Por supuesto —contestó—. Pero primero querría tener una conversación con una de las comadronas —explicó—. ¿Sabría por casualidad dónde vive Helen?

El sacerdote asintió. Fue lo suficientemente amable como para escoltarla hasta allí. Llamó a la puerta por ella. Helen se sobresaltó bastante al ver tanto al sacerdote como a la esposa del terrateniente esperando en el pórtico. La mano le voló hacia el pecho.

Judith notó cuán preocupada se veía y de inmediato intentó tranquilizarla.

—Buenos días, Helen —comenzó—. El padre Laggan fue lo suficientemente amable como para indicarme el camino a tu casa. Iba en camino a bendecir al niño de Isabelle —agregó—. Y deseaba hablar contigo de un asunto privado... si tienes tiempo. Podría regresar más tarde si lo deseas.

Helen se retiró de la entrada y graciosamente invitó a entrar a sus huéspedes.

El aroma de pan recién horneado llenaba el aire. El padre Laggan le hizo un gesto a Judith para que entrara primero y luego la siguió.

La pequeña cabaña estaba inmaculada. Los suelos de madera habían sido restregados para que estuvieran limpios; los listones parecían tener brillo.

Judith se sentó a la mesa, pero el sacerdote se dirigió a la chimenea y se inclinó sobre la marmita de hierro que colgaba de una vara sobre el fuego.

—¿Qué tenemos aquí? —preguntó.

—Guiso de carnero —replicó Helen, con la voz en un susurro. Sostenía el delantal entre las manos con tanta fuerza que los nudillos se le pusieron blancos.

—¿Está listo para probarse, Helen? —preguntó el padre Laggan.

La indirecta no fue sutil. El alimentar al sacerdote tranquilizó a Helen. Lo guió hasta la mesa y luego le sirvió una gran porción de guiso. Judith se quedó sorprendida ante el apetito del sacerdote. Era tan delgado como una reja y sin embargo comía por dos hombres adultos.

Helen perdió la mayor parte de la expresión preocupada mientras le servía al sacerdote. Era obvio para Judith que estaba disfrutando de los elogios que le prodigaba el sacerdote. Judith agregó unos pocos propios después de que comió dos gruesas rebanadas de pan negro cubiertas por una suculenta jalea.

Sin embargo, Helen no quiso sentarse. El padre Laggan terminó la comida, agradeció a la comadrona su hospitalidad y luego partió para dirigirse a la cabaña de Isabelle. Judith se quedó. Esperó hasta que la puerta se cerró tras el sacerdote y luego le pidió a Helen que se sentara a la mesa con ella.

—Le agradecería otra vez... —comenzó Helen.

Judith la interrumpió.

—No vine aquí para obtener tus disculpas. Ya se resolvió el problema y Andrew aprendió la lección.

—Desde que su padre falleció, el niño estuvo... pegado a mí. Piensa que debe estar a mi lado todo el tiempo para protegerme.

—Tal vez se preocupe en su interior porque tú tal vez también mueras y entonces se quede solo —sugirió Judith.

Helen asintió.

—Somos sólo nosotros dos. Es difícil para él.

—¿Hay algún tío o primos que...?

Interrumpió la pregunta cuando Helen sacudió la cabeza.

—Estamos muy solos, lady Judith.

—No, no es así —arguyó—. Son parte de este clan. Tu hijo va a crecer y convertirse en un guerrero Maitland. Si no hay tíos o primos que guíen a Andrew, entonces el asunto se debería haber mencionado a Iain. Helen, sabes cuán importante es para un niño creer que es importante. —Se detuvo para sonreírle a la comadrona antes de proseguir—. También es importante para las mujeres, ¿verdad?

—Sí, es verdad —concordó Helen—. Vivir aquí fue difícil. Yo vengo de la familia MacDougall. Tengo ocho hermanas y dos hermanos —agregó con un gesto de la cabeza—. No hace falta decirlo, siempre había alguien con quien hablar y siempre había tiempo para una visita amistosa. Aquí es diferente. Las mujeres trabajan desde el amanecer hasta la puesta del sol. Los domingos son exactamente iguales. Y, con todo, encuentro que las envidio. Tienen esposos que cuidar.

Con el estímulo de Judith, Helen siguió hablando acerca de su vida durante una hora. Se había casado tarde en la vida y estuvo tan agradecida a Harold, su esposo, por haberla salvado de ser una solterona, que pasó cada minuto de su vida intentando mantener el hogar lo más perfecto posible.

Admitió que, después de que Harold murió, en realidad no disfrutó más de fregar el suelo todos los días, pero el aburrimiento pronto la alcanzó. Se rió y confesó que en esos momentos fregaba y limpiaba exactamente con la misma frecuencia con que lo hacía antes de que su esposo muriera.

Judith se quedó sorprendida cuando Helen confesó que extrañaba preparar comidas especiales para su esposo. Le encantaba crear nuevos platos y juraba que sabía por lo menos cien maneras de preparar carnero.

—¿Te agrada ser comadrona? —preguntó Judith.

—No.

La respuesta fue rápida y enfática.

—Ya había ayudado antes de llegar aquí con por lo menos veinte partos —explicó—. Y pensé, después de que Harold murió, que mi experiencia podría ser una manera de... encajar aquí. Ya no voy a seguir ayudando. Después de la confrontación por lo de Isabelle, decidí que prefería encontrar otra manera de...

No terminó.

—Helen, ¿piensas que una mujer debe sufrir horriblemente para complacer a su Dios?

—La Iglesia...

—Te estoy preguntando lo que tú crees —interrumpió Judith.

—Todos los partos tienen algo de dolor —replicó Helen—. Pero no puedo creer que Dios culpe a todas las mujeres por los pecados de Eva.

Se veía preocupada después de hacer esa susurrada concesión. Judith se apresuró a calmar sus temores.

—No le voy a decir nada al padre Laggan. Yo también creo que Dios es más misericordioso de lo que la Iglesia quiere que creamos. Intento no cuestionar la sabiduría de nuestros líderes, Helen, pero no puedo evitar sacudir la cabeza ante algunas reglas confusas.

—A decir verdad —concordó Helen—, no podemos hacer nada respecto de estos dictados o nos vamos a encontrar con que nos excomulgarán.

—Me aparté del tema —dijo entonces Judith—. Me gustaría hablar contigo de mi amiga Frances Catherine y pedirte ayuda.

—¿Qué quiere que haga?

Judith se explicó.

—Sé que me acabas de decir que decidiste no ayudar más con ningún parto, Helen, pero no tengo a nadie más a quien recurrir y estoy muy preocupada por mi amiga. Si se complica, no sé lo que voy a hacer.

Helen no podía rechazar ese pedido, no después de la delicada manera en que Judith se había encargado de Andrew.

—Frances Catherine te tiene miedo —explicó Judith—. Vamos a tener que convencerla de que no estás de acuerdo con ser cruel. También vamos a tener que callarnos con respecto a esto. No quiero que Agnes interfiera.

—Va a intentar interferir —anunció Helen—. Va a tener que hacerlo —agregó con un gesto de la cabeza—. No le va a servir de nada hablar con ella. Agnes está muy apegada a sus hábitos. También está muy furiosa con usted por haberle arrebatado el esposo a la hija.

Judith sacudió la cabeza.

—Iain no estaba casado con Cecilia —comentó—. Y Frances Catherine me dijo que Iain no tenía ninguna intención de pedir por ella.

Helen se encogió de hombros.

—Agnes está desparramando rumores —susurró—. Está diciendo que se casó con usted para proteger su honor.

Los ojos de Judith se agrandaron.

—¿Quieres decir que está diciendo que Iain y yo... que yo... ?

No pudo seguir. Helen asintió.

—Lo está diciendo, sin dudas. Está sugiriendo que está embarazada. Que Dios la ayude si el terrateniente se entera de los maliciosos chismes.

—Espero que no los oiga —le replicó Judith—. Lo irritaría.

Helen concordó con Judith. Entonces Judith intentó marcharse, pero Helen mencionó que era la primera compañía que había tenido en más de tres meses. De inmediato, Judith se volvió a sentar.

La visita continuó durante otra hora antes de que Judith se pusiera de pie para marcharse.

—Disfruté de nuestra charla, Helen —dijo—. Voy a hablar con Frances Catherine esta noche y te agradecería que mañana fueras a verla. Juntas, estoy segura de que podremos librarla de todos los temores.

Judith estaba casi en el umbral, pero de pronto se detuvo. Se giró hacia Helen.

—¿Sabías que las mujeres se turnan para prepararles las comidas a Iain y a los dos ancianos que viven en el torreón?

—Sí —contestó Helen—. Sencillamente es la manera en que siempre se hizo. Me ofrecí a ayudar, pero Harold se enfermó justo entonces y no hubo tiempo.

—¿Es una tarea pesada para las mujeres?

—Ah, Dios mío, sí —replicó—. Especialmente en los meses de invierno. Sabe, hay siete mujeres, una para cada día de la semana, y con las propias familias que cuidar es muy difícil.

—Pero a ti te encanta cocinar —le recordó Judith.

—Sí.

—¿De dónde consigues la comida que preparas?

—Los soldados me abastecen —explicó—. Y algunas de las mujeres me dan las sobras.

Judith frunció el entrecejo. Lo que Helen acababa de explicar le sonaba a caridad.

—No sé cocinar —comentó Judith.

—Es la esposa del terrateniente. No necesita saber cocinar.

—Andrew necesita la guía de un hombre tanto como la de una mujer, ¿no es verdad?

—Sí, así es —concordó Helen, preguntándose por qué Judith estaba saltando de un tema a otro.

—Y a ti te encanta cocinar. Sí, ésa es la respuesta. Entonces está todo arreglado, Helen, a no ser, por supuesto, que no lo desees —soltó apresuradamente Judith—. No es un favor lo que te estoy pidiendo ni tampoco te estoy dando una orden y yo pensaría con cuidado y tiempo antes de decidir algo. Si decides que no aceptas la sugerencia, lo voy a entender.

—¿Qué sugerencia, milady?

—De convertirte en el ama de llaves —explicó Judith—. Podrías dirigir a las muchachas que sirven y cocinan las comidas. Vas a tener toda la ayuda que desees, por supuesto, pero tú estarías al mando. Pienso que es un plan sensato. Andrew y tú harían todas las comidas en el torreón y él estaría mucho tiempo con Gelfrid y Graham, así como también con Iain, aunque probablemente no con tanta frecuencia. Los ancianos necesitan a alguien que los consienta y me parece que tú necesitas consentir a alguien además de Andrew.

—¿Haría eso por mí?

—No lo entiendes —replicó Judith—. Te necesitamos mucho más de lo que tú nos necesitas a nosotros. Sin embargo, creo que puedes tener tu propio espacio en el torreón. Probablemente sería más fácil que vivieras allí. No quisiera apresurarte en esa decisión. Dejaríamos que Andrew se acostumbrara al arreglo de tener a su mamá en el torreón todo el día y luego sacaríamos el tema de la mudanza. Hay una gran habitación con una bonita ventana detrás de la despensa.

Judith se dio cuenta de que se estaba adelantando a los hechos y se detuvo de inmediato.

—¿Querrías pensar en esta sugerencia?

—Estaría honrada de ocuparme de esta tarea —dijo apresuradamente Helen.

Todo estaba arreglado de manera agradable. Judith abandonó la cabaña de muy buen humor. Se sentía como si acabara de hacer un cambio importante, un cambio positivo que beneficiaría a Helen y a su hijo tanto como a su propio hogar.

Esa noche, en la comida, explicó el pedido que había solicitado. Esperaba algo de protestas por parte de Gelfrid, ya que Judith había decidido que de todos lo ancianos era el que más odiaba cualquier tipo de cambio, pero no le discutió absolutamente nada.

Iain entró en el gran salón en medio de la conversación. Tomó su lugar en la cabecera de la mesa, hizo un gesto con la cabeza en dirección de Graham y Gelfrid y luego se extendió y atrajo a Judith hacia él para darle un rápido y serio beso.

Gelfrid le explicó al terrateniente la decisión de Judith. Iain no dijo nada cuando el anciano terminó. Sencillamente asintió.

—¿Qué piensas de la idea? —preguntó Judith.

Iain tomó la copa que Judith había colocado frente a él y bebió un largo trago de agua fresca.

—Por mí está bien —comentó.

—Estoy pensando que va a ser un cambio agradable —anunció Graham—. Ya no vamos a tener que aguantar más las cenas de Millie. Señor, cómo terminé odiando los miércoles.

—¿Helen es buena cocinera? —preguntó Gelfrid.

—Es excepcional —replicó Judith. Se volvió hacia Graham—. Hablando de cambios, hay otro que me gustaría hacer, pero voy a necesitar tu ayuda... y también la de Iain.

Graham frunció el entrecejo.

—¿Es un asunto para el consejo?

—No —replicó Judith. Se volvió hacia su esposo—. Estoy segura de que vas a considerarlo un cambio menor e indigno de la atención del consejo.

—¿Cuál es ese cambio que estás sugiriendo de manera indirecta? —preguntó Gelfrid.

Judith respiró profundamente.

—Quiero los domingos.

Patrick entró al gran salón justo cuando Judith hizo apresuradamente su pedido.

—Bien podrías dárselos, Iain

—¿Qué quiere decir la muchacha con que desea los domingos? —le preguntó Gelfrid a Graham.

—Creo que no oímos bien —replicó Graham—. No pudo haber dicho...

Gelfrid lo interrumpió.

—Si la muchacha aprendiera a pronunciar las palabras sonoramente como nosotros, la entenderíamos mejor.

Entonces, Duncan entró pavoneándose al salón, seguido de Vincent y Owen. Judith se inclinó más cerca de Iain.

—¿Esta noche va a haber una reunión?

Iain asintió.

—Sin embargo, no vamos a empezar hasta que hayas explicado el extraño pedido de los domingos —dijo.

Judith sacudió la cabeza. Iain levantó una ceja. Judith se inclinó aún más, hasta que estuvo colgando del borde de la silla.

—No deseo hablar de este asunto frente al consejo entero —le dijo con un bajo susurro.

—¿Por qué no? —preguntó. Se extendió y le peinó un mechón de cabello hacia atrás, por sobre el hombro.

Judith colocó la mano sobre la de Iain.

—Porque es un asunto privado que primero debes aceptar si lo apoyas o no —explicó.

—Graham y Gelfrid estaban aquí cuando tú...

Lo interrumpió.

—Ahora son parte de la familia, Iain. Este asunto privado debe ser conversado con ellos, indudablemente.

—¿Oíste eso, Graham? —bramó Gelfrid—. Nos está llamando su familia.

Judith se giró para mirar con irritación al anciano por escuchar con deliberación la susurrada conversación con Iain. En respuesta, Gelfrid sonrió.

Se volvió hacia Iain.

—Voy a estar feliz de explicártelo en nuestra recámara si puedes dispensarme unos pocos minutos.

Iain deseaba reír. No se atrevió, por supuesto, ya que los tiernos sentimientos de su esposa resultarían heridos si en esos momentos demostraba algo de diversión. Se veía muy preocupada y de mal humor. Con todo, un leve rubor le cubría las mejillas. ¿El asunto que deseaba conversar era alguna vergüenza de algún tipo? Iain soltó un suspiro. Sabía que si la llevaba arriba para hablar del problema, no habría tiempo para una charla. En cambio la llevaría a la cama y, aunque encontraba gran placer en tocar a su esposa, también se perdería la reunión. Ya que había llamado al consejo para hablar una vez más de la posibilidad de una alianza, no podía dejarlos.

Los ancianos estaban ocupando los lugares en la mesa. Un joven guerrero que Judith no había visto antes llevó una jarra de vino y comenzó a llenar las copas de todos los ancianos. Iain le hizo un gesto con la mano al escudero cuando éste llegó hasta su copa. Judith no se había dado cuenta de que había estado conteniendo el aliento. Lo dejó escapar cuando su esposo rechazó la bebida.

Owen se dio cuenta de la negativa de Iain.

—¿Que es esto? Tienes que brindar por tu matrimonio, hijo —anunció—. Esta es nuestra primera reunión contigo, un hombre casado, aconsejándonos.

—¿Por qué Iain los aconseja?

Judith no se había dado cuenta de que había pronunciado el pensamiento en voz alta hasta que fue demasiado tarde. Indudablemente se ganó la atención de todos. Los ancianos clavaron la mirada en ella con expresión perpleja.

—¿Qué tipo de pregunta es ésa? —preguntó Owen.

—Es el terrateniente —le recordó Vincent—. Es su deber aconsejarnos.

—Aquí está todo al revés —comentó Judith con un gesto de la cabeza.

—Explica qué quieres decir, muchacha —le sugirió Graham.

Judith deseó no haber empezado con el tema y Dios, cómo odiaba ser el centro de atención de todos. Podía sentir que el rostro se le acaloraba por el rubor. Se aferró aún más a la mano de Iain.

—El terrateniente es joven y no tiene vuestra sabiduría —dijo luego—. Me parece que ustedes, los ancianos, deberían dar los consejos. Eso es todo lo que quise decir.

—Así es como siempre fue aquí —replicó Gelfrid.

Los demás ancianos asintieron para demostrar conformidad. Judith notó que el escudero, con el estímulo de Owen, se había adelantado y estaba ahora llenando la copa de Iain con oscuro vino tinto. Sin embargo, la mente de Judith se concentró en hacerle otra pregunta a Gelfrid y se obligó a no reaccionar demasiado ante la visión de su esposo bebiendo uno o dos tragos.

—Gelfrid, por favor, no creas que soy insolente por hacerte esta pregunta —comenzó—. Pero me estaba preguntando si no te habrías apegado tanto a tus hábitos que no puedes ni pensar en hacer algún cambio, aun si ello beneficia a todo el clan.

Fue una pregunta audaz. Judith se preocupó por la reacción de Gelfrid. Éste se frotó la mandíbula mientras consideraba el asunto y luego se encogió de hombros.

—Estoy viviendo en una casa con una mujer inglesa —anunció el anciano—. Y pienso que eso es un cambio, sin dudas. No debo de estar muy apegado a mis hábitos, Judith.

Iain supuso que Judith estuvo satisfecha al oír eso cuando sintió que dejaba de estrujarle tanto la mano.

—Hagamos el brindis ahora y luego la esposa del terrateniente nos va a poder dar sus razones para desear los domingos —anunció Graham.

—¿Oíste eso, Owen? Nuestra muchacha desea los domingos —le dijo Gelfrid a su amigo con un fuerte susurro.

—No puede tener eso, ¿verdad? —preguntó Vincent—. No se puede tener todo un día para uno. Le pertenece a todos.

—Es extraño —murmuró Duncan.

—Es inglesa —le recordó pensativamente Vincent a sus compañeros.

—¿Estás diciendo que es retrasada? —le preguntó Owen.

—No es retrasada —la defendió Gelfrid.

La conversación se estaba volviendo caótica.

Iain trataba de no sonreír. Judith trataba de no irritarse. Le sonrió a Gelfrid por defenderla, complacida de que se diera cuenta de que no era retrasada en absoluto.

Sin embargo, Gelfrid arruinó la buena opinión que Judith tenía de él con el siguiente comentario.

—Sólo es ilógica. Creo que no lo puede evitar. ¿Y tú, Owen?

Judith miró con furia a Iain en un mensaje silencioso de que realmente debía defenderla en ese momento. Iain le guiñó un ojo.

—Bueno, bueno —soltó apresuradamente Graham para obtener la atención de todos. Se puso de pie, levantó la copa en el aire y luego hizo un verboso brindis por la novia y el novio.

Todos, incluyendo Iain, vaciaron el contenido de las

copas. De inmediato, el escudero se apresuró una vez más a verter más vino en cada copa.

Judith echó la silla hacia atrás, lejos de la mesa. Era un hábito instintivo, nacido hacía muchos años, y apenas si se daba cuenta de que lo estaba haciendo.

Iain lo notó. También notó que, con cada sorbo que tomaba de la copa, Judith se alejaba un poco más.

La atención de ella estaba centrada en Graham. El líder del consejo en esos momentos estaba dándole la bienvenida oficial a Judith al clan.

Entonces, Frances Catherine, colgada del fuerte brazo de Alex, entró al salón. Patrick pareció estar tanto sorprendido como irritado al ver a su esposa.

Frances Catherine se saltó el sermón antes de que Patrick pudiera empezarlo.

—Deseaba tomar un poco de aire fresco y visitar a mi querida amiga. Ella también vive aquí, Patrick, así que puedes dejar de fruncirme el entrecejo. Alex no permitió que me cayera.

—Iba a hacer que cabalgara en mi montura, pero...

—No sabía dónde levantarme —explicó Frances Catherine. Se palmeó el estómago y le sonrió a su esposo.

—Ven a unirte a nosotros —le dijo Judith—. Graham acaba de terminar de hacer un encantador brindis para darme la bienvenida a la familia.

Su amiga asintió. Levantó la mirada hacia Alex.

—¿Ves? Te dije que no había ninguna reunión. Judith no estaría aquí.

—¿Por qué yo no estaría aquí? —preguntó Judith.

Frances Catherine se dirigió hacia la mesa, se sentó junto a su esposo y le tomó la mano para que Patrick dejara de fruncir el entrecejo. Le sonrió a Judith mientras pellizcaba a su esposo.

Patrick supuso que le estaba diciendo que se comportara. Se encontró sonriendo ante la ultrajante conducta de su esposa. Ni bien estuvieran a solas, estaba decidido a decirle que, cuando le daba una orden, quería que se llevara a cabo. Recordaba específicamente haberle dicho que esa noche se quedara en la cabaña. La idea de que su amor tuviera una caída lo aterrorizaba. Pensó para sí que sólo tenía en mente la seguridad de su esposa. Si algo le sucedía, no sabía qué haría.

Se estaba irritando sólo al pensar en esa oscura posibilidad. Entonces su esposa dirigió su atención hacia él. Frances Catherine le apretó la mano y se recostó contra él. Patrick dejó escapar un suspiro. No le importaba que fuera o no apropiado. Colocó el brazo alrededor de ella y la empujó aún más cerca de sí.

Frances Catherine le pidió tímidamente a Graham que repitiera el brindis para que pudiera oírlo. El anciano estuvo feliz de complacerla. De inmediato, todos consumieron otra copa de vino.

Otra vez Judith echó la silla otro poco más lejos. Podía sentir que se le formaba el conocido nudo en el estómago. Iain le había prometido que no se embriagaría en su presencia, pero ¿qué pasaría si por accidente se embriagaba un poco? ¿Su conducta se volvería tan arisca y desagradable como la del tío Tekel?

Se obligó a hacer a un lado el pánico. Gelfrid le estaba reclamando la atención.

—Dinos por qué deseas los domingos —ordenó.

—En nombre del cielo, ¿qué estás haciendo en esa esquina, Judith? —preguntó Graham, cuando notó súbitamente cómo se había apartado de la reunión.

—Ella misma se movió con rapidez allí —explicó Owen.

Judith podía sentir que se ruborizaba. Respiró profundamente y se puso de pie.

—Se supone que los domingos son días de descanso —anunció—. Lo dice la Iglesia. En Inglaterra obedecemos esa regla.

—Nosotros también —dijo Graham—. Descansamos, ¿no es así, Gelfrid?

—Todos los hombres lo hacen.

Frances Catherine hizo ese comentario. Tenía la mirada centrada sobre Judith.

—Eso es a lo que te refieres, ¿no es así?

Judith asintió.

—Noté que las mujeres nunca tienen un día para descansar —explicó—. El domingo es como cualquier otro día para ellas.

—¿Estás pensando en criticar a nuestras mujeres? —preguntó Duncan.

—No —respondió Judith—. Estoy criticando a los hombres.

Iain se recostó en la silla y sonrió. Judith le había advertido que deseaba hacer algunos cambios y supuso que ése era uno de ellos. Demonios, él había sido el que le sugirió que cambiara lo que no le agradaba. Recordaba la conversación que habían tenido frente al cementerio. Sí, sin dudas, él le había dado esa sugerencia.

—¿Quieres que les ordenemos a las mujeres que no trabajen los domingos? —preguntó Graham.

—No, por supuesto que no. Si se lo ordenan, se convierte en otra obligación.

—¿Crees que maltratamos a las mujeres? —preguntó Duncan.

Otra vez Judith sacudió la cabeza.

—Ay, no —dijo—. Como magníficos guerreros, abastecen bien a las esposas. Las respetan y las protegen. A cambio, ellas mantienen el hogar cómodo y se ocupan de vuestras necesidades.

—De eso se trata el matrimonio —anunció Graham.

—Entonces, ¿se está oponiendo al matrimonio? —le preguntó Owen, intentando comprender.

Gelfrid sacudió la cabeza.

—Son las piedras. Le confundieron la mente —decidió—. La que casi le arranca el ojo.

Judith sentía deseos de gritar su frustración. No lo hizo, por supuesto, e intentó una vez más utilizar la lógica para hacer que los hombres comprendieran. Volvió a prestarle atención a Iain.

—¿Cuándo tienen tiempo las mujeres de divertirse? —preguntó—. El clan nunca asiste a los festivales, ¿verdad? ¿Alguna vez viste que una mujer llevara afuera la comida del mediodía para así poder disfrutar del sol mientras conversa con otras mujeres? Yo no —terminó con un gesto de la cabeza.

A continuación se volvió hacia Graham.

—¿Alguna mujer posee caballos? ¿Alguna vez las viste cabalgar en una cacería por diversión? —No le dio tiempo a contestar—. Sólo pediría que pensaran el reservar los domingos para algún tipo de diversión. Eso es todo lo que deseaba decir.

Judith se sentó en la silla de nuevo. Estaba decidida a mantener la boca cerrada ahora. Les daría tiempo a que pensaran en el tema antes de volver a plantearlo.

—Valoramos a todos los miembros de este clan —dijo Gelfrid.

—Estoy pensando que es hora de que empecemos con la reunión —intercedió Duncan—. Si las mujeres se marchan, podremos empezar.

Judith volvió a saltar de la silla.

—Las mujeres no son parte de este clan, porque si lo fueran, les permitirían traer sus problemas ante el consejo.

—Vamos, Judith, eso no es verdad —se contradijo

Owen—. Hace sólo unos pocos meses le permitimos a Frances Catherine que llegara ante nosotros.

—Sí, así fue —concordó Frances Catherine—. Querían disuadirme de que te mandara buscar.

—Hagamos otro brindis y dejemos de lado esta conversación por ahora —sugirió Vincent—. Iain, va a ser mejor que tengas una charla con tu mujer acerca de sus pensamientos ilógicos. Va a hacer que obedezcamos a las mujeres si la dejamos salirse con la suya.

Los hombros de Judith se hundieron. No iba a obtener la aprobación del consejo después de todo.

Entonces Iain atrajo su atención. Sacudía la cabeza ante Vincent.

—No puedo oponerme a mi esposa —anunció—. Porque apoyo lo que te está diciendo.

Judith estuvo tan contenta con el comentario que deseó correr hacia él. Iain extendió la mano hacia la copa y bebió un largo trago. En vez de correr, Judith se sentó en la silla.

—¿Qué estás diciendo, Iain? —preguntó Graham.

—Judith era una forastera cuando llegó a nosotros —explicó Iain—. Nuestro estilo de vida era nuevo para ella y fue capaz de ver cosas que nosotros habíamos pasado por alto... o aceptado sin cuestionar a través de los años. No veo ninguna razón por la que no podamos insistir en que nuestras mujeres descansen los domingos.

Los ancianos asintieron. Graham deseaba que el terrateniente fuera más específico.

—¿Nos aconsejas que ordenemos a las mujeres que tomen ese día como tiempo libre?

—No —replicó Iain—. Como acaba de decir Judith, una orden se convierte en una obligación. Sugerimos, Graham, y estimulamos. ¿Ves la diferencia?

Graham sonrió. Se volvió hacia Judith.

—¿Ahora entiendes por qué es terrateniente? Nos da consejos sensatos, Judith.

Todavía estaba todo al revés en la mente de Judith, pero estaba demasiado feliz ante la defensa de su propuesta por parte de su esposo como para discutir.

—Y ahora, tal vez, entiendas por qué me casé con él —replicó—. Nunca me casaría con un hombre irracional.

—Se movió con rapidez a sí misma y a la silla dentro de la despensa —comentó Gelfrid con un fuerte susurro—. Y no lo entiendo en absoluto.

—Judith —llamó Iain—. Le ordené a Brodick y a Gowrie que esperaran afuera hasta que comenzara la reunión. ¿Querrías ir a pedirles que entren ahora?

Era un extraño pedido para hacerle considerando el hecho de que el escudero estaba de pie exactamente junto a Iain. El niño guerrero se veía como si quisiera ocuparse de la diligencia, pero cuando abrió la boca para ofrecer ayuda, Iain levantó la mano.

—Estaría feliz de ir a buscarlos —dijo Judith. Estaba tan contenta por la manera en que Iain había pronunciado la orden que no podía dejar de sonreír.

Iain observó cómo se marchaba. Ni bien la puerta se cerró tras ella, se volvió hacia Frances Catherine.

—Fue una diligencia falsa la que le di a Judith —explicó en voz baja—. Deseaba preguntarte algo.

—¿Sí? —replicó Frances Catherine, intentando no preocuparse por el entrecejo fruncido en la frente de su cuñado.

Iain hizo un gesto con la mano en dirección de la silla de Judith en la esquina.

—¿Por qué? —preguntó luego.

Le estaba preguntando por qué Judith se había alejado de la mesa.

—El vino —replicó a su vez en un susurro bajo.

Iain sacudió la cabeza. Aún no entendía. Frances Catherine respiró profundamente.

—Es algo que siempre hizo, desde que era muy pequeña... y aprendió a protegerse a sí misma. Solía volver loco a mi padre y finalmente éste decidió no beber frente a Judith. Dudo de que incluso ahora se percate de ello... no debes oponerte.

—Me gustaría entender —objetó Iain—. Y no me voy a sentir insultado —prometió—. Ahora dime por qué movía el banquillo cada vez que yo bebía un sorbo. ¿Cuál es esa lección que aprendió?

—Judith se movió para ubicarse... —Iain esperó pacientemente. Frances Catherine no pudo sostener su mirada. Se dedicó a fijar la atención en la mesa—... lo suficientemente lejos como para que no la golpearan.

Iain no había esperado esa respuesta. Se recostó en la silla para pensar en la explicación de Frances Catherine.

Pasó un largo minuto en silencio.

—¿Hubo momentos en los que no se pudo escapar? —pregunto luego.

—Ah, sí —contestó Frances Catherine—. Muchas, muchas veces.

Los demás ancianos habían oído cada palabra, por supuesto. Gelfrid dejó escapar un largo suspiro. Graham sacudió la cabeza.

—¿Por qué habría de creer que la golpearías? —preguntó Owen.

Hasta ese minuto, Iain no se había dado cuenta de lo mucho que odiaba la falta de privacidad en su vida.

—Éste es un asunto familiar —anunció.

Deseaba que la conversación terminara antes de que se inmiscuyeran más en el asunto. Sin embargo, Frances Catherine no captó la indirecta. Se volvió hacia Owen para contestarle la pregunta.

—No cree que Iain la golpearía —explicó—. No se habría casado con él si creyera que podría lastimarla.

—Entonces, ¿por qué...? —comenzó Owen.

—Si Judith desea que conozcan el entorno en el que ha vivido, será ella misma la que se lo va a contar —dijo Iain. La voz era dura y resuelta. Se puso de pie—. La reunión se va a realizar mañana —anunció.

No dio tiempo a que nadie discutiera con él, sino que giró y salió del salón.

Judith estaba en el centro del patio. Se volvió cuando oyó que se cerraba la puerta tras ella e incluso logró sonreírle a su esposo.

—Todavía no llegaron, Iain —dijo—. Me voy a asegurar de que entren en cuanto lleguen.

Iain bajó los escalones y se dirigió hacia Judith. Ésta retrocedió, aunque no pudo evitar notar que su esposo no parecía estar atontado. Tampoco la estaba mirando con ira. Sin embargo, Judith había contado que Iain había tomado tres copas llenas de vino... ¿o sólo habría tomado sorbos del brebaje? No podía estar segura. Iain no parecía ebrio. Con todo, no iba a arriesgarse. Dio otro paso hacia atrás.

Iain se detuvo. Judith también.

—¿Judith?

—¿Sí?

—Cuando tenía quince años me emborraché como una cuba. Lo recuerdo como si hubiera sido ayer.

Los ojos de Judith se abrieron mucho. Iain dio otro paso hacia ella.

—Fue una lección dolorosa —agregó con otro paso en dirección de Judith—. Nunca me voy a olvidar de cómo me sentí al día siguiente.

—¿Estuviste enfermo?

Iain rió.

—Muy enfermo —le dijo. Ahora estaba a sólo unos pocos centímetros de Judith. Si se extendía, podría agarrarla. No lo hizo. Deseaba que Judith fuera hacia él—. Graham me dio la cerveza y me cuidó al día siguiente. Me estaba dando una importante lección, pero yo era demasiado arrogante como para darme cuenta de ello en ese momento.

La curiosidad de Judith superó la preocupación. Cuando Iain dio otro paso hacia ella, no retrocedió.

—¿Cuál fue esa lección? —preguntó.

—Que un guerrero que renuncia a controlar la bebida es un maldito idiota. El vino lo vuelve vulnerable y también peligroso para los demás.

Judith asintió para demostrar conformidad.

—La verdad es que así es —dijo—. Algunos hombres incluso harían cosas que no recordarían al día siguiente. Tal vez lastimen a alguien y no lo recuerden. Los demás tienen que estar en constante alerta contra los ataques. No se puede confiar en los ebrios.

Lo que Judith le estaba contando con tanta inocencia hacía que le doliera el corazón. Se cuidó de mantener una expresión contenida.

—¿Y quién te dio esa lección? —le preguntó con voz dulce y tranquilizadora.

—El tío Tekel —replicó. Se frotó los brazos mientras le explicaba acerca de las heridas y de cómo solía utilizar el vino para mitigar el dolor. Judith temblaba ante los recuerdos—. Después de un tiempo... el vino le convirtió la mente en puré. Entonces, nunca se pudo volver a confiar en él.

—¿Confías en mí?

—Ah, sí.

—Entonces ven a mí.

Abrió los brazos. Judith vaciló por sólo un breve segundo y luego se lanzó hacia ellos. Iain la envolvió con los brazos y la abrazó con fuerza.

—Te prometí que nunca me embriagaría, Judith, y realmente me insultas pensando que yo rompería mi promesa.

—No quise insultarte —susurró Judith contra el pecho de Iain—. Sé que no romperías tu promesa de manera deliberada. Pero va a haber ocasiones, como esta noche, cuando debes beber con los demás y si la celebración requiere...

—No importan cuáles fueran las razones —interrumpió Iain. Frotó el mentón contra la parte superior de la cabeza de Judith, disfrutando de la sensación del sedoso cabello contra la piel. Inhaló la ligera y femenina fragancia y se encontró sonriendo de placer.

—Esposo, vas a perderte tu importante reunión —susurró.

—Sí —concordó. La soltó. Esperó a que Judith lo mirara y, cuando lo hizo, se inclinó y le besó la dulce boca.

La tomó de la mano y la llevó adentro otra vez. Sin embargo, no se dirigió al gran salón, sino que comenzó a subir las escaleras, arrastrando a su esposa tras sí.

—¿Adónde vamos? —le preguntó Judith en un susurro.

—A nuestra recámara.

—Pero la reunión...

—Vamos a tener nuestra propia reunión.

Judith no entendía. Iain abrió la puerta de la recámara, le guiñó el ojo a su esposa y luego le dio un pequeño y suave empujón para hacerla entrar.

—¿Cuál es el objetivo de esta reunión?

Iain cerró la puerta, puso la llave y volvió la atención hacia Judith.

—Satisfacción —anunció—. Quítate las ropas y te voy a explicar en detalle a qué me refiero.

El súbito rubor le dijo que Judith había entendido el juego. Judith rió, con una risa profunda y sonora que hizo que a Iain se le aceleraran los latidos del corazón. Se recostó contra la puerta y observó cómo Judith luchaba contra la vergüenza.

Ni siquiera la había tocado todavía, pero ya estaba sintiendo un increíble contento. Hasta que Judith no entró en su vida, Iain no se había dado cuenta de la fría y desolada existencia que había llevado. Era como si se hubiera movido en una niebla de obligaciones y responsabilidades durante toda la vida y nunca se hubiese permitido el tiempo de pensar en lo que se estaba perdiendo.

Por supuesto, Judith había cambiado su vida por completo. Encontraba tanta dicha sólo al estar con ella. Ahora se tomaba el tiempo de hacer cosas sin importancia, como bromear con Judith para obtener su siempre refrescante reacción. También le agradaba tocarla. Ay, Señor, cómo le agradaba la sensación del suave cuerpo presionado contra el suyo. Le agradaba la manera en que se sonrojaba ante las cosas más insignificantes, la manera en que tímidamente intentaba darle órdenes.

Judith era una encantadora confusión para Iain. Sabía que había sido difícil para ella pedir por las mujeres del clan y con todo no había permitido que la timidez evitara que abogara por la causa de un mejor trato.

Judith tenía una fuerte voluntad, era valiente y extremadamente bondadosa.

Y estaba enamorado de ella.

Que el Señor lo ayudara ahora, pensó para sí mismo. Judith le había capturado el corazón. No sabía si reír o rugir. Judith se detuvo en la tarea de quitarse las ropas para mirarlo. Ahora, sólo llevaba la camisa y se estaba extendiendo hacia la cadena que sostenía el anillo de su padre cuando pescó la sombría expresión de Iain.

—¿Pasa algo malo? —preguntó.

—Te pedí que no llevaras encima ese anillo —le recordó Iain.

—Me pediste que no lo llevara en la cama —objetó Judith—. Y nunca lo hice, ¿o sí?

El entrecejo fruncido de Iain se intensificó.

—¿Por qué lo llevas durante el día? ¿Tienes un vínculo especial con el anillo?

—No.

—Entonces, ¿por qué demonios lo llevas?

Judith no podía entender por qué Iain se estaba enfadando tanto con ella.

—Porque Janet y Bridget ahora entran en la habitación para limpiar y no quería que ninguna lo encontrara y se preguntara algo acerca de él. —Se encogió de hombros delicadamente—. El anillo se convirtió en una molestia. Creo que me gustaría deshacerme de él.

Ahora probablemente sería el momento perfecto para decirle a quién pertenecía el anillo y por qué estaba tan preocupada de que alguien llegara a reconocer el característico diseño y adivinara que era el del terrateniente Maclean.

Colocó el anillo y la cadena otra vez en la cómoda y cerró la tapa. Luego se dio la vuelta para mirar a Iain. Se le diría ahora.

—¿Recuerdas, la noche antes de que nos casáramos, que me dijiste que mi ambiente y antecedentes no te importaban?

Iain asintió.

—Lo recuerdo —replicó.

—¿Lo decías en serio?

—Nunca digo algo que no sea en serio.

—No tienes por qué hablarme con tanta brusquedad —susurró. Comenzó a retorcerse las manos. Si Iain la amaba, la verdad que estaba a punto de decirle no destrozaría su amor... ¿o sí?

—¿Me amas?

Iain se apartó de la puerta. El entrecejo fruncido era lo suficientemente intenso como para arder.

—No me vas a dar órdenes, Judith.

Se quedó sorprendida ante esa orden.

—Por supuesto que no —concordó—. Pero te pregunté...

—No me van a convertir en... Va a ser mejor que entiendas eso en este preciso momento.

—Lo entiendo —replicó—. No deseo cambiar nada con respecto a ti.

La alabanza de Judith no disminuyó el entrecejo fruncido.

—No soy un enclenque y no van a hacer que me comporte como uno.

La conversación había dado un extraño giro. Iain se estaba irritando. Judith estaba segura, en su corazón, de que la amaba y con todo su reacción a una sencilla pregunta fue tan confusa para ella que se empezó a preocupar.

Lo observó mientras se quitaba una bota y la arrojaba al suelo. La otra la siguió.

—¿Mi pregunta te perturbó? —continuó, sintiendo comezón ante la mera posibilidad.

—Los guerreros no nos perturbamos. Las mujeres sí.

Judith enderezó los hombros.

—No estoy perturbada.

—Sí que lo estás —replicó—. Te estás retorciendo las manos.

Judith se detuvo de inmediato.

—Tú eres el que me está mirando con ira y el entrecejo fruncido —dijo.

Iain se encogió de hombros.

—Estaba... pensando.

—¿En qué?

—Las llamas del purgatorio.

Tuvo que sentarse. Ahora Iain no tenía ningún sentido.

—¿Qué quiere decir eso? —preguntó.

—Patrick me dijo que, si tenía que hacerlo, caminaría por las llamas del purgatorio para complacer a su esposa.

Judith se dirigió a la cama y se sentó junto a Iain.

—¿Y? —lo aguijoneó cuando Iain no continuó.

Se quitó la ropa y caminó hacia Judith. La puso de pie y clavó la mirada en ella.

—Y recién me acabo de dar cuenta de que haría lo mismo por ti.

13

Judith caminó en una nube de felicidad durante dos semanas enteras. Iain la amaba. Ah, no le había dicho las palabras exactas, pero decirle que caminaría por las llamas del purgatorio sólo para complacerla era sin duda suficiente prueba de que la amaba.

No podía dejar de sonreír. Iain no podía dejar de mirar con malhumor. Era obvio para Judith que Iain tenía dificultades en aceptar sus sentimientos. Pensó que Iain estaba esperando que hiciera o dijera algo que confirmara sus sospechas de que ahora era vulnerable. El amarla lo preocupaba. Judith podía entenderlo. Los guerreros estaban condicionados a pelear y proteger. Pasaban largos años entrenándose para volverse invencibles tanto de cuerpo como de mente. No tenían tiempo para el lado tierno de la vida. Decidió que probablemente en esos momentos Iain se estaría sintiendo atrapado. Con el tiempo aprendería a confiar en su amor y a sentir la misma dicha que Judith sentía en ese momento.

Solía pescar a su esposo observándola cuando Iain creía que no lo notaba. Parecía estar terriblemente preocupado. Judith no lo aguijoneó para que superara esa estúpida vulnerabilidad, ya que suponía que se enfadaría si se atrevía a utilizar esa palabra con él. Tuvo paciencia mientras Iain resolvía todo eso en su mente.

Gelfrid descubrió que Judith era buena con la aguja

e hilo y de inmediato le dio una canasta llena de prendas que necesitaba remendar. Graham no estaba dispuesto a que lo dejaran fuera. También le dio sus prendas a Judith.

Judith hizo que colocaran en el gran salón tres sillas de respaldo alto con suaves cojines y las ubicó en semicírculo frente al hogar. Cada cojín, por supuesto, estaba cubierto por el tartán de los Maitland. Después de la cena, Judith solía llevar la costura a una de las sillas y trabajaba allí mientras oía las conversaciones que se llevaban a cabo en la mesa. A menudo Graham la llamaba y le pedía su opinión y por lo general asentía para demostrar su conformidad luego de que Judith le daba su punto de vista. Siempre abandonaba el salón cuando había una reunión oficial y sabía que Iain apreciaba la consideración de no tener que pedirle que se marchara.

Judith aprendió que al complacer a los ancianos les enseñaba accidentalmente cómo complacerla a ella. Una mañana comentó que era una lástima que no hubiera estandartes coloridos colgando de los muros para suavizar la austeridad de la piedra gris. Graham se dirigió de inmediato a su habitación y Gelfrid a la propia y ambos regresaron cargando hermosos estandartes de seda y le dijeron a Judith que solían estar colgados en sus casas.

Helen ayudó a colgar los estandartes. Ya resultaba ser una bienvenida adición a la casa. Con el estímulo y la ayuda de Judith, organizó las cocinas y transformó el torreón en un hogar atractivo para todos. El aroma de las especias, mezclado con el olor del pan horneado todos los días, solía flotar por el aire y arrancaba sonrisas y suspiros de contento de Graham y Gelfrid.

El primer domingo declarado día de descanso no resultó ser de la manera que Judith deseaba. La mayoría de las mujeres ignoró la sugerencia de que hicieran a un lado el trabajo. Sin embargo, Judith no se dio por vencida.

Decidió que la manera de hacer que las mujeres salieran y se unieran era a través de los niños. Organizó juegos para los más pequeños y mandó a Andrew de cabaña en cabaña con el anuncio de que el siguiente domingo habría un festival Maitland para todos los niños y niñas.

Fue un gran éxito. Las madres dejaron todo para poder observar cómo sus hijos participaban en los juegos. Judith había esperado esa reacción. No había esperado que los hombres se involucraran. Algunos fueron por simple curiosidad. Otros llegaron para ver competir a su prole. Helen se ocupó de organizar la comida. Otras madres estaban ansiosas de ayudar. Las mesas se llevaron afuera y se cubrieron con bandejas de tartas de frutas, panes, confituras y ofertas más sustanciosas como salmón salado, cordero ahumado y aves.

Hubo sólo un momento embarazoso en todo el día. Una niña de once años llamada Elizabeth ganó la competencia con el arco y la flecha. Superó a todos, incluso a varios niños de trece años.

Nadie sabía qué hacer. Si aplaudían a la muchacha, ¿no sería eso una humillación para los muchachos más grandes? Judith no estaba segura de cómo manejar la delicada situación. Afortunadamente, Iain recién había llegado cuando terminó la competición. Judith se dirigió a él, le entregó uno de los bonitos estandartes que había confeccionado para los niños y le pidió que se lo entregara al vencedor. No mencionó quién había ganado.

Su esposo no supo que una niña había superado a los muchachos hasta que vio el blanco. Sin embargo, no le importó. Elogió a Elizabeth por su habilidad mientras le prendía el trozo de seda en el tartán. Los padres de la niña se apresuraron a adelantarse. El padre le dijo a todos los que estaban suficientemente cerca como para oír sus gritos que él le había enseñado a la niña a usar el arco y la flecha ya que había tenido buen ojo desde muy temprana edad.

Judith se pasó la mayor parte del día reunida con tantos miembros del clan como pudo. Vislumbró dos veces a Agnes, pero cada vez que intentaba ir hacia ella para saludarla, la comadrona se escabullía y caminaba hacia el otro lado. Después de tres intentos, Judith desistió.

Frances Catherine se sentó en una manta cerca del centro de la colina y observó los juegos. Judith se unió a ella para la comida del mediodía. Andrew la siguió colina arriba y hasta que Judith no se sentó junto a su amiga no notó que todos los demás niños lo habían seguido.

Los pequeños eran extremadamente curiosos con respecto a ella. Aunque ahora era la esposa del terrateniente, seguía siendo inglesa y tenían un millar de preguntas para Judith. Las respondió todas, cuidándose de no ofenderse por las cosas ultrajantes que creían acerca de los ingleses.

Frances Catherine contó la historia de cómo se habían conocido con Judith. Los niños deseaban oír más acerca del festival de la frontera, por supuesto, y Judith les contó todo acerca de los juegos. Se quedaron colgados de sus palabras. Algunos se colgaron de ella. Un niño pequeño, que no podía tener más de tres veranos, esperaba pacientemente junto a Judith. Ésta no sabía qué deseaba hasta que se quitó los estandartes extras de las faldas. De inmediato, el pequeño caminó hacia adelante pavoneándose, se giró y se le sentó en el regazo. Judith siguió con la historia y en pocos minutos el niño estaba profundamente dormido.

Los niños no deseaban que se terminara el día. Deseaban oír una historia más y luego otra y otra. Finalmente, Judith les prometió que al día siguiente a la tarde llevaría afuera la costura y se sentaría en ese mismo lugar. Todos los que desearan unirse a ella serían bienvenidos y luego contaría más historias.

En conclusión, Judith sentía que las cosas marchaban bastante bien. Por supueso, Frances Catherine era una preocupación y hasta que el bebé no hubiera nacido y su amiga se hubiera recuperado por completo, Judith sabía que se iba a seguir preocupando. Su amiga se había negado obstinadamente a confiar en Helen, pero estaba suavizando su actitud. Le dijo que seguía teniendo confianza en Judith y que si pensaba que Helen iba a ayudarla, estaría bien... siempre y cuando Judith estuviera al mando.

A Frances Catherine sólo le quedaba una semana para el parto, si las estimaciones de Judith eran correctas. Pensó que su amiga se veía lo suficientemente grande como para tener tres bebés. Cometió el error de decírselo a Patrick. Empalideció de manera considerable y Judith tuvo que apresurarse a explicarle que sólo estaba bromeando. Patrick le ordenó que jamás volviera a bromear con él.

Iain permanecía distante con Judith durante el día. Sin embargo, era muy diferente por las noches. Le hacía el amor apasionadamente casi todas las noches y siempre se dormía sosteniéndola en los brazos.

El esposo de Judith en realidad nunca perdió la compostura o la arrogancia con ella hasta la noche en que Judith conoció a Ramsey.

Frances Catherine acababa de entrar al salón para pasar una hora o dos con Judith. Patrick la ayudó a ubicarse en una de las sillas junto al fuego, le ordenó que se quedara quieta hasta que terminara un asunto importante y luego cruzó el salón para unirse a Iain y Brodick.

—Mi esposo se está convirtiendo en un bobo nervioso —susurró Frances Catherine.

Judith rió. Frances Catherine estaba frente a Iain y notó que éste sonrió. Unos pocos minutos más tarde, dijo algo más que Judith encontró divertido y volvió a notar que cuando ella reía, su esposo sonreía.

Pensó que era terriblemente dulce y se lo mencionó a Judith. Luego, Ramsey entró al salón con dos guerreros más.

Judith no prestó atención a los hombres. Frances Catherine, sí.

—¿Recuerdas que te conté acerca del guerrero llamado Ramsey y de lo bien parecido que es?

Judith no lo recordaba.

—Echa un vistazo —susurró Frances Catherine—. Ya vas a saber de qué estoy hablando.

Por supueso, atrapó la curiosidad de Judith. Escudriñó por el costado de la silla para darle una buena mirada al hombre. Luego, tomó aire bruscamente. Pensó que se había quedado con la boca abierta, pero no podía estar segura. Ah, Señor, era hermoso. Era la única palabra que le hacía justicia al guerrero en la mente de Judith. Supuso que describir su apariencia a cualquiera que no lo hubiera visto parecería ordinario y Ramsey era cualquier cosa menos ordinario. Era perfecto. Tenía cabello oscuro, castaño-negro, ojos castaños y una sonrisa destinada a causarles dolores de corazón a las damas. En ese momento estaba sonriendo.

—¿Notaste el hoyuelo? —susurró Frances Catherine—. Dios, Judith, ¿no es magnífico?

¿Cómo podía no notar el hoyuelo? Era atrozmente atractivo. Sin embargo, no estaba dispuesta a admitirle eso a su amiga. En cambio, decidió bromear con ella.

—¿Cuál de los tres es Ramsey? —preguntó inocentemente.

Frances Catherine se echó a reír. El sonido atrajo la

atención de los hombres. Ramsey le sonrió a la esposa de Patrick y luego volvió la mirada hacia Judith.

Se miraron fijamente durante un largo minuto, Judith preguntándose cómo alguien podría ser tan bien parecido y Ramsey preguntándose quién demonios era ella.

Iain se puso de pie y atrajo la atención de Judith. No se veía abiertamente feliz y tenía la mirada clavada en ella.

Judith se preguntó qué habría hecho para irritarlo y supuso que ni bien lograra dejar de mirar boquiabierta a Ramsey, tendría que averiguarlo.

Iain no estaba de humor como para esperar.

—Judith, ven aquí —ordenó casi con un bramido.

Judith le frunció el entrecejo a su esposo para hacerle saber que no le agradaba ese método altivo de ganar su atención. Iain no prestó atención al sutil mensaje y le hizo señas torciendo el dedo para que se acercara.

Judith se tomó su tiempo en responder a la llamada. Después de doblar con cuidado la media que estaba remendando para Gelfrid, la ubicó en la canasta y se puso de pie con lentitud.

—Creo que tu esposo está un poco celoso —susurró Frances Catherine.

—Eso es ridículo —susurró a su vez Judith.

Su amiga lanzó un bufido. Judith se obligó a no reír otra vez. Cruzó la habitación, tomó el camino que pasaba directamente frente a los tres guerreros y se detuvo frente a su ceñudo esposo.

—¿Deseabas algo? —preguntó.

Iain asintió. Luego la agarró. Judith no podía imaginar qué le había pasado. Iain la arrastró contra su lado y le pasó el brazo por los hombros, manteniéndola allí anclada.

Se estaba comportando de manera terriblemente posesiva. Judith tuvo que morderse el labio inferior para evitar reírse. Frances Catherine había tenido razón. Iain estaba celoso. No sabía si debía sentirse insultada o complacida.

Iain la presentó a los recién llegados. Judith tuvo cuidado en prestarle mucha atención a cada uno de los guerreros. Deseaba mirar fijamente a Ramsey, pero no se atrevió. Iain lo notaría.

Ni bien terminaron las formalidades, Judith intentó regresar con su amiga. Iain no se lo permitió. Judith se volvió para mirarlo. Aún la miraba con severidad y el entrecejo fruncido.

—¿Puedo decirte unas palabras en privado? —le pidió Judith.

Iain le dio su respuesta cuando la arrastró hacia la despensa.

—¿Qué deseas decirme?

—Ramsey es extremadamente bien parecido.

A Iain no le agradó oír eso. Judith sonrió.

—Pero, bueno, tú también lo eres, esposo. Sin embargo, no caminaría por las llamas del purgatorio por Ramsey, por muy leal que él te sea. No lo amo. Te amo a ti. Sólo pensé que te agradaría oírme decírtelo. Caminaría por las llamas del purgatorio por ti... pero sólo por ti.

Iain la soltó.

—¿Fui tan obvio?

Judith asintió. Iain sonrió. Se inclinó y la besó. Fue un beso suave y sin exigencias que los dejó a ambos deseando más.

—Soy un hombre muy posesivo, Judith. Es conveniente que te des cuenta de ello.

La sonrisa de Judith lo llenó de placer.

—Ya sabía que eras posesivo —le susurró—. Y aún te amo.

Iain rió.

—Mis hombres están esperando —dijo—. ¿Hay algo más que desearas decirme?

La arrogancia de Iain estaba de nuevo en su lugar. Judith sacudió la cabeza.

—No, esposo.

No empezó a reír hasta que Frances Catherine y ella salieron para tener algo de privacidad.

Judith no había alardeado en vano frente a Iain. Caminaría por las llamas del purgatorio para mantenerlo a salvo, pero nunca imaginó que alguna vez en verdad tendría que hacer una cosa tan imposible.

El purgatorio resultó ser la tierra de los Maclean.

Judith fue puesta a prueba la tarde siguiente. Iain había partido con Ramsey y Brodick para terminar una vez más con una disputa con los difíciles Macpherson cerca de la frontera oeste y Patrick y Graham se estaban preparando para partir de caza. Graham le dijo a Judith que también planeaba conseguir algo de pesca.

—Si hay suficiente tiempo, por supuesto —explicó el anciano—. Patrick no quiere dejar a su esposa por más de cuatro horas debido a su avanzada condición. —Hizo una pausa para reír entre dientes—. El muchacho continuamente me lleva a un costado para susurrarme que su esposa se vuelve muy temerosa cada vez que desaparece de su vista y un momento más tarde, Frances Catherine me lleva a un costado y me pide que me lleve a su esposo de caza durante todo el día para poder tener algo de paz y tranquilidad.

—Le está volviendo loca —le dijo Judith a Graham—. La observa durante cada minuto. Jura que cuando se despierta por las noches, lo encuentra completamente despierto y con la mirada fija en ella.

Graham sacudió la cabeza.

—Nos está volviendo locos a todos —admitió—. Patrick no quiere oír razones. Todos vamos a estar muy felices cuando Frances Catherine tenga a su niño.

Judith estuvo completamente de acuerdo. Decidió cambiar de tema.

—¿Van a cazar cerca de las cataratas?

—Sí —contestó—. La pesca es mejor allí.

—Frances Catherine me dijo que es muy hermoso.

El anhelo en la voz de Judith no pasó desapercibido para el anciano.

—¿Por qué no vienes con nosotros hoy? Podrás ver por ti misma cuán hermoso es todo ello.

Judith estaba encantada. Le hizo una pregunta a Helen.

—Si hoy necesitas ayuda, voy a estar feliz de quedarme en casa.

Helen estuvo complacida de que la dueña de casa tuviera tanta consideración con ella.

—Ahora que Janet y Bridget hacen el trabajo pesado, no hay mucho trabajo para mí fuera de las cocinas, milady.

—Está arreglado, entonces —anunció Graham—. Nos vamos en pocos minutos. Apresúrate y prepárate, muchacha. Helen, tal vez traiga pescado fresco para nuestra cena de esta noche.

Judith corrió escaleras arriba. Se cambió y se vistió con las faldas de montar, se ató el cabello en la nuca con un moño y luego bajó corriendo las escaleras.

A Patrick no le agradó saber que iba a ir con ellos. Judith entendía el motivo y por lo tanto sus sentimientos no resultaron heridos.

—Frances Catherine va a estar bien hasta que regresemos —prometió—. Helen la va a visitar, ¿no es verdad, Helen?

El ama de llaves asintió con rapidez. Patrick aún no estaba convencido. Graham tuvo que darle varios codazos para hacer que se moviera en dirección de los establos.

Era una mañana gloriosa. Judith llevó la pesada capa consigo, pero realmente no había ninguna necesidad de una protección extra. El viento era leve, el sol brillaba y el paisaje era tan grandioso como Frances Catherine había dicho que sería.

Sin embargo, no alcanzaron el pie de las cataratas. Los Dunbar atacaron antes de que pudieran llegar allí.

No hubo ninguna advertencia. Graham los guiaba a través del espeso y neblinoso bosque. Judith estaba exactamente detrás de él y Patrick ocupaba la retaguardia. No estaban en guardia por la sencilla razón de que aún estaban dentro de la tierra Maitland.

De pronto, estuvieron rodeados de por lo menos veinte guerreros que tenían las espadas desenfundadas y listas. No llevaban los colores Maitland, pero Judith se quedó demasiado sorprendida ante la aparición como para tener miedo.

—Están en nuestra tierra —bramó Graham. Su furia era algo que Judith nunca había visto antes—. Van a marcharse ahora, Dunbars, antes de romper la tregua.

Los guerreros no respondieron a la orden. En ese momento eran como estatuas. Judith pensó que algunos de ellos ni siquiera pestañeaban.

Un número considerable de ellos la estaban mirando con fijeza. Judith levantó el mentón y les devolvió la ruda mirada. No iba a permitir que el enemigo la intimidara. Tampoco iba a permitir que supieran cuán preocupada estaba.

Oyó el sonido de los caballos que se acercaban justo cuando Patrick empujó su montura hacia adelante. Se ubicó en el costado derecho de Judith. Estaba tan cerca de ella que las piernas se chocaban.

Estaba tratando de protegerla. Judith sabía que Patrick daría su vida por mantenerla a salvo. Dijo una rápida plegaria al Creador para que ese noble acto no fuera necesario.

Ninguno se movió hasta que el estrépito de los caballos resonó frente a ellos, abriéndose paso a través de la espesura. Entonces varios guerreros Dunbar se dieron la vuelta para mirar.

Aparecieron cinco hombres más. También llevaban tartán, pero no eran los mismos colores que los de los Dunbar. Judith no supo qué quería decir eso. Patrick sí. Dejó escapar un improperio en voz baja.

Se giró para mirarlo.

—¿Quiénes son? —susurró.

—Soldados Maclean.

Judith abrió mucho los ojos. Se dio la vuelta para mirar a los hombres. El líder acercó la montura. Judith mantuvo la atención sobre él. Había algo vagamente familiar en él, pero no podía imaginar qué era. El guerrero era alto, de anchos hombros y tenía cabello rubio oscuro e intensos ojos azules.

Graham rompió el silencio.

—Entonces están aliados con los Dunbar.

Era una afirmación, no una pregunta, pero el guerrero Maclean le contestó.

—Tu terrateniente intentó evitar la alianza. También podría haber tenido éxito si no hubiera tenido que luchar contigo, anciano, y con los demás que gobiernan vuestro clan. ¿Quién es esta mujer?

Ni Graham ni Patrick le respondieron.

El guerrero Maclean hizo un gesto a los hombres que los rodeaban. Patrick y Graham no tuvieron tiempo de alcanzar las espadas, aunque hubieran sido lo suficientemente estúpidos como para intentarlo. Las espadas Dunbar estaban en esos momentos apuntándoles al cuello. Los guerreros esperaron a que el líder Maclean les diera la siguiente orden.

—Te pregunto otra vez —le dijo a Graham—. ¿Quién es esta mujer? Me resulta familiar.

Graham sacudió la cabeza. El corazón de Judith comenzó a latir con violencia.

—Voy a hablar por mí misma.

Patrick le colocó la mano sobre la rodilla y se la estrujó. Estaba haciéndole saber que no deseaba que les dijera nada.

El líder dio un empujón a la montura y se acercó más a Judith por el lado izquierdo. Clavó la mirada en Patrick durante un largo minuto y luego volvió la mirada hacia Judith.

—Entonces habla —le ordenó con arrogancia.

—Dime quién eres y te voy a responder tus preguntas —ordenó Judith.

El estrujón de Patrick en la rodilla se volvió doloroso.

—Mi nombre es Douglas Maclean —contestó.

—¿Eres el comandante de estos hombres o sólo el portavoz?

No prestó atención al insulto.

—Soy el hijo del terrateniente —dijo—. Ahora dime quién...

Interrumpió la orden cuando notó el cambio radical en la hermosa mujer. El color le había abandonado el rostro. Casi se cayó del caballo y ni siquiera pareció notarlo. Se extendió y la sostuvo del brazo.

Estaba osando sacudir la cabeza ante él.

—No puedes ser su hijo.

La vehemencia en la voz de Judith lo confundió.

—Por supuesto que puedo —replicó.

Se negaba a creerle. Un pensamiento le irrumpió en la mente. Su padre debía de haber estado casado antes. Sí, eso era, se dijo a sí misma. Douglas parecía varios años mayor que ella...

—¿Quién era tu madre? —ordenó.

—¿Por qué me estás haciendo tantas preguntas?

—Respóndeme.

La furia en la voz de Judith lo sorprendió.

—¿Y si te contesto, entonces me vas a decir quién eres?

—Sí —prometió.

Asintió.

—Muy bien —dijo, con voz suave una vez más—. Mi madre era una ramera inglesa. Su acento era muy parecido al tuyo. Puedo recordar tanto como eso. Ahora dime quién eres —ordenó otra vez.

Judith intentaba desesperadamente mantener la cordura.

—¿Cuántos años tienes?

Le dijo y le estrujó dolorosamente el brazo.

Judith pensó que se iba a desmayar. Douglas era cinco años más grande que ella y los ojos, Dios querido, los ojos eran exactamente del mismo color que los suyos. ¿Y el cabello también era del mismo tono? No, no, se dijo a sí misma. El suyo era mucho más claro.

Tuvo que respirar profundamente para evitar sentir náuseas. Se desplomó hacia un costado de la silla, cerca del lado de Patrick.

Dios querido, era verdad. Douglas era su hermano.

Patrick intentó colocar el brazo alrededor de Judith. Douglas la atrajo hacia sí con un empujón y luego la levantó de la montura y la ubicó frente a él.

—¿Qué demonios le pasa? —preguntó.

Nadie le respondió. Douglas lanzó un gruñido de frustración. Todavía no sabía a quién pertenecía la mujer, pero sin dudas reconocía a Patrick.

—El terrateniente Maclean va a venir por su hermano —le dijo a sus hombres—. Vamos a estar listos para darles una adecuada recepción. Tráiganlos a la tierra de mi padre —ordenó con un gesto de la cabeza en dirección de Graham y Patrick.

La cantidad de tiempo que les llevó alcanzar el torreón Maclean se acortó considerablemente porque pudieron cabalgar directamente a través de tierra Dunbar. Patrick memorizó todos los detalles del camino para un futuro uso.

Judith no prestó atención hacia dónde se estaban dirigiendo. Mantuvo los ojos fuertemente cerrados mientras intentaba resolver en la mente esa horrorosa situación.

Deseaba llorar de vergüenza ante la traición de su madre. ¿Como pudo abandonar a su hijo? Judith se sentía tan descompuesta por dentro que apenas si se podía concentrar en nada más que mantener el estómago tranquilo.

Finalmente abrió los ojos. Douglas lo notó.

—¿El nombre Maclean te aterrorizó tanto que te desmayaste?

—No me desmayé —dijo con brusquedad—. Deseo montar mi caballo.

—Yo deseo que te quedes aquí —replicó—. Eres muy hermosa —añadió casi como una ocurrencia nueva—. Tal vez decida permitirte entibiar mi cama.

—Eso es repugnante.

No había tenido intención de decir en voz alta ese pensamiento, pero no pudo mantenerlo dentro. Douglas objetó a la consternada expresión del rostro de Judith. Le tomó el mentón y la obligó a levantar el rostro hacia él.

Dios querido, ¿iba a besarla?

—Voy a vomitar —tartamudeó.

La soltó con rapidez.

Judith respiró profundamente varias veces para convencerlo de que realmente tenía problemas y luego se relajó.

—Ahora estoy mejor —mintió.

—Todos los ingleses son débiles —le dijo Douglas—. Esa es otra razón más para despreciarlos.

—¿A las inglesas tanto como a los ingleses? —preguntó Judith.

—Sí —respondió.

—Soy inglesa —dijo—. Y te contradices. Si tanto nos odias a todos nosotros, ¿por qué sugeriste que me deseabas en tu cama?

No le respondió. Pasaron unos pocos minutos antes de volver hablar.

—Dime tu nombre.

—Judith —respondió.

—¿Por qué llevas el tartán de los Maitland?

—Mi amiga me lo dio. Estoy aquí de visita y voy a regresar a Inglaterra después de que mi amiga tenga su bebé.

Sacudió la cabeza.

—Los Maitland no te dejarían partir. Estás mintiendo, Judith.

—¿Por qué no me dejarían partir?

—Eres demasiado hermosa como para...

—Soy inglesa. —Lo interrumpió con ese recordatorio—. No les agrado.

—No me mientas —le ordenó—. Dime a quién perteneces.

—Te está diciendo la verdad —gritó Patrick—. Es una huésped, nada más.

Douglas rió. No se creía esas tonterías. A Judith comenzó a dolerle la cintura por donde Douglas la sostenía. Se inclinó para intentar apartarle los dedos. Entonces le vio el anillo en el dedo. Dejó escapar un pequeño jadeo. La mano voló hacia el pecho, donde tenía escondido el idéntico anillo de su padre.

—¿Dónde obtuviste este desagradable anillo? —preguntó.

—Era de mi tío —respondió Douglas—. ¿Por qué sigues haciendo preguntas tan personales?

—Sólo tenía curiosidad —replicó.

—¿Le perteneces a Iain, verdad? —le preguntó Douglas con un susurro bajo.

—No converso con cerdos.

Entonces Douglas rió. Era demasiado ignorante como para saber cuándo lo estaban insultando. Judith así se lo dijo.

—Es un día demasiado hermoso como para sentirse insultado por algo —anunció—. Capturé a Graham para mi padre y a ti para mí mismo. Sí, es un día magnífico, sin dudas.

Que Dios la ayudara, en verdad estaba emparentada con ese bárbaro. No volvió a hablarle durante otra buena hora o dos. Sin embargo, la curiosidad superó la intención de ignorarlo y ya que en esos momentos cabalgaban bastante delante de Graham y Patrick, y no podrían escucharla, decidió averiguar todo lo posible acerca de su padre.

—¿Cómo es el terrateniente Maclean?

—Ruin.

Judith pudo oír la alegría en la voz de Douglas.

—¿Y?

—¿Y qué?

—No importa.

—¿Por qué estás tan interesada?

—Es bueno estar informada acerca de los enemigos de uno —explicó—. ¿Por qué tu padre va a estar complacido al ver a Graham?

—Tiene algo que arreglar con él —contestó Douglas—. El odio se remonta a muchos años atrás. Sí, mi padre va a estar muy feliz de volver a ver a Graham.

No volvieron a hablar hasta que alcanzaron la tierra de los Maclean. A Judith se le permitió tener unos momentos de privacidad. Regresó de la protección de los árboles, no hizo caso de la mano extendida de Douglas y alcanzó su propio caballo antes de que pudiera detenerla.

Patrick continuamente intentaba acercarse lo suficiente como para hablar con ella. Los Dunbar no se lo permitían. Esos guerreros se marcharon a medida que aumentó el número de soldados Maclean y los pudieron tener rodeados; estaban obviamente empeñados en regresar a su propia tierra.

Judith sabía que Patrick deseaba que se quedara en silencio. No deseaba que los Maclean supieran que habían capturado a la esposa del terrateniente para utilizarla como anzuelo para atraer a Iain. Douglas sólo había estado sonsacando la verdad cuando había sugerido que era la mujer de Iain. No podía estar seguro hasta que alguien que conociera la verdad lo verificara.

Nada de eso importaba. Iain vendría de todos modos. Seguramente Patrick se daría cuenta de ello. Los dos hermanos siempre habían cuidado el uno del otro y Judith se dijo a sí misma que Iain iría en auxilio de Patrick aunque ella no estuviera involucrada.

Podría haber un baño de sangre. Judith no tenía ninguna duda al respecto. Iain no sería razonable al vengarse y sólo el pensar en lo que sucedería hacía que le doliera el estómago.

No deseaba que nadie muriera. No sabía qué podía

hacer para evitar la guerra, pero estaba decidida a intentarlo.

Podía intentar tener a su padre a solas y decirle quién era. Luego suplicaría por su misericordia. Si resultaba ser compasivo, tal vez permitiría que Graham y Patrick se marcharan antes de que Iain llegara por ellos.

Judith nunca había suplicado por nada y en su corazón dudaba de que de todos modos resultara. No pensaba que su padre le daría un buen recibimiento. No se había molestado en ir tras ella o su madre... ¿por qué habría de cambiar su actitud en ese momento?

Y si le decía quién era, indudablemente perdería todo. Iain nunca la perdonaría. No podía culparlo. Debería haberle contado la verdad, debería haber insistido en que la escuchara.

Pensó en todas esas noches cálidas y oscuras cuando se habían abrazado y susurrado los pensamientos el uno al otro... ah, sí, podría habérselo dicho entonces.

Por supuesto, había tenido demasiado temor y todo porque en el fondo de su corazón sabía que Iain no podría amarla más.

La mente de Judith había estado tan consumida por sus temores que no se había dado cuenta de que habían entrado en el patio del torreón Maclean. Levantó la mirada, avistó la maciza estructura de piedra y de inmediato enderezó los hombros... y la determinación.

Le dio un nombre a la tierra Maclean. Purgatorio.

Douglas intentó ayudarla a medio desmontar. Judith le pateó la mano. Intentó agarrarla del brazo después de que alcanzó el suelo. Lo apartó de un empujón, se dio la vuelta y subió los escalones.

Su porte era tan regio como el de una reina. Graham la siguió. Estaba tan orgulloso de la conducta de Judith que sonrió. Patrick también lo hizo. Los guerreros Maclean se quedaron adivinando por qué los Maitland estaban de humor tan festivo. Sacudieron las cabezas y se apresuraron a entrar para ver la reacción del terrateniente ante los «regalos» de su hijo.

El terrateniente Maclean hizo que todos lo esperaran durante tres largas horas. A Judith la mantuvieron en un extremo del gigantesco salón y a los demás cautivos en el extremo opuesto. Patrick y Graham tenían las manos atadas por detrás de la espalda.

Judith no se podía quedar quieta. Se paseaba delante de la larga mesa. Cuanto más llevaban esperando, más ansiosa se volvía. Principalmente estaba preocupada por Frances Catherine. ¿Su amiga comenzaría con el trabajo de parto cuando le dieran la noticia de que Patrick había sido tomado cautivo? Dios querido, no iba a estar allí para ayudarla.

El corazón de Judith voló hacia el de Patrick. Sin dudas, tenía exactamente los mismos pensamientos aprensivos en ese mismo instante.

La marcha de Judith debió de haber vuelto locos a los guerreros Maclean. Uno de ellos se extendió para agarrarla. Judith se quedó demasiado sorprendida por la audaz acción como para luchar contra él hasta que el guerrero la atrajo hacia sus brazos.

Patrick dejó escapar un rugido de furia y se lanzó al ataque a través del salón. Douglas llegó corriendo desde la entrada. Judith recobró el ingenio antes de que ninguno de los dos hombres pudiera alcanzarla. Golpeó violentamente la rodilla contra la ingle del ansioso soldado. Éste dejó escapar un aullido de cólera (y de dolor, notó Judith con agrado) antes de doblarse y estrellarse contra el suelo.

Judith estaba completamente satisfecha. Entonces Douglas le atrajo la atención. La agarró para apartarla del soldado que se retorcía en el suelo. Patrick no estaba impedido por el hecho de tener las manos atadas por detrás de la espalda. Utilizó el hombro para golpear a Douglas y apartarlo de Judith.

Douglas salió volando hacia la pared de piedra. Judith salió volando con él. Se habría golpeado la parte posterior de la cabeza contra la piedra si Douglas no hubiera colocado primero la mano, protegiéndola.

Patrick intentó golpear otra vez a Douglas. Sin embargo, Judith aún estaba en el paso. Douglas le propinó un empujón para quitarla del camino y luego se lanzó hacia el cuñado de Judith.

—No te atrevas a golpearlo —gritó Judith—. Tiene las manos atadas, maldita sea. Si deseas golpear a alguien, golpéame a mí.

—Quédate afuera de esto, Judith —rugió Patrick.

—Suficiente..

El bramido llegó desde la entrada. Todos se volvieron para ver quién había lanzado la orden.

El terrateniente Maclean estaba de pie en el centro de la entrada. Judith se quedó rígida ante la visión de ese hombre tan grande.

Las manos del terrateniente estaban sobre las caderas y tenía un desagradable entrecejo fruncido en el rostro.

—Quiten a ese soldado de aquí —ordenó.

Douglas asintió. Ayudó a ponerse de pie al soldado que Judith había hecho caer y le dió un empujón hacia la entrada.

El terrateniente asintió con satisfacción y luego entró al salón. Pasó junto a Judith sin mirarla y continuó hasta que alcanzó el otro lado de la mesa. Tomó asiento en una silla de respaldo alto que estaba en el centro.

Una mujer entró corriendo al salón. Parecía tener

diez años más que Judith. Tenía cabello oscuro, era corpulenta y tenía una expresión presumida en el rostro. Se detuvo para mirar con fijeza a Judith antes de apresurarse hacia la mesa. Judith decidió odiarla.

Dirigió de nuevo la atención hacia su padre. No deseaba que fuera bien parecido. Con todo, lo era. Se parecía un poco a Douglas... y a ella, supuso, con el alma en los pies. Por supuesto, tenía la piel más curtida que la de su hijo y tenía profundas arrugas alrededor de los ojos y la boca. El cabello castaño estaba veteado de gris y le daba una apariencia distinguida.

Era visible que no sabía quién era Judith, pero cuando la mirada cayó sobre Graham, sonrió con una sonrisa desagradable y vil.

Douglas dio un paso hacia adelante. Judith intentó hacerle una zancadilla cuando pasó junto a ella. Douglas la agarró y la empujó junto a él.

—Tengo un regalo de casamiento para ti, Padre —dijo Douglas—. No puedo estar seguro, pero tengo la fuerte sensación de que esta fiera le pertenece a Iain Maitland.

Judith lo pateó porque la había insultado. Luego, la plenitud de lo que Douglas había dicho penetró en su mente.

Un regalo de casamiento para su padre... no, no podía ser. No pudo haber entendido eso.

—¿Tu padre no se va a casar, verdad?

Se oía como si se hubiera estado estrangulando con algo. Douglas se dio vuelta para mirarla.

—Sí, se va a casar y Señor, realmente haces las preguntas más extrañas para ser una cautiva.

Judith sintió las rodillas débiles. Douglas tuvo que sostenerla. En verdad, creía que no iba a poder soportar más sorpresas. Primero descubría que tenía un hermano y ahora averiguaba que su padre estaba a punto de convertirse en bígamo.

—¿Cree que va a casarse con esa mujer? —preguntó mientras agitaba la mano en dirección de la mesa.

Douglas asintió. La compañera del terrateniente se ofendió.

—Sáquenla de aquí —dijo—. Me ofende.

Judith dio un paso hacia la mujer. Douglas le apretó el brazo. Judith pensó que tal vez se lo habría roto. Soltó un involuntario grito de dolor y se apartó de él. Se produjo un amplio desgarrón en la manga del vestido.

Douglas tenía una expresión consternada en el rostro.

—No quise lastimarte —le dijo con un susurro que sólo Judith podía oír—. Por favor, quédate quieta. No te va a servir de nada el pelear.

El terrateniente Maclean soltó un fuerte suspiro.

—Te marchas —le ordenó a su compañera—. No necesito tu intervención.

Se tomó su tiempo en obedecer. Otra vez miró a Judith con ira cuando pasó junto a ella. Judith la ignoró.

—El terrateniente Maitland está subiendo por el sendero —gritó un soldado desde el umbral.

Judith sintió que el corazón dejaba de latirle. Iain estaba allí.

—¿Cuántos montan con él? —gritó el terrateniente Maclean.

—Está completamente solo —informó el soldado—. Cabalga por la colina muy placenteramente.

El terrateniente Maclean rió.

—El muchacho tiene valor, lo acepto —comentó—. Apuesto a que tampoco trae armas.

—No, no trae armas —replicó el soldado.

Judith desesperadamente deseaba correr afuera hacia su esposo. Intentó hacer eso, pero Douglas la atrapó.

Aferró aún más al magullado brazo de Judith y la acercó a él.

—No vas a maltratar a una mujer, Douglas, por mucho que ésta te provoque. Deseo a Iain, no a esta mujer.

—Por amor de Dios, le suplico que entre en razones, terrateniente Maclean.

—Detenga esto antes de que haya un baño de sangre.

El padre Laggan gritó su ruego desde la entrada. Judith se giró justo cuando el sacerdote entraba corriendo al salón.

Se detuvo con rapidez cuando llegó junto a Judith.

—¿Estás bien, muchacha?

Judith asintió.

—Padre, ¿vino aquí para oír cómo el terrateniente Maclean daba sus promesas de matrimonio?

—Sí, Judith —respondió cansadamente el sacerdote—. Y, espero, para hacer entrar en razones a estos hombres antes de que sea demasiado tarde.

Judith sacudió la cabeza.

—Le puedo prometer que no habrá boda —le dijo con un susurro.

—Quita las manos de ella, Douglas —ordenó el sacerdote—. Mira lo que le hiciste en el brazo. La piel ya se le está volviendo púrpura por la inflamación. La estás lastimando.

Douglas obedeció con rapidez la orden del sacerdote. Judith aprovechó por completo su libertad. Corrió hacia el umbral de la puerta. Douglas la tomó por la cintura y la arrastró hacia atrás justo cuando Iain entraba.

No se detuvo a evaluar la situación o las probabilidades en su contra. Sólo siguió caminando. Judith echó una mirada a la expresión de Iain y cerró los ojos. Estaba a punto de matar a alguien. Pensó que Douglas bien podría ser el blanco.

—Suéltame —susurró—. Te va a matar si no lo haces.

Su hermano fue lo suficientemente inteligente como para hacer lo que Judith le sugería. Judith corrió de inmediato hacia Iain y se lanzó a sus brazos. Hundió el rostro en el pecho de Iain.

—¿Estás bien? —le preguntó Iain—. ¿No te lastimaron?

Judith podía sentir cómo temblaba. Levantó la mirada hacia él. La expresión del rostro le dijo que el miedo no era la causa de esa reacción. No, era la furia.

—Nadie me lastimó —le dijo Judith—. En verdad, me trataron bien.

Iain asintió. Le dio un pequeño apretón y luego la obligó suavemente a colocarse detrás de su espalda.

Caminó hacia adelante para enfrentar a su enemigo. Judith lo siguió. A Graham y a Patrick se les dio libertad de avanzar. Se ubicaron a ambos lados de Judith.

Los dos terratenientes se miraron con fijeza durante un largo momento, cada uno formándose la opinión del otro. Maclean fue el primero en romper el silencio.

—Parece que te conseguiste un problema, Iain Maitland. Capturé a tu mujer y no estoy del todo seguro respecto a qué deseo hacer con ella. Te atreviste a formar una alianza con los Dunbar mientras que me mandabas un emisario con el mismo propósito. ¿Creías que podías hacer que nos pusiéramos uno en contra del otro?

—Eres un idiota, viejo —replicó Iain con la voz temblando por la furia—. Eran los Dunbar los que estaban haciendo ese juego.

Maclean golpeó el puño contra la mesa.

—Formé una alianza con los Dunbar. ¿Te atreves ahora a llamarme idiota?

Iain no vaciló.

—Sí.

El terrateniente Maclean respiró profundamente en un intento por controlar la creciente furia. Inclinó la cabeza a un lado mientras clavaba la mirada en Iain. Luego sacudió la cabeza.

—Me estás provocando con deliberación —comentó—. Me pregunto por qué. Todos conocen el acopio que hago de las relaciones familiares. Sí, mi alianza con los Dunbar tenía mucho sentido. Debes saber que la prima segunda del terrateniente Dunbar, Eunice, está casada con mi hermano. Sí, fue una unión familiar, Iain Maitland, y la familia está antes que cualquier otra consideración. ¿Y sin embargo me llamas idiota porque soy leal? Eres demasiado astuto como para incitarme deliberadamente a que te mate. Tienes demasiado que perder. ¿Cuál es tu juego?

Iain no respondió con suficiente presteza como para complacer al terrateniente.

—¿Esta mujer es tu esposa?

—Su relación conmigo no es asunto tuyo.

Maclean sonrió.

—Podría quedármela y entregársela a uno de mis hombres —alardeó, en un intento por hacer que el terrateniente Maitland se enfadara lo suficiente como para perder la compostura—. ¿Douglas? ¿La quieres en tu cama?

—Sí —dijo Douglas.

La afrenta había llegado demasiado lejos. Los dos terratenientes eran como toros, con las cabezas embestidas. Judith se dirigió al lado de su esposo.

—No te vas a quedar conmigo —dijo.

Los ojos de su padre se achicaron.

—No me agrada tu atrevimiento —rugió.

—Gracias —replicó Judith.

Iain casi sonrió en ese mismo momento. Podía sentir que Judith temblaba. Sin embargo, Maclean no tenía ni idea de lo atemorizada que estaba en realidad y ese hecho complacía a Iain considerablemente.

—Tienes voz de mujer inglesa —dijo Maclean—. Y pareces ser tan ignorante como tu esposo. ¿Es que ninguno de los dos se da cuenta del peligro? —Centró la mirada en Judith—. ¿O es que la posibilidad de la muerte de tu esposo te resulta atractiva?

Ni Judith ni Iain respondieron al terrateniente. La paciencia de Maclean llegó a su fin. Comenzó a gritarle a Iain. Éste no demostró ninguna reacción externa ante las amenazas que su enemigo le estaba haciendo. La expresión de su rostro era tan controlada que parecía como si la hubieran tallado en piedra. En verdad, aparentaba estar francamente aburrido.

El terrateniente tenía el rostro rojo y le faltaba el aliento para cuando terminó de vomitar la letanía de represalias.

—Sí, tienes un problema —farfulló—. Ya que nadie me llama idiota. Nadie. —Se reclinó en la silla, con la decisión tomada—. Te voy a matar, Iain, sólo por ese insulto.

—No —gritó Judith mientras daba un paso hacia adelante. Iain la agarró de la mano y la obligó a no dar un paso más.

Se giró para mirarlo.

—Tengo que hablar con él —susurró—. Por favor, entiéndelo.

La soltó. Judith se quitó la cadena del cuello y escondió el anillo en el puño. Luego caminó hacia adelante para enfrentarse a su padre.

El salón se quedó en silencio mientras todos esperaban oír qué iba a decir.

—Es verdad que capturaste a la esposa de Iain —comenzó.

Maclean lanzó un bufido. Judith abrió la mano y dejó caer el anillo sobre la mesa frente a su padre.

Maclean sencillamente clavó la mirada en la joya durante un largo, largo momento antes de tomarla. Su sorpresa era muy evidente. Volvió la mirada a Judith y frunció el entrecejo, aún sin entender.

Judith respiró profundamente.

—Sí, capturaste a la esposa de Iain —dijo otra vez—. Pero está casado con tu hija.

14

Su padre reaccionó como si acabaran de atravesarle profundamente una espada en el pecho. Saltó hacia adelante y hacia arriba, hasta que estuvo medio afuera de la silla, y luego cayó contra los almohadones. Parecía estar furioso e incrédulo. Sacudió la cabeza a manera de negativa. Judith asintió con lentitud.

—¿De dónde obtuviste este anillo?

—De mi madre. Te lo robó a ti.

—Dame el nombre de tu madre —ordenó, con la voz ronca por la emoción.

No hubo ni un rasgo de emoción en la voz de Judith cuando le contestó.

Douglas corrió a ponerse de pie a la derecha de Judith. El padre miraba a uno y al otro y viceversa. En ese momento, las similitudes le parecían asombrosamente evidentes. Finalmente creyó que fuera posible.

—Dios querido...

—Padre, ¿estás enfermo?

El terrateniente no respondió a su hijo. Iain caminó hasta quedar de pie a la izquierda de Judith. Rozó con el brazo el de ella. Judith no sabía si la estaba mirando o no. Tenía miedo de mirarlo, sabiendo que en esos momentos ya estaría furioso con ella.

—En nombre de Dios, ¿qué te sucede, padre? —preguntó Douglas—. Parece que acabaras de ver al Diablo.

Era aparente que Douglas no había oído la susurrada confesión de Judith. Ya que Iain continuaba en silencio, creyó que él tampoco la había oído.

Judith estaba decidida a hacer un trato con su padre. A cambio del silencio acerca de la primera esposa, su padre permitiría que Iain y los demás regresaran a casa. Si deseaba casarse otra vez, que así fuera. No intervendría...

—¿Por qué no me quisiste?

Se acobardó ante el miedo en su interior. No había tenido intenciones de hacerle esa pregunta. ¿Qué le importaba que él la quisiera o no? Y Señor, se había oído como una pequeña niña perdida.

—No lo sé —contestó su padre. Entrelazó los dedos a través del cabello en su agitación—. Juré que nunca más regresaría a Inglaterra. Ella sabía que no rompería mi promesa. Después de que murió, nunca más pensé en ello. Puse al pasado detrás mío.

Judith se adelantó hasta que estuvo tocando la mesa. Se inclinó aún más.

—No está muerta —susurró luego.

—Buen Dios...

—Si deseas casarte otra vez, no le voy a decir al padre Laggan que ya tienes una esposa. No me importa —añadió con un gesto de la cabeza—. Pero debes dejar partir a los Maitland.

No esperó la promesa de su padre, sino que retrocedió hasta haber puesto distancia entre ellos.

El terrateniente Maclean no creía que podría soportar más sorpresas. Aún estaba perplejo por las verdades que le habían entregado.

—Padre, ¿qué está pasando?

El terrateniente intentó sacudirse para salir del estupor. Se dio vuelta para mirar a su hijo.

—Tienes una hermana —dijo, con la voz ronca por la emoción.

—¿En serio?

—Sí.

—¿Dónde?

—Está de pie a tu lado.

Douglas se dio la vuelta para mirar con fijeza a Judith. Judith le devolvió la ruda mirada.

A su hermano le llevó mucho tiempo aceptarlo. No se veía muy feliz por las noticias. En realidad, se veía consternado.

—No te quiero en mi cama —tartamudeó. Entonces en realidad logró sonreír un poco—. No es de extrañar que te repugnara tanto cuando intenté...

No continuó, ya que sólo entonces se dio cuenta de que Iain lo estaba observando. La voz de Iain era mortalmente suave cuando hizo la próxima pregunta.

—Exactamente, ¿qué intentaste hacer, Douglas?

El hermano de Judith perdió la sonrisa.

—No sabía que era tu esposa, Maitland —se disculpó—. E indudablmente no sabía que era mi hermana cuando intenté besarla.

A Iain no le importaban las excusas que le dieran. Se extendió detrás de los hombros de Judith, agarró a Douglas por la nuca y lo mandó volando hacia atrás con un giro de la muñeca.

El padre de Judith no demostró ninguna reacción ante su hijo desparramado en el suelo delante suyo. Su atención seguía fija en su hija.

—Me alegra que no te le parezcas.

Judith no respondió a ese comentario.

Su padre dejó escapar un largo suspiro.

—Entonces, ¿volvió tu corazón en contra mía? —le preguntó.

Judith se quedó sorprendida ante la pregunta. Sacudió la cabeza.

—Me dijeron que mi padre había muerto defendiendo a Inglaterra de los infieles. Se suponía que había sido un barón.

—¿Así que viviste con ella mientras crecías?

—No —contestó—. Los primeros cuatro años viví con la tía Millicent y el tío Herbert. Millicent es la hermana de mi madre —agregó.

—¿Por qué no vivías con tu madre?

—No podía soportar mi presencia. Durante mucho tiempo creía que era porque le recordaba al hombre que amaba. Cuando tenía once años, averigüé la verdad. Me odiaba porque yo era parte de ti.

—¿Y cuando averiguaste la verdad?

—Me dijeron que habías echado a mi madre, que sabías que estaba embarazada de mí y que no nos querías a ninguna de las dos.

—Mentiras —susurró mientras sacudía la cabeza—. Nunca supe acerca de ti. Pongo a Dios como testigo, no lo sabía.

Judith no demostró niguna reacción externa ante el fervoroso discurso.

—Si sólo nos permitieras regresar a casa —dijo otra vez—. No le voy a decir al sacerdote que ya tienes una esposa.

Su padre sacudió la cabeza.

—No, no me voy a casar otra vez. Soy demasiado viejo como para agitar ese pecado frente al rostro de Dios. Estoy satisfecho con dejar las cosas como están.

Entonces se volvió hacia Iain.

—¿Sabías que era el padre de Judith cuando te casaste con ella?

—Sí.

Judith dejó escapar un pequeño jadeo. Fue rápida para recuperarse de la sorpresa. Era obvio que Iain le estaba mintiendo al terrateniente y averiguaría las razones más tarde, cuando estuvieran solos. Si es que alguna vez volvía a hablarle, se corrigió. Todavía no podía levantar la mirada hacia él. Deseaba llorar de vergüenza porque no había confiado lo suficiente en él como para contarle la verdad.

—Entonces, ¿por qué buscabas una alianza con los Dunbar? —preguntó Maclean—. ¿O es que el desgraciado me mintió?

—Los Dunbar se acercaron a nosotros primero —explicó Iain—. Me encontré con el terrateniente en terreno neutral para hablar sobre las posibilidades de una alianza, pero eso fue antes de que supiera que mi esposa era tu hija.

—¿Y cuando estuviste seguro?

Iain se encogió de hombros.

—Para ese entonces ya sabía cuál era el juego de los Dunbar. No se podía confiar en ellos. Así que te envié mi emisario, Ramsey.

—¿Te casaste con mi hija porque yo era su padre?

—Sí.

El terrateniente asintió, satisfecho por la honestidad de Iain.

—¿La tratas bien?

Iain no respondió. Judith pensó que probablemente se suponía que ella debía hacerlo.

—Me trata muy bien. No me quedaría con él si no lo hiciera.

Su padre sonrió.

—Tienes temple. Eso me agrada.

Judith no le agradeció el elogio. Ni siquiera habían pasado cinco minutos desde que le había dicho que le disgustaba su audacia. Se estaba contradiciendo y ninguna de sus alabanzas iba a mitigar el dolor.

Notó que los ojos de su padre se estaban empañando. No se podía imaginar por qué.

—¿Cuándo supiste acerca de mí? —preguntó Douglas—. ¿Desde los once años sabías que tenías un hermano mayor?

Judith casi pierde la compostura en ese preciso instante. La traición de su madre de pronto la abrumó.

—No supe acerca de ti... hasta hoy —susurró—. Ella nunca se lo dijo a nadie.

Douglas se encogió de hombros e intentó actuar como si en realidad no le importara, aunque Judith pudo ver su vulnerabilidad.

—Agradece que te haya dejado aquí, Douglas. Fuiste más afortunado.

Douglas estaba conmovido por el aparente interés de Judith por sus sentimientos. Se aclaró la garganta en un intento por aliviar la súbita tensión que sentía allí.

—Habría cuidado de ti como deberían hacer los hermanos mayores —dijo luego—. Lo habría hecho, Judith.

Judith asintió y estuvo a punto de decirle a su hermano que creía que la habría protegido, pero su padre atrapó su atención.

—Quiero que te quedes, aquí con Douglas y conmigo por un tiempo.

—No —negó Iain abruptamente—. Judith, ve a esperarme afuera. Tengo algo que hablar con tu padre.

Judith no vaciló. Se volvió y comenzó a alejarse. El terrateniente Maclean la observó por un momento y luego se puso de pie con presteza. Tenía la mirada fija en la espalda de Judith.

—Nunca rompería mi promesa de no regresar a Inglaterra —dijo—. Indudablemente no habría regresado por mi esposa —agregó con voz más fuerte.

Judith siguió alejándose de su padre. En esos momentos temblaba tanto que le preocupaba que las piernas cedieran bajo ella. Si sólo pudiera llegar afuera...

—No regresaría por tierras, ni por títulos, ni por todo el oro de Inglaterra.

Judith estaba a mitad de camino cuando su padre la llamó.

—¡Judith Maitland! —rugió.

Se detuvo y se dio la vuelta con lentitud. Las lágrimas le corrían por las mejillas. Judith no se dio cuenta de ello. Apretaba con fuerza las manos para que nadie viera cuánto le temblaban.

—Habría roto mi promesa por una hija —gritó su padre—. Ah, sí, habría regresado a Inglaterra por ti.

Judith respiró profundamente y luego asintió con lentitud. Deseaba creerle desesperadamente, pero sabía que necesitaba tiempo y distancia para separar todas las mentiras de la verdad.

Graham estaba de pie cerca de la parte inferior de los escalones que llevaban hacia la entrada. Había dos guardias como centinelas detrás de él. La mirada de Judith encontró la del anciano. La expresión del rostro de Graham le quitó el aliento a Judith; la furia y el desprecio hacia ella eran tan visibles que Judith se sintió como si acabaran de escupirla.

Estaba segura de que iba a vomitar. Corrió afuera, cruzó el patio y continuó hacia la privacidad de los árboles. Siguió corriendo hasta que se quedó sin aliento. Luego se desplomó contra el suelo y rompió en sollozos que desgarraban el corazón.

Judith estaba tan confundida en su interior. ¿Su padre le había dicho la verdad? Si hubiera sabido acerca de ella, ¿la habría reclamado? ¿Habría sido capaz de amarla?

Ay, Dios, los años perdidos, las mentiras, la soledad. Y ahora era demasiado tarde. Había dicho quién era y Graham le había hecho saber, con sólo una mirada de odio, que había perdido todo. Otra vez era una forastera.

—Iain —sollozó.

¿También lo había perdido?

Iain sabía que Judith lo necesitaba en esos momentos. Creía que la había lastimado con la confesión de que se había casado con ella porque era una Maclean. Por supuesto, deseaba ir hacia ella, pero su preocupación inicial era tratar con el padre de Judith. En su mente, la seguridad de Judith estaba primero que los sentimientos de Judith.

—Utilizaste a mi hija para acercarte a mí, ¿no es así? —comentó el terrateniente Maclean. Intentó parecer furioso, pero fracasó en el intento. Dejó escapar un suspiro—. La verdad es que probablemente habría hecho lo mismo si hubiera estado en tu lugar.

La disciplina de Iain se esfumó. Se inclinó por sobre la mesa, agarró al padre de Judith por los hombros y lo levantó a medias de la silla. Douglas corrió para intervenir por su padre. Iain lo mandó volando hacia atrás otra vez con el reverso del puño.

—Me casé con Judith para protegerla de ti, desgraciado —rugió. Empujó a Maclean de nuevo en la silla—. Ahora tú y yo vamos a tener que llegar a algún tipo de entendimiento o juro por Dios que te voy a matar.

El terrateniente Maclean levantó la mano para evitar que sus hombres atacaran a Iain.

—Todos afuera —ordenó con un bramido—. Este asunto es entre el terrateniente Maitland y yo. Douglas, te puedes quedar.

—Patrick también se queda —ordenó Iain.

—Yo no me voy —gritó Graham.

—Como quieran —concedió el terrateniente Maclean, ahora con tono cansado. Esperó a que sus hombres se fueran y luego se puso de pie para enfrentar a Iain.

—¿Por qué creíste que necesitabas protegerla de mí? Soy el padre.

—Sabes perfectamente bien por qué —replicó Iain—. La habrías casado con uno de los Dunbar. No podía permitirlo.

El terrateniente Maclean no discutió la posibilidad porque sabía que era verdad. Probablemente la habría casado con uno de los Dunbar para hacer más fuerte la alianza.

—Primero habría obtenido el permiso de Judith —musitó. Se recostó contra la silla—. Dios querido, es difícil de asimilar. Tengo una hija.

—Y una esposa —le recordó Iain.

El rostro de Maclean se ensombreció.

—Sí, una esposa —aceptó—. La mujer me dejó —explicó—. Ah, fue bajo el disfraz de regresar a Inglaterra para ver al hermano enfermo, pero yo sabía que no tenía ninguna intención de regresar jamás. Me alegré de librarme de ella. Sentí deseos de celebrar cuando me enteré de que había muerto. Si eso es un pecado, que así sea. Nunca conocí a una mujer como ella —agregó—. Ni antes ni después. No tenía conciencia. Vivía para su placer, nada más. Era tan cruel con su hijo que me pasaba la mayor parte de los días protegiendo al niño de su propia madre.

—Judith no tuvo a nadie que la protegiera.

—Me doy cuenta de ello —replicó Maclean. De pronto se veía como un hombre muy viejo—. Dijo que vivió con la tía los primeros cuatro años. ¿Qué pasó luego? ¿Vivió con la madre?

—Sí.

—¿Y qué hay del hermano de mi esposa? ¿El ebrio? —preguntó Maclean.

—También vivía con ellas. La tía y el tío trataron de estar atentos a Judith. Vivía con ellos durante seis meses del año y en el Infierno los otros seis.

—Un arreglo peculiar —dijo Maclean. Sacudió la cabeza—. Nunca voy a poder compensárselo. Nunca voy a poder... —Se le quebró la voz. Fingió toser y luego continuó—. Vas a tener tu alianza, Iain, si todavía la deseas. Los Dunbar se van a rebelar, por supuesto, pero los podemos mantener bajo control y podemos hacer que se comporten bien, ya que están encerrados entre nosotros dos. Tengo sólo un pedido que hacerte.

—¿Qué es?

—Quiero que Judith se quede aquí una temporada. Me gustaría llegar a conocerla.

Iain ya estaba sacudiendo la cabeza antes de que Maclean terminara el pedido.

—Mi esposa se queda conmigo.

—¿Le vas a permitir venir aquí de vez en cuando?

—Sólo Judith puede tomar esa decisión —replicó Iain—. Yo no querría obligarla.

—¿Pero no vas a evitarlo?

—No —concedió Iain—. Si desea verte de nuevo, la voy a traer a ti.

—Iain Maitland, estás haciendo promesas sin autoridad —anunció Graham casi en un grito—. El consejo va a decidir la alianza, no tú.

Iain se dio vuelta para mirar a Graham.

—Lo vamos a hablar más tarde —ordenó.

—Deberías estar agradecido de que mi hija hablara cuando lo hizo —bramó Maclean. Se puso de pie, apoyó las manos sobre la mesa y se inclinó hacia adelante—. Salvó tu lastimoso pellejo, Graham. Hace muchos años que estoy anhelando destrozarte. Todavía podría hacerlo, si me entero de que no tratas a Judith como corresponde.

Se detuvo para mirar con ira al enemigo.

—Ah, vi la expresión de tu rostro cuando te enteraste de que era una Maclean. No te sentó bien, ¿verdad? Te debe molestar considerablemente saber que tu terrateniente está casado con mi hija. No importa —continuó Maclean con un rugido—. Lastimas a Judith y por Dios que te voy a matar con mis propias manos.

—Padre, ¿y qué si Judith desea quedarse aquí con nosotros? —preguntó Douglas—. Tal vez no desee volver a casa con Iain. Deberías preguntárselo a ella.

A Iain no le impresionó el arranque de interés fraternal de Douglas.

—Judith viene conmigo.

Douglas no quería rendirse.

—¿Vas a dejarlo que se la lleve si ella no quiere irse?

—¿Dejarlo? —El terrateniente Maclean encontró la primera sonrisa—. Parece que Iain va a hacer cualquier cosa que desee hacer. —Volvió la atención hacia Iain—. Tal vez empezaste con un astuto plan en mente, pero te enamoraste de ella a mitad de camino, ¿no es así?

Iain se negó a responderle. Douglas no quería dejarlo correr.

—¿Amas a Judith?

Iain soltó un suspiro. El hermano de Judith estaba resultando ser una terrible molestia.

—¿En verdad creen que me hubiera casado con una Maclean si no la quisiera?

El terrateniente Maclean soltó un bufido de risa.

—Bienvenido a la familia, hijo.

Iain encontró a Judith recostada contra un árbol a un lado del sendero a considerable distancia del torreón. La luz de la luna era suficientemente brillante como para que Iain viera cuán pálida estaba Judith.

—Judith, es hora de ir a casa.

—Sí, por supuesto.

No se movió. Iain se acercó a ella. Cuando Judith levantó la mirada hacia él, se dio cuenta de que había estado llorando.

—¿Estás bien? —preguntó, con obvio interés en la voz—. Sé que fue difícil para ti.

Los ojos de Judith se llenaron de lágrimas.

—¿Me estaba mintiendo o me estaba diciendo la verdad? Hubo tantas mentiras en el pasado que parece que ya no puedo encontrar la verdad. Sin embargo, en realidad no importa, ¿verdad? El saber que mi padre me habría reclamado no me puede compensar los años perdidos.

—Creo que a ti te importa —replicó Iain—. Y creo que estaba diciendo la verdad. Si hubiera sabido, habría ido a Inglaterra a buscarte.

Judith se apartó del árbol y enderezó los hombros.

—Sé que debes de estar furioso conmigo. Debería haberte dicho quién era mi padre.

—Judith...

Lo interrumpió.

—Temía que ya no me quisieras si conocías la verdad. —Finalmente, Judith comprendió que Iain no estaba enfadado—. ¿Por qué no estás molesto? Las noticias te deben de haber asombrado. ¿Y por qué le mentiste a mi padre?

—¿Cuándo le mentí?

—Cuando le dijiste que sabías que yo era su hija.

—No le mentí. Lo sabía antes de casarme contigo.

—No pudiste haberlo sabido —gritó Judith.

—Hablaremos de esto más tarde —anunció—. Después de que lleguemos a casa.

Judith sacudió la cabeza. Deseaba hablar de eso ahora. Se sentía como si todo su mundo acabara de ser destrozado.

—Si lo sabías... ¿por qué te casaste conmigo?

Iain se extendió hacia ella. Judith retrocedió.

—Judith, no voy a hablar de esto ahora.

Dios, se oía tan calmo, tan malditamente razonable.

—Me usaste.

—Te protegí.

—Querías la alianza. Esa es la única razón por la que te casaste conmigo. Ay, Dios, pensé que porque no tenías nada que ganar, realmente deberías quererme, que tú... —La voz se le quebró con un sollozo. Estaba tan asqueada por la verdad, que casi se dobló por la mitad. Dio otro paso hacia atrás. Su propia ingenuidad la ponía aún más furiosa consigo misma—. Fui tan tonta —gritó—. Realmente pensé que podría pertenecer aquí. Creí que sería aceptada y que no importaría quién era mi madre o mi padre...

Respiró profundamente para intentar controlarse.

—No puedo culpar a nadie más que a mí por pensar cosas tan estúpidas. Nunca voy a poder ser aceptada aquí. No voy a regresar a casa contigo, Iain. Ni ahora. Ni nunca.

—No me vas a levantar la voz —le ordenó Iain con voz escalofriantemente suave—. Pero vas a venir a casa conmigo. Ahora.

Iain se movió como un rayo. Judith ni siquiera tuvo tiempo de correr. Iain le encerró las manos en una de las suyas y la arrastró por el camino antes de que siquiera pudiera empezar a luchar.

Judith dejó de intentar escaparse cuando recordó a Frances Catherine. Su amiga la necesitaba.

Iain se detuvo al borde del claro.

—No te atrevas a llorar —le ordenó.

—Me rompiste el corazón.

—Lo voy a arreglar más tarde.

Judith casi se echa a llorar en ese preciso instante. La multitud de soldados reunida en el patio la hizo cambiar de opinión. Enderezó los hombros y corrió hacia adelante, a caminar junto a su esposo, decidida a no humillarse frente a los Maclean.

Graham y Patrick ya habían montado los caballos y estaban esperando para partir: Iain no quiso permitir que Judith montara su propio caballo. Le entregó las riendas de la montura a su hermano y luego se dio la vuelta y la levantó hasta la parte trasera de su caballo. Subió tras Judith, la acomodó sobre su regazo y tomó la delantera.

Primero pasaron junto a Graham. Ni bien la mirada de Judith se cruzó con la de él, Graham le dio la espalda. Judith regresó rápidamente la mirada hacia el regazo. Cruzó las manos e intentó desesperadamente que los sentimientos no se le notaran en el rostro. No deseaba que ninguno de ellos supiera cuánto le dolía por dentro.

Iain notó el insulto que Graham había proferido a su esposa. Se puso tan furioso que apenas si se pudo controlar. Judith se había quedado rígida entre sus brazos. La acercó más contra su pecho y se inclinó para susurrarle al oído.

—Tú y yo nos pertenecemos, Judith. Nada más importa. Recuerda eso.

Hasta que no las pronunció en voz alta no se dio cuenta de lo significativas que eran esas palabras. La tensión que había sentido en el pecho había disminuido. El amar a Judith le hacía sentir que podía conquistar al mundo. No había ningún problema que no pudieran enfrentar siempre y cuando estuvieran juntos. Recordaba que Judith le había dicho que deseaba ser capaz de compartir sus preocupaciones con él. No se lo permitiría. Y se suponía que él también debía compartir sus preocupaciones con ella. Señor, se había mofado de la idea; creía de manera arrogante que él solo debía tomar las decisiones, solucionar todos los problemas y dar todas las órdenes. Era deber de Judith contarle qué andaba mal y él se ocuparía de ello.

Iain no se podía imaginar por qué Judith lo amaba. Eso era un milagro. Sin dudas, no sentía que se lo merecía. Casi sonrió, porque se lo mereciera o no, el corazón de Judith le pertenecía... y nunca la dejaría partir. Nunca.

Fue como si hubiera dicho sus pensamientos en voz alta, porque de pronto Judith levantó la mirada hacia él.

—No voy a vivir con un hombre que no me ama —susurró. Esperaba ira y secretamente deseaba algo de remordimiento. No obtuvo ninguno de los dos.

—Está bien —aceptó.

Judith giró y se apartó de él. Iain sabía que no estaba en condiciones de escuchar nada de lo que le tuviera que decir. Mañana sería suficientemente pronto para las explicaciones.

—Cierra los ojos y descansa —le ordenó—. Estás exhausta.

Judith estaba a punto de hacer eso, cuando vio un movimiento en la oscuridad. Se quedó tiesa contra Iain y lo agarró del brazo. Los árboles a su alrededor parecieron cobrar vida ante sus ojos. Las sombras se movían hacia adelante a la luz de la luna.

Eran guerreros Maitland y tantos que Judith casi ni pudo empezar a contar. Estaban vestidos con atuendos de guerra. Ramsey los lideraba. Se adelantó y esperó a que Iain le dijera qué había sucedido.

Después de todo, Iain no había llegado solo. Era obvio que sus hombres habían estado esperando la orden para entrar en batalla. En ese momento, Judith estaba agradecida de haber podido evitar una batalla y se preguntó cuántas vidas se habrían perdido si se hubiera quedado callada.

No volvió a hablarle a su esposo hasta que llegaron a casa. Le dijo que no deseaba compartir la cama con él. Iain la tomó en brazos y la llevó arriba. Judith estaba demasiado cansada como para luchar contra él. Se quedó dormida antes de que Iain terminara de quitarle las ropas.

Iain no podía dejarla tranquila. La sostuvo entre los brazos, la acarició, la acurrucó, la besó y en las tempranas horas antes del amanecer le hizo el amor.

Al principio Judith estaba demasiado dormida como para protestar y luego demasiado consumida por la pasión como para detenerlo. La boca de Iain se sentía maravillosamente ardiente contra la suya. Las manos le acariciaban la parte interna de los muslos y suavemente los separaron. Los dedos se deslizaron dentro de la líquida excitación de Judith justo cuando la lengua le invadía la boca. El juego de amor erótico la hizo gemir de placer. Se movía desasosegadamente contra Iain. Era todo el permiso que éste necesitaba. Se movió entre los muslos de Judith y entró profundamente en ella. Judith se arqueó contra él y le envolvió el cuello con los brazos para acercarlo más. Los empujones de Iain eran lentos, medidos, deliberados. El dulce tormento la volvía loca. Apretó las piernas alrededor de Iain y levantó las caderas con mayor fuerza para hacer que acelerara el ritmo.

Encontraron la satisfacción juntos. Iain gruñó profundamente y se desplomó contra ella. Judith lo abrazó con fuerza mientras las olas de éxtasis la recorrían y luego lloró contra su hombro.

Una vez que empezó a llorar, parecía no poder detenerse. Iain rodó hacia su costado, la llevó con él y le susurró palabras tranquilizadoras hasta que finalmente Judith se relajó e Iain supo que otra vez se había quedado dormida. Cerró los ojos, su propia entrega había sido total, extenuado también se durmió.

A la mañana siguiente, Iain dejó la recámara una buena hora antes que Judith se despertara. El ama de llaves subió la escalera para buscarla, golpeó suavemente la puerta y la llamó por el nombre.

Judith recién terminaba de vestirse. Llevaba puesto el vestido rosado pálido. Ante su pedido, Helen entró corriendo en la recámara. Se detuvo en seco cuando le dio un vistazo a las ropas de Judith.

—No lleva nuestro tartán —dijo apresuradamente.

—No —dijo Judith, sin dar más explicaciones—. ¿De qué deseas hablarme?

—Los ancianos...

—¿Sí? —preguntó Judith cuando Helen no continuó.

—Están esperando en el salón para hablar con usted. ¿Es verdad, entonces? ¿Su padre es...?

Helen parecía no poder decir el nombre en voz alta. Judith se apiadó de ella.

—El terrateniente Maclean es mi padre.

—No vaya abajo —gritó Helen. Comenzó a retorcerse las manos con agitación—. La veo terriblemente pálida. Vuélvase a la cama. Les voy a decir que está enferma.

Judith sacudió la cabeza.

—No me puedo ocultar aquí arriba —dijo. Comenzó a dirigirse hacia la puerta y luego se detuvo—. ¿El consejo no está rompiendo una de las reglas sagradas al hablar directamente conmigo en carácter oficial?

Helen asintió.

—Probablemente estén demasiado enfadados como para pensar en reglas en estos momentos. Además, sí que permitieron que otra mujer se enfrentara a ellos. Su Frances Catherine. Fue el comentario del lugar durante semanas enteras.

Judith sonrió.

—Frances Catherine me dijo que intentaron hacer que cambiara de opinión acerca de irme a buscar. Probablemente ahora querrán retorcerle el cuello. Mira todos los problemas que causé.

Helen sacudió la cabeza.

—No causó ningún problema.

Judith le palmeó el brazo.

—¿Mi esposo me está esperando con los ancianos?

Helen volvió a sacudir la cabeza. Fue un esfuerzo por controlar las emociones. La voz le temblaba cuando le respondió a la señora.

—Está regresando de la casa de su hermano. Graham mandó un mensajero por la colina para que lo fueran a buscar. ¿No la van a echar, verdad?

—Mi padre es el enemigo —le recordó Judith—. No puedo imaginar que deseen que me quede aquí.

—Pero su esposo es nuestro terrateniente —susurró Helen—. Seguro que...

Judith no deseaba hablar de Iain. Helen estaba terriblemente turbada. Las lágrimas le corrían por las mejillas. Judith lamentaba ser la causa de esa desdicha, pero no sabía cómo mitigar el sufrimiento de Helen. No podía decirle que todo iba a ir bien, ya que eso sería una ridícula mentira.

—Voy a sobrevivir a esto —dijo—. Y tú también.

—Forzó una sonrisa, se pellizcó las mejillas para darles algo de color y luego salió de la recámara. Iain entró justo cuando comenzaba a bajar las escaleras. Pareció estar aliviado al verla. Judith no supo qué pensar de ello.

—Me gustaría hablar contigo, Iain —le dijo—. Quiero decirte algo.

—Ahora no, Judith —le dijo—. No hay tiempo.

—Quiero que me dediques un momento —insistió.

—Frances Catherine te necesita, esposa.

El porte entero de Judith cambió. Bajó corriendo el resto de las escaleras.

—¿Es el bebé?

Iain asintió.

—¿Helen? —llamó Judith.

—Ya la he oído, milady. Sólo voy a juntar algunas cosas y luego la voy a seguir.

Judith se había aferrado a la mano de Iain. Se dio cuenta de lo que había hecho e intentó soltarla. Iain no se lo permitió. Se dio la vuelta, le abrió la puerta y luego la hizo salir afuera.

Los mayores estaban reunidos en un grupo frente a la mesa junto a la chimenea. Iain se comportó como si no hubieran estado allí.

—¿Hace cuánto que tiene dolores? —preguntó Judith.

—Patrick no me lo dijo. Está tan inquieto que apenas puede decir una palabra coherente.

Iain no había exagerado. El esposo de Frances Catherine estaba de pie en el centro del umbral.

—Quiere que vaya a buscar al sacerdote —soltó apresuradamente ni bien los vio—. Dios mío, todo es por mi culpa.

Judith no supo qué responder a ello. Iain sacudió la cabeza.

—Contrólate, Patrick —le ordenó—. No le vas a hacer ningún bien si te desmoronas a pedazos.

—Todo es por mi culpa, te digo —repitió Patrick con un susurro angustiado.

—Demonios —musitó Iain—. Por supuesto que es tu culpa. La llevaste a la cama...

—No es eso —interrumpió Patrick.

—Entonces, ¿qué es? —preguntó Iain cuando su hermano no se explicó.

—Adelanté el parto. Estábamos hablando del padre de Judith y me dijo que lo había sabido desde hacía años. Me puse algo furioso de que no me lo hubiera dicho y creo que le levanté la voz.

Sin percatarse de ello, Patrick le bloqueaba a Judith la entrada a la cabaña mientras le confesaba el pecado a su hermano. Finalmente, Judith lo empujó para quitarlo del camino y corrió dentro.

Se detuvo con rapidez cuando avistó a Frances Catherine. Su amiga estaba sentada a la mesa, cepillándose el cabello. Se veía terriblemente tranquila. También canturreaba.

Frances Catherine le sonrió y luego le hizo un gesto de que cerrara la puerta.

—Alcánzame ese moño —le pidió Frances Catherine—. El rosado que está sobre la cama, por favor.

Judith hizo lo que su amiga le pedía. Se dio cuenta de que le temblaban las manos.

—¿Cómo te sientes, Frances Catherine? —le preguntó con un susurro de preocupación.

—Perfectamente bien, gracias.

Judith clavó la mirada en su amiga durante un largo minuto.

—¿Ahora sientes dolor o sólo estás fingiendo?

—Si no fuera así, lo haría.

Judith caminó hacia la mesa y se desplomó sobre la silla frente a su amiga. Respiró profundamente en un esfuerzo por tranquilizar su galopante corazón y luego le preguntó qué había querido decir, en nombre de Dios, con esa respuesta tan ilógica.

Frances Catherine estaba feliz de explicarlo.

—Tengo dolores —dijo—. Pero si no los tuviera, fingiría que sí sólo para poner furioso a Patrick. Lo voy a dejar, Judith. Ningún hombre me va a gritar, ni siquiera mi esposo. Puedes ayudarme a empaquetar mis cosas.

Judith se echó a reír.

—¿Te gustaría partir ahora o después de que nazca el bebé?

Su amiga sonrió.

—Después —dijo—. No tengo miedo —agregó con un susurro, cambiando de tema—. ¿No es extraño? Durante todos los meses del embarazo tuve miedo, pero ahora no tengo absolutamente nada de temor.

—Entonces, ¿por qué pediste por un sacerdote?

—Para darle algo que hacer a Patrick.

Judith no se creyó esas tonterías.

—Deseabas asustar a Patrick, ¿verdad?

—Eso también —concedió Frances Catherine.

—Tienes una veta mezquina oculta en ti, Frances Catherine —dijo Judith—. Aterrorizaste deliberadamente a tu esposo. Ahora, hazlo entrar y ruégale que te perdone.

—Lo haré —prometió su amiga—. ¿Te resultó terrible?

Había cambiado de tema con tanta rapidez, que a Judith le llevó un minuto reaccionar.

—Mi padre es un hombre bien parecido —comentó.

—¿Le escupiste en los ojos?

—No.

—Dime qué sucedió —le exigió su amiga.

Judith sonrió.

—No te voy a decir nada hasta que hables con tu esposo. ¿No lo puedes oír allí fuera, comportándose de manera escandalosa? Deberías avergonzarte, Frances Catherine.

Un súbito dolor punzante asió a su amiga. Dejó caer el cepillo y aferró la mano de Judith. Para cuando la contracción desapareció, Frances Catherine estaba jadeando. Judith contó mentalmente los segundos que pasaron durante el dolor.

—Ésa fue un poco más fuerte que las demás —susurró Frances Catherine—. Sin embargo, todavía están muy separadas entre sí. Sécame la frente, Judith y luego dile a Patrick que entre. Estoy lista para escuchar su disculpa.

Judith se apresuró a hacer exactamente eso. Esperó afuera para que la pareja pudiera tener algo de privacidad. Iain estaba sentado sobre una saliente de piedra y la observaba.

—Nunca vi a mi hermano con tan poca disciplina —comentó.

—Ama a su esposa —replicó Judith—. Teme por ella.

Iain se encogió de hombros.

—Yo te amo, pero seguro que cuando me des un hijo o una hija no me voy a comportar de la manera en que Patrick se está comportando.

Había pronunciado las palabras de manera tan casual, tan pragmáticamente, que a Judith le cogieron desprevenida.

—¿Qué acabas de decir?

Iain dejó que viera su exasperación.

—Dije que no iba a perder el control de la manera en que Patrick...

—Antes —lo interrumpió—. Dijiste que me amabas. Parecía que lo decías en serio.

—Siempre digo todo en serio —le dijo—. Lo sabes. Judith, ¿cuánto crees que va a llevar el alumbramiento?

No prestó atención a la pregunta.

—No me amas —anunció en un tono de voz enfático—. Sólo fui el sacrificio que tuviste que hacer para obtener tu alianza. —No le dio tiempo a responder—. El anillo me delató, ¿no es así? Es idéntico al que lleva Douglas y lo reconociste.

—El anillo me era familiar, pero me tomó mucho tiempo recordar dónde lo había visto.

—¿Cuándo recordaste, exactamente?

—Cuando estábamos en el cementerio —le dijo—. Luego Patrick oyó que le preguntabas a su esposa qué pensaba que yo haría si averiguaba que el terrateniente Maclean era tu padre. Me lo dijo, por supuesto, pero yo ya lo sabía.

Judith sacudió la cabeza.

—No lo entiendo —admitió—. Si Patrick ya lo sabía, ¿por qué se enfadó tanto con Frances Catherine?

—Estaba enfadado porque no había confiado en él.

—Y por eso, ni bien averiguaste quién era mi padre, te casaste conmigo.

—Exactamente —concordó. Se puso de pie y la acercó hacia sus brazos—. Sin flores —susurró—. Lamento eso. Tu seguridad estaba primero. No tenía tiempo de hacerlo de manera adecuada para ti.

Dios querido, cómo deseaba creerle.

—No tenías que casarte sólo para protegerme.

—Sí, así fue —contestó—. Era sólo cuestión de tiempo antes de que uno de los ancianos avistara el maldito anillo. Lo habrían reconocido.

—Iba a tirarlo —alardeó Judith.

Iain soltó un suspiro.

—No lo habrías hecho —dijo—. Eres demasiado afectuosa como para destrozar el único lazo que tenías con el hombre que te había engendrado.

Judith decidió no discutir esa posibilidad con él.

—No te agrada, ¿verdad?

—¿Tu padre?

—Sí.

—Diablos, no, no me agrada —replicó—. Es un verdadero desgraciado —agregó—. Pero también es tu padre y, como yo ya sabía que me iba a quedar contigo, mandé a Ramsey para que hablara con él acerca de una alianza. Hubiera sido más práctico unirse a los Dunbar. La tierra de ellos limita con la nuestra, pero el terrateniente Maclean es tu padre y, a la larga, tenías derecho a reclamarlo... si así lo deseabas, Judith.

—Pero no confías en los Maclean, ¿no es así?

—No —respondió—. Si es por eso, tampoco confío mucho en los Dunbar.

—¿Te agrada Douglas?

—No, no demasiado.

Judith encontró que su honestidad era refrescante.

—No te agrada nadie, ¿verdad?

La sonrisa de Iain estaba llena de ternura.

—Me agradas tú.

Siempre la dejaba sin aliento cuando la miraba de esa manera. Judith tuvo que obligarse a concentrarse en lo que estaban hablando. Volvió la mirada al pecho de Iain.

—¿Por qué era necesario formar una alianza con uno u otro clan? En el pasado siempre se aislaron mucho.

—El terrateniente Dunbar es viejo, está cansado y sin embargo, no quería pasarle sus deberes a un guerrero más joven. Cuando oí que estaba negociando con Maclean, intenté intervenir antes de que se formara la unión.

Los Dunbar sumados a los Maclean serían invencibles para nosotros. Fue una gran preocupación.

—¿Por qué no me explicaste todo esto?

—Acabo de hacerlo.

Estaba hablando con evasivas y ambos lo sabían.

—¿Por qué no me lo explicaste antes? —lo aguijoneó.

—Era difícil para mí —admitió finalmente—. Nunca antes hablé de mis preocupaciones con nadie, excepto Patrick.

—¿Ni siquiera con Graham?

—No.

Judith se apartó de él y lo miró a los ojos.

—¿Qué te hizo cambiar de opinión?

—Tú —respondió—. Y Frances Catherine.

—No lo entiendo.

Iain le tomó la mano, la sentó en la saliente de piedra y se sentó junto a ella.

—Al principio, no entendía esa unión entre vosotras dos. Parecíais confiar completamente la una en la otra.

—Confiamos completamente la una en la otra —le dijo.

Iain asintió.

—Nunca le dijo a nadie quién era tu padre y nunca te preocupaste porque lo fuera a hacer.

Iain parecía estar resolviendo algo en la mente. La voz era lenta y vacilante.

—En efecto, tú le diste un arma para que usara contra ti. Un hombre nunca haría una cosa así.

—Algunos sí.

—Yo no —admitió—. Y hasta que te conocí, no creía que tal confianza existiera.

Se puso de pie abruptamente. Se tomó las manos por detrás de la espalda y se volvió para mirarla.

—Me demostraste que le podías dar toda tu confianza a tu amiga. Quiero lo mismo, Judith. Me dijiste que confiabas en mí. Sin embargo, si confiaras en mí con todo tu corazón, por completo, aceptarías sin dudas que cuando te digo que te amo, lo digo en serio. Sólo entonces desaparecerían la incertidumbre, el temor y las heridas.

Judith tenía la cabeza inclinada. Se dio cuenta de que Iain estaba diciendo la verdad.

—No confié en ti lo suficiente como para decirte quién era mi padre —admitió con un susurro—. Pero habría encontrado el momento de hacerlo... algún día. Temía que ya no me quisieras si lo sabías.

—Si hubieras confiado en mí lo suficiente...

Judith asintió.

—En verdad lo intenté, antes de la ceremonia de la boda... ¿Por qué no me dejaste decírtelo entonces?

—Estaba desesperado por protegerte y la única manera en que sabía hacerlo era convertirte en mi esposa. El consejo no habría pensado dos veces en el asunto. Si se enteraban de que Maclean era tu padre, te habrían usado para intentar destruirlo.

—Si sólo hubiera dejado el anillo en Inglatera, nada de esto...

Iain no la dejó terminar.

—Los secretos tienen la peculiaridad de ser descubiertos —le dijo—. Demasiadas personas conocían la verdad. Tus parientes en Inglaterra podrían haber recurrido a los Maclean para obtener apoyo de ellos y así recuperarte. —Se encogió de hombros—. Todavía podrían hacerlo. —No parecía estar muy preocupado al respecto.

—Iain, creo que no me voy a poder quedar aquí. La manera en que Graham me miró cuando supo quién era mi padre fue... Ahora nunca me va a aceptar como una Maitland. Otra vez voy a ser una forastera. No, no me puedo quedar aquí.

—Está bien.

La inmediata aceptación de Iain confundió a Judith. Pensó que por lo menos podría pedirle que lo intentara y entonces ella sería muy noble y daría su aceptación. ¿Cómo podía confesarle su amor y luego aceptar dejarla partir?

A Judith no se le dio tiempo para pedirle a Iain que se explicara. Patrick abrió la puerta y gritó su nombre.

Volvió a entrar y encontró a Frances Catherine radiante de placer. Judith supuso que el esposo de su amiga había estado adecuadamente contrito.

Frances Catherine no sentía tanto el dolor en la cintura cuando caminaba, así que se paseó con lentitud frente a la chimenea mientras Judith se encargaba de los preparativos necesarios.

Frances Catherine tenía cientos de preguntas que hacer acerca de los Maclean. Judith no pudo responder ninguna de ellas. Cuando finalmente se le permitió decir toda una oración sin interrupciones, le contó a su amiga acerca de Douglas.

—Tengo un hermano. Tiene exactamente cinco años más que yo —dijo Judith—. Mi madre lo abandonó y nunca le dijo una palabra a nadie.

Frances Catherine casi se cayó. Se volvió furiosa en nombre de Judith.

—Esa maldita bruja —gritó.

Estaba a punto de rugir otra oscura opinión acerca de la madre de Judith cuando oyó que su esposo se disculpaba por ella fuera de la ventana. Se dio una palmada en la boca para contener la risa.

—Tu madre es un monstruo —susurró—. Si hay justicia en este mundo, va a recibir lo que se merece.

Judith no creía que eso fuera verdad, pero en esos momentos no estaba dispuesta a discutir con su amiga.

—Tal vez —concedió.

—Agnes recibió lo que se merecía —anunció Frances Catherine con un gesto de la cabeza.

—Por qué, ¿qué le pasó? —preguntó Judith.

Parecía que Frances Catherine no la había escuchado.

—Sí, así es. Fue lo suficientemente estúpida como para desparramar esos pecaminosos rumores acerca de ti y creer que el terrateniente no los oiría.

—¿Iain se enteró? —preguntó Judith.

—Así es —dijo Frances Catherine. Hizo una pausa para concentrarse en el dolor que la había asaltado y se aferró al borde de la repisa de la chimenea hasta que pasara. Luego se secó la frente con uno de los cuadrados de lino—. Señor, ésa fue un poco mas fuerte que la última.

—También fue más larga —le dijo Judith.

Frances Catherine asintió.

—Bueno, ¿dónde estaba? Ah, sí, Agnes.

—Exactamente, ¿qué oyó Iain?

—Que estabas embarazada antes de que se casara contigo.

—Dios querido, debe de haber estado furioso.

—Ah, sí, lo estaba, sin dudas —concordó Frances Catherine—. Patrick, Graham y tú se habían ido a pescar e Iain regresó de sus obligaciones como dos horas más tarde. Pasó a visitarme para asegurarse de que no necesitara nada. Fue considerado de su parte, ¿verdad? Iain se volvió más amistoso conmigo desde que se casó contigo, Judith. No solía...

—Frances Catherine, te estás apartando del tema —la interrumpió Judith—. ¿Qué hizo con respecto a Agnes?

—Estaba llegando a eso —dijo su amiga—. Iain subió

hacia el torreón. Alguien lo debe haber detenido. O tal vez alguno de los ancianos mencionó...

—No me importa cómo se enteró —la interrumpió Judith otra vez—. Quiero saber qué hizo al respecto. Frances Catherine, me estás volviendo loca, de la manera en que estás dando todos esos rodeos.

Frances Catherine sonrió.

—Hizo que tu mente se olvidara del parto, ¿verdad?

Judith asintió. Luego le suplicó a su amiga que terminara la explicación.

Frances Catherine estuvo feliz de complacerla.

—Fue directamente a la cabaña de Agnes. Brodick me lo dijo. Él también pasó a verme, sólo para asegurarse de que yo estuviera bien. Creo que Patrick lo regañó para que viniera a visitarme. De todos modos, pasó otra hora y salí para tomar aire fresco cuando vi a Agnes y a su hija, Cecilia, que habían empaquetado y bajaban por la colina. Brodick me dijo que se marchaban del territorio Maitland. Tampoco van a regresar, Judith.

—¿Dónde van a ir?

—Con los primos de Agnes —explicó Frances Catherine—. Había una escolta de soldados que marchaban con ellas.

—Iain no me dijo ni una palabra. —Judith reflexionó sobre ese hecho durante varios minutos mientras Frances Catherine retomaba los paseos.

Helen llamó a la puerta e interrumpió la conversación privada.

—Vamos a hablar de esto más tarde —susurró Frances Catherine.

Judith asintió. Ayudó a Helen a cargar una gigantesca pila de lienzos y los sumó a los demás que estaban sobre la mesa. Winslow venía detrás del ama de llaves. Llevaba la silla de partos. De inmediato, Frances Catherine lo invitó a quedarse para la comida del mediodía. Winslow estaba demasiado sorprendido ante la invitación como para hacer algo más que mover la cabeza.

Patrick no estaba en condiciones de encargarse de la tarea de colgar el tartán a través de la viga. Winslow se ocupó de eso. Frances Catherine intentó servirle una bebida cuando terminó.

Winslow rechazó el vino y se dirigió hacia la puerta. De pronto se detuvo y volvió a darse vuelta.

—Mi esposa está esperando en el patio —dijo—. Desea ayudar. Si no quieres que...

—Por favor, hazla entrar —pidió Judith—. Vamos a estar felices de tener su compañía, ¿no es así, Frances Catherine?

Su amiga se animó.

—Ah, sí —concordó—. Puede comer al mediodía con nosotros.

Helen hizo una pausa en la labor de doblar la ropa de cama para levantar la mirada.

—¿Verdaderamente tienes hambre, muchacha? Podría traerte algo de sopa que hice ayer. Estuvo hirviendo a fuego lento durante toda la noche.

—Sí, gracias —contestó Frances Catherine—. Sin embargo, no tengo nada de hambre.

—Entonces, ¿por qué...?

—Cuando es hora de comer, tenemos que comer —insistió Frances Catherine—. Todo tiene que ser... como de costumbre. ¿Está bien, Judith?

—Sí, por supuesto —contestó Judith.

Isabelle llegó corriendo y atrajo la atención de todos. Cerró la puerta tras de sí y corrió hacia Frances Catherine. La tomó de la mano. Mientras Judith permanecía por allí cerca, Isabelle repitió todas las palabras de aliento que Judith le había dado cuando había empezado con el trabajo de parto. Habló acerca del milagro que iba a acontecer, agregó que sí, era desaliñado, pero con todo, hermoso y que Frances Catherine debía recordar sentir dicha en la preciosa tarea de traer una nueva vida al mundo.

Un cálido sentimiento de satisfacción recorrió a Judith. Había importado en la vida de alguien. Sabía que tendría que abandonar el lugar y pronto, si el consejo se salía con la suya, pero mientras había vivido allí, había tenido impacto en la vida de alguien. Por lo menos otra mujer además de Frances Catherine la recordaría.

Helen dejó la cabaña para ir a buscar la sopa. Isabelle había dejado a su hijo al cuidado de la tía de Winslow y se fue para decirle que se iba a quedar con Frances Catherine hasta que naciera el bebé.

Frances Catherine esperó a que la puerta se cerrara tras las dos mujeres y luego se volvió hacia Judith.

—¿Estás preocupada por mí?

—Tal vez, un poco —admitió Judith.

—¿Por qué tenías esa expresión peculiar en el rostro? ¿En qué estabas pensando cuando Isabelle me estaba hablando?

Judith sonrió. En pocas oportunidades se le escapaban las cosas a Frances Catherine.

—Me estaba dando cuenta de que tuve algo de importancia en la vida de Isabelle. La ayudé a traer a su hijo al mundo. No se va a olvidar de eso. Las demás me van a olvidar, pero ella no.

—No, no lo va a olvidar —concordó Frances Catherine. Entonces cambió de tema—. Patrick dice que Iain no quiere decirle qué va a hacer. Mi esposo está convencido que el consejo los va a sancionar a los dos. Dijo que cuando le dio su opinión a Iain, su hermano sólo sonrió y sacudió la cabeza.

Judith se encogió de hombros.

—No me voy a quedar aquí, no importa lo que suceda. Entiendes el motivo, ¿verdad? No puedo volver a ser una forastera.

—Judith, todas las mujeres aquí parecen sentirse como forasteras —replicó Frances Catherine.

La puerta se abrió con violencia.

—¿Y? —bramó Patrick desde la entrada.

—¿Y, qué, esposo?

—Frances Catherine, ¿por qué está tomando tanto tiempo?

—Patrick, realmente necesitas controlarte —ordenó Judith—. Esto no va a suceder pronto.

Frances Catherine corrió hacia su esposo.

—Lamento que esto te esté perturbando tanto, pero no pasa nada. No puedo apresurar al bebé, Patrick.

—Judith, ¿no puedes hacer nada? —preguntó Patrick.

—Tu esposa ahora tiene que descansar —anunció Judith—. Tenemos que ser pacientes.

Patrick soltó un suspiro.

—Winslow dice que tienes el doble del tamaño de Isabelle —comentó con el entrecejo fruncido.

Frances Catherine no objetó ese comentario. Sabía que su esposo estaba pensando algo más de qué preocuparse.

—Comí el doble que Isabelle —le dijo—. ¿Dónde fue Iain?

Patrick encontró la primera sonrisa.

—Le estaba volviendo loco. Está entrenando con sus hombres.

—Deberías ir a ayudarle —sugirió Frances Catherine—. Cuando se acerque el momento, voy a mandar a alguien a buscarte.

Patrick aceptó partir con renuencia. Sin embargo,

regresaba continuamente y para cuando cayó la noche había acampado en el umbral de la puerta.

La tía de Isabelle llegó dos veces a buscarla durante el día para que alimentara a su hijo y Helen salió una vez para asegurarse de que los ancianos tuvieran una comida adecuada y que cuidaran de su hijo Andrew.

Las contracciones de Frances Catherine siguieron sin armonía hasta la tarde. Entonces cayeron como una venganza, pero Frances Catherine estaba más que preparada para enfrentarse al dolor.

Para la medianoche estaba gritando de dolor. Estaba utilizando la silla de partos y empujaba con todas sus fuerzas durante cada larga y penosa contracción. Helen utilizó las palmas de las manos para empujar el estómago de Frances Catherine, pero sus esfuerzos sólo intensificaron el dolor. El bebé no estaba ayudando.

Algo andaba mal y todas lo sabían. Los dolores venían uno tras otro y para ese momento ya debía de haber dado a luz. Algo estaba bloqueando el nacimiento. Helen se arrodilló frente a Frances Catherine para verificar otra vez el progreso del bebé y luego de completar el examen se recostó contra los talones de los pies y levantó la mirada hacia Judith.

El temor en los ojos de Helen hizo que se le retorciera el estómago a Judith. Ésta le hizo una seña para que se dirigiera al otro lado de la habitación.

—Sin susurros —gritó Frances Catherine—. Dime qué está mal.

Judith asintió para demostrar conformidad.

—Sí, dinos a ambas —ordenó.

—El bebé no está en la posición adecuada para el nacimiento. Siento un pie.

Otra contracción sacudió a Frances Catherine. Judith le ordenó que empujara. Su amiga gritó su negativa.

Se desplomó hacia adelante, sollozando de manera incontrolable.

—Ay, Dios, Judith, ya no puedo hacer esto. Me quiero morir. El dolor...

—No te atrevas a abandonarme ahora —la interrumpió Judith.

—No puedo meter la mano dentro —susurró Helen—. Necesitamos la horquilla, Judith.

—¡No!

El torturado grito de negativa de Frances Catherine destrozó el control de Judith. Estaba tan aterrorizada que apenas si sabía lo que estaba haciendo. Apartó la mano del fuerte apretón de su amiga y luego corrió hacia el cuenco de agua. Lavó bien las manos hasta dejarlas limpias. Las instrucciones de Maude le resonaban en la mente. No sabía ni tampoco le importaba que tal vez lo que la comadrona le había dicho estuviera basado en tonterías. Seguiría las instrucciones y confiaría en que fueran importantes.

Helen se puso de pie cuando Judith se arrodilló frente a Frances Catherine.

Su amiga estaba ronca de tanto gritar.

—Dile a Patrick que lo lamento —le rogó con un lastimoso susurro.

—Al diablo con esas tonterías —gritó Judith. En ese momento era insensible al dolor de su amiga—. Cuán típico de ti, Frances Catherine, hacer las cosas al revés.

—¿Estás pensando en dar la vuelta al niño? —preguntó Helen—. Vas a desgarrarle las entrañas si lo intentas.

Judith sacudió la cabeza. Mantuvo la atención en Frances Catherine.

—Avísame cuando empiece la próxima contracción —le ordenó.

Helen intentó pasarle a Judith el cuenco lleno de grasa de cerdo.

—Cúbrase las manos con esta grasa —sugirió—. Va a facilitar más la llegada del niño.

—No —respondió Judith. No se había lavado bien las manos para cubrirlas después con esa inmundicia repugnante.

Isabelle colocó la mano sobre el estómago de Frances Catherine. Pasó un escaso minuto antes de que hablara.

—La contracción está empezando ahora. Puedo sentir que se incrementa la tensión.

Judith empezó a rezar. Frances Catherine empezó a gritar. Helen e Isabelle la mantuvieron quieta mientras Judith trabajaba.

El corazón de Judith casi se le cae hasta el estómago cuando sintió el diminuto pie que asomaba por la abertura. En ese momento estaba rezando en voz alta, pero nadie la podía oír. Los gritos de Frances Catherine ahogaban cualquier otro sonido. Judith movió con suavidad el pie y luego fue en busca del que faltaba.

Dios escuchó sus plegarias. No tuvo que buscar mucho para encontrar el pie que faltaba. Con lentitud, lo pasó a través de la abertura.

Frances Catherine hizo el resto. No pudo evitar empujar. El bebé habría caído sobre los pies si Judith no lo hubiera agarrado a tiempo.

El hermoso bebé que les había dado tal susto era de tamaño pequeño y adorablemente regordete y tenía una lluvia de cabello rojo fuego en la coronilla. Era extremadamente delicioso... y tenía un rugido muy similar al de su madre.

Era perfecta.

Y su hermana también. No les dio ningún trabajo. Sin embargo, tomó a todas por sorpresa. Frances Catherine estaba llorando de alegría y también de alivio porque la dura prueba finalmente parecía que había terminado. Helen salió para completar el ritual de enterrar la placenta de acuerdo a las reglas de la Iglesia, para que los demonios no atacaran a la madre o al bebé mientras estaban en condiciones tan vulnerables, e Isabelle estaba ocupada arrullando al bebé mientras le daba el primer baño. Judith estaba lavando a Frances Catherine cuando de pronto empezó a empujar otra vez. Judith le dijo que se detuviera. Estaba preocupada por la hemorragia. Frances Catherine no se podía detener. Su segunda hija nació unos pocos minutos después. Fue lo suficientemente cortés como para llegar de cabeza.

Las bebés eran de apariencia idéntica. Ni Isabelle ni Helen podían distinguirlas. Tuvieron cuidado en envolverlas con telas de diferentes colores, a la primogénita de blanco y a la segunda de rosado, antes de cubrirlas a cada una con el tartán Maitland.

Frances Catherine no había sangrado mucho, pero Judith todavía se sentía preocupada. Se iba a asegurar de que la nueva madre se quedara en cama dos semanas enteras como precaución contra las complicaciones.

Finalmente Frances Catherine estuvo acomodada en la cama. Tenía puesto el bonito camisón que le había confeccionado Judith. Se había cepillado el cabello y lo había atado con un lazo rosado. A pesar del cansancio, se veía radiante, pero Judith sabía que estaba luchando por permanecer despierta.

A Patrick lo habían mantenido informado acerca de la condición de su esposa. Sabía que estaba muy bien. Sin embargo, Helen no quiso decirle si tenía un hijo o una hija. Esa preciosa tarea le correspondía a la esposa.

Las bebés estaban acomodadas en los brazos de Frances Catherine para presentarlas ante el padre. Judith estiró las cobijas alrededor del terceto y luego se marchó a buscar al nuevo papá.

—Espera —susurró Frances Catherine, para no despertar a sus hijas. Ambas estaban profundamente dormidas.

—¿Sí? —susurró a su vez Judith.

—Lo... lo hicimos muy bien, ¿no es así, Judith?

—Sí, así es —concordó.

—Quiero decirte...

—No tienes nada que decirme —le dijo Judith—. Lo entiendo.

Frances Catherine sonrió.

—Ahora es tu turno, Judith. Dales a mis hijas una amiga con quien puedan compartir sus secretos —le ordenó.

—Ya veremos —replicó Judith. Les hizo un gesto a Isabelle y a Helen para que la siguieran afuera. Patrick casi la derrumbó cuando pasó junto a ella. La ansiedad que tenía por llegar hasta su familia hizo sonreír a Judith.

El aire fresco resultaba maravilloso. Judith estaba exhausta y débil pero se sentía aliviada porque su deber finalmente había terminado. Caminó hacia la pared de piedra y se sentó. Isabelle la siguió.

—Fue una preocupación, ¿no es verdad? —susurró Isabelle—. Tenía tanto miedo por Frances Catherine.

—Yo también —admitió Judith.

—Va a necesitar ayuda —anunció Helen—. Pasó un mal rato y ahora necesita mucho descanso. No puede ocuparse ella sola de esos dos bebés.

—Las tías de Winslow la van a ayudar y yo también —se ofreció Isabelle—. Nos podríamos encargar por las mañanas.

—Me podría quedar desde la hora de la comida y durante toda la noche —sugirió Helen.

Ambas mujeres miraron a Judith, esperando que aceptara ocuparse de las tardes. Judith sacudió la cabeza.

—Vamos a tener que encontrar a alguien que se ocupe —dijo—. No puedo prometeros mi ayuda porque no estoy muy segura de cuánto tiempo más me voy a quedar aquí.

—En nombre del cielo, ¿qué dices? —preguntó Isabelle, claramente asombrada por el comentario de Judith.

—Os lo explicaré mañana —prometió Judith—. Ahora quiero hablar sobre Frances Catherine. Quiero que ambas me prometáis que os vais a ocupar de ella. No debéis permitirle que salga de la cama. Todavía no está fuera de peligro.

Judith podía oírse la desesperación en la voz. No podía controlar eso. Supuso que el cansancio la volvía más emocional.

Ni Isabelle ni Helen discutieron con ella. Judith estaba agradecida por el silencio. Helen dejó escapar un cansado suspiro. La tristeza que veía en el rostro de la señora le partía el corazón.

Decidió intentar aligerar la conversación.

—¿Se quedaron tan sorprendidas como yo cuando Frances Catherine empezó a dar a luz por segunda vez?

Tanto Judith como Isabelle sonrieron.

—Ambas parecen estar a punto de derrumbarse —dijo Helen—. Vayan a casa a descansar. Me voy a quedar el resto de la noche.

Ni Isabelle ni Judith tenían fuerza ni deseos de moverse. El lugar resultaba tan tranquilo y pacífico que deseaban seguir allí sentadas mirando la oscuridad.

Judith oyó un sonido detrás suyo y se giró. Iain y Winslow bajaban por la colina. Otra vez se dio la vuelta con rapidez e intentó arreglar su aspecto. Se peinó el cabello hacia atrás por sobre los hombros, se pellizcó las mejillas para darles color e intentó alisarse las arrugas del vestido.

Isabelle la observaba.

—Aún estás terrible —susurró con una risita nerviosa.

Judith se quedó asombrada ante el comentario. Isabelle era una mujer dulce y suave al hablar. Judith no sabía que tenía disposición para las bromas. Se echó a reír.

—Tú también —susurró a su vez.

Se pusieron de pie al mismo tiempo para saludar a sus esposos, luego se apoyaron una contra la otra, tratando de obligar que la otra llevara todo el peso.

—No me importa que aspecto tengo —confesó Isabelle—. Winslow quiere... ya sabes y yo creo que no deberíamos tan pronto. Sólo pasaron siete semanas. Creo que deberíamos esperar siete más... pero algunas noches, en realidad sí quiero...

Judith no estaba segura de entender de qué estaba tartamudeando Isabelle. Vio el rubor de Isabelle y finalmente lo entendió.

—Maude me dijo que es usual esperar seis semanas antes de... dormir con el esposo.

De inmediato, Isabelle intentó arreglar su aspecto. Judith encontró que esa acción era muy divertida. Su risa hizo que Isabelle también empezara a reír.

Helen sacudió la cabeza ante el lastimoso aspecto de las dos.

Iain y Winslow pensaron que habían perdido la cordura. Helen les dio las buenas noticias acerca de Frances Catherine. Por supuesto, ambos guerreros estaban muy contentos, pero su atención siguió fija en la mala conducta de sus esposas.

—Isabelle, contrólate —ordenó Winslow—. Te estás comportando como si estuvieras ebria.

Isabelle se mordió el labio inferior para evitar reírse.

—¿Qué estás haciendo levantado a esta hora de la

noche? —preguntó—. ¿Por qué no estás en casa con nuestro hijo?

—Mi tía está allí —respondió Winslow.

—¿Se va a quedar toda la noche?

Winslow pensó que era una pregunta extraña.

—Por supuesto —contestó—. Voy a dormir en el torreón.

Isabelle le frunció el entrecejo a su esposo. Winslow levantó una ceja ante esa reacción.

—Isabelle, en nombre de Dios, ¿qué te pasa? —preguntó con exasperación.

Isabelle no respondió. Judith caminó hacia su esposo.

—¿Por qué no estás en la cama?

—Te estaba esperando.

Judith se quedó abrumada por la confesión. De inmediato se le llenaron los ojos de lágrimas. Iain le pasó el brazo por los hombros y se dispuso para marcharse. Helen deseó a todos buenas noches y regresó a la cabaña.

Sin darse cuenta de ello, Isabelle había bloqueado la salida del patio cuando se adelantó a enfrentarse a su esposo. No se dio cuenta de que Iain y Judith estaban de pie exactamente detrás suyo.

—No quiero dormir con tu tía —soltó apresuradamente—. Quiero dormir contigo. Judith dice que sólo teníamos que esperar seis semanas, esposo, y ya pasaron siete.

Winslow acercó a su esposa hacia sus brazos y la quitó del camino para que Iain y Judith pudieran pasar. Se inclinó hacia adelante y le susurró algo al oído.

Alex, Gowrie y Ramsey llamaron la atención de Judith. Los tres guerreros bajaban por la colina a grandes pasos. Cuando estuvieron lo suficientemente cerca de Judith como para que pudiera verles la expresión del rostro, ésta se quedó sin aliento. Los hombres parecían estar furiosos.

Se acercó más a Iain.

—¿Por qué están despiertos? —susurró.

—Hubo una reunión —contestó—. Duró más de lo esperado.

Iain no parecía inclinado a explicar lo que había sucedido y Judith estaba demasiado exhausta y atemorizada como para preguntar.

Por la noche en la cama después de dar vueltas y moverse con agitación durante un largo rato, finalmente cayó en un incierto sueño.

15

—Judith, despierta. Es hora de partir.

Iain la estaba sacudiendo con suavidad para despertarla. Judith abrió los ojos y descubrió a su esposo sentado en un costado de la cama. Una sola mirada a la oscura expresión de Iain y su mente se aclaró de inmediato.

Se sentó, tiró de las mantas a su alrededor y clavó la mirada en Iain.

—¿Partir? —susurró, intentando comprender—. ¿Me voy ahora?

—Sí. —Su voz era dura y su expresión igualmente decidida.

¿Por qué actuaba con tanta frialdad? Judith lo agarró del brazo cuando Iain intentó ponerse de pie.

—¿Tan rápido, Iain?

—Sí —contestó—. Dentro de una hora, si es posible. —Apartó la mano de ella de su brazo, se inclinó para besarle la frente y luego se puso de pie y se dirigió hacia la puerta.

Judith lo llamó.

—Me gustaría despedirme de Frances Catherine.

—No hay tiempo —le dijo—. Prepara sólo una maleta. Tráela a los establos. Te veré allí.

La puerta se cerró tras su esposo. Judith se echó a llorar inmediatamente. Sabía que daba lástima, pero no le importaba. No podía pensar con mucha claridad. Le había dicho a Iain que no deseaba quedarse allí. Él sencillamente le estaba dando lo que ella había querido.

Maldita sea, ¿cómo podía dejarla partir? ¿No se daba cuenta de lo mucho que lo amaba?

Judith se lavó y luego se vistió con el vestido azul cobalto oscuro. Se peinó el cabello, preparó su bolsa, y cuando finalmente estuvo lista para partir, echó una última mirada a la habitación.

El tartán colgaba de un gancho cerca de la puerta. No deseaba dejarlo. Dobló la prenda y la puso en la bolsa.

Dejó de llorar. También dejó de sentir pena por sí misma. Señor, en esos momentos estaba muy furiosa. Un esposo que verdadermente amara a su esposa no le permitiría dejarlo. Necesitaba decirle eso a Iain. Él en verdad la amaba. No tenía dudas al respecto. Tampoco le importaba que las acciones de Iain fueran tan confusas para ella. Sencillamente haría que explicara lo que estaba haciendo... y por qué.

No podía imaginar la vida sin él. Judith corrió por el umbral y bajó las escaleras. Apretaba con fuerza la bolsa entre las manos.

Graham estaba de pie en la entrada, sosteniendo la puerta. Judith podía ver la enorme multitud reunida más abajo en el patio.

Intentó pasar junto al anciano sin mirarlo. Graham le tocó el hombro para que le prestara atención. Judith se detuvo, pero obstinadamente mantuvo la mirada baja.

—¿Por qué no quieres mirarme, muchacha? —preguntó Graham.

Judith levantó la mirada hacia los ojos de Graham.

—No quería ver tu desprecio hacia mí, Graham. Dejaste perfectamente bien claro qué sentías hacia mí la otra noche.

—Oh, Judith, lo lamento tanto. No tenía intención

de herirte. Fue sólo la... sorpresa y estaba muy furioso porque nos habían capturado y pensé que nos habías engañado a todos. Me siento avergonzado de mí mismo, Judith. ¿Puedes encontrar sitio en tu corazón para perdonar a un hombre viejo y estúpido?

Los ojos de Judith se nublaron por las lágrimas. Asintió con lentitud.

—Te perdono. Ahora tengo que ir con Iain, Graham. Me está esperando.

—Habla con él, Judith. No le permitas hacer esto. Queremos que se quede.

La angustia en su voz le rompió el corazón a Judith.

—Está planeando llevarme de regreso a Inglaterra —explicó—. Luego regresará.

Graham sacudió la cabeza.

—No, muchacha. No va a regresar.

—Graham, tiene que hacerlo —razonó Judith—. Es el jefe, por amor de Dios.

—No es el jefe.

Judith estaba demasiado aturdida para esconder su reacción. Dejó caer la bolsa y clavó la mirada en Graham. Éste se inclinó para recoger la bolsa. Judith intentó quitársela de las manos. Graham lo sostuvo con fuerza y le movió negativamente la cabeza.

—¿Tú has votado a favor o en contra de su decisión?

No esperó la respuesta de Graham. Enderezó los hombros y corrió afuera. La multitud se abrió cuando ella alcanzó el escalón inferior y se dirigió haca los establos.

Graham la siguió. Los demás ancianos formaron una fila afuera y se alinearon en el escalón superior del torreón para observar su partida.

Ahora la multitud estaba detrás de Judith. Se abrieron las puertas del establo y salió Iain, llevando al semental. Patrick caminaba junto a su hermano. Le estaba hablando a Iain, pero no obtenía gran respuesta. El rostro de Iain era impasible. Judith no se había dado cuenta de que se había detenido hasta que su esposo levantó la mirada, la avistó a lo lejos y le hizo un gesto para que se acercara.

No se movió. La importancia de lo que estaba haciendo la golpeó con gran impacto. Dios querido, no deseaba marcharse. Había llevado consigo el tartán Maitland para poder tener un recuerdo de su felicidad allí. Seguramente se envolvería en la suave tela durante las frías noches de invierno e intentaría encontrar algo de consuelo en los recuerdos de tiempos más felices. Qué disparates, pensó para sí. Iba a seguir siendo desdichada sin Iain y sin todos los buenos amigos que había hecho en los últimos meses.

La preocupación por ser una forastera dejó de ser importante. Era una Maitland y en verdad pertenecía a aquel lugar. Sí, había encontrado su sitio y nadie, ni siquiera su esposo, iba a obligarla a partir.

De pronto, se sintió ansiosa por llegar hasta Iain para poder explicarle su cambio de opinión. Esperaba con fervor poder convencerlo.

Se levantó la falda y comenzó a correr. Isabelle la detuvo.

—¿Judith? ¿Me gustará vivir en Inglaterra?

Judith se giró con rapidez para mirar a su amiga. Estaba segura de que no la había entendido bien.

—¿Qué me acabas de preguntar?

Isabelle se apartó de la multitud y caminó hasta quedar de pie junto a Judith. Llevaba a su pequeño hijo en los brazos. La seguían las tías de Winslow. Judith reconoció a dos damas de cabellos grises. Ambas habían estado sentadas a la mesa en la cabaña de Isabelle el día de la inquisición del sacerdote.

—¿Nos gustará vivir en Inglaterra? —preguntó otra vez Isabelle.

Judith sacudió la cabeza.

—No podéis venir conmigo. Odiaríais vivir allí. Ni siquiera a mí me gusta Inglaterra —agregó tartamudeando—. Y soy inglesa.

—Nos vamos a arreglar muy bien.

Helen había hecho ese anuncio. Se apresuró a quedarse de pie junto a Isabelle. Andrew estaba detrás de su madre, sosteniendo una bolsa.

Judith no sabía qué pensar de las mujeres.

—Pero sencillamente no podéis...

Otra mujer se adelantó. Judith sabía quién era, pero no podía recordar su nombre. Su hija Elizabeth había ganado el concurso de flecha el día del festival. La madre había estado radiante de placer cuando Iain entregó el premio a su hija.

—Nosotros también vamos a ir —anunció la madre.

Y luego otra y otra se adelantaron para proclamar sus intenciones. Judith se volvió para mirar a Iain y pedirle ayuda. Se quedó sin aliento cuando vio la multitud de guerreros alineados detrás de él.

¿También iban a ir con ellos?

No podía entender nada de lo que estaba sucediendo. Los niños la rodeaban en ese momento y las madres, aferrando el equipaje en los brazos, estaban de pie detrás de ellos.

—Vamos a descansar todos los domingos en Inglaterra, ¿no es así?

Judith no estaba segura de quién había hecho la pregunta. Asintió y caminó con lentitud hacia su esposo. Sabía que tenía una expresión de pasmo en la cara. Supuso que Iain iba a tener que hacer entrar en razón a toda esa gente.

Su esposo mantenía la mirada sobre ella. Tenía el brazo apoyado contra el cuello del caballo. La expresión de su rostro era contenida, pero cuando Judith se acercó lo suficiente como para notarlo, pudo ver que en sus ojos había sorpresa.

Se detuvo a pocos metros de él. Ni siquiera estaba segura de lo que iba a decir hasta que las palabras le salieron de la boca.

—Sabes que te amo, ¿no es así, Iain?

Casi había gritado la pregunta. A Iain no le importó.

—Sí, Judith —contestó—. Sé que me amas.

Soltó un pequeño suspiro. Iain pensó que se estaba comportando como si finalmente hubiera entendido todo en su cabeza... y en su corazón. Parecía muy complacida consigo misma.

En esos momentos Judith le sonreía y se le nublaban los ojos.

—Y tú me amas —dijo entonces, aunque con un tono mucho más suave—. Recuerdo que te dije que no viviría con un hombre que no me amara. Estuviste de acuerdo de inmediato. Me confundiste, porque no me había dado cuenta entonces de lo mucho que me amabas. Ojalá me lo hubieras dicho antes. Me podrías haber ahorrado una gran preocupación.

—Te gusta preocuparte —le dijo Iain.

No discutió ese punto con él.

—¿Qué estás pensando hacer? ¿Llevarme de regreso a Inglaterra? Ninguno de los dos pertenece a aquella tierra, Iain. Este es nuestro hogar.

Iain movió la cabeza en un gesto negativo.

—No es tan sencillo, esposa. No puedo ser un mero espectador y permitir que el consejo tome decisiones basadas en la emoción.

—¿Porque han votado para elegir otro jefe?

—No hemos votado —interrumpió Graham. Dejó caer la bolsa de Judith y corrió a adelantarse—. Tu esposo renunció a seguir siendo jefe cuando los demás ancianos no quisieron aceptar la alianza con los Maclean.

Judith se volvió para mirar hacia el torreón. Los cuatro ancianos estaban todos acurrucados, hablando. Gelfrid agitaba las manos en aparente agitación.

—No vamos a Inglaterra, Judith. Vamos hacia el norte. Es hora de que partamos —agregó con un gesto de la cabeza en dirección a Graham.

Judith respiró profundamente. Luego dio un paso hacia atrás, apartándose de su esposo.

Esa audaz acción capturó toda la atención de Iain.

—Te amo con todo mi corazón, Iain Maitland, pero sin embargo voy a tener que desafiarte.

Iain parecía estar pasmado. Judith se cruzó de brazos y asintió para hacerle saber que lo había dicho en serio.

Las mujeres alineadas detrás de Judith de inmediato asintieron para demostrar conformidad.

—No puedo permitir que me desafíen, Judith.

Los guerreros alineados detrás de Iain de inmediato asintieron para demostrar conformidad.

Judith dio otro paso hacia atrás.

—Realmente debí haberte dado mi opinión antes de que decidieras renunciar —anunció—. Después de todo, soy tu esposa y debo tener opinión en los planes que me afecten. También debo tener opinión respecto de nuestro futuro.

Iain estaba tratando de no sonreír. Cada vez que Judith afirmaba algo, las demás mujeres asentían para apoyarla.

Judith se había considerado una forastera. Miradla ahora, pensó Iain para sí. Estaba rodeada de su propia familia de hermanas Maitland. Había conquistado sus corazones, tal como había conquistado el suyo.

Iain sabía que no iría a ninguna parte sólo con su esposa. Señor, el clan entero parecía dispuesto a ir con ellos. Patrick ya le había anunciado su intención de seguirlo con Frances Catherine y las bebés en cuanto ella se recuperara del parto. Por supuesto, Iain se había esperado eso. Sin embargo, no había esperado el apoyo de los demás guerreros.

Era humillante saber que sus seguidores eran tan leales. Pero tal lealtad lo ponía en una extraña situación. Había renunciado como jefe y nadie aceptaba su decisión.

Ni siquiera su esposa.

En ese momento, Iain clavó la mirada en Graham. Conocía el tormento por el que debía de estar pasando el anciano. Sus seguidores lo estaban abandonando. Estaban dando la espalda a las viejas costumbres.

Intentó pensar en alguna manera de salvar el orgullo del anciano. Sería una dura humillación para Graham que partiera con todo el clan. Graham había sido como un padre para él. No podía avergonzarlo de esa manera.

Tampoco podía echarse atrás. El tema era demasiado importante.

—Judith, no puedo cambiar lo que ya está decidido —anunció Iain.

—Eso no es lo que me dijiste —razonó Judith.

Iain negó con la cabeza. Judith pensó que tal vez no recordaría la conversación que habían tenido el día en que pasearon por el cementerio. Decidió recordársela.

—Yo estaba protestando contra las injusticias del mundo y recuerdo con todo detalle una sugerencia tuya. Dijiste que si no me agradaba algo, debía luchar por cambiarlo. Un susurro, agregado a miles de otros, se convierte en un rugido de descontento, ¿lo recuerdas? —agregó con un gesto de la cabeza—. Esas fueron tus palabras hacia mí. ¿Has cambiado de opinión,entonces?

—Judith, es... complicado —dijo Iain.

—No, no es complicado —musitó Graham—. No es otra cosa que los viejos contra los jóvenes. Y ésa es la verdad del asunto.

El corazón de Judith voló hacia el del anciano. Parecía tan derrotado.

—No —negó—. No es en absoluto los viejos contra los jóvenes.

—Judith...

Ella no prestó atención al tono de voz de advertencia de Iain. Se acercó más a Graham y lo tomó del brazo. Por supuesto, la muestra de alianza hacia el anciano era deliberada, ya que Judith pensaba que Iain no era el único que necesitaba que aliviaran su orgullo. En ese momento los guerreros estaban todos alineados detrás de Iain. El orgullo de Graham era otro asunto. Judith estaba decidida a encontrar una manera de ayudarlo a ceder sin perder el honor o la dignidad.

—Creo que es la experiencia y la sabiduría guiando a los jóvenes y fuertes —le dijo al anciano—. Seguro que tú entenderás eso, Graham.

—Hay algo de verdad en lo que dices —concordó.

Judith respiró profundamente.

—Me gustaría hablar directamente al consejo —dijo impulsivamente.

Un fuerte murmullo de aprobación resonó detrás de Judith. La expresión de Graham era como si acabaran de desgarrarle la garganta. Se había quedado sin palabras.

—¿Y qué le vas a decir al consejo? —preguntó Iain.

Judith mantuvo la mirada sobre Graham mientras respondía a su esposo.

—Empezaré por decirle al consejo cuán negligentes fueron en sus obligaciones para con los miembros más importantes de este clan. Dejaron afuera a las mujeres y los niños. Sí, así es exactamente como empezaré.

Graham tuvo que esperar hasta que las mujeres detrás de Judith dejaran de dar vivas.

—¿Cómo se las dejó afuera?

—No se nos permite a ninguna a ir hasta vosotros para pedir consejo —contestó Judith—. Nuestros problemas deberían ser exactamente igual de importantes que los problemas de los guerreros. Deberíamos poder expresar en voz alta nuestra opinión respecto a asuntos importantes.

—Judith, todas las mujeres son importantes aquí.

—Entonces, ¿por qué no pueden ir ante el consejo?

Graham nunca se había encontrado con nadie que lo desafiara de aquella manera. Se frotó la mandíbula mientras pensaba en la respuesta.

—Cuando tengas un problema que desees que tratemos, debes llevarlo ante tu esposo —aconsejó finalmente.

Parecía complacido consigo mismo por haber llegado a aquella solución. Incluso logró sonreír.

—Eso está muy bien —replicó Judith—. Las esposas y los esposos siempre deberían hablar de sus problemas el uno con el otro. Pero, ¿y qué hay de las mujeres que no tienen esposos? ¿A quién pueden recurrir en busca de consejo? ¿Estas mujeres dejan de tener importancia? Si Helen hubiera tenido problemas con su hijo, debería poder acudir a ti o a Gelfrid, o a cualquier otro anciano, para pedir consejo, pero no tuvo esa oportunidad. Cuando su esposo murió, se convirtió en una forastera.

—Yo habría estado encantado de resolver sus problemas —replicó Graham.

Judith intentó ocultar su exasperación.

—Helen no necesita que nadie le resuelva los problemas —replicó—. Ninguna de nosotras lo necesita. Sólo queremos poder hablar de esos problemas, tener otro punto de vista... deseamos ser incluidas en el clan, Graham. Helen tiene una mente sensata. Puede resolver sus propios problemas. ¿Ahora lo entiendes?

—También está Dorothy —le recordó Helen a Judith—. Mencionadla al contar cómo son las cosas por aquí.

—Sí, Dorothy —concordó Judith. Helen acababa de contarle cosas sobre las madres embarazadas—. Dorothy va a tener a su bebé el mes que viene. Su esposo murió en una excursión de caza sólo unas semanas después de haberse casado. El consejo debería ser su familia ahora. No debería estar sola. Seguramente los ancianos querrán hacer algunos cambios... para el bien de las mujeres y los niños.

Graham no pudo evitar inclinarse ante la validez de aquel razonamiento. Los ancianos habían ignorado a las mujeres.

—Hemos sido negligentes —admitió.

En aquellos momentos eso era todo lo que estaba dispuesto a dar. Era suficiente. Judith se volvió hacia Iain. Ahora era su turno de ceder en algo.

—Mi madre es inglesa y mi padre es el jefe Maclean, y no puedo cambiar eso. Tú eres el jefe aquí, Iain, y creo que tampoco puedes cambiar eso.

Iain frunció el entrecejo,

—Judith, no presioné para lograr una alianza sólo porque Maclean fuera tu padre. La verdad es que mis hombres podrían atacar a una legión de Maclean y salir victoriosos. Están mejor entrenados que cualquier otro grupo de Escocia. Sin embargo —agregó con una significativa mirada en dirección a Graham—. Los Dunbar unidos a los Maclean nos sobrepasarían simplemente en número. Como jefe, es mi deber proteger a todos y cada uno de los miembros de este clan. Sencillamente no puedo lograr eso como consejero. El cargo está vacío sin poder. Y eso, esposa, ya no es aceptable para mí.

—No es aceptable tal como está ahora —modificó Judith.

—Tal como ha sido siempre —corrigió Iain.

—Hasta que lo cambies.

Iain avanzó hasta ponerse frente a Graham.

—No me voy a quedar como consejero. Quiero el poder de actuar.

Transcurrieron unos instantes mientras una vez más Graham reflexionaba sobre la petición de Iain. Se volvió para mirar a los ancianos antes de volver su atención a Iain.

Y todavía vacilaba.

—Poder absoluto...

Judith hizo un intento de interrumpir y luego se detuvo. Pensó para sí misma que era mucho más delicado tratar con hombres que con mujeres. El orgullo hacía difíciles las soluciones más razonables.

—Tienes que responder de tus actos, hijo —dijo Graham. Tenía un aspecto demacrado. Judith pensó que ya se había decidido contra el cambio y que estaba luchando por aceptar lo inevitable.

Y luego se le ocurrió la solución.

—Qué magnífica idea, Graham—dijo. Sonrió al anciano, asintió cuando éste le dirigió una mirada perpleja y luego corrió a ponerse de pie junto a Iain. Le dio un pequeño codazo en el costado—. ¿No es un plan magnífico, esposo?

Iain no sabía de qué estaba hablando.

—Judith, si cada una de mis decisiones es cuestionada...

—Quizás una vez al año —interrumpió Judith—. ¿O tu plan incluye darle tu voto de confianza al jefe con mayor frecuencia? —le preguntó al anciano.

La sorpresa de Graham era evidente. Finalmente entendió lo que Judith estaba sugiriendo. Asintió con rapidez. También sonrió.

—Sí, una vez al año estaría bien. Por Dios, tus actos van a tener que ser explicados entonces. Podríamos desaprobarte, Iain.

Dejó la vacía amenaza colgando en el aire. Todos sabían que eso nunca sucedería. El poder se le acababa de entregar al jefe. Todos también entendieron eso.

—Será un magnífico equilibrio de poder —anunció Graham, ahora con la voz fuerte por la convicción—. Por supuesto, el consejo se reunirá una vez al mes para oír peticiones de los miembros. También te daremos consejo a ti, Iain, cada vez que así lo deseemos.

—¿El consejo oirá peticiones de todos los miembros? ¿De las mujeres también? —presionó Judith.

Graham asintió.

—Sí, muchacha —concedió—. Especialmente de las mujeres. Las hemos mantenido en silencio durante demasiado tiempo. Es hora de que se oigan sus voces.

—Nada se decide hasta que los demás miembros del consejo acepten —le recordó Iain a Graham.

—Ahora voy a ir a presentarles la cuestión —dijo el anciano—. Tendrás el voto en favor o en contra dentro de una hora.

Sólo hizo falta la mitad de ese tiempo para que los ancianos salieran otra vez y anunciaran el acuerdo unánime de apoyar el innovador plan de Graham.

Las vivas resonaron a través de las colinas. Iain estaba rodeado de sus seguidores. Lo golpearon profusamente en el hombro. Se sacó un pequeño barril de vino, las copas circularon y se hicieron brindis.

Los ancianos no se aislaron. Paseaban entre la multitud y participaron de la espontánea celebración.

Cuando por fin Iain se pudo separar de las personas que le deseaban buena suerte, intentó encontrar a su esposa. Deseaba llevarla a algún lugar apartado y celebrarlo en privado con ella.

La avistó caminando por el sendero que llevaba colina abajo e intentó llegar hasta ella. Vincent y Owen lo interceptaron. Ambos hombres deseaban hablar acerca del astuto plan de Graham. Hablaban interminablemente, e Iain no pudo ir tras su esposa durante unos buenos veinte minutos.

Luego Ramsey y Brodick lo pescaron justo cuando se dirigía colina abajo.

—¿Habéis visto a Judith?

—Está con Frances Catherine y Patrick —contestó Ramsey—. Iain, ¿ya no estás enfadado porque me negué a convertirme en jefe en tu lugar, verdad?

—No —respondió Iain.

—Tenemos que hablar contigo —terció Brodick—. No te robaremos más que un minuto de tu tiempo.

El minuto de Brodick se convirtió en una hora entera. Iain también se rió bastante ante su extraña petición. Sin embargo, al final accedió. Incluso les deseó buena suerte.

Para cuando Iain llegó a la cabaña de su hermano, Judith ya se había ido. Frances Catherine y las niñas estaban profundamente dormidas y Patrick también parecía necesitar urgentemente una siesta. Bostezó al señalar la dirección que Judith había tomado.

Iain la encontró unos pocos minutos más tarde. Judith se había ocultado entre un grupo de árboles cerca de un arroyo poco profundo.

Parecía estar relajada. Se había quitado los zapatos y sentado en el suelo con la espalda contra el árbol. Tenía los ojos cerrados y las manos cruzadas modestamente sobre el regazo.

Iain se sentó junto a ella.

—¿Abandonaste la celebración debido a la bebida?

No abrió los ojos. Sin embargo, sonrió.

—No. Sólo deseaba pasar unos pocos minutos con Frances Catherine y luego encontrar un lugar tranquilo donde descansar... y pensar. Es sumamente difícil encontrar algo de privacidad por aquí, ¿no es verdad?

—Sí, así es —concordó con una risa—. Tú insististe en quedarte aquí.

—Sí, es verdad —concordó Judith—. Sin embargo, la falta de privacidad puede ser irritante.

—Podrías ir a la capilla cuando desees estar a solas.

Entonces, Judith abrió los ojos.

—Iain, no tenemos una capilla —le recordó.

—La tendremos —explicó—. Para el próximo verano como último plazo. Tiene que estar lista para el día de nuestro primer aniversario de boda.

—¿Por qué?

—Para que podamos tener una misa adecuada para celebrar nuestra unión —explicó. Sonrió ante el sobresalto que le causó a Judith aquel anuncio y le dio un pequeño empujón para apartarla del árbol. Ocupó su lugar y cuando estuvo cómodo, la levantó y la colocó sobre su regazo. Se inclinó y le besó la frente—. Con flores, Judith —le dijo en un susurro ronco—. Llenarán la capilla. Te lo prometo.

La sonrisa de Judith era radiante.

—Estoy casada con un hombre muy considerado.

No necesito flores, Iain. Tengo todo lo que alguna vez pude desear.

—Habrá flores —refunfuñó él, complacido con sus fervientes palabras de alabanza.

—¿Por qué dejaste la celebración?

—Quería estar a solas contigo.

—¿Por qué?

Iain le tomó el rostro entre las dos manos y se inclinó hacia adelante. Cubrió la boca de Judith con la suya. El beso era dulce, sin exigencias, lleno de amor.

Se apartó con lentitud. Judith dejó escapar un suspiro y se desplomó contra él. Creía que nunca había conocido tanta dicha. Pasaron largos minutos en silencio.

—¿Iain?

—¿Sí, amor?

—¿Qué vamos a hacer con respecto a mi padre?

—Aguantarlo, supongo.

Siguieron hablando de la familia de Judith durante largo rato. Judith decidió que realmente deseaba volver a ver a su padre y también a su hermano, e Iain le prometió que la llevaría al territorio Maclean al día siguiente por la tarde.

La charla giró hacia los acontecimientos del día. Era una conversación indolente. Los ojos de Judith estaban cerrados y apenas prestaba atención a lo que Iain decía hasta que mencionó que Brodick y Ramsey iban a salir de cacería.

Oyó la alegría en la voz de Iain. Despertó su curiosidad.

—¿Por qué estás tan alegre? —preguntó.

—Van a ir de cacería a Inglaterra —contestó con una risa entre dientes.

—¿Por qué? —preguntó Judith, totalmente confundida.

—Aquí no han podido encontrar lo que estaban buscando. Están siguiendo mi ejemplo.

—Iain, ¿de qué estás hablando? Exactamente, ¿qué han ido a cazar?

—Esposas.

Judith se echó a reír. Pensó que su esposo le estaba gastando una broma. Se acurrucó contra él y pensó en su extraño sentido del humor.

Iain no se molestó en explicárselo. Judith descubriría que había estado diciendo la verdad cuando Ramsey y Brodick regresaran con esposas.

Envolvió los brazos alrededor de su dulce esposa y cerró los ojos.

El viento, dulce por el perfume del verano, flotó por el arroyuelo para girar alrededor de la pareja.

Judith se acercó más a su esposo y reflexionó con asombro acerca de las bendiciones que Dios le había dado. Ahora formaba parte de una familia. Era amada, respetada y valorada.

Finalmente había llegado a casa.